BLT
Mit der Welt
auf Buchfühlung

Lynda Chater, geb. 1960, war früher Landschaftsarchitektin. Ihr erster Roman *Dieser Teufel namens Liebe* erschien 1999 in Großbritannien und war ein großer Erfolg bei Publikum und Presse. Lynda Chater lebt in Great Livermere, Suffolk.

Lynda Chater

Dieser Teufel namens Liebe

Aus dem Englischen von
Susanne Aeckerle

BLT

B L T
Band 92 126

1. Auflage: März 2003
2. Auflage: Februar 2004

Vollständige Taschenbuchausgabe

BLT ist ein Imprint der Verlagsgruppe Lübbe

Titel der Originalausgabe: THAT DEVIL CALLED LOVE,
erschienen bei Pocket Books

Lizenzausgabe: Verlagsgruppe Lübbe GmbH & Co. KG,
Bergisch Gladbach
Einbandgestaltung: Gisela Kullowatz
Titelfoto: Imageshop
Autorenfoto: Malcolm Roberts
Satz: Fuldaer Verlagsagentur/hanseatenSatz-bremen, Bremen
Druck und Verarbeitung: GGP Media, Pößneck
Printed in Germany
ISBN 3-404-92126-7

Sie finden uns im Internet unter
www.luebbe.de

Der Preis dieses Bandes versteht sich einschließlich
der gesetzlichen Mehrwertsteuer.

Kapitel 1

Zum ersten Mal traf ich den Teufel an dem Tag, als mir in der Bücherei gekündigt wurde. Mephisto, sollte ich wohl sagen, wo wir uns doch jetzt duzen. Vielleicht ist er nicht der Oberteufel, aber er behauptet, er stände in der Hierarchie nicht allzuweit unten. Glaube ich ihm? Sagt der Teufel die Wahrheit? Keine Ahnung, aber ich werde es bald rausfinden.

Es war ein regnerischer Freitag im Dezember, und ich hatte Dienst am Ausleihschalter. Der Computer schmollte mal wieder, tat so, als hätte er noch nie einen Barcode gesehen, und die Schlange an der Ausleihe wurde ungeduldig, rangelte um Platz mit nassen Leuten, die während ihrer Weihnachtseinkäufe hier Schutz vor dem Regen suchten.

Ein paar teuer gekleidete Frauen drängten sich durch die Menge, schüttelten die Schirme aus und sahen sich mit mildem Erstaunen um, als hätten sie noch nie eine Bücherei gesehen. Hatten sie vielleicht auch nicht. In ihrer Vorstellung von Guildford war da vermutlich nur ein weißer Fleck irgendwo zwischen Laura Ashley und Jaeger, eine dieser ärgerlichen Lücken zwischen den Geschäften.

Die Frauen blieben nahe der Ausleihe stehen, hakten Erledigtes auf ihrer strapaziösen Einkaufsliste ab, verglichen ihre Einkäufe. Designeretiketten wurden diskret vorgeführt: *Gucci. Armani. Chanel. Lapinique – für die Frau, die das Besondere will.*

Ich beobachtete sie neidisch. Auch ich wollte gern etwas Besonderes, aber niemand würde mir zu Weihnachten eine Flasche *Lapinique* schenken. Andrew würde mir wie immer ein Buch überreichen, und ich würde versuchen, meine Enttäuschung darüber zu verbergen, daß er wegfuhr. Wenn ich doch nur den Mut gehabt hätte, ihn rechtzeitig zum Weihnachtsessen einzuladen! Vielleicht wäre das genau der richtige Anstoß gewesen, um unsere Beziehung aus ihrer langjährigen platonischen Erstarrung zu reißen.

Doch was könnte mir eine Flasche *Lapinique* schon nützen? Ein netter Duft würde kaum reichen, um aus dieser fünfzigjährigen alten Schachtel etwas Attraktives zu machen. Da war schon mehr nötig.

»Wahrscheinlich riecht das Zeug sowieso wie Katzenpisse«, murmelte ich und zog einen besonders widerspenstigen Barcode mit Wucht über das Lesegerät.

»Wie bitte?« Eine gepflegte Frau reichte mir mit überraschtem Gesicht ihr nächstes Buch.

»Nichts.« Ich warf einen Blick auf den Umschlag. *Eine himmlische Ehe*. Unter den verschlungenen Goldbuchstaben des Titels umarmte ein gutaussehender Mann an einem tropischen Strand mit glühendem Blick eine dümmliche Blondine.

Neugierig sah ich die Frau an. Gab es wirklich Leute, die gern solchen Mist lasen?

»Das ist die Fortsetzung von *Eine traumhafte Romanze*«, erklärte sie, hielt meinen Gesichtsausdruck für Interesse an dem Buch. »Am Schluß des ersten Bandes wollten die beiden heiraten, aber sie wurde von Banditen entführt, und Brett – das ist der Mann auf dem Umschlag – schwor, er würde bis ans Ende der Welt gehen, um sie zu finden.«

»Offenbar hat er's ja geschafft.« Ich deutete auf das Bild.

»Ja«, meinte sie verzückt. »Ich kann's kaum erwarten rauszufinden, wie das passiert.« Mit ihren behandschuhten Fingerspitzen strich sie leicht über den Umschlag und warf mir ein scheues Lächeln zu. »Finden Sie nicht auch, daß er hinreißend aussieht?«

Ich grinste. »Nicht schlecht, wenn man was für Männer übrig hat, denen eine Palme aus dem linken Ohr wächst.«

»Das ist mir überhaupt nicht aufgefallen«, rief sie und betrachtete die Illustration genauer. »Vielleicht sollte ich dem Verlag das schreiben.« Sie stopfte Brett in ihren Einkaufskorb und tätschelte ihn zärtlich. »Manchmal gewinnt man Preise für so was.«

Dumme Kuh. Ich wandte mich dem nächsten Kunden zu, einem sanftäugigen Mann mit einem großen Bücherstapel. Mein Lächeln gefror, als ich seine Auswahl sah: *In Blut geschrieben: Eine Anthologie wahrer Kriminalfälle. Leichenappell: Die grausige Geschichte eines Überlebenden. Ich heiratete einen Axtmörder. Zehn weitere berühmte Serienmörder unserer Zeit.*

Warum las niemand mehr *richtige* Bücher? Von richtigen Schriftstellern, mit vernünftigen Geschichten? Wenn man heute in einer Bücherei die Klassiker sucht, muß man sich erst durch Regale voller Sex und Familiensagas, Krimis und historischer Liebesromane arbeiten, außerdem durch ganze Abteilungen mit Selbsthilfebüchern.

Jeder liest von Zeit zu Zeit gern mal was Leichtes – selbst ich lege gelegentlich mit einer Jilly Cooper die Füße hoch oder nehme ein Bad mit der neuesten Jackie Collins – aber in dieser Bücherei gibt es noch nicht mal eine Gesamtausgabe von Dickens. Und was Jane Austen angeht, da hat uns der Kinoerfolg von *Stolz und Vorurteil* überrollt. Unsere einziges, zerfleddertes Exemplar war bei der Ausleihe an eine andere Filiale verlorengegangen.

Der Computer piepte, zeigte mir, daß mein momentaner Kunde noch ein überfälliges Exemplar von *Anatomie für Anfänger* zu Hause hatte. Ich wollte ihm gerade die Ausleihregeln erklären, da tippte mir jemand auf die Schulter. Der Büchereidirektor.

»Harriet, würden Sie bitte mal in mein Büro kommen? Ich möchte kurz mit Ihnen reden.«

Ich überließ Dr. Crippen den Fängen eines begeisterten Jungbibliothekars und folgte dem Direktor in sein Büro.

»Uns werden schon wieder die Mittel gekürzt«, sagte er und schloß die Tür hinter mir. »Das erfordert gewisse ... äh, Rationalisierungsmaßnahmen. Wir haben beschlossen, ein paar weniger frequentierte Bereiche einzuschränken und Platz zu machen für die erweiterte Abteilung ›Leben und Lernen‹ mit Schwerpunkt auf dem audiovisuellen Material. Wir müssen uns den Bedürfnissen anpassen – unser Image verändern. Uns von einigen dieser staubigen alten Bücher befreien und die Bücherei interessanter für junge Leute machen.«

»Warum schaffen Sie nicht gleich alle Bücher ab?« murmelte ich. »Lassen Popmusik über die Lautsprecher laufen und besorgen sich eine Lizenz zum Getränkeausschank. Sie könnten die ganze Nacht offen haben, und die Leute würden auch noch Eintritt bezahlen. Damit wären Sie Ihre Geldprobleme schnell los.«

Er sah mich peinlich berührt an.

»Annette Baker ist sehr daran interessiert, diese neue Abteilung zu leiten ...«

»Na prima«, unterbrach ich ihn. »Ich kann mir wirklich nicht vorstellen, fünfzehnjährigen Rowdys die besten Handbücher in Sachen Heim-Euthanasie zu empfehlen. Da würde ich lieber ...« Meine Stimme verlor sich, als mir der wahre Zweck dieses Gesprächs aufging.

Auf dieses Stichwort hin redete er Klartext, begierig darauf, die unerfreuliche Aufgabe hinter sich zu bringen, damit er reinen Gewissens sein Wochenende genießen konnte.

»Es tut mir so leid ...« schloß er vage, wollte mir tröstend den Arm tätscheln. Ich zuckte zurück, drehte mich um, stürzte benommen aus dem Zimmer, die Wangen tränennaß. Alle schienen mich anzustarren. Rasch senkte ich den Kopf, drängte mich zwischen den Leuten hindurch und rannte nach oben, holte erst wieder Luft, als ich die Zuflucht der oberen Galerie erreicht hatte.

»Philister«, japste ich, umklammerte das Geländer. Meine Lesebrille schlenkerte an ihrer Kette wild hin und her, stieß klappernd gegen das Metallgeländer, während ich Wuttränen zurückzuhalten versuchte. Ein oder zwei Leute sahen zu mir herauf. Eine aufgelöste Frau mittleren Alters, eine komische Gestalt.

Ich atmete tief durch, wischte mir die Augen und betrachtete mein Königreich, das mir nun nicht mehr gehörte. Meine treuen Untertanen standen in gehorsamen Reihen auf ihren Regalen, nicht ahnend, daß ihre Königin entmachtet worden war, nicht ahnend, welche Säuberungsaktionen ihnen unter dem neuen Regime bevorstanden. Meine geliebten Bücher, meine Freunde. Viele einsame Nächte hatte ich in ihrer Gesellschaft verbracht, war mit ihnen in eine Welt entflohen, wo Werte noch etwas gelten, wo Tugend belohnt wird, wo die unauffällige Heldin über die frivolen Schönen triumphiert und den Mann bekommt, der ihre inneren Werte zu schätzen weiß.

Wenn das doch in der Wirklichkeit auch so wäre, dachte ich. Aber dafür war es jetzt zu spät. Welche verborgenen Qualitäten konnten das Älterwerden wiedergutmachen? Ich sollte auf dem Abfall landen, zusammen mit meinen »staubigen alten Büchern«, wurde aus dem Weg geräumt, um Platz zu machen für schimmernde neue Paperbacks, die dem Jugendkult huldigten. Benommen beugte ich mich vor und betrachtete die Gestalten zwischen den Regalen. Es wäre so einfach, wenn die Galerie etwas höher wäre – ein kleiner Schubs, und mein nutzloses Leben wäre zu Ende.

Dann sah ich sie. Den Arm voller Zeitungen kam sie aus dem Archiv, trug ihr übliches flottes Kostüm mit den Schulterpolstern. Mit wackelnden Hüften durchquerte sie den Raum, ging mit der sorglosen Selbstsicherheit derer, die sich nie Mühe geben müssen.

Ms Annette Baker. Die strahlende junge Hoffnung des Bibliotheksverbandes von Surrey. Eine ellenlange Liste von Qualifikationen, unverschämt gutes Aussehen und – was am schlimmsten war – beliebt bei den restlichen Angestellten. Den Gerüchten nach schlief sie mit dem Direktor, was wahrscheinlich ihrer Vorstellung von »Leben und Lernen« entsprach. Die aufgeblasene kleine Schlampe hätte von mir noch das eine oder andere lernen können.

Sie legte die Zeitungen auf einen Tisch und kehrte zum Archiv zurück. Ihr Weg würde sie direkt unter die Galerie führen. Ich griff nach dem ersten Band eines Stapels übergroßer Lexika auf einem Tisch neben mir und wog ihn prüfend in der Hand. A bis D. Er war schwer, aber vielleicht sollte ich zur Sicherheit noch E bis H dazunehmen. Dann wüßte sie, wozu die »staubigen alten Bücher« gut sind. Ich stellte mir die Schreie vor, wenn sie zu Boden fiel, niedergestreckt von dem, was sie vernichten wollte.

Dann legte ich das Buch wieder auf den Tisch. Die würden sofort wissen, daß ich es gewesen war. Und plötzlich wollte ich unbedingt weiterleben, dachte aber nicht daran, an dem Nachmittag noch zu arbeiten. Rasch ging ich wieder nach unten, blieb kurz am Materialschrank stehen und nahm einen großen Topf Binderleim heraus. In der Garderobe der Angestellten leerte ich den Topf in Annette Bakers schicke Lederhandtasche aus, holte meinen Mantel und ging nach Hause.

Die Wohnungstür schloß sich hinter mir, und ich betrat die Einsamkeit meines Privatlebens: eine Gasrechnung und zwei Werbeprospekte auf der Fußmatte; ein Müllsack im Flur, den ich rauszustellen vergessen hatte; keine Nachrichten auf dem

Anrufbeantworter, der mich mit schweigendem Vorwurf ansah, weil ich ihm keine regelmäßige Arbeit verschaffte. Auf meinem Schreibtisch das übliche Chaos, wie nach einer Explosion in einer Buchhandlung. Ich verstaute die Gasrechnung in einem schmalen Spalt zwischen Thackeray und Trollope und machte mich auf die Suche nach einer Kaffeetasse mit möglichst wenig Schimmel.

Den Kaffee goß ich mit halb geschlossenen Augen auf, um das Chaos nicht sehen zu müssen: die dreckigen Teller im Spülbecken, die ausgefranste Schnur am Elektrokessel, die ich immer noch nicht repariert hatte, und, vor allem, den unbenutzten Fonduetopf, ein unerwünschtes Geschenk, das ich nicht wegwerfen konnte, Symbol der Gesellschaft, die ich gleichzeitig verabscheute und ersehnte.

Ein großer Schuß Whisky kam in den Kaffee, und ich hockte mich steif auf den Fenstersitz, unfähig, mich zu entspannen, weil das Zimmer so verdammt kalt war. Aber ich hatte die erste Hürde genommen, hatte mich in der Wohnung etabliert. An manchen Tagen saß ich einfach in Schal und Mantel am Tisch, fühlte mich wie ein Einbrecher in meinem eigenen Heim, ein Eindringling, der die traurigen Spuren einer einsamen und fruchtlosen Existenz betrachtete. Erst wenn ich mich zwang, ein Buch vom Tisch zu nehmen und zu lesen, erwachte ich wieder zum Leben.

Aber an diesem Abend konnte ich kein Buch anschauen. Stumpf schaute ich aus dem Fenster auf die glitzernden Lichter von Guildford – ein Blick, der die unverschämt hohe Miete für die Wohnung angeblich rechtfertigte. Ich hatte die Einzelheiten meiner Abfindung nicht abgewartet. Wie lange würde ich hier wohl noch bleiben können?

Mir ging es nicht nur um das Geld; ich hatte meine Arbeit geliebt. Eine Arbeit, die immer noch meine sein könnte, wenn

Ms Annette Baker nicht dazwischengekommen wäre. Eine Arbeit, die ich bis zur Pensionierung hätte ausüben können, wenn der Direktor die Bücherei mit seinem Verstand führen würde statt mit seinem Schwanz.

Sex. Das war das Problem. Die mächtige Geheimwaffe im Kampf der Besitzenden und der Habenichtse, der Gewinner und Verlierer im Leben. Welche Chancen hatte ich, eine reizlose alte Frau von fünfzig mit schmerzenden Gliedern und Krampfadern? Ich war nicht nur auf Dauer von diesem Spiel ausgeschlossen, ich war auch noch dazu verdonnert, vom Rand aus zuzuschauen, und bekam ständig vorgeführt, was mir entging. Wohin ich auch schaute – Bücher, Filme, Fernsehen, Plakatwände auf der Straße, selbst die Werbung, die mir ins Haus flatterte –, es gab kein Entrinnen vor der Botschaft. *Jeder tut es*. Jeder außer mir, so schien es. Also war ich eine Versagerin, ein trauriges, unzulängliches menschliches Wesen.

Was konnte ich tun? Frauen von fünfzig haben angeblich keine Lustgefühle mehr, das ist würdelos, ein düsteres Geheimnis, ein peinliches Problem, das man ignoriert und unter den Teppich kehrt. Was hatte der Postbote wohl letzte Woche in dem kleinen Päckchen vermutet? Pralinen von einem schuldbewußten Verwandten? Ein neuer Haartrockner? Ahnte er, als er das Päckchen nachdenklich schüttelte und es mir mit einem verschwörerischen Lächeln gab, daß es der neueste Multispead King Dong Vibrator mit extra Struktur und realistischer Ausführung war?

Niemand gibt zu, daß er masturbiert, eine Frau in meinem Alter schon gar nicht. Aber warum nicht? Das ist besser als nichts und außerdem, wenn ich mich recht erinnere, viel befriedigender als das ungeschickte Gefummel meiner Jugend. Ich hatte einmal Sex gehabt, vor langer Zeit, als ich unbedingt herausfinden wollte, wie das ist, so unbedingt, daß ich hinten in Barry Thomsons Kleinbus nach einer Party der sechsten Klasse einen Versuch gewagt hatte. Ein kurzes und unbefriedigendes Ereignis, nach dem ich mich fragte, was das ganze Theater eigentlich sollte. Und als ich dann den Rest des Monats voller Angst auf meine Periode gewartet hatte, schwor ich mir, es nie wieder zu tun, bis ich verheiratet war.

Was, wie sich herausstellte, nicht geschah.

Ich schiebe das auf mein Aussehen oder eher den Mangel daran. Wenn mir jemand sagt, daß es nicht allein aufs Aussehen ankommt, ist das ein schwacher Trost. Als dicker, unattraktiver Teenager hatte ich nichts für diesen Satz übrig, der so offensichtlich gelogen war, vor allem, als ich herausfand, daß mich Barry Thomson nur entjungfert hatte, um eine Wette zu gewinnen. Statt meine Aufmerksamkeit anderen Dingen zuzuwenden, an meiner Karriere zu arbeiten oder das Selbstvertrauen zu entwickeln, das mein Leben hätte verändern können, schloß ich mich mit meinen Büchern ein und wartete auf das große Wunder. Häßlichkeit wie die meine konnte nicht ewig anhalten, sagte ich mir. Eines Tages würde ich aufwachen und feststellen, daß ich mich zu einer attraktiven jungen Frau entwickelt hatte. Dann würde mein wahres Leben beginnen.

Meine Schulfreundinnen experimentierten zuerst mit freier Liebe und Flowerpower, heirateten dann und zogen Kinder groß. Ich nahm einen Aushilfsjob in der örtlichen Bücherei an, der mich über Wasser halten sollte, bis mein Ritter auf seinem weißen Roß erschien. Irgendwann mit Ende zwanzig wachte ich auf und entdeckte, daß ich mit dem Warten auf etwas, das nie eintreten würde, meine Jugend vertan hatte. Das Problem war jetzt nicht mehr mein Aussehen, sondern mein Alter. Alle annehmbaren Männer – diejenigen, die vielleicht unter die Oberfläche geschaut und den Menschen selbst zu schätzen gewußt hätten – waren mir von anderen Frauen weggeschnappt worden.

Voller Panik begann ich ernsthaft nach einem Mann Ausschau zu halten. Ich senkte meine Erwartungen, mein Ritter wurde zum Landjunker, dann zum einfachen Bauern, und schließlich wäre jeder recht gewesen, der mich hätte haben wollen. Aber ich hatte zu lange Zeit gewartet. Die einzigen noch unverheirateten Männer waren entweder Versager wie ich und nicht bereit, sich mit jemandem zusammenzutun, der genauso unzulänglich war, oder sie hatten sich auf ihre Karriere und aufs Geldverdienen konzentriert und waren jetzt so erfolgreich, daß sie selbstbewußt auf die perfekte Frau warten konnten.

Warum hatte mich niemand gewarnt? Die Jahre vergingen, meine Hoffnungslosigkeit wuchs, meine biologische Uhr tickte, und irgendwann mußte ich mich mit der schmerzhaften Erkenntnis abfinden, daß etwas schiefgangen war. Ich würde nie heiraten und Kinder kriegen, ein sicheres Heim und Kameradschaft im Alter erleben.

Früher hatte ich mich vor den Wechseljahren gefürchtet, den Hitzewellen, dem Austrocknen meines Körpers, der grausamen Bestätigung der Natur, daß ich zur Fortpflanzung nicht mehr taugte. Jetzt konnte ich es kaum erwarten, das endlich hinter mir zu haben. Ich war die monatliche Erinnerung daran, daß ich meine physische Aufgabe nicht erfüllt hatte, gründlich leid.

Was hatte ich statt dessen erreicht? Nichts. Und jetzt hatte ich auch noch meine Arbeit verloren.

Der Whisky begann zu wirken. Ich wollte mich betrinken, heftiger als je zuvor. Dazu hatte ich ja auch allen Grund, oder? War das nicht der traditionelle Trost aller Arbeitslosen?

Ich hatte genug davon, das Zeug mit Kaffee zu verdünnen und wollte mir gerade ein Glas aus der Küche holen, als das Telefon klingelte. Der Anrufbeantworter zitterte aufgeregt in den Startlöchern, und ich brachte es nicht über mich, ihn zu enttäuschen. Von der Küchentür aus hörte ich, die Whiskyflasche in der Hand, zu, wie der Apparat zum Leben erwachte und seine Ansage abspulte.

»Harriet, bist du da? Ich habe in der Bücherei angerufen, es heißt, du seist krank und wärst nach Hause gegangen. Alles in Ordnung mit dir?«

Sally. Meine beste und momentan einzige Freundin. Es hat auch andere gegeben, aber sie schienen immer wieder aus meinem Leben zu verschwinden, zweifellos frustriert, weil ich nie zurückrief. Wie soll ich ihnen erklären, daß meine Angst vor Ablehnung mich daran hindert, mit ihnen in Verbindung zu bleiben? Daß ich aus Selbstschutz die Bekanntschaft beende, bevor sie es tun?

Sally ist unempfänglich für solche Feinheiten, ist zu sehr damit beschäftigt, das Leben anderer zu organisieren, um sich über Zurückweisung Gedanken zu machen. Ein Routineanruf, sie will sich vergewissern, daß ich mich in den paar Tagen, seit sie mich zum letztenmal gesehen hat, nicht umgebracht oder sonst was Dummes gemacht habe.

»Harriet?« Ihre Stimme hat die Strenge einer Glucke, die ihre Küken ruft. Sie weiß, daß ich da bin, und gibt mir keine Chance, so zu tun, als sei ich fort. Bestimmt will sie mir wieder Vorträge über meine Lebensweise und meine Trinkgewohnheiten machen und dann vernünftige Problemlösungen vorschlagen. Warum gehe ich nicht öfter aus und lerne neue Leute kennen? Wie wär's mit einem Club für geselliges Beisammensein?

Einem *Club für geselliges Beisammensein*? Das soll wohl ein Witz sein. Manchmal genieße ich meine Einsamkeit regelrecht, nur um ihr eins auszuwischen.

»Harriet, bist du da? Ich rufe nur an, um dich an die Party heute abend zu erinnern.«

Die Party hatte ich vergessen. Aber ich hatte Sally schon gesagt, daß ich nicht komme. Sie weiß, daß ich Partys hasse. Lauter zärtliche Pärchen und verwöhnte, arrogante Jugendliche. Alleinstehende Frauen mittleren Alters sind etwa so beliebt wie Klapperschlangen in einem Glückstopf. Sally hat Duncan, den idealen Ehemann. Sie hat keine Ahnung, was es heißt, allein zu sein und sein Verfallsdatum überschritten zu haben.

Doch dann ging mir auf, daß eine Party heute abend vielleicht genau das richtige für meine Stimmung war. Ich könnte mich in Gesellschaft anderer noch viel sinnloser betrinken als allein. Eventuell war sogar Andrew dort. Ich griff nach dem Hörer.

»Sally?«

»Harriet, was ist los?«

»Nichts«, blaffte ich defensiv. Woher weiß sie immer gleich Bescheid, verdammt noch mal? »Zumindest nicht viel. Ich bin gerade rausgeschmissen worden. Frührente nennt sich das.«

»Oh, Harriet ...« Ich sah den Ausdruck schmerzlichen Mitleids, den sie so gut drauf hatte, förmlich vor mir. »Was wirst du tun?«

Ich wußte, daß sie mir das gleich sagen würde. Also legte ich den Hörer auf den Tisch und holte mir ein Glas aus der Küche. Als ich zurückkam, brabbelte sie von Stellenanzeigen und Umschulungen. Ich goß mir einen großen Whisky ein und begann die Maserungslinien des Bücherregals zu zählen. Sie erteilte mir fünfzehn Minuten lang gute, vernünftige Ratschläge, die ich allesamt ignorierte bis auf ihren letzten Befehl, mir einen ordentlichen Schluck zu genehmigen und dann für den nächsten zu ihr zu kommen.

Kapitel 2

Die Gäste auf der Party entsprachen in etwa meinen Erwartungen: Sallys schicke Freunde aus dem Innenarchitekturbüro und Duncans Kollegen aus der Universität, alle mit ihren »Partnern« – wie ich dieses Wort hasse, diese blasierte Entschuldigung für die Überlegenheit von Paaren. Auch einige von Duncans Studenten waren da, sollten seine enge Verbindung mit der jüngeren Generation beweisen. Andrew fehlte, aber Sally teilte mir mit einem Zwinkern mit, daß er eingeladen sei. Ich wurde rot und gab ihr meinen Mantel. Wußte sie Bescheid? Hatte sie schließlich doch erraten, was ich für ihn empfand?

Andrew war die einzige Ausnahme vom Gesetz der Untauglichkeit alleinstehender Männer, die ich kannte; das Gesetz, das besagt, mit einem Mann ohne Anhang stimmt etwas nicht. Er war ein paar Jahre älter als ich, lehrte Englisch an der Universität und hatte keine sichtbaren Mißbildungen, die nicht mit einer Flasche Schuppenshampoo behoben werden konnten. Wir hatten uns vor einigen Jahren kennengelernt, als wir uns bei einem von Sallys Wohltätigkeitsbasaren um eine Gesamtausgabe von George Eliot gekabbelt hatten. Unerklärlicherweise hatte er sich mit mir angefreundet. Die Beziehung war absolut platonisch – Andeutungen in anderer Richtung hatte es nie gegeben –, aber sie war mein Lichtblick und hielt mich davon ab, in völlige Verzweiflung zu versinken. Insgeheim hatte ich, wie fast alle Frauen über fünfunddreißig auf dem Campus der Universität, eine große Schwäche für ihn.

Ich floh vor Sallys fragendem Lächeln ins Wohnzimmer. Die

Paare standen im Mittelpunkt, diskutierten ernsthaft über Hypotheken, Schulgebühren und Gartenbau. In den Ecken drückten sich kleine Gruppen von Studenten herum, verputzten zielstrebig Sallys Häppchen und Getränke und bewachten eifersüchtig ihre Bierbüchsen, die sie mitgebracht hatten, falls der Wein ausging. Angesichts dieser Möglichkeit ging ich rasch in die Küche, wartete, bis ich allein war, und schob zwei Flaschen in den schmalen Spalt zwischen Küchenschrank und Herd. Niemand würde darauf kommen, dort nachzusehen.

Als ich zur Party zurückkehrte, bemerkte ich ihn zum ersten Mal. Ein junger Mann in einem langen schwarzen Mantel, der neben der Tür an der Wand lehnte. Er hatte wirres, lockiges schwarzes Haar und war unrasiert, aber seine Augen fielen mir auf. Spöttische Augen, Augen, die sahen und werteten. Die Augen eines Außenseiters. Einen Augenblick lang durchbohrte mich sein kalter Blick. Dann drängte sich jemand an mir vorbei, und sein Ausdruck wurde zu einem entspannten Lächeln. Instinktiv drehte ich mich um, wollte sehen, wem dieses Lächeln galt.

»Hast du mich also endlich bemerkt?« fragte der Schwarzmantel herrisch. »Ich glaube, es wird Zeit, daß ich mich vorstelle.«

Ich drehte mich zu ihm zurück und begriff verblüfft, daß er mich meinte. »Wie bitte?«

»Mein Name ist Mephisto, Diener von Luzifer, Erzregent und Befehlsherr aller Geister.«

Sally hatte mir erzählt, wie sehr Duncans Studenten diese Dungeon and Dragon-Spiele liebten, aber ich war nicht in der Stimmung für diesen Quatsch.

»Und ich bin Jesus Christus«, erwiderte ich. »Ich würde ja gerne mit Ihnen reden, aber ich möchte noch was vom Abendmahl erwischen, bevor Ihre Freunde alles verputzen. Entschuldigen Sie mich.« Ich wandte mich dem kalten Büfett zu.

»Ist dir klar, wer ich bin, Harriet?«

Woher wußte er meinen Namen? Ich starrte ihn an. Er sah aus wie alle anderen Studenten, hatte aber etwas Merkwürdiges an sich, das ich nicht einordnen konnte.

»Du mußt doch bemerkt haben, daß ich nicht wie all die anderen bin.«

War er verrückt? Einer von Sallys Sozialfällen, so wie ich?

»Ich komme vom Teufel persönlich, um dir das anzubieten, wonach du am meisten verlangst.«

Ich lachte. »Mit so einer Eröffnung beeindrucken Sie hier niemanden. Keiner glaubt mehr an den Teufel.«

»Ach ja? Warum fürchten sich dann alle so sehr vor ihm?« Er sah mich mit kaltem Blick an. »Warum hat sich die Welt so sehr bemüht, Bastionen gegen ihn zu errichten – ich glaube, ihr nennt das Zivilisation –, wenn sie sich nicht vor dem Teufel fürchtet? Kunst, Gesellschaft, Religion, alles eine Art Versicherung gegen die Hölle. Gegen das Chaos. In Wirklichkeit glauben sie nicht an Gott, weil sie in ihrem Innersten wissen, daß sie ihn selbst erfunden haben.«

Ich überlegte kurz. Er war nur ein Student, der Blödsinn verzapfte, vermutlich unter Drogen stand, aber an dem, was er sagte, war was dran. Ich wollte es plötzlich mit ihm aufnehmen. Auf die Herausforderung eingehen, ihm zeigen, daß ich ein würdiger Gegner war.

»Wenn Sie wirklich der Teufel sind, was machen Sie dann hier?« fragte ich. »Ich hätte gedacht, Sie hätten momentan in der Dritten Welt alle Hände voll zu tun. Warum treiben Sie sich auf einer gutbürgerlichen Party in Guildford rum?« Nur nicht zu tiefsinnig werden, dachte ich. Lull ihn ein, damit er sich in Sicherheit fühlt, gib ihm genug Spielraum …

»O ja, wir haben dort viel Arbeit. Aber die Leute da muß man nicht erst überzeugen, daß es den Teufel wirklich gibt – ich würde nur vor bereits Bekehrten predigen. Eine behagliche kleine Stadt wie Guildford macht viel mehr Spaß. Wir bohren gern ein paar Löcher in diese durchstrukturierte Ordnung, damit der Wind reinpfeift.«

Laute Musik donnerte los und übertönte das Stimmengewirr um uns herum, offenbar hatten die Studenten die Stereoanlage erobert. Sally eilte mit alarmiertem Blick an uns vorbei, und die Lautstärke sank beträchtlich, doch die Musik war immer noch zu hören. Ich merkte, daß ich im Rhythmus mit dem Fuß wippte und war plötzlich ungewohnt selbstsicher. Die Sache begann mir Spaß zu machen.

»Wozu diese Gesellschaftsspielchen?« fragte ich mit einem Lächeln. »Wenn Sie uns vernichten wollen, warum fahren Sie dann nicht die schwere Artillerie auf und pusten uns alle weg?«

»Tja, meine Macht ist leider begrenzt. Wir müssen uns an die Regeln halten. Und auch wenn es toll wäre, die Uhr des Universums zurückzustellen und an dem Tag, als der erste kleine Fisch aus dem Urschlamm kroch, ein Grillfest zu feiern, bliebe uns danach nicht mehr viel zu tun. Wir Teufel würden uns ziemlich einsam fühlen so ganz allein. Auf ewig mit Luzifer verdammt, und niemand zum Spielen.«

Wir lachten beide. Würde er jetzt die Maske fallen lassen und dem Spaß ein Ende machen? Ich schaute nach unten. Mein Glas war leer. Alkohol war ein armseliger Ersatz fürs Glücklichsein, aber der einzige Trost, den ich heute abend wohl bekommen würde. Ich sah mich um, konnte jedoch keine Flasche entdecken. Panik stieg in mir hoch. Der junge Mann hatte etwas an sich, das mich in merkwürdiger Weise anzog. Wenn ich jetzt unterbrach, würde ich wahrscheinlich keine Gelegenheit haben, das Gespräch fortzusetzen. Aber ich brauchte dringend noch was zu trinken.

»Dich zu betrinken wird dir nicht viel nützen, Harriet. Du brauchst viel mehr, um glücklich zu sein.«

Ich sah ihn mißtrauisch an. Hatte ich laut gesprochen, ohne es zu merken? »Was meinen Sie damit?«

»Sag du's mir«, meinte er mit einem Lächeln. »Wenn du alles haben könntest, was du willst, was würdest du dir dann wünschen?«

Ich seufzte. Noch so ein Gesellschaftsspiel. »Alles, was ich will?«

»Absolut alles. Keine Grenzen.«

»Na, da gäbe es einiges, was ich im Moment gut brauchen könnte. Einen Job, zum Beispiel. Geld zum Leben. Ein paar Jahre weniger – sagen wir mal, rund fünfundzwanzig. Ihr Teufel seid doch gut im Verjüngen, oder? Faustische Pakte und so was?«

Ich hielt inne und schaute zur Tür. Andrew war gerade gekommen, mit einer jungen Frau, wahrscheinlich eine seiner Studentinnen. Sie war groß, schlank und elegant gekleidet, im Gegensatz zu seiner wie üblich leicht ungepflegten Erscheinung. Während sie vor ihm den Raum durchquerte, bewegten sich ihre Hüften sanft im Rhythmus der Musik, und ihr kurzes Kleid gab den Blick auf ein Paar wohlgeformte Beine frei. Dickes kastanienrotes Haar umrahmte ein anziehendes Gesicht mit blitzenden Augen. Eifersucht packte mich.

»Wenn wir schon dabei sind«, wandte ich mich wieder Mephisto zu, »einige Verbesserungen im Aussehen könnten auch nicht schaden. Mit einem Gesicht zu leben, das wie die Rückseite eines Busses aussieht, ist nicht einfach.«

Hoffte ich darauf, daß er widersprechen würde? Mir sagen würde, daß wahre Schönheit wichtiger ist als ein hübsches Frätzchen? Wenn nur mehr Menschen so denken würden. Aber er hörte gar nicht zu, betrachtete Andrews Begleiterin.

»War dies das Antlitz, das einst tausend Kriegsschiffe/ vom Stapel ließ, die Türme Ilions versengte?« murmelte er.

Marlowes *Tragische Geschichte von Doktor Faustus*. Hatte er daher seine Ideen für diesen Teufelsblödsinn?

Ich atmete tief durch. Wie dämlich von mir, anzunehmen, daß dieser junge Mann meine Gesellschaft genoß. Da mußte nur eine halbwegs attraktive Frau den Raum betreten, und sofort hatte er das Interesse an dem Gespräch mit mir verloren.

»Wenn Sie lieber mit der schönen Helena da drüben reden wollen, tun Sie sich keinen Zwang an«, sagte ich. »Ich wollte mir sowieso noch was zu trinken holen.«

Zur Erklärung hob ich mein Glas und erschrak, als mir dunkelroter Wein auf die Hand schwappte. Das Glas war randvoll. Nervös nahm ich einen Schluck, damit nicht noch mehr überlief, und ein prickelnder, erdiger Geschmack erfüllte meinen Mund. Viel besser als der bei Sally übliche Wein. Fieberhaft überlegte ich, wie ihm das gelungen war, ohne daß ich es bemerkte. Genug Platz für eine Weinflasche unter seinem weiten Mantel; ein billiger Trick.

Die Musik wurde wieder lauter, störte meine Gedanken. Ein Liebeslied. Am anderen Ende des Zimmer tanzte ein junges Paar engumschlungen. Selbstmitleid überkam mich, der Wunsch, mich gehen zu lassen, diese lächerliche Unterhaltung zu beenden und der Partyatmosphäre zu gestatten, mich in trunkenem Vergessen davonzutragen. Mephisto starrte immer noch die junge Frau an.

»Er vögelt sie nicht, falls dich das interessiert«, sagte er schließlich und deutete mit einem Kopfnicken auf Andrew.

»Woher zum Teufel wollen Sie das wissen?« Neugier brachte mich dazu, ihm wieder meine Aufmerksamkeit zuzuwenden.

»Vertrau mir, und ich werde es dir zeigen. Du hast nicht ein Wort von dem geglaubt, was ich gesagt habe, oder?«

»Allerdings.« Dieses Spiel lief aus dem Ruder.

»Schau dich um«, sagte er. »Diese Leute – die sehen doch aus, als hätten sie alles erreicht. Halten sich an die Regeln, haben die richtige Einstellung, sagen nie, was sie wirklich denken. Sie haben ihre Versicherung bezahlt, um den Teufel in Schach zu halten, haben ihre Verteidigungswälle errichtet und Gräben darum gezogen. Oberflächlich betrachtet sieht das alles ganz gut aus, aber was meinst du, was darunter vorgeht?«

»Das weiß nur Gott«, murmelte ich.

»Der nicht, Harriet. Du setzt aufs falsche Pferd. Ich will dir mal was sagen. Du bist nicht die einzige Sünderin hier im Raum. Diese Leute fühlen sich sicher in ihren behaglichen kleinen Bastionen der Zivilisation, aber ihnen ist nicht klar, daß sie die Tore verschlossen und den Schlüssel weggeworfen haben, ohne zuvor den Teufel auszusperren. Sie sind alle verdorben bis ins Mark.«

»Wieso bin ich eine Sünderin?« fragte ich ungehalten. »Ich hab nichts Unrechtes getan.«

»Nimm mich nicht auf den Arm, Harriet. Der Teufel sieht alles, was du tust. Hast du die kleine Show vergessen, die du heute nachmittag in der Bücherei abgezogen hast? Die Mordlust, die du da verspürt hast, hat mich aus der Hölle hierher geholt. Ich verschwende meine Zeit nicht mit läßlichen Sünden.«

»Ich … ich hab doch gar nicht …« Mir schwirrte der Kopf. Wie konnte er das wissen? Wieder nahm ich einen Schluck Wein und schaute verwirrt das Glas an. Es schien noch immer randvoll zu sein. »Aber ich hab es dann doch nicht getan.«

»Ich weiß. Ich habe dich zurückgehalten. Das hätte meine Pläne verdorben. Aber es war ein toller Auftritt. Du hättest einen Oscar verdient für deine Darstellung des Zornes, von Stolz und Neid ganz zu schweigen. Damit hast du schon drei der sieben Todsünden abgedeckt.«

Ich machte den Mund auf, klappte ihn wieder zu, traute meiner Stimme nicht.

»Was ist mit den restlichen?« fuhr er fort, schaute sich im Raum um. »Ich glaube, wir finden sie hier alle versammelt.« Er fing meinen Blick auf und deutete mit dem Kopf auf eine schikke Frau, die bei der größten Gruppe stand, eine von Sallys Freundinnen.

»Da ist Unersättlichkeit am Werk. Hör zu.«

Ich schnappte nach Luft und klammerte mich an seinen Arm, als die Musik schwächer wurde und eine Stimme in meinem Kopf zu sprechen begann. Was war das? Telepathie?

Ob irgend jemand merkt, wenn ich mir noch ein Hühnerbein nehme? Es sind nur noch drei übrig, und ich weiß, daß ich schon vier hatte, aber ich glaube nicht, daß jemand mitzählt. Ich erkannte ihre Stimme, hatte gehört, wie sie Sally von ihrer neuesten Diät erzählte, als ich kam.

»Keine Bange«, sagte Mephisto. »Das ist nur ein Trick, den ich beherrsche. Er kann dir nicht schaden.«

Wenn ich es in eine Serviette packe, könnte ich es mit aufs Klo nehmen und dort essen, mit all dem Knorpel an den Enden, ohne daß es jemand mitkriegt. Oder ich könnte den Teller ins andere Zimmer tragen und so tun, als wollte ich ihn herumreichen, dann kriege ich vielleicht alle drei!

Die Frau schob sich langsam zum Tisch. Ich betrachtete Mephisto voller Ehrfurcht. Toller Trick!

»Und jetzt die Trägheit«, flüsterte er mir zu, deutete auf einen Studenten, der in offenbar komatösem Zustand auf dem Sofa zusammengesackt war. Die Stimme in meinem Kopf wurde träge und männlich.

Warum zum Teufel hab ich Sandra versprochen, nach der Party zu ihr zu kommen? Ich denk nicht dran, um diese Zeit noch den Berg hoch zu ihrer Bude zu laufen. Wenn ich sie anrufe, macht sie mich garantiert fertig. Vielleicht tue ich einfach so, als hätte ich es vergessen, und bleibe ganz cool. Schließlich bin ich ein freier Mensch. Gott, muß ich dringend pinkeln. Aber es ist so bequem hier. Wo hab ich das Bier hingestellt?

Duncan ging am Sofa vorbei, um die Kassette in der Stereoanlage zu wechseln, und die Stimme verklang. Wieder dröhnte die Musik, lauter diesmal, und er wandte sich mit einem Lächeln an einen Mann, der neben ihm stand.

»George, wie geht's? Wie wär's mit ein bißchen Discogezappel?« Duncan ruderte mit den Armen, machte ein paar aggressive Verrenkungen, und die beiden Männer lachten.

»Als nächstes die Habgier«, murmelte Mephisto.

Du brauchst gar nicht so selbstzufrieden zu schauen, George. Auch wenn du draußen einen neuen Citroën stehen hast, werde ich als nächster befördert, und wenn Sallys neuer Kunde mit der Kohle rüberkommt, krieg ich bald einen BMW. Wenn nur das Schulgeld nicht so hoch wäre, wär ich längst an der Spitze, könnte dir zeigen, wer der Stärkere ist. Wenn Sallys Mutter stirbt, können wir die Hypothek abzahlen ... die alte Krähe wird's bestimmt nicht mehr lange machen ...

»Wie um alles in der Welt haben Sie das gemacht?« fragte ich Mephisto, unfähig, ein Grinsen zu unterdrücken. Duncan war allgemein für seine sozialistischen Ideale bekannt. »Ist das eine Art Hypnose?«

»Still«, erwiderte er, legte den Finger an die Lippen. »Ich bin noch nicht fertig. Das Beste habe ich für den Schluß aufgehoben.« Er nahm meinen Ellbogen und drehte mich um, so daß ich jetzt Andrew und seine Begleiterin im Blick hatte, die am Kamin ins Gespräch vertieft waren.

Was sie wohl von mir hält? Unwillkürlich überlief mich ein Schauder. Andrews vertraute Stimme so nah zu hören war ein Schock. *Wahrscheinlich war es bloß Zufall, daß wir zur gleichen*

Zeit angekommen sind. Allerdings steht sie sehr dicht bei mir – ich kann die Wärme ihrer Haut spüren.

»Wollust.« Mephisto lachte leise und düster.

Ich kann ihre Nippel durch das Kleid sehen. Was würde passieren, wenn ich sie berühre? O Gott, ich muß aufhören, so was zu denken. Sie würde mir wahrscheinlich eine schmieren, wenn ich ihr auch nur einen Abschiedskuß geben würde. Konzentrier dich. Mach dich nicht zum Narren. Sie fragt nach ihren Noten für das letzte Semester. Das ist der einzige Grund, wieso sie mit mir redet. Aber wenn ich mir vorstelle … wenn ich mir vorstelle, meine Hände auf diesen Brüsten, meine Wange an dieser seidig weichen Haut …

Ich blinzelte eine eifersüchtige, zornige Träne weg. Über mich würde Andrew nie so denken. Warum waren alle Männer gleich, unfähig, hinter die oberflächliche Fleischeslust zu schauen?

Mephisto berührte meinen Arm. »Du würdest eine Menge dafür geben, an ihrer Stelle zu sein, was?«

Wütend wirbelte ich zu ihm herum, entnervt von der Vorstellung, daß er auch *meine* Gedanken lesen konnte. »Natürlich will ich nicht wie *sie* sein! Wenn ich jung und schön wäre, hätte ich was Besseres zu tun, als mit Männern zu flirten, die mein Vater sein könnten. Ich würde ein anständiges Leben führen, würde versuchen, in dieser miesen Welt etwas Glück zu finden.«

Er betrachtete mich mit einem herablassenden Lächeln. Ich nahm einen großen Schluck aus meinem Glas und sah ungläubig, wie die dunkelrote Flüssigkeit herumwirbelte und wieder bis an den Glasrand hochstieg. Er mußte mir was in den Wein getan haben, das war es. Ich starrte ihn mit wildem Blick an.

»Wenn du der Teufel bist und so viel Macht hast, warum gibst du mir dann nicht das, was ich mir wünsche?« Ich hörte die Hysterie in meiner Stimme, konnte sie aber nicht unterdrücken. »Was willst du dafür? Meine Seele? Die kannst du gerne haben. Schließlich will sie ja sonst niemand.«

»Harriet? Was ist los?«

Jemand packte mich an den Schultern und drehte mich um. Sally. Sah mich besorgt an.

»Laß mich in Ruhe!« Ich machte mich los und wandte mich wieder Mephisto zu. Aber er war verschwunden.

»Harriet? Komm, setz dich.« Sally legte den Arm um mich und führte mich zum Sofa. »Ich weiß, daß du in letzter Zeit unter schrecklich viel Druck gestanden hast. Mach dir keine Sorgen, jetzt ist alles gut.«

Leute starrten mich an. Ich setzte mich benommen. »Dieser Mann …«

»Welcher Mann?« Sally sah sich mit fragendem Blick um. »Hat dich Andrew wieder geneckt?«

Ich begann ihr Mephisto zu beschreiben, merkte, daß Sally an ihrer Halskette herumfummelte, einem glitzernden Ding, das sie vor kurzem auf einem Flohmarkt gekauft hatte. Kunstvoll gearbeitet, mit einer Reihe metallener Glücksbringer daran. Ich sah genauer hin. Die Glücksbringer hatten die Form von Pentagrammen.

Sallys Stimme drang wie aus weiter Ferne zu mir. »Wirklich, Harriet, ich glaube, den hast du dir eingebildet. So ein Mann war heute nicht hier.«

Kapitel 3

Mein Nacken schmerzte. Jemand hatte mein Kissen durch einen Sandsack ersetzt und ihn am Bett festgeklebt. Warum ließ er sich nicht bewegen? Mühsam drehte ich mich um und stieß an eine weiche, senkrechte Barriere, die ich allmählich als Sofalehne identifizierte. Wo war ich?

Ich setzte mich auf, zuckte zusammen, als mir ein scharfer Schmerz in die rechte Schulter fuhr, und öffnete die Augen. Sallys Wohnzimmer. Kaltes Morgenlicht strömte durch die Lücken im Vorhang und ließ das Zimmer, das gestern so warm und gemütlich gewesen war, grau und unfreundlich aussehen. Leere Weingläser standen auf dem Couchtisch. Schaler Geruch drang mir in die Nase, ein dumpfer Kopfschmerz löste die Benommenheit ab. Ich fröstelte, hielt die Steppdecke fest, mit der man mich wohl über Nacht zugedeckt hatte, spürte, wie mir der Schweiß ausbrach. Mir war übel.

»Bist du wach, Harriet? Ich hab dir Kaffee gebracht.«

O Gott, nicht Sally. Bitte, lieber Gott, dachte ich und verkroch mich unter der Decke, laß mich die Augen schließen und in meinem eigenen Bett aufwachen. Ich werde von jetzt an ganz brav sein, nicht mehr so viel trinken, keine schlimmen Dinge über andere Menschen denken, meinen Job besser machen …

Aber ich hatte keinen Job mehr. Und Gott gab es nicht. Ich setzte mich auf, benommen vor Selbstmitleid, und griff mit zitternden Händen nach dem dampfenden Kaffeebecher.

»Wie fühlst du dich?« fragte sie. »Wir dachten, es wäre besser, dich nicht zu wecken. Du hast so fest geschlafen.«

»Hast du meine Autoschlüssel gesehen, Liebling?« Duncan kam ins Zimmer, knöpfte seinen Hemdkragen zu. Als er mich sah, blieb er abrupt stehen. »Oh, entschuldige, Harriet. Hatte ganz vergessen, daß du da bist.« Er grinste breit. »Geht's dir besser?«

Ich starrte ihn an, erinnerte mich an verworrene Bruchstükke des gestrigen Abends. Aus irgendeinem Grund hatte ich Gedanken lesen können. Duncan wollte einen BMW. Andrew wollte dieses Mädchen vögeln. Ich wollte ... ich wollte wieder jung sein. Ich schüttelte den Kopf. Das war nur ein Traum, ein schlechter Traum.

Fluchtartig verschwand ich im Badezimmer und schaute in den Spiegel. Ein volles, rundes Gesicht, auf der einen Seite mit roten Falten von der Sofalehne. Runzelige Haut unter den verschwommen schauenden, leicht blutunterlaufenen Augen. Geplatzte Äderchen in den Wangen. Ein leichtes Doppelkinn. Braunes, dünnes Haar mit einem praktischen Kurzhaarschnitt. Eine häßliche, ältere Frau. Nutzlos.

Ich kam mir schmutzig vor. Die Badewanne schimmerte einladend, gesäumt von Reihen bunter Flaschen und Körben mit süß duftender Seife. Ich sehnte mich danach, in heißes, duftendes Wasser zu tauchen, aber das hier zu tun würde die Grenzen der Gastfreundschaft überschreiten. Und wozu auch? Ich hatte in meinen Kleidern geschlafen und nichts Sauberes anzuziehen. Ja, ich hatte noch nicht mal eine Zahnbürste dabei. Ich stellte mir Sally beim Baden vor, in einer Wanne voller Schaum. Wie sie frisch und sauber und schön herausstieg, sich in ein weiches Handtuch hüllte, das sanft zu Boden fiel, wenn Duncan sie in die Arme nahm.

Eine Katzenwäsche mußte reichen. Also spritzte ich mir Wasser ins Gesicht und fröstelte, als es an meinen Armen hinunterlief und die Ärmel meiner Bluse durchnäßte. Das Handtuch roch nach Aftershave. Nachdenklich sah ich es mir genauer an, zupfte ein schwarzes, gekräuseltes Haar weg. War das Handtuch an diesem Morgen mit Duncans Körper in Kontakt gekommen? Langsam trocknete ich mir das Gesicht ab, stellte mir vor, wie es über seine feuchte Männlichkeit geglitten war. Teile, die Sally vorbehalten waren. Wie war es wohl, verheiratet zu sein? Wie war es, den Körper eines anderen genauso gut zu kennen wie den eigenen?

Mit schlechtem Gewissen nahm ich eine hellblaue Cremedose vom Regal über der Wanne. *Lapinique. Total Skin Control. Feuchtigkeitsspendend, nährstoffreich, revitalisierend.*

War das Sallys Geheimnis? Ich steckte meine Finger in das Töpfchen und verteilte eine dicke Schicht Creme auf meinem Gesicht. Es dauerte lange, bis ich sie verrieben hatte, und schließlich mußte ich den Rest mit Duncans Handtuch abwischen. Hoffnungsvoll sah ich in den Spiegel, betupfte vorsichtig die zarte Haut unter meinen Augen mit der Fingerspitze. Das trockene Runzelgefühl war weg. Aber war die Haut *revitalisiert*? Schwer zu sagen.

Ein Rütteln an der Tür schreckte mich auf. Ich griff nach irgendeiner Zahnbürste aus dem Ständer über dem Waschbecken, putzte mir rasch die Zähne und trocknete die Bürste hinterher an dem jetzt feuchten und verschmierten Handtuch ab. Da ich nirgends einen Kamm finden konnte, brachte ich mein Haar notdürftig mit der langstieligen Rückenbürste in Ordnung, die ich an einem Haken hinter der Tür fand. Aus irgendeinem Grund drückte ich die Klospülung, holte tief Luft und trat auf den Flur.

Stimmen drangen aus der Küche, während ich nach unten ging.

»Es wäre viel sinnvoller, ihn in Zahlung zu geben, bevor die Garantie ausläuft.«

»Wozu hat man denn die Garantiezeit, wenn man sie nicht ausnutzt?«

»O Gott, ich hab keine Lust, das alles noch mal zu erklären. Außerdem treiben die Fahrten zu deiner Mutter den Kilometerstand ganz schön nach oben. Wenn wir bis zum Frühjahr warten, bekomme ich keinen so guten Preis mehr.«

»Aber, Duncan, ich mag das Auto. Ich verstehe nicht, warum du so viel Geld für einen BMW ausgeben willst.«

Ich hustete laut, machte mich innerlich bereit, die Küche zu betreten, aber die Tür wurde geöffnet, bevor ich sie erreicht hatte, und Duncan kam in den Flur, klimperte mit den Autoschlüsseln.

»Hast du Jenny oben gesehen? Sie kommt noch zu spät zu ihrer Reitstunde.« Er schenkte mir ein nachsichtiges Lächeln, verschwand Richtung Garage, ohne auf eine Antwort zu warten.

Also wollte er tatsächlich einen BMW. Ich ging in die Küche, wo Sally Gläser in die Spülmaschine stellte.

»Wie wär's mit Frühstück, Harriet?«

Eigentlich wollte ich nur weg, nahm aber trotzdem Toast und Kaffee an. Ich setzte mich an den hell gescheuerten Holztisch, der zum Küchenschrank paßte, und beobachtete Sally, die geschäftig herumhantierte.

Sally war Mitte vierzig, sah aber viel jünger aus. Heute morgen trug sie ein schickes, dunkelgrünes Kostüm und hatte ihr blondes, schulterlanges Haar zu einer eleganten Frisur zurechtgebürstet. Ihr Gesicht wirkte so gepflegt, wie es sich nur durch den fachmännischen Umgang mit Kosmetika erreichen läßt.

»Ich treffe mich um elf mit einem Kunden«, sagte sie und sah auf ihre Armbanduhr. »Aber ich kann nicht weg, bis Duncan von der Reitschule zurück ist, wir haben also Zeit.«

Sie steckte Brotscheiben in einen großen, verchromten Toaster. »Für gewöhnlich arbeite ich samstags nicht, aber Duncan meint, ich sollte diesen Kunden dazu bringen, mir mehr Privataufträge zu verschaffen. Er sagt, ich könnte mehr Geld verdienen, wenn ich mich selbständig mache. Ich bin mir da nicht so sicher, aber man muß alles ausprobieren, meinst du nicht auch? Sonst hängt man ewig in demselben langweiligen Job fest.«

Sie verstummte plötzlich, weil ihr wahrscheinlich eingefallen war, daß ich *meinen* langweiligen Job gerade verloren hatte. Sallys Job war absolut nicht langweilig. Sie war Innenarchitektin, eine Kreative, die Träume verwirklichte. Sie schuf den Hintergrund für das Leben reicher Müßiggänger, erfand den Rahmen, in dem sie ihre Phantasien ausleben konnten. Ein Kinderzimmer im Stil arabischer Nächte für das verwöhnte Kind eines Industriellen, ein gotisches Eßzimmer für einen amerikanischen Bankier, römisches Interieur für ein exklusives Fitneßcenter, komplett mit Mosaiken und Statuen.

Ein Becher mit Kaffee und ein Teller mit warmem, gebuttertem Toast erschienen vor meiner Nase. »Greif zu«, sagte Sally, ließ sich auf dem gegenüberliegenden Stuhl nieder und betrachtete mich prüfend. »Du siehst aus, als hättest du es nötig.«

Trübsinnig kaute ich auf meinem Toast. Sally hatte alles: Schönheit, einen erfüllenden und gut bezahlten Job, einen Ehemann, Kinder, ein gemütliches Heim. Ich fragte mich oft, warum sie sich mit mir angefreundet hatte. Brauchte sie zum eigenen Ansporn das Beispiel einer Versagerin, so wie sich manche Leute bei einer Diät Bilder von fetten Frauen an den Kühlschrank kleben? Als Warnung: Ein falscher Schritt, und du bist genau wie sie.

Etwas Glänzendes stand neben dem Küchenschrank. Mir fielen die versteckten Weinflaschen vom Abend zuvor ein.

»Sally?« fragte ich zaghaft. »Was ist passiert? Gestern abend, meine ich. Hab ich mich schlecht benommen?«

Sally lachte. »Guter Gott, nein. Ich habe noch nie gesehen, daß du dich so gut amüsiert hast! Muß genau das richtige für dich gewesen sein, mal ordentlich alles rauszulassen und so.«

Ich konnte mich nicht daran erinnern und sah sie überrascht an. »Was hab ich gemacht?«

»Tja, laß mich mal überlegen.« Sally runzelte die Stirn. »Irgendwann hast du dich ein bißchen seltsam aufgeführt, konntest dich gar nicht wieder über einen Studenten beruhigen, der dir angeblich was in den Wein getan hat. Du hast alle gefragt, ob sie ihn dabei gesehen hätten.« Sie lächelte. »Dann hat Duncan die Musik lauter gestellt und dich zum Tanzen aufgefordert. Du bist mir ja ein ganz stilles Wasser, Harriet. Ich wußte nicht, daß du dich so bewegen kannst.«

Mich schauderte. Was hatte Andrew wohl gedacht?

»Dann hast du mit Andrew getanzt ...«

»Das ist nicht wahr!«

»O doch – die ganze Dire-Straits-Platte lang. Ihm hätte ich das auch nicht zugetraut. Vielleicht habt ihr beide dasselbe getrunken.« Sie beugte sich vertraulich vor. »Du wirst doch nicht behaupten, daß du eure Verabredung für heute vergessen hast?«

»Verabredung?«

»Zum Tee oder so. Nachdem ihr die Tanzfläche den halben Abend in Beschlag genommen hattet, habt ihr eine Riesendiskussion über Gut und Böse geführt. Irgendwelches intellektuelle Zeug, das ich nicht verstanden hab. Er sagte, das stände alles in Marlowes *Faustus*, und will es dir zeigen, wenn du heute nachmittag zu ihm kommst. Hat dir getoastete Crumpets versprochen.«

»Du erinnerst dich nicht zufällig, welche Uhrzeit wir ausgemacht haben?« fragte ich einfältig, hätte mich zu gern erinnert, was passiert war. Aber da war nur Leere. Was um alles in der Welt hatte ich zu Andrew gesagt?

»Um vier«, erwiderte Sally grinsend. »Ich glaube, er mag dich, Harriet.«

Was wußte sie schon? Hatte sie denn nicht bemerkt, wie er um diese Studentin herumscharwenzelt war? Aber ihre Worte erfüllten mich mit wilden Hoffnungen, daß ich mich irrte, daß er vielleicht doch etwas für mich empfand. Ich sah auf die Uhr. Elf. Nur noch fünf Stunden warten.

Ich floh in dem Augenblick, als Duncan das Auto zurückbrachte, stieß auf dem Pfad mit ihm zusammen, worauf die vielen BMW-Hochglanzprospekte, die er unter dem Arm hatte, im Blumenbeet landeten. Sobald ich zu Hause war, ließ ich mir ein Bad ein und wusch mir die Haare, entschlossen, all die unerfreulichen Spuren des gestrigen Abends aus meinem Kopf und von meinem Körper zu entfernen. Der Nachmittag verging nur langsam. Ich versuchte, ein Buch zu lesen, konnte mich aber nicht konzentrieren. Immer wieder mußte ich an den gestrigen Abend denken, suchte nach Hinweisen darauf, was passiert war. Warum hatte ich mich so betrunken? Warum hatte Andrew mich eingeladen?

Fünf vor vier stand ich nervös wie ein Teenager bei seiner ersten Verabredung vor Andrews Wohnungstür.

Mit einem Lächeln ließ er mich ein. »Geht's dir heute besser?«

Ich folgte ihm ins Wohnzimmer und setzte mich auf meinen üblichen Sessel am Kamin. Würde er vor mir auf die Knie fallen und mir seine heimliche und grenzenlose Liebe gestehen?

»Ich glaube, wir haben gestern alle ein bißchen viel getrunken.« Nachdenklich strich er sich über den Bart. »War nicht leicht heute morgen, mich an diese Klausuren zu setzen.« Er deutete mit einer vagen Handbewegung auf einen Stapel, der auf seinem Schreibtisch lag. »Die muß ich alle bis Dienstag zensiert haben. Der Montag ist voll mit Konferenzen, und morgen kommt einer meiner Studenten für ein Extra-Tutorium. Heute abend muß ich mich wirklich dranhalten, wenn ich es überhaupt schaffen will.« Er tappte durch die offene Tür in die Küche. »Kann ja nicht alles zusammenbrechen lassen wegen Duncans wilder Partys, was?«

»Du bist ein vielbeschäftigter Mann, Andrew«, sagte ich. Meine Hoffnung, daß sich mein Besuch zu einem romantischen Abend ausdehnen würde, war dahin. Sally hatte mal wieder übertrieben.

»Nur Arbeit und kein Vergnügen«, murmelte er und kam mit einer Papiertüte in der Hand zurück, aus der er eine Zellophanpackung zog. »Magst du ein Crumpet?«

Ich weiß, daß du eins magst, dachte ich und biß mir auf die Zunge. Ich hatte nicht vergessen, wie er am Abend zuvor die Studentin beäugt hatte. Keine Frage, wer das »Extra-Tutorium« brauchte, für das er sich den ganzen Sonntag freihielt. Eine Toastgabel wurde mir in die Hand gedrückt, und ich wartete geduldig, während er sich mit dem Zellophanpapier abmühte und schließlich alle Crumpets auf den Kaminvorleger fallen ließ.

»Fast wie in der Studentenzeit, was?« sagte er, bückte sich, spießte eines auf die Gabel, die in meiner schlaffen Hand hing. Er richtete sie auf das knisternde Feuer. Warum kann er die Crumpets nicht unter den Grill legen, wie alle anderen auch, fragte ich mich. Aber dann fiel mir wieder ein, daß Andrew nicht wie alle anderen war. Deshalb liebte ich ihn ja.

Andrew hielt viel von traditionellen Werten. Er teilte meine Vorliebe für viktorianische Romane und glaubte an Happy-Ends, zumindest in Romanen. Außerdem beharrte er auf seinen Prinzipien, weigerte sich, den Lehrstoff einzuschränken, trotz aller Mittelkürzungen und sinkender Maßstäbe. Manche hielten ihn für exzentrisch oder altmodisch, aber für mich war er ein integrer Mann. Na ja, zumindest meistens.

»Ich stell mal eben den Kessel auf«, sagte er und ging wieder in die Küche. Ich beobachtete ihn verstohlen durch die offene Tür, versuchte, mein romantisches Bild mit der häuslichen Wirklichkeit in Einklang zu bringen. Gaben alle Ritter ihre weißen Rösser auf, wenn sie älter wurden, tauschten sie gegen Filzpantoffeln und Teekochen ein? Andrew trug ausgebeulte Cordhosen und ein verknautschtes Sportjackett mit ausgefransten Ärmelrändern und aufgenähten Lederflecken an den Ellbogen. Ein schwarzer Pullover mit Polokragen gab ihm eine künstlerische Note und schuf einen hübschen Kontrast zu seinem hellbraunen, mit Silberfäden durchsetzten Bart. Außerdem waren die Schuppen darauf gut zu sehen, die jedes Mal, wenn er sich durchs Haar fuhr, reichlich herabrieselten. Sein Haar war lang, fast bis auf die Schulter, und in keinem erkennbaren Stil geschnitten. Ich liebte es so, wie es war, und trauerte jedes Mal heimlich, wenn er es schneiden ließ.

Der Kessel tat seine Pflicht, und Andrew kam schließlich mit einem voll beladenen Tablett wieder zu mir ans Feuer – Teekanne, gestrickter Teewärmer, hauchdünne kleine Tassen und Unterteller, Sieb, Zuckerdose und Zange, Milchkrug, Untersetzer, Löffel. Ich spießte das dritte Crumpet auf und hielt es in die Flammen, genoß die Vertrautheit des Rituals. Während er Tee einschenkte, betrachtete ich sein Profil, fasziniert von den Veränderungen seines Gesichts aus verschiedenen Blickwinkeln. Seine einem Schiffsbug ähnelnde Nase glänzte im Feuerschein, und die trockene, papierartige Oberfläche seiner Wange wurde zu einem Relief, jede Falte eine Hieroglyphe mit verborgener Bedeutung.

Er hob eine Augenbraue. »Du siehst so nachdenklich aus, Harriet. Ist alles in Ordnung?«

Ich zögerte. Hatte Sally ihm erzählt, was passiert war?

Hatte sie nicht. Er schaute erschrocken und besorgt, als ich ihm in kurzen Worten von meiner Kündigung berichtete. Mitfühlend beugte er sich vor und berührte meine Hand.

»Wenn es irgendwas gibt, was ich für dich tun kann ...«

Nimm mich in die Arme, du Idiot! schrie eine Stimme in meinem Kopf. Mit bloßer Willenskraft wollte ich ihn zu mir zwingen.

Das dritte Crumpet ging in Flammen auf. Erschreckt ließ ich die Toastgabel fallen, die auf der Kaminplatte aufprallte. Brennende Crumpetstücke spritzten nach allen Seiten.

»Verdammt!« entfuhr es Andrew. Er sprang auf und trat diverse kleine Flämmchen auf dem Teppich aus. »Ich hab's doch gewußt. Ich hätte ein zweites Paket kaufen sollen.« Er wandte sich mir zu und grinste. »Jetzt mußt du um das letzte mit mir kämpfen.«

Die Gelegenheit zur Romantik war eindeutig verpaßt. Aber wie konnte er in einem Moment wie diesem Witze machen? War ihm denn nicht klar, daß meine ganze Welt aus den Fugen war?

Er hockte sich vor den Kamin, spießte das nächste Crumpet auf und hielt es in die Flammen, offensichtlich nicht bereit, sich von mir sein Teegebäck verbrennen zu lassen. »Weißt du, Harriet«, sagte er langsam, »diese Dinge können manchmal ein versteckter Segen sein.«

Schniefend unterdrückte ich Tränen des Selbstmitleids und starrte auf die immer noch glimmenden Brandlöcher in dem abgetretenen Kaminvorleger. Wovon um alles in der Welt redete er denn jetzt?

»Willst du damit sagen«, meinte ich mit einem schwachen Lächeln, »daß ich dir die nötige Ausrede verschafft habe, einen neuen Teppich zu kaufen?«

»Was sollte ich mit einem neuen Teppich?« Er warf mir einen verwirrten Blick zu. »Ich habe von vorzeitiger Pensionierung gesprochen. Das könnte der Anfang eines neuen Lebens für dich sein, dir die Zeit geben, deine Interessen zu entwickeln und so weiter. Ehrlich gesagt, beneide ich dich sogar.«

Mich beneiden? Das war das letzte, was ich jetzt brauchte. Ich wollte Mitgefühl – jede Menge Mitgefühl. Ich wollte mich stundenlang über die Ungerechtigkeit meiner Kündigung beklagen, über die sinkenden Maßstäbe in der Bücherei, wollte, daß Andrew meiner Meinung war und solche Menschen wie Ms Annette Baker als eine Bedrohung der Zivilisation ansah, die die literarische Bildung zukünftiger Generationen unterminierten.

»Ich würde diese Chance sofort ergreifen«, fuhr er fort, »aber ich habe noch ein paar Jahre vor mir, bis das in Frage kommt. Zu viele langfristige Verpflichtungen in meinem Job.« Er drehte die Gabel. »Außerdem herrscht in der Fakultät momentan ein solches Durcheinander, daß alles zusammenbrechen würde, wenn ich nicht da wäre. Einer muß ja für Ordnung sorgen, was?«

Warum denken Männer immer, daß sie unentbehrlich sind? Er hatte meinen Kummer vergessen und redete jetzt von sich. Bald würde er auf seine Schriftstellerei zu sprechen kommen.

»Wie läuft's mit dem Buch?« kam ich ihm zuvor. Ich wollte ihm keine Möglichkeit geben, mir Selbstmitleid vorzuwerfen.

»Tja, das ist genau das Problem«, sagte er, legte das vierte Crumpet auf den Teller und griff nach der Butter. Das letzte sollte offensichtlich aufgehoben werden, bis ich weg war. »Nicht genug Zeit.«

Andrews Buch. An dem er seit mindestens fünf Jahren arbeitete. Irgendwas über Mythen und Legenden, soweit ich es aus seinen zurückhaltenden Bemerkungen verstanden hatte. Ich hatte nie ein geschriebenes Wort von ihm gesehen und überlegte manchmal, ob das Ganze nicht auch ein Mythos war, eine prima Ausrede, um nicht erreichbar zu sein, wann immer es ihm paßte.

»Deshalb solltest du deine Situation von der positiven Seite betrachten, Harriet«, fuhr er fort. »Du könntest ...mmmf...« Gierig biß er in ein Crumpet, von dem die Butter herabtropfte, und bedeutete mir mit einem Wedeln der Hand, ich solle auch eins nehmen. »Du könntest selbst schreiben. Ich bin sicher, du kannst das. Du solltest einen Kurs belegen. Kreatives Schreiben. Wir bieten so was in der Universität an. Der ideale Augenblick, damit anzufangen, jetzt, wo du die Zeit dazu hast.«

Er begriff es nicht. Er verstand mich überhaupt nicht. War ihm nie aufgegangen, daß ich auch bisher viel Zeit gehabt hatte? Mehr Zeit, als ich wollte? All die einsamen Abende und Wochenenden, die sich endlos und trist zwischen den weit auseinander liegenden und rot im Kalender angestrichenen Treffen mit ihm dehnten? Hatte er nie begriffen, daß mein unersättlicher Appetit auf Bücher nicht nur mit meiner Leidenschaft für Literatur zu tun hatte, sondern auch eine Flucht aus der trostlosen Realität meines Lebens war?

»Du hast mir gestern abend ein paar faszinierende Dinge erzählt, Harriet. Über die Faust-Legende. Hast du dich damit intensiver beschäftigt?«

»Eigentlich nicht«, erwiderte ich, dankbar für den Themawechsel. »Ich hab Marlowes Stück einmal gesehen, kann mich aber kaum noch daran erinnern. Weißt du etwas darüber?«

»Mal sehen ...« Er ging zum Regal und wählte eine Handvoll Bücher aus. »Ich habe hier Marlowe und Goethe, dazu ein paar Kommentare. Vielleicht möchtest du sie dir ausleihen?«

Ich blätterte die Bücher durch, während Andrew die restlichen drei Crumpets verdrückte und vier Tassen Tee trank. Eine Zeile aus Marlowes Stück sprang mir in die Augen: *Erzregent und Befehlsherr aller Geister.* Hatte ich das nicht kürzlich irgendwo gehört?

»Eine Menge Schriftsteller haben sich mit der Faustlegende auseinandergesetzt«, sagte Andrew und nahm mir den Marlowe aus der Hand. Er zog seine Lesebrille heraus, blätterte nachdenklich die Seiten um. »Eigentlich eine ganz einfache Moralität – Faust schließt einen Pakt mit dem Teufel und bekommt vierundzwanzig zusätzliche Lebensjahre als Gegengabe für seine Seele. Er vergeudet die Jahre mit weltlichen Genüssen, findet sie alle nicht lohnend und wünscht sich am Ende, er könnte bereuen. Aber dazu ist es zu spät. Mephistopheles kommt mit dem Glockenschlag um Mitternacht und verschwindet mit ihm in der Hölle.«

Er hob das Buch ins Licht und begann zu lesen:

Die Sterne wandern noch – die Uhr tickt – und die Glock
Wird schlagen, der Teufel kommen, Faust verdammt sein.

In seinen Brillengläsern spiegelte sich das Feuer, gab seinen Gesichtszügen etwas Mysteriöses. Der gierige Schuljunge war zu einem schwer faßbaren Intellektuellen geworden, wirkte lebendiger, attraktiver, unerreichbarer.

»Goethe dagegen«, fuhr er fort, »war ein Kind der Aufklärung. Er betrachtete die Erlösung als das natürliche Schicksal des Menschen, glaubte an Errettung durch ständiges Streben nach höheren Werten.« Er nahm einen kräftigen Bissen von seinem letzten Crumpet. Ein Strom geschmolzener Butter lief in einem fettigen Rinnsal an seinem Mundwinkel hinunter und verschwand in seinem Bart. Ich widerstand dem Impuls, ihn mit meinem Taschentuch abzuwischen, öffnete das zweite Buch und blätterte, während er weitersprach. Wieder lösten einige Zeilen Erinnerungen an den gestrigen Abend aus.

»Bei Goethes Interpretation des Mythos entkommt Faust der Verdammnis, wird im letzten Moment gen Himmel gerissen. Und Goethe führte ein neues Thema ein: *Das ewig Weibliche.*« Andrew wurde träumerisch, er lachte kurz auf. »Gerettet durch die Liebe einer guten Frau.«

Ich verspürte einen scharfen Stich der Eifersucht. An wen dachte er dabei? Er griff nach dem Buch, aber ich zog es an mich, tat so, als würde ich darin lesen. Sieh mich an, Andrew, flehte ich schweigend. Ich bin eine gute Frau. Ich würde dich nicht durchkauen und ausspucken wie die junge Studentin. Ich würde mich um dich kümmern. Würde dich retten. Und es würde mir nicht mal was ausmachen, wenn dein ganzes Kinn mit Butter beschmiert wäre.

»Natürlich entstehen in späteren Interpretationen«, fuhr er fort, »eine ganze Reihe neuer Probleme.«

Aber ich hörte nicht mehr zu. Ich starrte auf die Seite vor mir.

Das Pentagramma macht dir Pein?

Plötzlich funktionierte mein Gedächtnis wieder, und ich erinnerte mich an alles, was auf der Party geschehen war. Die Pentagramme an Sallys Halskette. Der Student, der sich Mephisto nannte. Seine abenteuerlichen Versprechungen und Zaubertricks. Daß niemand wußte, wer er war, oder sich erinnern konnte, ihn gesehen zu haben. Mir fiel ein, wie abrupt er verschwunden war, als Sally kam.

Ich tippte Andrew an und deutete auf die Seite. »Was soll diese Zeile über das Pentagramm bedeuten?«

Er schob seine Brille hoch und schaute auf die Seite. »Ach, das ist nur ein kleiner Witz, den sich Goethe erlaubt. Mephistopheles kann das Zimmer nicht verlassen, weil Faust einen

›Druidenfuß‹ auf der Schwelle hat. Das Fünfeck ist der traditionelle Talisman der Zauberer, schützt vor Dämonen.«

War das möglich? fragte ich mich. Konnte es wirklich sein, daß alles gestimmt hatte? Daß ich am Abend zuvor wirklich dem Teufel begegnet war? Aber wenn er der Teufel war, wieso wollte er ausgerechnet mit mir sprechen? Er hatte doch bestimmt größere Fische an der Angel.

»Andrew«, fragte ich, »warum ist Faust immer ein Mann?«

Er sah mich überrascht an, grinste dann breit. »Weil die Feministinnen ihn wohl noch nicht entdeckt haben.« Er gluckste. »Was sie aber bestimmt bald tun werden. Mit einem weiblichen Faust hätte der Teufel alle Hände voll zu tun.«

»Vielleicht würden sich Frauen nicht so leicht durch weltliche Freuden verführen lassen«, sagte ich ungehalten. »Vielleicht haben sie ein bißchen mehr Selbstachtung und werfen sich nicht für jede neue Erfahrung weg, die ihnen über den Weg läuft.« Ich schluckte und verstummte, merkte, daß mir die Tränen kamen. Was war ich doch für eine Heuchlerin. Wenn mir jemand eine neue Erfahrung anbieten würde, egal was für eine, würde ich nicht rumsitzen und mir über Selbstachtung Sorgen machen, sondern ihm die Arme ausreißen vor Begeisterung.

»Ich muß gehen«, sagte ich und stand auf. »Ich hab heute abend noch ein paar Dinge zu erledigen. Und später gehe ich aus.« Idiotische Lügen, aber ich wollte nicht bleiben, bis er diskrete Hinweise auf Klausuren fallen ließ. Selbstachtung. Warum mußte man immer genau das Gegenteil dessen tun, was man wollte?

»Ach, schon?« Er schaute auf die Uhr und wirkte enttäuscht. »Ich wollte noch einen Besuch im Pub vorschlagen.«

»Aber ich dachte ...« Frustriert sah ich ihn an. Verdammt, ich hatte es vermasselt! Warum hatte ich nicht noch ein paar Minuten gewartet, bevor ich mein großes Maul aufriß?

Er stand auf und tätschelte mir die Schulter. »Du hast natürlich recht, Harriet. Ich sollte heute abend wirklich die Klausuren fertig machen. Wo wäre ich nur, wenn du mich nicht auf den richtigen Pfad brächtest?«

»Ich ... äh ... könnte vielleicht noch was umorganisieren ...«

»Nein, nein, Harriet«, sagte er lächelnd. »Deine Pläne durcheinanderzubringen würde mir nicht im Traum einfallen. Das war mal wieder völlig selbstsüchtig von mir. Ich hätte es früher erwähnen sollen.«

»Dann ein andermal?« fragte ich bemüht beiläufig. »Vielleicht gegen Ende der Woche?«

»Ja, klar.« Er runzelte die Stirn. »Die meisten Abende bin ich allerdings besetzt – lauter langweilige Partys zu Semesterende. Muß da erscheinen, wegen der interfakultären Beziehungen.«

Er lachte, also lachte ich auch, obwohl ich an dem, was er gesagt hatte, nichts komisch fand.

»Ich ruf dich an«, versprach er und brachte mich zur Tür.

»Harriet?« fragte er, als ich oben an der Treppe stand. Eifrig wandte ich mich um.

»Ja?«

»Das mit deinem Job tut mir leid. Aber du darfst dich nicht davon unterkriegen lassen. Auf lange Sicht haben solche Dinge oft ihr Gutes.« Er griff nach der Klinke, zeigte mir damit, daß der Besuch endgültig beendet war. »Fröhliche Weihnachten, falls wir uns vorher nicht mehr sehen.«

Rasch ging ich durch die dunklen Straßen nach Hause, empfand ein masochistisches Vergnügen an dem eiskalten Wind, der mir ins Gesicht blies, und tat so, als sei er der einzige Grund für die Tränen, die mir die Wangen hinunterliefen. Mir war klar, daß ich Andrew erst nach Weihnachten wiedersehen würde. Was sollte ich bis dahin mit mir anfangen? Wie sollte ich mit der

Einsamkeit fertig werden ohne meinen Job? Die Zukunft war ein düsterer Abgrund, umgeben von glitzernden Weihnachtslichtern.

Kapitel 4

Als ich meine Wohnungstür öffnete, schraubte ich im Geist bereits die Whiskyflasche auf. Ohne den Mantel auszuziehen oder Licht anzumachen, ging ich direkt zum Fenstersitz, wo ich sie hatte stehen lassen. Die Flasche war nicht da. Hatte ich sie etwa gestern abend ausgetrunken?

Ich blieb stehen, schnupperte. Rauch. Was zum Teufel …

Eine Stimme durchschnitt die Stille. »Dein Drink ist hier drüben, Harriet.«

Mein Herz machte einen furchtsamen Satz, ich öffnete den Mund und schrie. Ich war schon fast an der Tür, als das Licht plötzlich anging. Beim Herumwirbeln sah ich den Mann, der es sich auf meinem Sofa bequem gemacht hatte. Der Student von der Party. Mephisto. Mit einem Glas Whisky in der einen und einer Zigarette in der anderen Hand.

»Du trinkst ihn pur, oder?« fragte er, deutete auf das zweite Glas auf dem Tisch. »Ich hab dir einen doppelten eingeschenkt.«

Fassungslos starrte ich ihn an. »Wie sind Sie hier reingekommen?« krächzte ich.

»Warum bist du so lange bei Andrew geblieben? Hast du gehofft, er würde dir einen Weihnachtskuß geben?«

»Raus aus meiner Wohnung!« Meine Stimme wurde zu einem hysterischen Kreischen. »Raus, oder ich rufe die Polizei!«

Er blies einen Rauchring zur Decke. »Von dir hätte ich etwas Originelleres erwartet, Harriet. Jetzt hör auf mit dem hysterischen Geschrei, und laß uns was trinken. Die Flasche hält länger, wenn du sie mit mir teilst, hast du das vergessen?«

Gern hätte ich eine bissige Bemerkung gemacht, aber ich brauchte den Whisky dringender denn je. Ich kippte den Doppelten und goß mir gleich noch einen ein, genoß die Wärme, die sich in mir ausbreitete und die Reste des Katers vom Morgen besänftigte.

»Ich finde, es ist an der Zeit, daß Sie damit rausrücken, was Sie eigentlich wollen«, sagte ich und warf ihm einen wie ich hoffte, durchdringenden Blick zu. »Außerdem könnten Sie Ihre dreckigen Stiefel von meinem Sofa nehmen.«

Verblüfft schaute er auf seine Stiefel, als sähe er sie zum ersten Mal. »Dein Sofa? Oh, verstehe.« Er zuckte die Schultern und schwang die Beine träge herunter. Die Stiefel waren aus schwarzem Leder, abgetragen, im Cowboy-Stil, über eng sitzenden Jeans. Unter seinen Pulloverärmeln, die er bis zu den Ellbogen hinaufschob, kamen schwarz behaarte Arme zum Vorschein.

»Also?« fragte ich.

»Zuweilen ist Unbedachtheit unser höchstes Gut.«

O Gott, er gab schon wieder mit Zitaten an. War es diesmal Marlowe oder Goethe? »Hören Sie«, ich versuchte beeindrukkend zu wirken, mit der Weisheit meiner Jahre zu sprechen. »Ich glaube, Sie bringen hier Fiktion und Realität ein bißchen durcheinander. Das ist ja alles ganz amüsant, aber warum kehren Sie nicht mal für einen Moment ins wirkliche Leben zurück und sagen mir, was Sie hier wollen?«

»*Ich* habe damit kein Problem, Harriet. Du bist es, die den Unterschied nicht sieht. Was kann ich tun, damit du mir glaubst?«

»Glauben, daß Sie der Teufel sind?« fragte ich mit einem Lachen. »Wirklich, sehr überzeugend! Denken Sie denn, ich falle auf Ihre albernen Partytricks rein?«

Er sah mich lange an, und ich spürte ein seltsames Kribbeln

im Bauch, das nichts mit dem Whisky zu tun hatte. Mein armer, irregeführter Körper sandte kleine, chemische Zeichen des Verlangens aus. Er rückte näher, durchbohrte mich mit seinem Blick, streckte die Hand aus und ließ sie über mein Bein gleiten.

»Du findest mich anziehend, nicht wahr?«

»Nein!« Ich sprang auf, machte einen Schritt rückwärts. Wie konnte er so etwas nur denken? Eine Frau in meinem Alter? Abstoßend!

Doch es stimmte. Ich spürte ein seltsames Prickeln, eine Mischung aus Verlangen und Abscheu. Mit dem Rücken zum Fenster bemühte ich mich, ihn objektiv zu betrachten. Ein ungepflegter junger Mann, dunkelhäutig, gutaussehend, der etwas von einem Zigeuner, einem Abenteurer an sich hatte. Ein Gesicht, das nicht in der Menge unterging, das Gesicht eines Rebellen. Grausame Lippen, die Genüsse suggerierten und dadurch noch mehr Verlangen bei denjenigen auslösten, die ihm verfielen. Zynismus, Kaltherzigkeit, ein Mann, der weder Gefühle noch Reue kannte. Ein gefährlicher Mann, einer, dem man nicht trauen durfte.

»Ich will dich, Harriet«, sagte er.

»Wie meinen Sie das?« Mir drehte sich der Kopf. »Ich bin alt genug, um Ihre …«

»O je, nein«, unterbrach er mich lachend. »So war das nicht gemeint. Das kann warten.«

»Aber Sie haben doch gesagt …« Ich wurde rot vor Verlegenheit.

»Ich will nicht deinen Körper, Harriet.« Er blinzelte mir spöttisch zu. »Ich will deine Seele. Und ich will, daß du sie mir freiwillig gibst. Daher will ich es dir ein für allemal beweisen. Komm her.«

Was hatte er vor? Ich protestierte schwach, merkte aber, daß mich meine Willenskraft verließ. Er hatte mich in der Hand. Mich kümmerte nicht mehr, was mit mir geschah. Allen anderen war es schließlich auch egal. Ich ging auf ihn zu.

»Setzt dich«, sagte er. »Ich will dir etwas zeigen.«

Sonntag, 14. Dezember

Ich kann nicht glauben, was mit mir geschieht. Darum schreibe ich es auf, um mir zu beweisen, daß ich nicht verrückt werde. Vielleicht schaue ich in ein paar Tagen darauf zurück, oder vielleicht auch in ein paar Jahren, und lache über meine eigene Dummheit, die Wahnvorstellung einer alten Frau. Vielleicht, aber im Moment bin ich davon überzeugt, daß es wahr ist. Er ist da. Der Wendepunkt, auf den ich mein ganzes Leben lang gewartet habe.

Heute morgen wachte ich vom Läuten der Kirchenglocken auf. Jeden Sonntag stören sie meinen Frieden, aber heute war mir zum ersten Mal bewußt, weshalb sie läuten. Gott ruft die verlorenen Seelen auf, Erlösung zu suchen. Welche Chance hätte eine so verlorene Seele wie meine?

Gestern abend war ich bereit, eine Sünde zu begehen, die nur andere als Sünde betrachten würden, ich nicht. Mephisto war zwar jung genug, um mein Sohn zu sein, aber warum hätte ich mich ihm nicht hingeben sollen, wenn sich die Gelegenheit bot? Es wäre das erste Mal in fast dreißig Jahren gewesen. Bis zum Ende war ich überzeugt, daß er mit mir spielte, mit seinem subversiven Gerede über den Teufel nur seine sexuelle Vorliebe für ältere Frauen tarnte. Ehrlich gesagt, der Gedanke erregte mich. Ich hätte es getan – wie oft würde sich mir wieder so eine Chance bieten?

Aber ich hatte mich total in Mephisto getäuscht. Es war kein Spiel. Er wollte meinen Körper nicht. Letzte Nacht habe ich die größte aller Sünden begangen. Ich haben einen Pakt mit dem Teufel geschlossen und ihm meine Seele verkauft.

Wie kann ich das glauben? Schließlich glaube ich nicht an Gott, warum sollte der Teufel also mehr Glaubwürdigkeit besitzen? Wie hatte Mephisto es geschafft, mich zu überzeugen?

Mit einem weiteren Trick, wie ich mir hätte denken können. Aber diesmal keiner, den ich als Zufall abtun konnte. Ich wußte, wie unwahrscheinlich das war. Jeder weiß das. Die Chancen sind vierzehn Millionen zu eins. Eine halbe Stunde vor der Ziehung der Nationallotterie gestern abend sagte Mephisto die Gewinnzahlen voraus. Er schrieb sie auf die Rückseite eines Kassenbons von Saintsbury's und gab sie mir. Eine halbe Stunde. Ich hätte noch zum Zeitungsstand rennen, einen Lottoschein abgeben und über Nacht Millionärin werden können. Aber das tat ich natürlich nicht. Ich lachte ihn bloß aus. Lachte während der ganzen dämlichen Fernsehsendung mit dem Rummel von wahrsagenden Zigeunerinnen und sich drehenden Kugeln. Als die Zahlen schließlich gezogen waren, merkte ich, daß der Spaß vorbei war. Ich hörte auf zu lachen und begann, ihm aufmerksam zuzuhören. Denn er besaß tatsächlich Zauberkräfte. Und er bot mir etwas, das mit Geld nicht zu kaufen ist. Jugend. Jugend und Schönheit. Eine Chance, all die verschwendeten Jahre noch einmal zu erleben.

Am Anfang kamen mir die Bedingungen des Paktes ganz unkompliziert vor. Fünfundzwanzig zusätzliche Lebensjahre, dazu Jugend und Schönheit als Gegengabe für meine Seele. Ich fragte, wann er sie holen wollte. Wann würde das passieren?

Er sagte, die fünfundzwanzig Jahre seien garantiert, ich dürfte nur unter keinen Bus kommen oder eine andere Dummheit begehen. Ansonsten müßte ich auf mich selbst aufpassen. Er könne kommen, wann es ihm paßte, ganz nach Lust und Laune. Dann würde ich einfach sterben und in die Hölle kommen wie alle anderen Sünder.

Fürchte ich mich vor dem Tod? Er kommt ja doch eines Tages, ob ich mich nun auf diesen Handel einlasse oder nicht. Zusätzliche fünfundzwanzig Jahre würden mein Alter auf fünfundsiebzig erhöhen, was doch recht ansehnlich ist. Und die Hölle? Würde ich da nicht so-

wieso landen, vorausgesetzt, es gibt sie tatsächlich? Ich habe jedenfalls nicht vor, in die Kirche zu rennen – die mit den verdammten Glocken –, bei ihrer Heuchelei und Verstellung mitzuspielen, nur für den Fall, daß ich mich für die falsche Seite entschieden habe. Daß da wirklich ein Gott in einem Märchenhimmel voller Cherubime und Engel auf Wolken herumschwebt. Was soll ich an so einem Ort anfangen? Selbst die Hölle klingt besser als ewig in Disneyland gefangen zu sein.

Also fragte ich Mephisto, wie die Sache vor sich ging. Würde ich in meine eigene Jugend zurückgeschickt werden? Er erklärte, daß es so nicht funktionierte. Offenbar sind Zeitreisen eine Art Tabu in teuflischen Kreisen. Die Zeitreisenden würden vielleicht in Ereignisse eingreifen, die bereits geschehen sind, oder zweimal am selben Ort auftauchen. Er erinnerte mich an die Science-fiction-Geschichte, deren Held in der Zeit zurückreist und versehentlich einen Schmetterling tötet. Als er in die Gegenwart zurückkehrt, ist alles ganz anders, als er es in Erinnerung hat; der gesamte Lauf der Geschichte ist durch dieses winziger Ereignis beeinflußt worden. Woher wußte Mephisto, daß ich die Geschichte kannte?

Vor allem würde ich aber im Bereich der Schönheit nicht viel gewinnen, wenn ich in den Körper meines jüngeren Selbst zurückkehrte. Ich erinnere mich nur zu gut an mein Aussehen mit fünfundzwanzig. Ich müßte mich nur wieder mit denselben Handicaps herumschlagen.

Tatsächlich läuft es folgendermaßen ab – und das ist das Furchteinflößende daran: Ich bekomme den Körper eines anderen Menschen. Einen, der nicht mehr gebraucht wird. Ich wollte wissen, was er mit »nicht mehr gebraucht« meint, aber ich konnte mir die Antwort bereits denken. Ich bekomme den Körper von jemandem, der, wie praktisch, mit fünfundzwanzig gestorben ist. Wer wird das sein? Mephisto konnte es mir nicht sagen. Er werde sehen müssen, was das Universum im Augenblick des Übergangs zu bieten hat. Aber wenn er nun jemanden aussucht, der noch häßlicher ist als ich? Oder jemanden, der durch einen Unfall gräßlich entstellt ist? Ich müsse ihm vertrauen, sagte er. Er werde dafür sorgen, daß ich ein gutes Geschäft mache.

Aber konnte ich ihm vertrauen? Und wenn er mich belog? Wenn ich einfach sterben würde? Andererseits würde er sich ja wohl kaum all diese Mühe machen, wenn er mich nur umbringen wollte. Dafür müßte er dieses ganze Theater mit dem Pakt und so nicht machen, er könnte es einfach tun. Das steht durchaus in seiner Macht. Mir blieb nichts anderes übrig, als ihm zu vertrauen.

Also fragte ich, ob ich, wie Doktor Faustus, mit meinem Blut unterschreiben müsse. Er lachte mich aus. Sagte, ich solle Fiktion und Realität nicht durcheinanderbringen. Daß der ganze Schwachsinn längst aus der Mode sei. Ich müsse mich nur schlafen legen, und wenn ich aufwache, sei alles geschehen.

Aber wenn ich mich nicht auf diesen Pakt einließe? fragte ich besorgt. Wenn es nichts zu unterschreiben gab, wie könnte ich ihn denn daran hindern, zu tun, was er wollte? Er warf mir einen merkwürdigen Blick zu. Sagte, ich wolle ihn doch gar nicht daran hindern, oder? Ich hätte mich doch bereits entschieden.

Natürlich hatte er recht. Mein Entschluß stand fest. Was hatte ich schon zu verlieren? Ich machte mir mehr Sorgen, daß er seine Meinung ändern und sein Angebot zurückziehen könnte. Also willigte ich ein. Der Pakt war besiegelt.

Ich werde es tun. Es gibt immer noch eine Menge unbeantwortete Fragen, Dinge, die ich nicht verstehe. Dinge, die er mir nicht erklären wollte. Was passiert zum Beispiel mit meinem alten Körper? Die Leute werden sich fragen, wohin ich verschwunden bin. Ich habe kaum Freunde, aber da sind der Postbote, der Milchmann und die alte Frau von unten zu bedenken. Außerdem der Vermieter, der von Zeit zu Zeit vorbeischaut, um sicherzustellen, daß ich das Wohnzimmer nicht lila angestrichen oder den Besenschrank an eine Familie illega-

ler Einwanderer untervermietet habe. Wenn ich in meinem eigenen Bett mit einem fünfundzwanzig Jahre jüngeren Körper aufwache, wie soll ich erklären, was ich hier mache? Behaupten, ich sei eine Verwandte, die zu Besuch gekommen sei? Das würde dem Vermieter nicht gefallen. Und wenn mir nun niemand glaubt? Wenn sie denken, ich sei ermordet worden? Sie könnten mein neues Selbst beschuldigen, und ich will auf keinen Fall der Polizei Fragen darüber beantworten müssen, wer ich bin. Ich könnte im Gefängnis landen, das wäre eine nette Wendung in Mephistos Plan. Irgendwo muß doch ein Haken sein, oder?

Das wird mir alles zu kompliziert. Ich brauche Zeit zum Nachdenken. Aber ich habe keine Zeit. Es ist bereits Nachmittag, und heute abend, wenn ich ins Bett gehe, wird es passieren. Mir bleibt nur die Zeit, die ich wachbleiben kann. Ich muß mir überlegen, wie ich möglichst spät entdeckt werde. Vielleicht sollte ich so tun, als sei ich in die Ferien gefahren. Alles mögliche muß noch geregelt werden – die Miete für die Wohnung und wie ich, wenn ich nicht mehr existiere, die Abfindung von der Bücherei bekomme. Ich brauche Geld für den Neuanfang. Dann verschwinde ich aus Guildford und fange ein neues Leben an. Bin über alle Berge, bevor jemand die Wahrheit rausfindet.

Andere Menschen – Menschen wie Sally oder Andrew – hätten Mephisto nie geglaubt. Sie hätten es als Witz abgetan und ihr Leben weitergeführt, ohne zu ahnen, was ihnen entgeht. Aber ich bin anders. Ich glaube an Magie. Als ich klein war, habe ich all die Märchenbücher gelesen, wußte, daß eines Tages die gute Fee auftaucht, ihren Zauberstab schwingt und alles gut wird. Ich habe nie gedacht, daß ich so lange warten müßte, aber schließlich ist es doch passiert. Mir wird eine zweite Lebenschance geboten, die Chance, glücklich zu werden.

Was werde ich mit meinem neuen Leben anfangen? Mit Jugend, Schönheit und dem Wissen, das ich jetzt habe, müßte ich eigentlich bekommen können, was immer ich will. Ich kann mir eine strahlende neue Karriere aufbauen und es zu Ruhm und Wohlstand bringen, solche wie Ms Annette Baker in den Schatten stellen. Ich kann rücksichtslos werden und es bis zur Spitze schaffen, mich an all den Leuten rächen, die mich als wertlose alte Frau abgeschrieben haben. Das wäre eine große Befriedigung, aber da ist noch etwas, von dem ich Mephisto nichts gesagt habe. Ich will die Liebe finden. Ich will wissen, wie es ist, wenn man sich sicher fühlt und jemanden hat, der für einen sorgt, wie es ist, ein Familienleben zu haben, Kinder, jemanden, der abends zu einem nach Hause kommt. Ich will die Worte hören, die nie jemand zu mir gesagt hat – meine Hände zittern, während ich sie niederschreibe –, ich möchte, daß jemand zu mir sagt: »Ich liebe dich.«

Mir ist heiß und schwindelig. Überall am Körper bricht mir der Schweiß aus. Aber jetzt können mich die Wechseljahre nicht mehr schrecken. Es ist zu spät. Bald bin ich jung und schön, kann jeden Mann bekommen, den ich will. Da draußen gibt es jemanden, der genau richtig für mich ist, und den werde ich finden.

Ich muß meine Angelegenheiten in Ordnung bringen. Die Miete zahlen. Die Milch abbestellen. Sally und Andrew schreiben, daß ich mit meiner Abfindung eine Weltreise mache. Wahrscheinlich werde ich sie nie wiedersehen, aber das spielt keine Rolle. Ich brauche keine Erinnerungen an mein altes Leben, an mein Unglück.

Dann werde ich ins Bett gehen und auf Mephisto warten. Ich habe Angst. Mir ist, als stünde ich am Rande eines Abgrunds, müßte allen Mut zusammennehmen und springen.

Aber ich werde springen. Ich werde es tun.

Kapitel 5

Allmählich registrierte ich den leisen Piepton, unterbrochen von metallischem Klirren und dem Klang gedämpfter Stimmen. Ich hatte einen ekligen Geschmack im Mund und den Geruch von Desinfektionsmitteln in der Nase. Mit den Fingerspitzen tastete ich herum und merkte, daß ich in einem harten, unvertrauten Bett lag. Wo zum Teufel war ich?

Ich öffnete die Augen. Ein verschwommener Schatten beugte sich vor einem grellweißen Hintergrund zu mir herab. Ich zuckte zurück und versuchte mich wegzudrehen, konnte mich aber nicht bewegen. Was hatte Mephisto mir angetan?

Der Schatten wurde deutlicher. Das Gesicht einer Frau. Ein Gesicht, das ich nicht erkannte.

»Cindy? Kannst du mich hören, Honey?«

Redete sie mit mir?

»Sie wacht auf.« Ein lautes Flüstern.

»Vorsichtig.« Die Stimme einer anderen Frau. »Sie ist immer noch sehr schwach.«

»Cindy?« Wieder die erste Frau. Ich spürte ihren Atem an meiner Wange. »Alles wird gut, Cindy. Der Arzt sagt, es geht dir schon besser.«

Cindy? Da mußte eine Verwechslung vorliegen. So konnte doch nur eine *Puppe* heißen, verdammt noch mal. Irgendwas war hier falsch. Entsetzlich falsch. Wo kamen diese merkwürdigen Leute her?

»Halt einfach durch, Honey«, fuhr die Frau in einem nasalen, schleppenden Dialekt fort. »Wir holen dich bald hier raus.«

Ich versuchte, mich aufzusetzen, aber es war zu anstrengend, und ich sackte wieder zurück. »Immer mit der Ruhe«, sagte die zweite Stimme. Unsichtbare Hände machten sich geschäftig an die Arbeit, hielten meinen Kopf und klopften das Kissen auf, bis ich bequem und halb aufgerichtet dasaß.

»Na, sehen Sie. So ist es doch schon besser.«

Meine Umgebung war immer noch verschwommen, wurde aber langsam klarer. Ein Krankenhauszimmer. Schläuche in meiner Nase. Ein weiterer Schlauch, der an meinem Handgelenk festgeklebt war. Flackernde grüne Linien auf einem Monitor, die im Rhythmus des leisen Pieptons pulsierten, den ich als erstes gehört hatte.

»Was ist passiert?« fragte ich mit fremd klingendem Krächzen. »Wo bin ich?«

Eine der Frauen trug Schwesterntracht. »Sie haben einen schweren Unfall gehabt«, sagte sie ruhig, legte ihre kühle Hand auf meine Stirn und schob eine Haarsträhne weg. »Aber das Schlimmste haben Sie bereits hinter sich, und bald wird es Ihnen wieder ganz gut gehen.«

»Ganz gut«, wiederholte die andere Frau und tätschelte mir die Hand. »Alles wird wieder gut.«

Ich starrte sie an. Sie war jung, vermutlich Mitte dreißig, hatte ein hübsches Gesicht und hellblondes Haar. Beim genaueren Hinsehen entdeckte ich Müdigkeitsfalten unter ihren Augen und dunkler nachwachsende Haarwurzeln. Wieder tätschelte sie meine Hand, tat so, als würde sie mich kennen.

»Wer ist sie?« fragte ich die Krankenschwester.

Die Frau blickte angsterfüllt hoch. »Was ist mit ihr? Wieso erkennt sie ihre eigene Schwester nicht? O Gott, sagen Sie mir nicht, daß sie einen Gehirnschaden hat.«

Schwester? Ich hatte keine Schwester. Wer zum Teufel war diese Betrügerin?

»Ich bin's, Babs, deine Schwester Babs«, sagte die Frau eindringlich und beugte sich wieder über mich. »Du erkennst mich doch, oder?«

»Nach dem häßlichen Schlag auf den Kopf ist ein gewisser Gedächtnisverlust ganz normal«, sagte die Krankenschwester und machte sich am Fußende des Bettes zu schaffen. »Aber keine Bange, in ein paar Wochen ist sie wieder fit wie ein Turnschuh. Wenn sie erst mal zu Hause ist und vertraute Dinge um sich hat, kommt alles wieder zurück.«

Zu Hause? Wo war das, um Himmels willen? Dann merkte ich, was mich schon die ganze Zeit beunruhigt hatte. Honey? Fit wie ein Turnschuh? Warum redeten sie so komisch? Ich verdrehte den Hals, konnte mit Mühe aus dem Fenster sehen. Eine Palme wiegte sich im sanften Wind. Das sah nicht wie Guildford aus oder irgendein anderer Ort, den ich kannte.

»Wo bin ich?« fragte ich noch mal, so laut ich konnte. Meine Stimme klang nicht mehr wie meine. Lag das an den Schläuchen in meiner Nase, oder hatte ich auf mysteriöse Weise einen neuen Akzent bekommen?

»Na, wo schon, Honey«, sagte meine angebliche Schwester Babs. »Du bist hier, in L.A. natürlich.«

»L.A.?« wiederholte ich. Für mich gab es da kein »natürlich«. »Du meinst *Los Angeles*?«

»Wo dachtest du denn? In Acapulco?« Mit nervösem Lachen wandte sie sich an die Krankenschwester. »Typisch meine dußlige Schwester. So war sie schon immer. Braucht 'ne Karte, um ihren eigenen Arsch zu finden.« Sie seufzte. »Als Kind hat sie ständig von hier geredet: Stadt der Engel und all das Zeug. Wenn sie groß war, wollte sie hierherfahren und Filmstar werden.« Sie schniefte und tupfte sich die Augen mit einem Papiertaschentuch ab.

»Hat meiner Mutter das Herz gebrochen, als sie mit achtzehn einfach durchgebrannt ist. War sich wohl zu fein für Sioux Falls. Man sieht ja, wohin das geführt hat.«

»Aber ich bin nicht …« setzte ich an, aber sie redete einfach weiter, als sei ich nicht da. Sioux Falls? Los Angeles? Davon war bei den Bedingungen des Paktes keine Rede gewesen. Und wer zum Teufel war diese Cindy? »Danke, Mephisto«, murmelte ich leise. »Da hast du mir ja was Schönes eingebrockt.«

»Ich weiß nicht, wer sich jetzt um sie kümmern soll«, fuhr Babs fort. »Ich kann das nicht, wo ich Dale und die Kinder versorgen muß. Wenn wir doch nur diese Zusatzversicherung abgeschlossen hätten. Immer wieder hab ich Dale gesagt, daß es dumm war, das nicht zu tun. Ich meine, man weiß ja nie, was alles passieren kann.«

»Da haben Sie recht«, murmelte die Krankenschwester.

»Aber ich hab meine Pflicht getan. Da gibt es nichts. Ich bin sofort hergekommen, als das Krankenhaus anrief, obwohl ich so kurzfristig nicht mal ein verbilligtes Flugticket kriegen konnte, ganz zu schweigen von dem Vierzehn-Tage-Bonus. Ich muß aber übermorgen wieder zur Arbeit, und ich kann nicht erwarten, daß Dales Mom die Kinder noch länger nimmt. Ich habe schließlich Familie …«

»Beruhigen Sie sich«, sagte die Krankenschwester. »Niemand erwartet von Ihnen, daß Sie jetzt gleich etwas unternehmen.«

»Außerdem …« Babs schluchzte leise. »Sie hat nie was für mich getan. Ich mußte zu Hause bleiben und mich um Mom kümmern …«

»Sachte, sachte. Ich glaub, das ist genug Aufregung für heute.« Die Schwester führte meine angebliche Verwandte zur Tür. »Sie braucht Ruhe.«

Ruhe war das letzte, was ich brauchte. Kaum war ich allein, stemmte ich mich vorsichtig hoch, ohne die Schläuche rauszureißen. Wie sah ich aus? Ich hatte erwartet, allein in Guildford aufzuwachen, aber statt dessen war ich um die halbe Welt transportiert worden und Fremden in die Hände gefallen. Was war mit dem Rest der Vereinbarung? Wie sehr hatte Mephisto mich betrogen?

Ich schaute auf meine Hände und sah glatte Haut, ohne jede Alterungserscheinung. Meine Fingernägel, bisher abgekaut und mit weißen Flecken übersät, waren jetzt lang und elegant, sorgfältig gefeilt und hellrosa lackiert. Meine Unterarme waren schlank und leicht gebräunt. Ich nahm allen Mut zusammen und tastete nach meinem Gesicht. Meine Wangen waren fest und glatt. Kein Anzeichen eines Doppelkinns. Mein Haar, am Hinterkopf locker mit einem Band zusammengehalten, fühlte sich weich und seidig an. Ich zog ein paar Strähnen nach vorne. Es war lang, schimmernd und sehr, sehr blond.

Der Rest meines Körpers steckte in einem weißen Rüschennachthemd. Ich zerrte an der Bettdecke, machte einen schwachen Versuch weiterzuforschen, aber die Krankenschwester kam zurück, bevor ich irgendwas erreicht hatte.

»Der Doktor sagt, die können wir jetzt abnehmen«, meinte sie mit einem Lächeln, zog die Schläuche aus meiner Nase und stellte die Apparate ab. Dann stopfte sie die zerwühle Decke wieder so fest, daß ich mich kaum mehr rühren konnte. »Seien Sie ein braves Mädchen und ruhen Sie sich aus. Es geht Ihnen schon viel besser.«

»Kann ich einen Spiegel haben?« fragte ich. »Bitte?«

»Aber, Herzchen, wozu das denn?« Sie hielt inne. »Ich weiß nicht, ob der Doktor das erlauben wird«, fügte sie zweifelnd hinzu. »Ich muß ihn erst fragen.«

Ungeduldig wartete ich auf ihre Rückkehr. Warum wollte sie mir keinen Spiegel geben? Hatte Mephisto mich so sehr reingelegt? Wieder betastete ich ängstlich mein Gesicht. Hatte ich entstellende Narben? Eine schreckliche Mißbildung?

Die Schwester kam mit einem Arzt im weißen Kittel zurück

und flüsterte lange mit ihm. Schließlich kam sie zum Bett und hielt mir einen kleinen, rechteckigen Spiegel mit einem Plastikgriff hin. »Ich muß Sie warnen, Sie haben ein paar Blutergüsse«, sagte sie. »Machen Sie sich darauf gefaßt.«

Begierig beugte ich mich vor, um mein Spiegelbild zu betrachten, und japste überrascht auf.

»Keine Bange.« Der Arzt trat rasch an mein Bett. »Das ist nicht weiter tragisch.« Er grinste. »In Null Komma nichts wird man Ihrem hübschen Gesicht nichts mehr ansehen.«

Ich warf ihm einen benommenen Blick zu. Meine Verletzungen waren unbedeutend, leichte Schwellungen und Verfärbungen an der einen Wange und ein kleiner Schnitt an der Stirn. Sie waren mir kaum aufgefallen.

Mephisto hatte mich doch nicht reingelegt. Ich war jung – jünger, als ich erwartet hatte. Vermutlich Anfang zwanzig. Ich hatte ein zartes Puppengesicht, das, nachdem ich das Band gelöst hatte, von dichten blonden Locken umrahmt war. Große blaue Augen schauten mir vertrauensvoll und unschuldig aus dem Spiegel entgegen. Meine Lippen waren voll und feucht. Ich lächelte mein Spiegelbild an, das mit blendend weißen, wohlgeformten Zähnen zurücklächelte.

Meine Augen strahlten. Der Arzt irrte sich. Mein Gesicht war nicht nur hübsch. Es war umwerfend schön.

Die nächsten paar Tage verbrachte ich damit, herauszubekommen, wer ich war. Wenn jemand argwöhnen würde, daß ich nicht diejenige war, die ich sein sollte, würde das zu einer Menge unangenehmer Fragen führen. Wie sollte ich das erklären?

Die Bedingungen des Paktes mit Mephisto waren mir ganz klar vorgekommen. Ich würde einen neuen Körper bekommen, jedoch meinen Geist und meine Persönlichkeit behalten; sie würden durch den Übergang unberührt bleiben. Darauf hatte ich bestanden. Wenn man einen Hammerkopf austauscht und danach den Griff, existiert der ursprüngliche Hammer dann noch? Was sollte ich mit einem neuen Leben, wenn ich nicht mehr ich selbst war?

Mephisto hatte diesen Teil der Vereinbarungen exakt erfüllt, aber ich hatte irgendwie das Gepäck vergessen, das mit dem Körper eines anderen Menschen auf einen zukommt. Dummerweise hatte ich einen Neuanfang erwartet, bei dem ich jede Identität annehmen konnte, die ich wollte. Ich hatte nicht damit gerechnet, in einem anderen Leben zu landen und all die laufenden Beziehungen und Verantwortlichkeiten zu übernehmen.

Jetzt würde ich weiter so tun müssen, als sei ich tatsächlich diese Person namens »Cindy«, wenigstens bis ich aus dem Krankenhaus weg konnte. Ich mußte so viel über sie herausfinden wie nur möglich, genug, um die Ärzte davon zu überzeugen, daß ich mich von meinem sogenannten Gedächtnisverlust erholt hatte. Sonst würden sie am Ende noch die Seelenklempner holen, wie sie ihre Psychiater hier nannten, und dann käme ich in ernsthafte Schwierigkeiten.

Meine erste Informationsquelle war Cindys Handtasche, die ich in der Nachttischschublade fand. Als ich sie bei der ersten sich bietenden Gelegenheit eifrig durchsuchte, kam ich mir vor wie eine Figur aus einem Detektivroman. Mit dem Inhalt der Tasche hätte sie eine kleine Drogerie aufmachen können: Make-up, Parfüm, Körperpflegemittel, Gesichtscremes, verschiedene Haarbürsten und sogar ein kleiner, batteriegetriebener Haartrockner.

In einer Seitentasche steckten Cindys Führerschein und ihr Geldbeutel. Der Geldbeutel enthielt Bank- und Kreditkarten, Schlüssel, zwei Fünf-Dollar-Scheine und ein bißchen Kleingeld.

Aus dem Führerschein erfuhr ich, daß mein voller Name Cindy Louise Mary Brown lautete und ich einundzwanzig Jahre alt war. Einundzwanzig! Mephisto konnte also nicht mal richtig rechnen; durch seine Inkompetenz hatte ich vier weitere Jahre hinzugewonnen.

Außerdem fand ich noch eine Schachtel Tampons und ein ungeöffnetes Päckchen mit drei Kondomen. Diese Fundstücke brachten ein Lächeln auf meine Lippen, waren der Beweis dafür, daß ich jetzt zu den sexuell Aktiven gehörte. Dann fiel mir ein, daß ein Mädchen mit Cindys Aussehen wahrscheinlich einen Freund hatte. Was war, wenn da draußen ein Muskelprotz auf mich wartete und auf seine Rechte pochte? Konnte ich ihn davon überzeugen, daß ich Cindy war? Und wie würde es sein, Sex mit einem Fremden zu haben? Nein, dachte ich. Er muß sich einfach damit abfinden, früher wieder auf dem freien Markt zu sein als erwartet. Wenn ich schon Sex mit jemandem habe, dann will ich mir denjenigen selbst aussuchen, und diesmal wird der Maßstab höher sein als der Rücksitz von Barry Thomsons Kleinbus.

Auf dem Boden der Handtasche fand ich noch ein verknicktes Streichholzbriefchen von Marty's Diner, wo immer der sein mochte, und eine eingeschweißte Kalorientabelle, die ich in den Papierkorb warf.

Als ich aufstehen durfte, verbrachte ich viel Zeit damit, in dem kleinen Bad neben dem Krankenzimmer meinen neuen Körper kennenzulernen. Wegen der Kalorien brauchte ich mir keine Sorgen zu machen. Ich war groß und schlank, hatte unglaublich lange Beine und einen so flachen Bauch, daß man Teig darauf ausrollen konnte. Im Profil konnte ich meinen strammen Po bewundern, kein Gramm überschüssiges Fett, ganz im Gegensatz zu den Zellulitiskissen schlaffen Fleisches, die mir in meinem vorherigen Leben so peinlich gewesen waren. Meine

Brüste waren fest und absolut symmetrisch, hatten Brustwarzen, die beim kleinsten Streicheln hart wurden.

Mich an meinen neuen Körper anzupassen brachte ein paar seltsame Probleme mit sich. Ich war es nicht gewöhnt, so groß zu sein, und bekam zuerst die Balance nicht hin. Wenn ich ging, schätzte ich die Entfernungen falsch ein und stieß gegen alles mögliche. Mein Stimme, oder eher mein Akzent, war auch gewöhnungsbedürftig. Jedesmal zuckte ich bei dem primitiven, näselnden Dialekt zusammen, der aus meinem Mund kam. Ich hatte Schwierigkeiten, vertraute Worte auszusprechen, Worte, die offenbar in Cindys Vokabular nicht vorkamen. Wie konnte ich erwarten, daß man mich ernst nahm, wenn ich so klang? War meine Persönlichkeit in diesem wunderschönen neuen Körper eingesperrt, unfähig, in meiner eigenen Sprache zu kommunizieren? Cindy, beschloß ich, würde ihre Sprechtechnik verbessern müssen.

Meine Handschrift war eine weitere Überraschung. Man hatte mir ein Formular zum Ausfüllen gegeben, und ich mühte mich mehrere Minuten vergeblich mit dem Stift ab, bis ich begriff, daß Cindy Linkshänderin war. Als ich den Stift in die andere Hand nahm, kam eine unvertraute, kindliche Schrift dabei heraus, die entsetzlich langsam war. Ungeduldig versuchte ich sie zu meinem üblichen, schnellen Gekritzel zu beschleunigen, aber es klappte nicht mit der Koordination, und das Ergebnis war völlig unleserlich. Wo genau lag die Grenze zwischen dem Verstand und dem Körper?

Meine neu gefundene Schwester kehrte am nächsten Tag zurück, offenbar froh über meine rasche Genesung.

»Ich bin meinem Glücksstern ja so dankbar, daß du aus dem Koma aufgewacht bist«, sagte sie mit melodramatischem Seufzen. »Ich wußte nicht, wie mir geschah, als man mich benachrichtigte. Dauernd hatte ich dieses Bild vor Augen, du angeschlossen an eine Maschine, die täglich Hunderte von Dollar kostet. Du weißt schon, für den Rest deines Lebens auf deine Familie angewiesen. Und das, wo ich doch Dale und die Kinder …«

Insgeheim dankte ich ebenfalls meinem Glücksstern, daß ich aufgewacht war. Wie lange hätte sie gewartet, bevor sie die Maschine abgestellt hätte?

»Erzähl mal«, murmelte ich. »Der Unfall. Was ist passiert?«

Babs ließ eine Geschichte voller Hab-ich's-nicht-Gesagt und Du-hättest-es-besser-wissen-Müssen vom Stapel, aus der ich entnahm, daß ich – oder eigentlich Cindy – in einen Autounfall verwickelt gewesen war. Sie hatte ihre Abfahrt zum Pasadena Highway verpaßt und war gegen ein anderes Auto geknallt, als sie zurücksetzen wollte. Ich hätte Glück gehabt, daß ich ohne sichtbare Schäden davongekommen war, erklärte mir Babs streng. Mehr Glück als die arme Cindy, dachte ich. Sie hatte offensichtlich ihre Chips eingetauscht und den »unerwünschten Körper« geliefert, nach dem Mephisto suchte. Anscheinend war es eine stille Nacht für den Sensenmann gewesen, weil er auf seiner Suche bis nach Los Angeles hatte kommen müssen.

Das andere Auto war offenbar ein Rolls-Royce gewesen.

»Typisch für meine superschlaue Schwester, daß sie nicht mit einem gewöhnlichen Auto zusammenknallt«, fuhr Babs mit Hysterie in der Stimme fort. »Ich hoffe nur, du hast deine Autoversicherung bezahlt, mehr will ich dazu nicht sagen. Der Kerl in dem Rolls scheint ein hohes Tier zu sein, Harvey irgendwas heißt er, sagt die Schwester. Hat mit der Parfümindustrie zu tun. Zum Glück ist er mit Nasenbluten davongekommen. Du hättest ihn umbringen können! Dann hätte er mit uns bis in alle Ewigkeit prozessiert, und was hätten wir dann gemacht?«

Ich wollte sie fragen, wie er uns als Toter hätte verklagen

können, aber eine innere Stimme riet mir, lieber den Mund zu halten. Zumindest erfuhr ich so ein bißchen mehr über mein neues Leben.

»Ich weiß nicht, wie das alles passieren konnte«, fuhr sie mit weinerlicher Stimme fort. »Ich weiß nicht, warum du in diese schreckliche Stadt gehen mußtest. Drei Jahre bist du schon hier, und was hast du erreicht? Was hast du, das mehr wert ist, als was du in Sioux Falls hättest erreichen können?«

Haß und Ablehnung blitzten in ihren Augen auf. »Nichts«, zischte sie. »Nichts! Alle haben immer gesagt, du bist die Hübsche und ich die Unscheinbare, die es zu nichts bringen wird, aber ich führe ein anständiges Leben. Mein Dale mag zwar kein Filmschauspieler sein, aber er ist ein guter Ehemann und arbeitet hart. Ich habe ein schönes Heim und zwei wunderbare Kinder. Aber du? Wo warst du, als ich mich um unsere kranke Mom kümmern mußte?«

Ich schwieg, wartete, daß sie es mir sagte.

»Hier, als Kellnerin in einem heruntergekommenen Diner!« trompetete sie triumphierend. »Nach all deinem Getue und deiner Angeberei von wegen Model und so ...«

Kellnerin? »Na toll, Mephisto«, murmelte ich unhörbar. Ich hatte auf einen etwas glanzvolleren Start meiner neuen Karriere gehofft.

»Und was deine Freundin angeht ...«

»Welche Freundin?« unterbrach ich, hatte mich schon gefragt, ob Cindy welche hatte.

»Das wirst du bald sehen. Sie kommt heute nachmittag.« Babs stand auf. »Was bedeutet, daß ich von hier verschwinde.« An der Tür blieb sie stehen und warf mir einen verächtlichen Blick zu. »Gedächtnisverlust, klar doch! Mir machst du nichts vor!«

Danke für deine Hilfe, dachte ich bitter, als die Tür ins

Schloß knallte. Wenn das ein Vorgeschmack auf das Familienleben in Sioux Falls war, überraschte es mich nicht, daß Cindy durchgebrannt war.

Als ich die Schwester nach der »Freundin« fragte, erfuhr ich, daß jemand namens Trish mich am Nachmittag besuchen wollte. Ungeduldig erwartete ich sie. Vieles aus Cindys Leben war mir immer noch unbekannt, und ich brauchte dringend jemanden, der mir half, die Lücken zu füllen.

»Überraschung!« Eine Frau Anfang zwanzig riß die Tür auf und stöckelte auf zwölf Zentimeter hohen Absätzen an mein Bett. Sie trug einen kurzen schwarzen Lederrock mit dazu passender Jacke, und ihr rot gefärbtes Haar war hochgesteckt.

»Himmel, Cin«, japste sie und ließ sich auf den Stuhl neben meinem Bett plumpsen. »Ich hab mir fast vor Angst ins Höschen gemacht! Ich dachte, dich hätt's erwischt!« Sie schälte sich aus ihrer Jacke, unter der ein knallrotes T-Shirt mit der Aufschrift *Too Hot To Handle* in schimmernden Goldbuchstaben zum Vorschein kam. »Ich dachte, ich müßte mir eine neue Wohngenossin suchen, und du weißt, wie nervig das ist bei all diesen Irren und Bekloppten, die sich auf so was immer melden.«

Ich lächelte schwach, hatte die Hoffnung gehabt, daß Cindy allein lebte. Wie würde es wohl sein, mit Trish zusammenzuleben?

»Wo wir gerade bei nervig sind«, fügte sie hinzu, sah sich um und senkte die Stimme. »Ich hoffe, deine Giftspritze von Schwester hat sich vom Acker gemacht. Bei allem Respekt und so, aber du weißt, was ich von ihr halte.« Sie schüttelte den Kopf, schob sich lose Strähnen aus dem Gesicht und betrachtete mich prüfend. »Also, Cin, wie fühlst du dich? Ich hab noch nie jemanden gekannt, der im Koma war.«

»Besser als heute morgen«, sagte ich und betrachtete sie verstohlen. Sie trug knallrotes Lip Gloss in derselben Farbe wie ihr T-Shirt und hatte dicken Lidschatten und Mascara aufgelegt, wodurch sie wie ein Pandabär aussah.

»Ich höre, du hast den Wagen von so 'nem Schickimicki zu Schrott gefahren«, sagte sie mit einem Grinsen. »Wußtest du, daß *Harley Brightman* in der Karre saß?«

»Wer?«

»Die Schwester hat's mir erzählt. Sie sagt, er hatte bloß Nasenbl...« Sie hielt inne und starrte mich an. »Hast du gerade gefragt, wer Harley Brightman ist?«

Ich nickte.

»Jessas, Cin, ich dachte, das mit deinem Gedächtnisverlust wär nur ein Witz!« Ihre Augen weiteten sich. »Er hat dich selbst hergebracht. Ist mit dir im Krankenwagen gefahren und alles, sagt die Schwester. Hat dir wahrscheinlich das Leben gerettet.«

»Ist er ein Freund von mir?«

»*Ein Freund?* Du träumst wohl. Harley Brightman ist ja auch bloß der begehrteste Junggeselle von ganz L.A.!« Sie stieß einen langen Seufzer aus. »Hat außerdem Geld wie Heu, seit er *Lapinique* geerbt hat. Du weißt schon, die Kosmetikfirma.«

Wieder nickte ich, diesmal mit einem Lächeln. Sogar ich hatte schon von *Lapinique* gehört.

»Vielleicht könntest du ihn verklagen«, meinte sie nachdenklich. »Schließlich hast du zurückgesetzt, und er ist dir von hinten draufgefahren. Du könntest behaupten, er wäre schuld.«

»Vielleicht sollte ich mich glücklich schätzen, wenn er mich nicht verklagt.«

»*Vielleicht sollte ich mich glücklich schätzen ...*« Kichernd sah sie mich an. »Heh, Cindy, was ist denn mit dir los? Du hast früher nie so geschwollen geredet.«

»Ich, äh ... weiß nicht«, murmelte ich. Trish gegenüber mußte ich vorsichtig sein mit dem, was ich sagte. Ihre Beziehung zu Cindy schien ein bißchen zu eng für meinen Geschmack.

Doch nach ein paar Stunden mit ihr wußte ich mehr über Cindys Leben, als ich vermutlich anderswo je herausfinden konnte. Erleichtert stellte ich fest, daß es keine weiteren nahen Verwandten gab, die unerwartet auftauchen konnten. Ihre Mutter war kurz nachdem Cindy von zu Hause durchgebrannt war gestorben, aber Trish nahm an, daß es mehr an der Flasche als an gebrochenem Herzen lag. Ihr Vater war schon vor langer Zeit verschwunden.

Cindy hatte sich zu den glitzernden Lichtern von Los Angeles aufgemacht, hatte gehofft, als Model groß rauszukommen, war aber als Kellnerin in Marty's Diner gelandet, einem schäbigen Etablissement am heruntergekommenen Ende des Sunset Boulevard. Dort hatte sie Trish kennengelernt, die Schauspielerin werden wollte, und war bei ihr eingezogen.

Cindys einziges Engagement als Model war bisher die Zweitbesetzung in einem Werbespot für gebackene Bohnen gewesen, während Trish die schwindelnde Höhe eines drei Sekunden langen Auftritts bei einer Massenszene von *Melrose Place* erreicht hatte, dazu ein kurzes Erscheinen in den CNN-Nachrichten, als sie zufällig am Schauplatz eines Banküberfalls vorbeikam.

»Du darfst einfach nicht aufgeben, Cin«, riet sie mir immer wieder. »Du weißt nie, wann der große Durchbruch kommt.«

Als ich sie nach Cindys Männerbeziehungen fragte, erwies sie sich als wenig hilfreich.

»Woher soll ich das wissen?« fragte sie schulterzuckend. »Mir erzählst du ja nie was. Ich hab schon immer gesagt, daß du viel zu heimlichtuerisch bist.«

»Aber du hättest es doch bestimmt bemerkt, wenn ich einen Freund hätte?«

»Ach, hör auf, Cin«, sagte sie gereizt. »Wie würde es dir gefallen, wenn du rauskriegst, daß ich dir nachspioniert habe? Mir Notizen gemacht hätte, falls du mal eins über den Schädel kriegst und das Gedächtnis verlierst? Spiel hier doch nicht die keusche Jungfrau. Ich wette, du läßt nichts anbrennen, genau wie wir alle. Denk nur dran, wie du die ganze Nacht mit Howard Weinberger weggeblieben bist.«

»Wer ist das denn?«

»Mein Gott, Cin, tu doch nicht so, als wüßtest du nicht mehr, wer Howard ist. Ich weiß, daß du diesen Unfall hattest und so, aber ehrlich, Cin, du bist drei volle Wochen lang mit ihm gegangen.«

War das eine Art Rekord? Es sah jedenfalls nicht so aus, als hätte Cindy irgendwelche langfristigen Bindungen romantischer Natur gehabt.

»Du mußt ihm was gegeben haben, was er mochte«, fügte sie nachdenklich hinzu. »Weil er echt sauer war, als du ihn an die Luft gesetzt hast.«

Trish besuchte mich regelmäßig während meiner Zeit im Krankenhaus; Babs kam nur noch einmal, auf dem Weg zum Flugplatz. Sie ließ keinen Zweifel daran, daß sie nicht noch mal nach Kalifornien kommen würde, und machte auch nicht den Vorschlag, ich solle doch mal vorbeischauen, falls ich zufällig nach Sioux Falls käme.

»Hochnäsige Kuh«, murmelte Trish, als ich ihr davon erzählte. »Du bist besser ohne sie dran, Cin, glaub mir. Selbst wenn sie dich um das Geld von deiner Mom betrogen hat.«

»Welches Geld?«

»Oh, äh ...« Trishs Blick wurde unbestimmt. »Du hast mal

so was erwähnt. Ich glaube nicht, daß du Beweise dafür hattest.«

Sie studierte angelegentlich ihre Fingernägel. »Wobei mir einfällt«, fuhr sie fort, »du, ähm ... erinnerst dich, daß Ende dieser Woche die Miete fällig ist, ja?« Sie sah mich verlegen an. »Marty sagt, er hält dir deinen Job frei, und du kannst ein paar Extraschichten machen, wenn du willst.«

Bis zu dem Moment hatte ich nicht an Geld gedacht, aber plötzlich schob sich dieser Gedanke in den Vordergrund. Wovon sollte ich leben?

Am nächsten Tag steuerte ich meinen Rollstuhl in die Eingangshalle des Krankenhauses, wo Geldautomaten verführerisch blinkten, und steckte die Bankkarte hinein, die ich in Cindys Geldbeutel gefunden hatte. Auf einem Zettel im Innenfach der Handtasche stand eine Reihe von Zahlen, die ich in den Automaten eintippte. Beim dritten Versuch bekam ich Zugang zu Cindys Konto.

Sehr rasch wünschte ich mir, es hätte nicht geklappt. Cindys Finanzen befanden sich in bedauerlichem Zustand, sie hatte kaum noch Geld auf dem Konto. Ich hatte bereits beschlossen, lieber in der Hölle zu schmoren, als Babs anzupumpen, also mußte ich so schnell wie möglich meine Arbeit bei Marty's wieder aufnehmen.

Es könnte schlimmer sein, sagte ich mir. Ich hatte einen Job – mehr als Harriet von sich behaupten konnte –, und ich hatte ein Dach über dem Kopf. Mephisto hatte mich zwar um einige meiner Erwartungen betrogen, aber über den Hauptteil der Vereinbarung konnte ich mich nicht beklagen. Er hatte mir Jugend und Schönheit im Überfluß verschafft. Zwar war ich mehrere tausend Meilen von meinen Ursprüngen entfernt, doch es sah so aus, als hätte ich wenig Bindungen und Verantwortungen und konnte tun und lassen, was ich wollte – mit einer einzigen

Einschränkung: Ich mußte mir meinen Lebensunterhalt verdienen.

Irgendwann wollte ich nach Guildford zurück, und wenn auch nur, um Annette Baker zu zeigen, was wirklich gutes Aussehen bedeutete, aber das mußte warten, bis ich das Geld für den Flug zusammengespart hatte. Außerdem, war Amerika nicht das Land der unbegrenzten Möglichkeiten? Wo die Menschen sich selbst neu erfinden konnten?

Ich hatte eine zweite Lebenschance bekommen, und diesmal würde ich sie nicht verpatzen.

Kapitel 6

Kurz vor Weihnachten verließ ich das Krankenhaus. Cindys Auto war Schrott, daher holte Trish mich in einem zerbeulten roten Cabrio ab, das aussah, als hätte es auch schon einige Zusammenstöße hinter sich.

»Worauf wartest du?« fragte sie, klaubte Bonbonpapiere, Zeitschriften und Coladosen vom Beifahrersitz und warf sie nach hinten. Sie setzte eine Sonnenbrille auf und fummelte an den Knöpfen des Autoradios rum. »Komm schon, steig ein!«

Ohrenbetäubende Musik setzte ein, als wir vom Krankenhausparkplatz schossen.

»Bo-orn to be wi-i-ild!« sang Trish und beschleunigte. Ein Pick-up mußte uns mit quietschenden Reifen ausweichen.

»Fick dich ins Knie, Wichser!« brüllte sie und zeigte ihm den Stinkefinger. Der Pick-up schleuderte auf den gegenüberliegenden Bürgersteig und prallte gegen eine Palme. Als wir vorbeifuhren, sprang ein riesiger Schäferhund von der Ladefläche und verfolgte uns mit aufgeregtem Gekläff.

Mit weißen Knöcheln umklammerte ich den Sitz und tastete nach dem Sicherheitsgurt. »Äh, Trish ...« murmelte ich. »Würde es dir was ausmachen, äh ...«

Trish drückte auf den Stereoknopf, die Musik verstummte und wurde von einer Radiotalkshow abgelöst. »Tut mir leid, Cin«, murmelte sie ungnädig. »Hab ganz vergessen, daß du es mehr mit Countrymusik hast.«

Als wir den Freeway erreichten, war er von sich vorwärts schiebenden Autos verstopft, und ich konnte meine Umgebung zum ersten Mal genauer betrachten. Ein gewaltiger Unterschied zu Guildford, soviel war mal sicher, besonders das Wetter, das kurz vor Weihnachten mild und sonnig war. In meinem vorigen Leben war ich nie aus Europa herausgekommen und hatte, da ich Amerika nie mit eigenen Augen gesehen hatte, immer heimlich meine Zweifel gehabt, ob es wirklich existierte.

Auch jetzt war ich mir immer noch nicht ganz sicher. Ich sah Straßenschilder mit so exotisch klingenden Namen wie Santa Monica, Malibu und Beverly Hills und fragte mich, ob ich wirklich hier war oder das alles nur träumte. Ich war vollkommen desorientiert. Die meisten Menschen müssen zwölf Stunden oder so im Flugzeug sitzen, um nach Los Angeles zu kommen, und wissen für gewöhnlich, wo sie hinwollen. Schließlich haben sie die Reise geplant. Einfach aufzuwachen und sich achttausend Kilometer von dem Ort wiederzufinden, an dem man schlafen gegangen war, ist schon etwas anderes.

»Heh, Babe«, sagte eine rauhe Stimme neben mir. Erschrocken schaute ich auf und sah einen fetten Mann mittleren Alters, der mich lüstern aus dem offenen Fenster eines Autos betrachtete, das mit gleicher Geschwindigkeit neben uns herfuhr. »Willste mal meinen Pimmel sehen?« Er lachte brüllend und griff in seinen Schoß. »Ich kann ihn rausholen, wenn du willst.«

Die beiden Autos näherten sich, und ich erhaschte aus den Augenwinkeln einen flüchtigen Blick auf etwas Rosafarbenes. »Trish«, kreischte ich. »Kannst du nicht schneller fahren?«

»Überlaß den mir, Cin«, murmelte sie, beugte sich über mich und sah hinüber. »Heh, Drecksack! Nennste *das* einen Pimmel?« Sie schrie vor Lachen. »Wann verteilst du das kostenlose Mikroskop dazu?«

»Du widerliche Schlampe …« Der Mann griff aus dem Fenster nach unserem Wagen. Trish ruckte am Steuer und schlingerte auf eine andere Fahrbahn, was zu einem wütenden Hupkonzert hinter uns führte. Ich sackte auf meinem Sitz zusammen, hoffte, nicht gleich wieder im Krankenhaus zu landen, bevor ich noch herausgefunden hatte, wo ich wohnte.

Dann rollte der Verkehr wieder, und wir kamen vorwärts, ließen den Mann mit dem Penis fragwürdiger Länge schäumend vor Wut im Stau zurück.

Wir brauchten fast eine Stunde bis zu Trishs Wohnung in Hollywood. Die glanzvoll klingende Adresse hatte Hoffnungen in mir geweckt, aber als wir den Freeway verließen und durch eine Reihe heruntergekommener Stadtteile fuhren, erkannte ich, daß wir uns hier kaum eine Tasse Zucker bei den Filmstars nebenan leihen würden. Eine alte Frau stand an einer Kreuzung auf dem Sunset Boulevard mit einem Schild, auf dem stand »Arbeit für Essen«. War es ihr Aussehen, das mich an Harriet erinnerte, oder lag es an ihrem Alter und der schäbigen Kleidung, die sie trug? Hinter ihr ragte eine riesige Reklametafel auf, die für *Lapinique* Kosmetik warb. *Für die Frau, die das Besondere will …*

Mir war etwas unbehaglich. Wenn ich Mephisto nicht getroffen hätte, wäre es mir womöglich genauso gegangen. Meine finanziellen Probleme, so schlimm sie auch waren, hatten nicht die gleiche verzweifelte Hoffnungslosigkeit wie ihre. Lag es daran, daß ich jung war, eine Zukunft vor mir hatte, während ihre Zeit ablief?

»Da sind wir. Unser gemütliches Heim«, sagte Trish fröhlich und hielt vor einem trostlosen Wohnblock in einer mit Unrat übersäten Straße.

Wir stiegen mehrere Treppen hinauf, bahnten uns den Weg zwischen aufgerissenen Müllsäcken und unappetitlich aussehenden Pfützen hindurch. Der Gestank war abscheulich. Im obersten Stockwerk mühte sich Trish mit einer Reihe kompliziert wirkender Schlösser und Riegel ab, bevor sich endlich die Tür zu meinem neuen Heim öffnete. Ich tat so, als wüßte ich den Weg, trat in den schmalen Flur, nahm die erste Tür, auf die ich stieß, und landete im Besenschrank.

»Hier lang, Dummkopf«, sagte Trish mit einem genervten Seufzer, zog mich heraus und manövrierte mich durch eine zweite Tür. »Ehrlich! Wenn man dir nicht sagt, wo unten ist, würdest du glatt aus dem Fenster fallen.«

Wir betraten einen kleinen, schmuddeligen, mit Möbeln vollgestellten Raum. Eine weitere Tür führte in ein größeres und viel helleres Zimmer mit einem breiten Doppelbett. Erschöpft von der Fahrt ging ich auf das Bett zu, ließ meine Taschen fallen und setzte mich.

»Ich bin vollkommen erledigt«, seufzte ich, streckte mich auf der weichen, gemusterten Steppdecke aus. »Ich glaube, ich muß mich ein bißchen ausruhen.«

Trish starrte mich ungläubig an. »Heh«, sagte sie schließlich. »Hör auf mit dem Blödsinn, Cin. Du weißt, daß das mein Zimmer ist.« Sie schüttelte den Kopf. »Gedächtnisverlust, ha!«

»Aber ich hab doch nur …«

»Deins ist da drüben«, sagte sie und öffnete eine weitere Tür. »Nur, falls du es vergessen hast.«

Ich griff nach meinen Taschen und zerrte sie in das Zimmer, das kaum größer als der Besenschrank war. Ein schmales Bett nahm den meisten Platz ein und ließ gerade noch Raum für einen Kleiderschrank und eine Kommode. Natürliches Licht fiel nur durch ein schmales, hoch oben liegendes Fenster, das man besser als Oberlicht hätte bezeichnen sollen.

Ein pinkfarbener Teddybär saß gegen das Kissen gelehnt, das Bett war ordentlich gemacht. Bildete ich mir das ein, oder blinzelte er mir zu? »Hallo, Bär«, murmelte ich und wartete darauf, daß Trish sich verzog.

»Nur für den Fall, daß du wirklich das Gedächtnis verloren hast«, sagte sie warnend, »sollte ich dich wohl besser an ein paar Dinge erinnern. Mein Sachen stehen auf der linken Seite des Badezimmers, und ich hab meinen Namen auf die Sachen im Kühlschrank geschrieben, die mir gehören.« Sie lehnte sich an den Türrahmen, eine Hand in die Hüfte gestemmt. »Das mit der Miete hab ich dir schon gesagt, und dann kam noch eine Stromrechnung, während du im Krankenhaus warst. Du schuldest mir sechsunddreißig Dollar fünfzig. Außerdem schuldest du mir noch die fünfundsiebzig für das Abschleppen deines Schrotthaufens.« Trish warf mir einen mitleidigen Blick zu. »Blöd gelaufen, das mit der Karre, Cin. Mußte prompt passieren, nachdem du sie abbezahlt hattest. Aber wenn du irgendwo hinmußt, laß es mich wissen. Dafür sind Freunde schließlich da, was, Kumpel?« Sie lächelte. »Solange du das Benzin bezahlst, natürlich.«

»Bravo, Trish«, murmelte ich, schloß die Tür hinter ihr. Freundschaft schien in dieser Stadt nicht billig zu sein. Würde sie mir eine Rechnung schicken für ihre Besuche im Krankenhaus? Mir die Fahrt nach Hause berechnen?

Aber ich war endlich allein, zum ersten Mal richtig allein, seit ich nach dem »Unfall« aufgewacht war. Im Krankenhaus war immer jemand dagewesen, und ständig so zu tun, als wäre ich jemand anderer, war ermüdend.

»Tut mir leid, Bär«, gähnte ich und nahm ihn vom Bett. »Ich brauch's nötiger als du.« Ich warf das abscheuliche Stück auf den Boden, kroch unter die Decke und schlief sofort ein.

Am nächsten Tag war Heiligabend, und Trish fuhr über die Feiertage zu ihrer Familie nach Bakersfield. »In zwei Tagen bin ich wieder da, Cin«, meinte sie forsch und befestigte ein großes Vorhängeschloß an ihrer Schlafzimmertür. Sie wollte schon gehen, blieb aber kurz stehen und sah mich fragend an.

»Kommst du wirklich zurecht?« fragte sie. »So allein über die Feiertage?« Ich nickte, hoffte, daß mein Verlangen, sie endlich loszuwerden, nicht zu offensichtlich war.

»Ich hätte dich einladen sollen«, murmelte sie schuldbewußt. »Hab einfach nicht daran gedacht …«

»Ich komm schon klar«, versicherte ich ihr.

»Wahrscheinlich ist es auch besser so«, sagte sie erleichtert. »Meine Familie macht immer so ein Theater, wenn ich jemanden mit heimbringe. Ich dachte, es ist vielleicht zu aufregend für dich, so kurz nach dem Unfall. Ruh dich aus, damit du fit genug für die Arbeit bist.«

»Auf Wiedersehen, Trish«, sagte ich. Bei der Erinnerung an das, was vor mir lag, wurde mir etwas mulmig.

»Auf dem Rückweg bringe ich ein paar Lebensmittel mit«, versprach sie. »Und du kannst was von meinem *Lapinique*-Schaumbad nehmen, wenn du willst.«

Als sie gegangen war, schlug meine Stimmung um. Ich merkte, daß ein bißchen bemuttern genau das war, was ich jetzt brauchte. Ich war ängstlich und unsicher, allein in einer fremden Stadt, ohne Auto und mit sehr wenig Geld. Ich kannte niemanden in Los Angeles, und es war Weihnachten, die Zeit des Jahres, wo alle zu Hause bei ihren Familien waren und sicher sein konnten, daß wenigstens ein oder zwei Menschen auf diesem Planeten sie liebten.

Ich erinnerte mich an vergangene einsame Weihnachtsfeste, als ich noch Harriet war. Wenigstens hatte ich Sally und Andrew gehabt, die ich besuchen konnte. Im Moment war ich total verlassen und entsetzlich allein. Was hatte ich dadurch gewonnen, daß ich Mephisto meine Seele verkauft hatte?

Ich mußte in den Spiegel schauen, um es mir wieder vor Augen zu führen. Was würden Sally oder Andrew denken, wenn sie mich jetzt sehen könnten? Was würde Andrew von meinem wunderschönen neuen Körper halten? Ich seufzte. Vermutlich hatten sie noch gar nicht bemerkt, daß ich weg war. Plötzlich empfand ich Heimweh nach Guildford, dem Ort, den ich verachtet hatte, solange ich dort lebte. Jetzt war er weit weg, und es würde lange dauern, bis ich mir eine Reise dorthin leisten konnte, um herauszufinden, ob jemand mich vermißt hatte.

Bis dahin mußte ich erst mal mit einem vollkommen neuen Leben fertig werden. Um mehr über die Person herauszufinden, in deren Körper ich geschlüpft war, durchsuchte ich Cindys kleines Schlafzimmer. Außer Kleidung, Make-up und billigem Schmuck, der mir wenig über sie verriet, schien Cindy kaum etwas zu besitzen. Unter dem Bett fand ich ein zerlesenes Exemplar eines Jackie-Collins-Taschenbuchs. *Die Frauen von Hollywood*. Hatte Cindy meine heimliche Schwäche geteilt? War auch sie in die Phantasiewelt eingetaucht, in die ich mich in Harriets dampferfülltem Badezimmer in Guildford geflüchtet hatte?

Für mich war das reine Unterhaltung gewesen, eine Ablenkung von der zermürbenden Monotonie der Bücherei. Aber Cindy lebte hier, direkt in Hollywood, nur ein paar Kilometer von den Häusern der Reichen und Berühmten entfernt. War sie in der Hoffnung nach Los Angeles gekommen, Zugang zu deren Lebensstil zu finden? Während ich mich in ihrem Zimmer mit der abblätternden Farbe und den schäbigen Möbeln umschaute, kam ich zu der Überzeugung, daß es besser für sie gewesen wäre, in Sioux Falls zu bleiben.

Ich setzte meine Suche fort, hoffte, in den Schubladen unter ihrer Wäsche versteckt vielleicht ein Tagebuch oder Notizbuch zu finden, irgendwas, das mir Zugang zu ihrer Persönlichkeit verschaffte. Aber ich fand nichts. Allmählich dämmerte mir, daß Cindy keine Persönlichkeit hatte, sich hinter dem hübschen Äußeren nichts verbarg.

In Trishs Abwesenheit verging die Zeit nur langsam. Am Weihnachtstag zog ich einen alten Jogginganzug und Turnschuhe aus Cindys Schrank an und wagte mich hinaus, um mir was zu essen zu kaufen. Von einem Zimmerfenster aus hatte ich einen Laden gesehen, der geöffnet war.

Als ich das Haus verließ, drehte sich eine Gruppe junger Frauen um und starrte mich an.

»Heh, schaut mal, da läuft Pretty Woman«, rief eine und deutete auf mich. Beim Näherkommen verrieten mir ihre knallbunten Kleider und das Make-up, daß sie Prostituierte sein mußten.

»Suchste nach dem Märchenprinz, Darling?« rief eine andere. »Ich wette, *du* schluckst nicht!«

Verlegen wollte ich mich an ihnen vorbeidrücken, aber sie begannen mich anzurempeln.

»Hochnäsige Ziege«, knurrte die erste und schubste mich vom Bürgersteig in den Rinnstein. »Laß dich ja nicht dabei erwischen, daß du in unserem Revier Schwänze lutschst, sonst kriegst du es mit mir zu tun.«

Ich rannte den Rest des Weges zum Laden, während sie mir Verwünschungen nachriefen, und gab mein letztes Geld für ein paar Grundnahrungsmittel aus: Brot, Eier, Milch und Käse.

»So ganz allein, Darling?« grunzte der dicke Mann an der Kasse und nahm mein Geld mit schmierigen Fingern entgegen. Er griff nach meiner Hand, hielt sie fest, atmete schwer, beugte sie über die Theke zu mir. »Willste heute abend mit mir ausgehn, Baby? Da kriegste 'n Weihnachtsfest, das du nie vergißt.«

Sein Atem roch schal und widerlich, wie Abwasser. »Nein danke«, stotterte ich, zog meine Hand weg und stürzte aus dem Laden. Ganz in der Nähe heulte eine Polizeisirene auf.

Ein Mann kam um die Ecke, warf einen gehetzten Blick über die Schulter und rannte weiter, in meine Richtung. Gleich darauf schoß ein Polizeiwagen mit quietschenden Reifen um die Ecke und raste mit Blinklicht und Sirene die Straße hinauf. Die Prostituierten waren schlagartig verschwunden, das Auto bremste scharf neben dem Mann ab, vier Cops sprangen heraus.

»Stehenbleiben!« brüllte einer, die Waffe mit beiden Händen auf den Mann gerichtet, während die anderen ihn umringten und in geübter Weise zusammenschlugen.

Entsetzt überquerte ich die Straße und rannte zurück zum Wohnblock. In der Eingangshalle stolperte ich über einen heruntergekommenen Jugendlichen, der an der Wand zusammengesackt war. Erschreckt machte ich einen Satz zurück, aber er schien mich nicht zu bemerken. Er war zu sehr damit beschäftigt, sich etwas Schreckliches mit einer Nadel anzutun, zitterte am ganzen Körper in dem schwachen Licht.

Danach blieb ich in der Wohnung, beschränkte meine Erforschung von Los Angeles auf das Zappen durch die Fernsehprogramme. Ich erfuhr, daß der durchschnittlich Angeleno eine kürzere Aufmerksamkeitsspanne hat als eine Schmeißfliege und nur an Sendungen interessiert ist, die ihm gleichzeitig etwas verkaufen wollen. Diesen Mist schien es bei dreihundert Sendern zu geben, und ich konnte nichts finden, das sich anzusehen lohnte. Ich sehnte mich nach einem guten Buch.

Unfähig, mich auf Jackie Collins einzulassen, begann ich, die Zeitschriftenberge im Wohnzimmer durchzublättern. Zuerst kamen mir die Artikel merkwürdig vor: *Machen Sie das Beste aus Ihrer Garderobe. Wie man einen Mann erobert und festhält. Erfolg durch neues Aussehen*. Dann begriff ich, daß die Artikel für mich bestimmt waren, das einundzwanzigjährige, alleinstehende

Mädchen, das ich geworden war. Ich mußte aufhören, wie eine alte Frau zu denken.

Nachdem ich die Zeitschriften sorgfältig studiert hatte, ging ich an Cindys Schrank und begann zu experimentieren. Ihr Geschmack war nicht gerade konservativ, die Farben waren leuchtend, und der Stil ließ angesichts ihrer natürlichen Vorzüge wenig Raum für Phantasie. Offenbar hatte Cindy Spaß an ihren Klamotten.

Ich probierte eine Reihe tief ausgeschnittener Tops und winziger Miniröcke an, die in meine Taille hochzurutschen drohten, wenn ich mich setzte. An der Innenseite der Schlafzimmertür war ein bodenlanger Spiegel angebracht, und ich verbrachte viel Zeit damit, in dem schmalen Spalt zwischen Bett und Wand auf und ab zu gehen und verschiedene Wirkungen auszuprobieren. Zuerst kam ich mir dämlich vor, wie ein Kind, das Verkleiden spielt, aber als ich mich an mein Spiegelbild gewöhnt hatte, fühlte ich mich zum ersten Mal in meinem neuen Körper richtig zu Hause. Ich merkte, daß ich mich in Cindys Sachen anders bewegte. Anders als die gehemmte, unbeholfene Harriet näherte ich mich dem Spiegel mit geschmeidigem Gang und verführerischer Pose. Erregung durchrann mich. Mein Atem ging rascher, als meine Lippen mit imitiertem Kuß den Spiegel berührten. Wie würde das wohl auf einen Mann wirken, überlegte ich.

Ich fürchtete mich davor, zur Arbeit zu gehen. Nicht nur wegen des unvertrauten Jobs, sondern auch, weil ich so tun mußte, als wäre ich jemand anderer. Wie sollte ich mit Cindys Freunden umgehen? Wie lange würde es dauern, bis mich jemand als Betrügerin entlarvte?

Doch als Trish aus Bakersfield zurückkam, war ich gelangweilt, einsam und konnte es kaum erwarten, aus der Wohnung herauszukommen. Außerdem brauchte ich dringend Geld; ich hatte fast alles Vorräte aufgegessen und lebte inzwischen von trockenem Waffelteig und Ketchup-Sandwiches.

Am nächsten Morgen standen wir beide früh auf. Ich hatte angenommen, wir würden zu Fuß zur Arbeit gehen, weil Trish gesagt hatte, es sei nur ein paar Blocks den Sunset hinunter, aber es entpuppte sich als eine zwanzigminütige Fahrt. Wir fuhren auf einen riesigen Parkplatz, der gesäumt war von einer Tankstelle, einem Supermarkt und einer Econo Lodge, und hielten vor einem langen, niedrigen Gebäude mit einem großen Neonschild auf dem Dach. *Marty's Diner* stand darauf. *Berühmte Frühstücksspezialitäten.*

»Das macht einen Dollar fünfzig für Benzin«, murmelte Trish und machte sich eine Notiz in ihrem Taschenkalender. »Komm schon, Cin, worauf wartest du? Du willst doch nicht an deinem ersten Arbeitstag gleich wieder zu spät kommen.«

Wir traten durch eine Seitentür ein und waren sofort von Chaos umgeben. Dampfwolken stiegen zischend von einer Reihe Fritiergeräte auf, Leute hasteten mit Tellern voll dampfender Speisen an uns vorbei. Es stank nach Fritieröl und Bratfett. Ein untersetzter Mann mit weißer Schürze stand am Herd und brüllte Instruktionen, wedelte mit seinem Pfannenheber über einer Reihe von Spiegeleiern, als würde er ein Orchester dirigieren.

»Heh, Marty«, sagte Trish und berührte seine Schulter. »Sieh mal, wer da ist.«

Er drehte sich um. »Hi, Cindy, Honey«, sagte er mit einem breiten Grinsen. »Wie geht's meinem Lieblingsmädel?« Geschickt ließ er zwei Spiegeleier auf den Teller rutschen, den ihm eine Kellnerin hinhielt, beugte sich vor und faßte mich um die Taille. Eine Welle muffigen Körpergeruchs überlagerte kurz die anderen Küchengerüche, und mir hob sich der Magen. Warum wollten die Leute mich ständig anfassen? »Steh da nicht rum, Mädchen«, fügte er hinzu, kniff mich in den Arm und zwinkerte mir lüstern zu. »Zieh deine Schürze an. Da draußen warten die Gäste.«

Ich folgte Trish in ein Hinterzimmer, wo wir schlammfarbene Polyesteruniformen mit selbst für Cindys Verhältnisse viel zu kurzen Röcken anzogen. Dann betraten wir den Gastraum des Diners. Jemand drückte mir eine Kaffeekanne in die Hand, und ich stand hilflos am Tresen, erstarrt vor Panik, und fragte mich, was um alles in der Welt ich als nächstes tun sollte.

»Heh, Miss, schenken Sie mir nach«, knurrte ein älterer Mann und deutete auf seine Kaffeetasse. Das schien einfach zu sein, also ging ich langsam herum und füllte Kaffeetassen auf.

Der Diner sah aus wie eine Filmkulisse aus den fünfziger Jahren. Riesige Spiegelglasfenster füllten die eine Wand aus, gaben den Blick auf den Parkplatz und die Tankstelle frei. Kunstlederbänke standen rechts und links von Resopaltischen in Holzimitat, jeder mit einem kunstvollen Speisekartenhalter aus Chrom, der aussah wie eine altmodische Musikbox. Die Halter waren an die Tische gekettet, wahrscheinlich damit sie nicht als Souvenir mitgenommen wurden. Eine echte Musikbox stand am anderen Ende des Raumes, aber bei all dem Stimmengewirr und Tellerklappern war nicht zu hören, ob sie lief. Gegenüber vom Fenster war ein langer Tresen, vor dem die Gäste auf verchromten, mit Plastik bezogenen Barhockern saßen und sich beim Essen gegenseitig mit den Ellbogen behinderten.

»He, Bedienung! Hier drüben!«

Zögernd näherte ich mich zwei Männern in schmierigen Overalls, die mich heranwinkten.

»Zwei Spiegeleier mit Bratkartoffeln und ein French Toast Spezial. Doppelte Portion Sirup«, sagte der eine. »Keine Sahne.«

»Rühreier, Speck und Blaubeerpfannkuchen«, sagte der andere. »Doppelte Portion Schlagsahne, kein Sirup.«

Ich sah mich hilflos um. Trish nahm weiter hinten Bestellungen auf, aber niemand hatte mir einen Block gegeben.

»Ach, und übrigens«, sagte der erste mit unschuldiger Miene. »Ich glaube, jemand hat da drüben seinen Geldbeutel unter die Bank fallen lassen.«

»Vielleicht sollten Sie mal nachschauen«, meinte der andere.

Verwirrt bückte ich mich und sah unter die Bank. Da war nichts. Als ich mich wieder aufrichtete, spürte ich, wie mich eine Hand in den Po kniff, und die beiden Männer kicherten los.

Ich hatte genug.

»Nimm deine dreckigen Pfoten weg!« fuhr ich ihn an, brach in Tränen aus und leerte die Kaffeekanne in seinen Schoß. Sein Aufheulen mußte bis in die Küche zu hören sein, weil Marty innerhalb von Sekunden zur Stelle war, den Pfannenheber immer noch in der Hand.

»Was bildest du dir ein, du blöde Schlampe?« brüllte er mich an. »Hast du nichts Besseres zu tun, als meine verdammten Kunden anzugreifen?«

»Aber er hatte seine Hand …«

Marty zog mich zur Seite und senkte die Stimme zu einem Zischen. »Mir ist scheißegal, was meine Kunden mit ihren Händen machen, solange sie sie in ihren Geldbeutel stecken, bevor sie gehen! Was diese beiden nicht machen werden, weil du dich ja nicht mal so weit zusammenreißen kannst, ihre gottverdammten Bestellungen aufzunehmen! Jetzt geh mir aus den Augen, bevor ich dich rausschmeiße, du dämliche Kuh!«

Zitternd floh ich ins Hinterzimmer, wo Trish mich ein paar Minuten später fand. »Himmel, Cin«, sagte sie schockiert. »Was sollte das denn? Wenn du so weitermachst, werden wir noch beide gefeuert.«

Aber als ich ihr erklärte, was passiert war, zeigte sie mehr Mitgefühl. »Das letzte Mal, als das einer mit mir versucht hat«, sagte sie, »hab ich seine Rühreier in die Küche getragen und jeden reinspucken lassen.« Sie grinste. »Auch Martys Hund.«

»Ich weiß nicht, was ich tun soll«, gestand ich. »Mit den Bestellungen und allem. Muß am Unfall liegen, daß ich das alles vergessen habe.«

»Keine Bange, Herzchen«, sagte Trish mit beruhigendem Lächeln. »Ich helf dir. Wenn du dafür …?«

»Noch mehr Benzingeld?« fragte ich bissig.

»Ach, hör doch auf, Cin, so habgierig bin ich nicht. Nein, ich wollte sagen, wenn du dafür meine Schicht am Samstag abend übernimmst. Ich hab eine Verabredung mit diesem Typ, der sagt, er kann mir eine Rolle in *Baywatch* besorgen.«

Kapitel 7

Mein erster Tag bei Marty's war eine absolute Katastrophe, aber nach einem Schnellkurs von Trish im Bedienen gelang es mir allmählich, meine Selbstachtung wiederzugewinnen. Bald lernte ich, die Bestellungen der Gäste zu enträtseln, die oft sehr wenig mit dem zu tun hatten, was auf der Karte stand, und brachte Störenfriede mit einer entsprechenden vernichtenden Bemerkung zum Schweigen. Nach ein paar Wochen leierte ich die Spezialitäten des Tages so herunter, als hätte ich mein ganzes Leben lang nichts anderes getan, und fragte *»Suppe oder Salat?«* mit der Routiniertheit eines Profis.

Marty und die anderen männlichen Angestellten rührten mich nicht an, nachdem sich die Geschichte mit dem Kaffee rumgesprochen hatte, aber ich wurde eher toleriert als akzeptiert. Trotz aller Anstrengungen fand ich keine weiteren Freundinnen. Nachdem ich gehört hatte, wie zwei Kellnerinnen im Umkleideraum über mich herzogen, begriff ich, daß es mit meinem Aussehen zu tun hatte. Die Frauen waren eifersüchtig, und die Männer wollten mir nur an die Wäsche. Obwohl Hollywood bestimmt die höchste Konzentration schöner Menschen aufwies, galt Cindys Aussehen immer noch als außergewöhnlich. Wenn ich eine Möglichkeit finden könnte, daraus einen Vorteil zu schlagen, würde es mir vielleicht gelingen, dieser Armutsfalle zu entkommen. Ich hatte Mephisto meine Seele nicht verkauft, um für den Rest des Lebens Kellnerin zu sein.

Da Marty's Diner in Hollywood stand, sah sich jeder, der dort arbeitete, als zukünftiger Star. Ich belauschte Dutzende Geschichten von Kellnerinnen, die in Wirklichkeit aufstrebende

Starlets waren, und von Köchen, die eigentlich talentierte Schauspieler waren und kurz vor dem großen Durchbruch standen. Sie machten alle gerade »Pause« oder waren »momentan vom Pech verfolgt«. Wir hatten regelmäßig zu wenig Personal, weil die Hälfte der Schicht entweder einen Vorsprechtermin hatte oder in einem abgedunkelten Zimmer schmollte, weil sie eine Rolle nicht bekommen hatte.

Viele der Angestellten übten ihre Schauspielkunst während der Arbeit, beschränkten sich für gewöhnlich auf einen lebhaften Vortrag der Tagesspezialitäten, inszenierten aber auch gelegentlich eine Krise, um mehr Aufmerksamkeit zu bekommen, wenn sie vermuteten, daß irgendein Gast was mit dem Filmgeschäft zu tun haben könnte. Trish und die anderen Kellnerinnen verbrachten ihre Frühstückspause damit, hektisch die Fotos in der *Variety* zu studieren, damit sie auch bestimmt keinen Filmmogul übersahen, der sich zufällig hierher verirrte. Hatten sie Zweifel, gingen sie lieber auf Nummer sicher, und so konnte es geschehen, daß ein verwirrter Lastwagenfahrer eine kostenlose Show bekam, während er aß, und ihm am Ende seiner Mahlzeit bergeweise Visitenkarten und Telefonnummern von Agenten zugesteckt wurden.

Jeden Abend ging Trish mit einem anderen Mann aus, der versprochen hatte, sie einem engen Freund von Michael Douglas oder Sylvester Stallone vorzustellen. Sie schien das Entdecktwerden nicht mit Schauspielkunst in Verbindung zu bringen. Trish glaubte an »Starqualität«; die war offenbar alles, was man brauchte.

»Entweder man hat sie oder man hat sie nicht, Cin«, erklärte sie mir immer wieder. »Das hat nichts damit zu tun, wer man ist oder woher man kommt. Jeder kann berühmt werden, wenn er sich nur genug anstrengt – Hauptsache, man besitzt Starqualität. Wichtig ist, daß man nie aufgibt.«

Ich wollte ihr klarmachen, daß Leute gewöhnlich berühmt sind, weil sie tatsächlich etwas *tun*, aber Trish war sich da nicht so sicher. Sie betrachtete die Schauspielerei nur als Mittel zum Zweck und konzentrierte sich darauf, berühmte Leute kennenzulernen. Da ihr wegen ihrer Geburt in den falschen Kreisen der rechtmäßige Platz in der Gesellschaft von Beverly Hills vorenthalten worden war, würde die Hollywoodelite, davon war sie überzeugt, sie mit offenen Armen aufnehmen, sobald sie sie kennenlernte.

Jeden Abend, während Trish Ruhm und Wohlstand nachjagte, blieb ich zu Hause, zu erschöpft, um mich zu rühren. Meine Füße taten mir weh vom Stehen, meine Glieder schmerzten, und mein Kopf konnte den Kulturschock kaum bewältigen. Noch nie hatte ich so schwer und so viele Stunden hintereinander gearbeitet. Eines Abends in der zweiten Woche, als ich mich gerade aufs Sofa gesetzt hatte, um mir die Nachrichten anzusehen, stand Trish plötzlich im Türrahmen, die Hände in die Hüften gestemmt.

»Komm schon, Cin, reiß dich zusammen. Wir gehen mittwochs immer zum Fitneßtraining.«

»Fitneßtraining?« wiederholte ich schwach.

»Tu nicht so, als hättest du das vergessen, Cin. Letzte Woche hab ich dich in Ruhe gelassen, weil du gerade erst aus dem Krankenhaus gekommen warst, aber inzwischen hast du dich eine ganze Woche lang erholen können.« Sie trat ans Sofa und betrachtete meine Taille mit neidischem Blick. »Wenn du den ganzen Tag nur auf dem Arsch sitzt, bist du deine Traumfigur bald los.«

Am liebsten hätte ich gesagt, sie solle sich verpissen und an ihre eigene Taille denken, die ihre Aufmerksamkeit nötiger hatte als meine, aber irgendwas hielt mich zurück. Und wenn sie nun recht hatte? Wenn Cindys hinreißender, schlanker Körper das Ergebnis einer strikten Diät und regelmäßigen Trainings war? Wenn ich, als neue Eigentümerin dieses tollen Besitzes, ihre harte Arbeit durch Faulheit zerstörte und zu einer Monstrosität wie Harriet wurde? Dann würde ich noch weniger Selbstachtung haben als zuvor.

»Du willst dir doch nicht diesen neuen Kursleiter entgehen lassen, der letzte Woche angefangen hat, was, Cin?« redete mir Trish zu. »Der hat die unglaublichste Schwellung in seinen Shorts und den süßesten Po, den ich je gesehen habe.«

»Na gut«, sagte ich müde und stand auf. Sie war offensichtlich entschlossen, mir ihre neueste Eroberung vorzuführen. »Ich bin gleich fertig.« Auf dem Weg zu meinem Zimmer blieb ich stehen. »Trish?« fragte ich, sah sie hilflos an. »Was um alles in der Welt muß ich dafür anziehen?«

Die ganze Fahrt über machte ich mir Sorgen, daß ich in meiner Aufmachung, auf der Trish bestanden hatte, Gelächter ernten würde, aber als wir im Fitneßstudio ankamen, sah ich zu meiner Erleichterung, daß die anderen Frauen ähnlich gekleidet waren. Ich trug schwarze Leggings und ein knallrotes Trikot, an den Beinen so hoch geschnitten, daß meine Oberschenkel bis unter die Achseln zu reichen schienen. Meine Füße steckten in riesigen Trainingsschuhen, und um Handgelenke und Stirn trug ich grellfarbene Schweißbänder. Außerdem hatte ich ein ganzes Arsenal an Zubehör dabei, einschließlich Hanteln, Wasserflaschen, Handtüchern, Bandagen und Muskelspray.

Wir betraten ein großes Studio mit verspiegelten Wänden. Eine paar muskulös aussehende Frauen war bereits da, machten Spreizübungen vor niedrigen, rechteckigen Steps, die gleichmäßig im Raum verteilt waren.

»Schnell, schnapp dir einen«, zischte Trish, zerrte mich zu

zwei unbenutzten Steps. Wir setzten uns darauf und warteten, daß etwas passierte. Mehrere Frauen drehten sich um und warfen mir feindselige Blicke zu.

Als der Kursleiter kam, erkannte ich ihn sofort nach Trishs Beschreibung. Er warf mir einen langen, neugierigen Blick zu, der mit einem Zwinkern endete, klatschte dann in die Hände und begann rhythmisch mit den Füßen zu schlenkern, als sei er in was Ekliges getreten.

»Los, Mädels«, dröhnte er in sein Kopfbügelmikrofon, das vom Feedback quietschte, während seine tiefe Stimme durch den Raum hallte. *»Macht euch locker.«*

Wie beim Treppensteigen hob er die Füße im Rhythmus der Musik, und der Rest des Kurses tat es ihm nach. Ich folgte zögernd, fand es zuerst ganz leicht. Doch bald wurde das Tempo schneller, und alle hüpften auf ihren kleinen Steps auf und ab, mit schnellen und komplizierten Bewegungen, die ich so rasch nicht mitbekam. Hilflos schaute ich zu Trish, aber sie schien in einer Art Trance zu sein, stampfte mit den Füßen, boxte mit glasigem Blick in die Luft.

Die Hände und Füße des Kursleiters bewegten sich schneller und schneller, bis sie fast verschwammen, und die lycraverpackte Schwellung in seinen Shorts hüpfte ebenfalls im Tempo der Musik auf und ab. Plötzlich spürte ich seinen Blick auf mir.

»Komm schon, Baby«, schmeichelte er. Warf mir ein ermutigendes Lächeln zu. *»Du kannst es.«*

Irgendwas klickte in meinem Kopf, und ich merkte, wenn ich aufhörte, mir so viel Mühe zu geben, fand mein Körper – Cindys Körper – den richtigen Rhythmus.

»Links, rechts, links, rechts, doppelter Seitschritt, Hände über den Kopf und um die Welt …« Ich hatte es geschafft! Cindy mußte das Training Dutzende Male mitgemacht haben, und ihr Körper lief einfach auf Autopilot.

Adrenalin durchpulste mich. Die Sache machte richtig Spaß. Da ich die Augen des Kursleiters ständig auf mir spürte, brachte ich meine wilden Bewegungen in Einklang mit denen der anderen Frauen. Allmählich wurde das Tempo noch schneller.

»*... und hoch und rüber und drehen und drehen und ... oh, Baby, das ist gut ... das ist wirklich gut ...*« Die Musik erreichte einen kreischenden Höhepunkt, und er machte ein paar ruckhafte Bewegungen mit dem Becken. »*Du kannst es, Baby. Spann die Pobakken noch einmal an ...*« Alle Augen hingen an der legendären Schwellung, die drauf und dran zu sein schien, aus der Hose zu springen.

Mein Herz klopfte wie wild, und mein Atem ging in kurzen Stößen. Mein Körper kribbelte vor Energie und Wohlgefühl. Als ich noch Harriet war, hatte ich mich nie so gefühlt.

»*Oh, Baby ...*« Er sah mich direkt an, drehte sich auf seinem Step einmal im Kreis und veränderte seine Haltung. Seine Bewegungen wurden langsamer, er trat rhythmisch von einem Fuß auf den anderen. »*Ich bring euch jetzt runter, ganz langsam ...*« Allmählich wurde die Musik langsamer, und alle griffen nach ihren Wasserflaschen.

»Großer Gott«, schnaufte Trish neben mir. »Hast du bis zum Schluß mitgemacht, Cin?«

Als das Training zu Ende war, tauchte der Kursleiter neben mir auf. Schweiß glänzte auf seiner Stirn. »Letzte Woche hab ich dich hier gar nicht gesehen, Baby«, dröhnte er. Alle drehten sich nach uns um, starrten uns an, und er schüttelte verärgert den Kopf. »Dauernd vergesse ich, das dämliche Ding abzuschalten«, murmelte er, nahm das Mikrophon ab. »Ich heiße Chuck Woodcock«, sagte er mit überraschend gewöhnlicher Stimme. »Nenn mich Chuck.«

Ich spürte, wie seine Augen meinen Körper abtasteten, als ich mich vorstellte und seine ausgestreckte Hand schüttelte.

»Hi, Chuck«, flötete Trish und beugte sich eifrig vor. »Wir haben uns letzte Wochen kennengelernt, erinnerst du dich?«

»Du hast das prima gemacht, Cindy«, fuhr er fort, ohne Trish zu beachten. »Vielleicht wärst du auch an meinen anderen Kursen interessiert? Ich könnte dir bei einem Drink davon erzählen, wenn du Zeit hast.«

»Eine gute Idee, Chuck«, sagte Trish laut. »Ich hatte mir auch schon überlegt, noch einen Zusatzkurs zu machen.«

Chuck warf ihr einen finsteren Blick zu, wandte sich dann wieder an mich. »Ich kann dich nach Hause fahren«, bot er hoffnungsvoll an. »Falls deine Freundin es eilig hat.«

»Das ist schon okay«, sagte Trish. »Mir macht das Warten nichts aus. Dafür sind Freunde ja schließlich da.«

Während wir duschten und uns umzogen, merkte ich, daß die anderen Frauen den Blick nicht von mir wenden konnten. Gespräche verstummten, als ich mein verschwitztes Trikot auszog, und ich bekam mit, wie überall im Raum heimlich Taillen und Oberschenkel verglichen wurden. Erstaunt stellte ich fest, daß die Frauen, die bei unserer Ankunft so einschüchternd perfekt gewirkt hatten, in Wirklichkeit ziemlich schlaff und wabbelig waren unter den Lagen von Elastikstoff, die alles zusammenhielten. Cindys Körper war eindeutig etwas Besonderes, selbst für ein Fitneßstudio in Hollywood. Ich empfand eine gewisse Zufriedenheit, als mir klar wurde, daß alle mich beneideten.

Chuck Woodcock wartete draußen auf uns, und wir gingen in eine nahegelegene Bar.

»Was möchtest du trinken, Baby?« fragte er mich, drehte sich seitlich auf seinem Barhocker und wandte Trish entschlossen den Rücken zu.

»Einen doppelten Scotch mit Eis.« Seit ich als Cindy aufgewacht war, hatte ich nichts Anständiges mehr getrunken.

»Für mich auch«, fügte Trish hinzu. Er schien sie nicht zu hören, daher tippte sie ihm auf die Schulter und wiederholte ihren Wunsch, als er sich gerade einen doppelten Orangensaft bestellte.

»Hast du es je mit High-Impact versucht, Cindy?« fragte er. Ich schüttelte den Kopf und genoß meinen Drink. Erleichtert stellte ich fest, daß Whisky genau gleich schmeckt, egal, in welchem Körper man steckt.

»Ich wollte keinen Orangensaft«, keifte Trish, beugte sich vor und funkelte mich böse an. »Ich will dasselbe wie sie!«

»Da brauchst du aber Implantate, Schätzchen«, sagte der Mann neben ihr und starrte auf meine Brüste.

»Was zum Teufel willst du?« Wütend drehte sich Trish zu ihm um.

Chuck schob seinen Hocker seitwärts und nahm mir die Sicht. »Du solltest es mal mit meinem High-Energy-Power-Stepkurs versuchen, Cindy.« Er beugte sich vor und sah mir in die Augen, als sei meine Reaktion von äußerster Wichtigkeit. So viel Aufmerksamkeit von einem Mann, das war ein herrliches Gefühl, etwas, das Harriet selten erlebt hatte.

»Das mach ich vielleicht.« Ich lächelte, spürte die wohlige Wärme des Whiskys in mir. Chuck brabbelte über Adrenalinschübe und Schmerzschwellen, aber ich hörte ihm nicht richtig zu. Ich genoß seine Hand auf meinem Arm und das Kribbeln sexueller Erregung.

»Ausdauertraining ist sehr gut«, sagte er schließlich, legte die Hand auf mein Knie, »aber letztlich geht es doch um den Sieg des Geistes über die Materie. Stimmt's?«

Mein Verstand riet mir, so einen hirnlosen Muskelprotz nicht mal mit der Kneifzange anzufassen, während mein Körper darauf bestand, daß das völlig egal sei.

»Ja, ganz bestimmt«, sagte ich ernst, kämpfte gegen meine niederen Instinkte an. »Ich weiß genau, was du meinst.«

»Was hältst du davon, wenn wir von hier verschwinden und eine kleine Spritztour machen?« fragte er mit bedeutungsvollem Blick.

»Ich, äh ... meine Freundin ...« Ich sah zu Trish, aber sie war in ein Gespräch mit dem Mann von vorhin vertieft, der jetzt seine Hand unter ihrem Rock hatte.

»Laß mich in Ruhe«, zischte sie. »Siehst du denn nicht, daß ich Fortschritte mache? Er sagt, er kann mich mit jemandem zusammenbringen, der Spielberg kennt.«

»Aber ich will nach Hause.«

»Tja, daran hättest du denken sollen, bevor du Chuck Woodcock so heißgemacht hast«, blaffte sie. »Sei nicht albern, Cin. Er wird dich schon nicht fressen.«

Nachdem wir die Bar verlassen hatten, versank Chuck in tiefes Schweigen. Ich hatte ihm eine ungefähre Wegbeschreibung zu unserer Wohnung gegeben, aber schon nach kurzer Zeit war klar, daß er sie ignorierte.

»Dachte, wir fahren den Mullholland rauf«, brummte er, lenkte den Wagen um eine scharfe Kurve. Die Straße schlängelte sich, schraubte sich in engen Serpentinen immer höher hinauf. »Warst du schon mal hier oben, Cindy?«

»Nein«, gab ich zu, unsicher, was das bedeuten sollte.

»Ehrlich?« Überrascht hob er die Augenbrauen und lachte leise. »Na ja, es gibt immer ein erstes Mal.«

Wir bogen von der Straße ab und parkten unter einem Baum. Vor uns, weit unten, lag Los Angeles wie ein funkelnder Lichterteppich – genau wie in den Filmszenen, wo der Typ und sein Mädchen zur Sache kommen. In meinem Kopf schrillten Alarmglocken.

»Komm her, Baby«, murmelte er, warf sich auf mich und drückte mich in meinen Sitz. Ich spürte seinen Mund auf meine Lippen und konnte nicht widerstehen. Seit über dreißig Jahren war ich nicht geküßt worden. Das Blut rauschte in meinen Adern.

»Nein, nein«, protestierte ich, wehrte mich schwach, genoß es aber insgeheim. Ich erlaubte seiner Zunge, meinen Mund zu erforschen, und war überrascht, wie angenehm sich das anfühlte.

»Heh, du bist mir ja 'ne ganz heiße Nummer, Baby«, keuchte er, fummelte an einem Hebel herum. Mit plötzlichem Ruck klappte mein Sitz nach hinten, und er lag auf mir. Ich spürte seine berühmte Schwellung an meinem Schenkel, während seine Hand grob unter meinen Rock fuhr und an meinem Slip zerrte.

»Hör auf!« quiekte ich, wollte seine Hand wegziehen. So weit hatte ich es nicht kommen lassen wollen.

»Gib's mir, du geiles Stück«, grunzte er. Etwas zerriß. Mein Slip flog aus dem Autofenster. Er hielt mich mit einer Hand fest, zog mit der anderen seinen Reißverschluß auf.

»Hilfe!« schrie ich, wand mich unter seinem festen Griff, versuchte, an den Türgriff zu kommen. »Runter von mir!«

»Sag du mir nicht, was ich zu tun habe«, knurrte er, schlug mir mit der flachen Hand ins Gesicht. »Du miese Schlampe.«

Tränen der Wut und Erniedrigung traten mir in die Augen, als er sich rittlings auf mich setzte und meine Hände über dem Kopf festhielt. So hatte ich mir mein erstes sexuelles Erlebnis als Cindy nicht vorgestellt.

Sein Reißverschluß öffnete sich, und der Verursacher der Schwellung schnellte heraus.

»Ist der groß genug für dich?« keuchte er, hielt ihn mir unter die Nase. »Bist du darauf scharf?«

Das Ding war größer, als ich es für möglich gehalten hätte. Mit offenem Mund starrte ich es an. War dies die Rieseneiche der Peniswelt? Er lockerte seinen Griff, lehnte sich zurück und streichelte sein Glied so liebevoll, als sei es ein Schoßhund.

Ich hatte keine Ahnung von Selbstverteidigung, hielt es aber für am besten, zu handeln, solange er abgelenkt war. Mit einem tiefen Atemzug zog ich das Knie an und stieß mit aller Kraft zu.

»Auuuuuu! Du gottverdammte Hure!« Er kippte nach vorn, hielt sich Schwanz und Eier. Rasch wand ich mich unter ihm heraus und öffnete die Tür. Ich suchte nach meinem Slip, ließ es aber wieder bleiben, als ich ihn im Auto herumrumoren hörte.

Eilig zupfte ich Cindys kurzen Rock zurecht, zog die Schuhe aus und rannte los. Ich mußte verschwinden, bevor der Waldschrat sich von dem Schaden an seinen Holzvorräten erholt hatte.

Nachdem ich zwanzig Minuten lang kurvige Straßen hinuntergerannt war, wurde ich langsamer und betrachtete meine Umgebung genauer. Ich hatte nicht die leiseste Ahnung, wo ich war oder in welche Richtung ich lief. Straßenschilder gab es nicht. Dichte Büsche und Sicherheitszäune säumten die Straße, gelegentlich unterbrochen von Toren ohne Namensschilder. Als ich mich in der Dunkelheit einem der Tore näherte, ging ein Licht an, und eine Kamera schwenkte mit einer Reihe scharfer Klickgeräusche auf mich zu.

Es schien logisch, weiter hügelabwärts zu laufen, aber ich kam immer wieder an Gabelungen, wo beide Straßen in verschiedenen Richtungen bergab führten. Als ich ein Stück Rasen überquerte, sah ich ein Schild, schwach beleuchtet von einer Straßenlaterne. *Achtung – Private Sicherheitskräfte – Schußwaffeneinsatz – Ausgebildete Wachhunde.*

Eine Sirene heulte, blaues Blinklicht flammte in der Ferne

auf. Ein Auto kam näher. Ich rannte wieder los, landete aber in einer Sackgasse, vor einem weiteren hohen Stahltor, das sich nicht öffnen ließ. Das Auto kam über den Kiesweg knirschend auf mich zu. Als es anhielt, stieg eine stämmig Gestalt aus und blendete mich mit einem Suchlicht.

»Heh, Wayne«, nölte eine Männerstimme. »Guck mal, was ich hier habe. Gegen die sieht Sharon Stone wie 'ne Oma aus.«

Zuerst wollten sie mich zur Polizei bringen. Als ich sie endlich davon überzeugt hatte, daß ich nicht Catwoman war und auch nicht vorhatte, in die Häuser ihrer Kunden einzubrechen, wollten sie mich mit in ihr Wachhäuschen nehmen. Nach längerem Palaver und einem Zungenkuß für jeden von ihnen, genau eine Minute lang und erst fällig, nachdem sie ihren Teil der Vereinbarung eingehalten hatten, brachte ich sie dazu, mich nach Hause zu fahren.

Trish war noch unterwegs, als ich in die Wohnung kam. Da sie ausnahmsweise ihr Schlafzimmer nicht abgeschlossen hatte, durchsuchte ich rasch ihren Kleiderschrank und fand eine halbvolle Flasche Whisky.

Genau das, was ich brauche, dachte ich und nahm die Flasche mit in mein Zimmer. Ich setzte mich aufs Bett, nahm einen großen Schluck, fühlte mich gleich besser. Die geizige Ziege hatte wahrscheinlich markiert, wieviel noch in der Flasche war, aber mit solchen Finessen konnte ich mich jetzt nicht aufhalten. Zur Not konnte ich die Flasche mit kaltem Tee auffüllen.

Mein neues Leben entwickelte sich ganz und gar nicht so, wie ich es erwartet hatte. Ich hatte die Fehlschläge meines vorherigen Lebens immer auf den Mangel an Schönheit geschoben. Mit Cindys Aussehen würde alles leicht werden, hatte ich angenommen. Aber wo waren die Vorteile, die ich mir erhofft hatte?

Wo waren die Freunde, der Beruf, der traumhafte Lebensstil? Wo waren Liebe und Romantik?

Der rosa Teddybär warf mir einen gläsernen, vorwurfsvollen Blick zu, als ich den nächsten Schluck aus der Flasche nahm. »Was starrst du mich so an, du mit deinem Kopf voller Holzwolle?« knurrte ich, packte ihn an der Kehle und drückte fest zu. Er zwinkerte.

»Das reicht«, schnaubte ich, stapfte in die Küche. »Ich hab die Schnauze voll!« Der Müllzerhacker im Spülbecken machte kurzen Prozeß mit Cindys geliebtem Plüschtier, verflüssigte es in Sekundenschnelle und ließ es in den Abwasserröhren von Los Angeles verschwinden.

Meine Zukunft sah düster aus. Ich hatte kein Geld und war wegen meiner Schulden an Trish gebunden. Die Arbeit bei Marty's ließ sogar den Beruf der Bibliothekarin beneidenswert erscheinen. Jeder Mann, dem ich begegnete, behandelte mich als Sexobjekt, und heute abend war ich um Haaresbreite einer Vergewaltigung entkommen.

Hatte ich dafür meine Seele verkauft?

»Mephisto, du Dreckskerl«, murmelte ich, wischte rosa Fellfusseln aus der Edelstahlspüle. »Du hast es wirklich total vermasselt.«

»Wer hat behauptet, daß es leicht würde?« erklang Mephistos körperlose Stimme plötzlich in meinem Kopf. *»Du hast doch bekommen, was du haben wolltest, oder?«*

»Wo bist du?« rief ich wütend. Ein geisterhaftes, gackerndes Lachen ertönte, wie aus einem billigen Horrorfilm, und vor mir auf dem Ablaufbrett begann etwas zu wabern. Mit offenem Mund sah ich, wie es Form annahm und zu Mephistos vertrauter Gestalt wurde. Er trug dieselben schmuddeligen Kleider wie beim letzten Mal, und seine Stiefel waren immer noch schlammbespritzt.

»Wie geht's dir, Babe?« fragte er, schaute sich um, rutschte vom Ablaufbrett. Er lehnte sich gegen die Spüle, grinste und verschränkte die Arme. »Hübsch hast du's hier.«

Ich betrachtete ihn feindselig. »Das hat du absichtlich getan, du Bastard! Warum konntest du mich nicht in Guildford lassen, statt mich in dieses Höllenloch zu bringen? Warum hast du nichts davon gesagt, daß ich im Leben eines anderen Menschen festsitzen würde?«

»Du hast nicht danach gefragt«, erwiderte er selbstgefällig. »Man sollte immer das Kleingedruckte lesen, bevor man sich mit dem Teufel einläßt.«

»Kannst du mich nicht hier rausholen?« flehte ich. »Ich möchte doch nur ein bißchen glücklich sein, ein angenehmes Leben führen.«

»Das wollen die meisten. Aber sie müssen selbst dafür sorgen. Warum sollte es bei dir anders sein?«

»Ich ... ich weiß nicht«, sagte ich hilflos. »Warum hast du mich überhaupt ausgesucht, wenn du mir nicht geben willst, was du versprochen hast?«

»Ich habe dir Jugend und Schönheit gegeben, oder? Du hast doch angeblich so viel Grips, also liegt es an dir, was als nächstes passiert.« Er warf mir einen vorwurfsvollen Blick zu. »Ich hoffe, du enttäuschst mich nicht, Harriet, nach all der Mühe, die ich mir gegeben habe. Hast du überhaupt eine Ahnung, was für ein Privileg es ist, einen faustischen Pakt angeboten zu bekommen?«

»Was meinst du mit Privileg?«

Er seufzte. »Ich dachte, du hättest deine Hausaufgaben gemacht, aber das war wohl ein Irrtum. Wußtest du nicht, daß faustische Pakte vor, laß mal überlegen«, er zählte an seinen Fingern ab, »über hundertfünfzig Jahren allmählich aus der Mode gekommen sind?«

Mephisto wirkte verärgert. »In der Hölle geht's bergab«,

murmelte er und griff nach der Whiskyflasche. »Wir müssen dringend ein paar der alten Traditionen wiederbeleben und modernisieren. Der faustische Pakt bietet ein gewaltiges Potential für das Böse, wenn diese engstirnigen Erbsenzähler doch nur endlich aufwachen und das begreifen würden.«

»Warum sind sie aus der Mode gekommen«, fragte ich, »wenn sie doch so gut funktioniert haben?«

»Zu viel Arbeit, an der Sache dranzubleiben.« Er klang bitter. »Ob deine Arbeit dich befriedigt, ist denen egal – heutzutage wird nur an schnelle Erfolge gedacht. Die haben beschlossen, es sei eine Verschwendung der Ressourcen.«

»Warum muß man denn überhaupt dranbleiben? Was kannst du denn sonst noch erwarten, wenn dir jemand seine Seele verkauft hat?«

»Eine Menge«, sagte er und nahm einen großen Schluck Whisky. »Wir müssen dafür sorgen, daß du weiter auf unserer Seite bleibst, als eine Kraft des Bösen arbeitest. Müssen sicherstellen, daß du deine zusätzlichen Jahre wie ein wahrer Faust verplemperst.« Er stellte die Flasche auf das Ablaufbrett, und ich sah, wie sie sich wieder bis zum vorherigen Stand auffüllte, genau wie bei früheren Gelegenheiten. Unser magerer Vorrat an Teebeuteln würde uns erhalten bleiben.

»Die erste Etappe hast du bereits mit fliegenden Fahnen gewonnen«, fuhr er mit verschwörerischem Blick fort. »Du hast dich schnell überzeugen lassen, mein Angebot anzunehmen. Aber woher soll ich wissen, daß du nicht zur Gegenseite überläufst, Gutes tun willst oder sonst irgendwelchen Schwachsinn? Ich muß dich im Auge behalten. Dafür sorgen, daß du richtig korrupt bleibst.«

»Ich bin nicht korrupt«, protestierte ich. »Außerdem stand davon nichts im Pakt. Was mich betrifft, ist das Abkommen erledigt. Ich will nur leben und glücklich sein.«

Mephisto lachte leise und sah sich in der schmierigen Küche um. »Nennst du das Glück? Bist jetzt hast du es nicht sehr weit gebracht, oder?«

»Darum geht es nicht ...« Ich stockte, sah, daß sein Blick jetzt auf einen Punkt unter meiner Taille gerichtet war. Cindys kurzer Rock war mal wieder zu weit hochgerutscht. Siedendheiß fiel mir ein, daß ich meinen Slip irgendwo in den Hollywood Hills zurückgelassen hatte. Rasch zerrte ich den Rock herunter.

Mephisto stieß einen leisen Seufzer aus. »Du hast offenbar noch nicht kapiert, wie attraktiv du bist.« Er kam näher, beugte sich über mich, bis ich seinen Atem auf meiner Haut spürte. »Wie kannst du es dem armen Jungen übelnehmen? Nachdem du seine Hormone derart zum Kochen gebracht hast?« Er fuhr mit dem Finger an meinem Wangenknochen entlang. »Wie soll ein Mann einer solchen Versuchung widerstehen?«

Cindys Körper zitterte vor unterdrücktem Verlangen, aber ich fuhr mit einem Ruck zurück, bevor seine Lippen die meinen streifen konnten.

»Hör auf!« zischte ich und schlug seine Hand weg. »Der arme Junge, wie du ihn nennst, hat versucht, mich zu vergewaltigen. Dafür gibt es keine Entschuldigung.«

»Oje, oje, wir haben aber plötzlich nette Prinzipien entwickelt«, spottete er, trat einen Schritt zurück. »Ich erinnere mich an eine Zeit«, fügte er hämisch hinzu, »wo du mich nicht so schnell zurückgewiesen hättest.«

»Wenn du mich noch mal anfaßt, weißt du, was dir blüht«, fuhr ich ihn an. Ob die Anatomie eines Teufels sich wohl von der eines bloßen Sterblichen wie Chuck Woodcock unterschied? War alles am selben Platz?

Mephisto wurde zornig. »Ich muß niemanden zwingen, mich anziehend zu finden.« Wieder verschränkte er die Arme. »Du wirst noch darum betteln, bevor ich mit dir fertig bin.«

»Niemals«, sagte ich hitzig. »So verzweifelt könnte ich gar nicht sein.«

Cindys Körper sandte weiterhin gegenteilige Signale aus, aber ich ignorierte sie. Sie hatte mich heute abend schon in genug Schwierigkeiten gebracht.

»Ich kann warten«, sagte Mephisto in wissendem Ton. »Jeder gibt früher oder später der Versuchung nach.« Er griff nach der Whiskyflasche, nahm noch einen großen Schluck, betrachtete mich nachdenklich. »Außerdem«, fügte er hinzu, »habe ich noch viele andere Möglichkeiten, meine Wette zu gewinnen.«

»Was für eine Wette?«

»Ach, wir haben immer eine Wette laufen«, erwiderte er mit einem Lächeln. »Fünfundzwanzig Jahre auf Ergebnisse zu warten macht nicht viel Spaß.«

»Neunundzwanzig«, murmelte ich. »Du hast nicht richtig gezählt.«

»Vergiß die Einzelheiten.« Ungeduldig wedelte er mit der Whiskyflasche. »Ich werde diese altmodischen Regeln und Verordnungen in der Hölle umkrempeln. Auf dieses Projekt habe ich eine hohe Wette abgeschlossen. Voller Beweis für Käuflichkeit und Verderbtheit vor dem ersten Jahresbericht – das wird ihnen zeigen, aus welchem Holz ich geschnitzt bin!«

Er betrachtete mich voller Stolz. »Die mögen zwar denken, ich wäre nicht mehr Teufels genug, einen faustischen Pakt durchzuziehen, aber ich werde es ihnen zeigen! Ich bin kein gewöhnlicher Teufel, ich bin Mephisto …«

»Erzregent und Befehlsherr aller Geister«, beendete ich seinen Satz, unfähig, ein Lächeln zu unterdrücken.

»Man muß nur das richtige Objekt auswählen«, fuhr er fort, ohne auf meine Spöttelei zu achten. »Mit einer Frau ist es noch nie versucht worden, soviel ich weiß. Das macht doch viel mehr Spaß, findest du nicht?« Er grinste. »Chancengleichheit und so. Das findest du doch sicher gut.«

Wieder trank er gluckernd aus der Flasche. »Warum, meinst du, habe ich dich gewählt, Harriet? Warum habe ich dich wohl nach Los Angeles gebracht? Viel mehr Gelegenheiten, deine neuen Vorzüge einzusetzen, als im langweiligen alten Guildford, meinst du nicht auch? Viel größere Chancen, all das zu kriegen, was dir zuvor entgangen ist.«

Er breitete die Hände aus. »Du willst doch Erfolg haben. Geld, Ruhm, gesellschaftliche Stellung, all das findest du hier. Wenn du es richtig anpackst, brauchst du nur zuzugreifen.« Er kicherte, gefolgt von einem kleinen Hickser. »Oder eher *falsch* anpackst. Sagt man nicht, jemand sei schön wie die Sünde?«

»Tut mir leid, daß ich so eine Enttäuschung bin«, meinte ich bitter. Ich war zu sehr mit dem Überleben beschäftigt gewesen, um meine Zeit mit solchen Phantasien zu verschwenden.

»Unterschätze nie, wie sehr die Macht der Schönheit korrumpieren kann.« Unbehagen erfaßte mich, als er eine bedeutungsschwangere Pause einlegte. »Du bildest dir vielleicht ein, über all dem zu stehen, aber du wirst deine hochnäsigen Prinzipien schnell vergessen, wenn du erst mal Geschmack am guten Leben gefunden hast. Du wirst dich auf alles stürzen, was du kriegen kannst, wirst mit den anderen um ein Stück vom Kuchen kämpfen, wart's nur ab.«

»Geschmack am guten Leben? Wie das denn?« fragte ich verärgert. »Davon hab ich hier noch nichts gesehen.«

»Tja, damit würde ich zuviel verraten.« Er begann zu lachen, ein Geräusch, das unangenehm in meinem Kopf widerhallte. Ich rieb mir die Augen und starrte ihn an. Er verschwamm allmählich, löste sich in Luft auf.

»Was meinst du damit?«

»Wart's ab, du wirst schon sehen«, gackerte er, wurde immer durchsichtiger. »Denk dran, daß ich dich beobachte.« Die Whiskyflasche schwebte vor meiner Nase.

»Komm zurück«, bat ich. »Sag mir, was als nächstes passiert.«

»Tut mir leid«, kam diese irritierende Singsangstimme. *»Geht nicht.«*

Die Flasche plumpste unsanft in meinen Schoß, und er war verschwunden.

Kapitel 8

Ein paar Tage später, als ich im Hinterzimmer von Marty's Pause machte, kam Trish angerannt.

»Schnell, Cin! Komm mit!« kreischte sie. »Du rätst nie, wer gerade reingekommen ist – *Harley Brightman*!«

»Wer?«

»Dein Unfall, erinnerst du dich? Der Typ, dem du reingefahren bist?« Sie riß die Augen auf. »Der Besitzer von *Lapinique*! Glaubst du, er will eine Entschädigung?«

»Welcher ist es?« fragte ich, drückte meine Nase an die Scheibe in der Küchentür.

»Ach, hör auf, Cin.« Trish verdrehte die Augen. »Wir haben ihn doch in der Larry King Show gesehen.« Sie seufzte genervt. »Der kleine Dicke mit dem Bart wird's ja wohl nicht sein, was? Oder der Wichser mit der Baseballkappe?«

Ich folgte ihrem Blick zu einem Tisch neben der Tür, wo ein Mann in den Dreißigern die Karte studierte. Mir blieb kaum Zeit, sein jungenhaftes Aussehen und den schicken Anzug wahrzunehmen, bevor eine Schar Kellnerinnen wie aufgescheuchte Hühner um ihn herumflatterte und mir die Sicht nahm.

»Das ist doch wieder typisch für diese dummen Gänse«, murmelte Trish verächtlich. »Wie soll denn ein Typ, der eine Kosmetikfirma hat, ihnen eine Rolle beim Film verschaffen?«

»Was ist da los?« Marty tauchte neben uns auf, ein Spiegelei auf dem Pfannenheber. »Guter Gott«, hauchte er. »*Harley Brightman* in *meinem* Diner.« Er stieß die Tür auf. »Meine Frau verzeiht mir nie, wenn ich mir kein Autogramm von ihm geben lasse«, erklärte er, drückte mir den Pfannenheber in die Hand und hastete auf das Zentrum der Aktivitäten zu.

Kurz darauf kam er verblüfft zurück. »Cindy, Honey«, sagte er. »Ich weiß nicht, womit du das verdient hast, aber er will mit dir sprechen.« Er rückte mein Käppi zurecht und schob mich durch die Tür. »Jetzt geh hin und sei nett zu dem Mann. Ich will stolz auf dich sein.«

Als ich mich dem Tisch mit dem begehrtesten Junggesellen von Los Angeles näherte, verschwanden die anderen Kellnerinnen kichernd.

»Cindy?« fragte er mit sanfter Stimme und hielt mir die Hand hin. Ich wollte sie gerade nehmen, da merkte ich, daß ich immer noch den Pfannenheber mit dem Ei festhielt.

»Hi«, sagte ich nervös, versteckte rasch die Hand hinter meinem Rücken.

»Sie erinnern sich vermutlich nicht an mich.« Er lächelte. »Sie waren bewußtlos, als ich Sie das letztemal sah. Ich wollte Sie wiedersehen, wollte mich davon überzeugen, daß Sie alles gut überstanden haben.«

Ich sah mich um, mußte unbedingt dieses Ei loswerden, fand aber keinen geeigneten Platz.

»Normalerweise fahre ich den Rolls nicht selbst«, fügte er hinzu. »Dieser Unfall war ein ziemlicher Schock. Ich fühlte mich irgendwie, na ja … verantwortlich. Zu sehen, daß es Ihnen gutgeht, erleichtert mich sehr.«

Ich betrachtete ihn genauer. Er hatte ebenmäßige, wohlgeformte Gesichtszüge, freundliche Augen und hellbraunes, zurückgekämmtes Haar. Er spürte meinen Blick, hob die Augenbrauen und grinste unsicher.

»Ich hab mir auch, ähm, überlegt«, meinte er, fuhr sich durchs Haar, fummelte an seinem Kragen herum, »ob Sie, ähm … ob Sie heute abend mit mir essen gehen würden?«

Aus den Augenwinkeln nahm ich eine Bewegung wahr, schaute aus dem Fenster und sah Trish auf dem Parkplatz stehen und wild gestikulieren. *Sag ja*, formte sie mit den Lippen. Marty stand neben ihr, wedelte mit der Karte, deutete mit der anderen Hand darauf. *Frag ihn, was er essen will*, hieß das.

»Danke«, sagte ich. »Das würde ich gern.« Mit einem Schulterzucken hielt ich ihm den Pfannenheber mit der inzwischen kalt gewordenen Last hin. »Möchten Sie vielleicht ein Ei?«

Als ich ihr die Einzelheiten erzählte, wurde Trish blaß vor Neid. »Hast du ein Schwein«, murmelte sie wehmütig. »Ich wünschte, ich wär auch in diesen Unfall verwickelt gewesen.« Sie sah mich hoffnungsvoll an. »Bist du sicher, daß er dich nicht gebeten hat, eine Freundin mitzubringen?«

Zu Hause half Trish mir, Cindys Kleiderschrank nach etwas Passendem zu durchsuchen. Wenn sie schon nicht selbst mit Harley Brightman essen gehen konnte, wollte sie wenigstens so weit wie möglich an den Vorbereitungen beteiligt sein.

»Überleg doch mal, Cin«, seufzte sie, hielt mir verschiedene Kleider an. »Einer der reichsten Männer von L.A., und er ist immer noch Junggeselle. Vielleicht verliebt er sich in dich.«

»Das glaub ich kaum«, wehrte ich lachend ab, obwohl ich insgeheim ziemlich aufgeregt war. Warum hatte er mich aufgespürt? Hatte das etwas mit dem »Geschmack am guten Leben« zu tun, von dem Mephisto geredet hatte?

Wir entschieden uns für ein hautenges schwarzes Kleid mit tiefem Ausschnitt. »Man muß zeigen, was man hat«, sagte Trish, zerrte an dem elastischen Stoff, damit möglichst viel von meinem Dekolleté zu sehen war.

Sie machte ein großes Theater um jedes Detail meiner Aufmachung, von der Farbe und dem Material meiner Strümpfe bis zum Lippenstift, den ich auftragen sollte. Als ich fertig war, stand sie neben mir vor dem Spiegel und bewunderte ihr Werk.

»Wenn er dich nicht noch mal einlädt«, meinte sie, »liegt es nicht an deinem Aussehen.«

Punkt acht klingelte es; ich merkte, daß ich vor Nervosität zitterte. Seit mindestens dreißig Jahren hatte mich niemand mehr ausgeführt, und ich hatte keinen Schimmer, was von mir erwartet wurde.

»Jetzt setz die Sache nicht in den Sand«, warnte Trish, als sie mich zur Tür begleitete. »Wenn du nicht weißt, was du sagen sollst, sag einfach ja.«

Trotz der Dunkelheit in dem schmalen Flur trug Harley Brightman eine Sonnenbrille.

»Hi, Cindy«, nuschelte er, zog die Brille ein bißchen tiefer und blinzelte über den Rand wie der Star aus einem Werbespot. Wie lange hatte er das wohl geübt?

»Ich bin Trish«, verkündete meine Wohnungsgenossin, drängte sich vor, hielt ihm die Hand hin. »Ich hab bei den Vorbereitungen geholfen.«

»Sie sehen phantastisch aus, Cindy«, murmelte er und griff nach meinem Arm. »Können wir gehen?« Er legte einen Fünf-Dollar-Schein in Trishs ausgestreckte Hand, drehte sich um und führte mich schnell die Treppe hinunter. »Ich mach mir ein bißchen Sorgen, daß da draußen was mit meinem Auto passieren könnte.«

Das Auto erwies sich als blaßblauer Ferrari mit getönten Scheiben. Als wir näher kamen, verschwand ein Gruppe Halbstarker, die wir beim Abmontieren der Scheibenwischer gestört hatten, in der Dunkelheit.

»Der Rolls ist noch in der Werkstatt«, entschuldigte sich Harley, während er mir die Tür aufhielt. »Außerdem hat mein

Chauffeur seinen freien Abend, also werden Sie sich noch mal meinen Fahrkünsten anvertrauen müssen.« Mit gerunzelter Stirn betrachtete er das Armaturenbrett. »Wo war denn gleich der Schalter für die Scheinwerfer?« murmelte er, knipste Schalter an und aus. »Ah, hab ihn!« Er setzte die Sonnenbrille ab, wandte sich mir zu und zwinkerte wieder. »Diesmal werde ich versuchen, niemandem reinzufahren.«

Das Restaurant hieß Wagner's und war, den berühmten Gesichtern im Walkürenzimmer nach zu urteilen, etwas Besonderes. Ein stämmiger Mann in einer Smokingjacke kam auf uns zugeeilt.

»Mr. Brightman, Sir«, sagte er mit starkem deutschem Akzent. »Was für eine wunderbare Überraschung!« Er musterte mich zweifelnd, konzentrierte sich dann wieder auf Harley. »Nur Sie beide heute abend? Ihr üblicher Tisch?«

»Danke, Heinrich«, erwiderte Harley, drückte ihm einen Geldschein in die Hand. »Ich komme so gerne hierher«, flüsterte er mir zu, während wir warteten, bis ein gutgekleidetes Paar mittleren Alters hastig weggeführt wurde, um Platz für uns zu machen. »Hier ist es viel intimer als bei Morton's oder Spago, und Heinrich ist ein richtiges Original, nicht wahr?«

Mir kam es nicht besonders intim vor. Leute eilten von Tisch zu Tisch, begrüßten sich und küßten ihre Freunde, und das Stimmengewirr übertönte die Hintergrundmusik fast vollständig.

»Was wird aus ihnen?« fragte ich und schaute dem Paar nach.

»Ach, die werden unten im Nibelungenkeller untergebracht«, sagte Harley mit wissendem Lächeln. »Dahin verbannt Heinrich die Störenfriede und Touristen. Niemand, der jemand ist, sitzt dort unten.«

Heinrich kam zurück und reichte uns kunstvoll gestaltete Speisekarten. »Tolle Idee, die Gerichte nach dem Ring der Nibelungen zu benennen, was?« murmelte Harley und bestellte Brunhildes Wonne.

»Was bedeuten die Zahlen neben den Namen?« fragte ich leise. Hoffentlich waren das nicht die Preise.

Harley lachte. »Das ist die Kalorienanzahl.« Er tätschelte seinen Bauch. »Man muß ja schließlich auf seine Figur achten.«

Ich hatte mir nie die Mühe gemacht, Kalorien zu zählen, aber ich wußte, daß zweihundert nicht sehr viel für ein Hauptgericht waren. Daher suchte ich nach etwas Substantiellerem. Nachdem ich meine Schulden bei Trish bezahlt hatte, war nicht mehr viel für Nahrungsmittel übriggeblieben, und ich hatte mich in der vergangenen Woche hauptsächlich von Resten aus Martys Küche ernährt.

»Könnte ich ein Steak haben?« fragte ich zögernd.

Heinrichs Unterkiefer sackte herunter, und in unserem Teil des Raumes wurde es plötzlich still. Köpfe wandten sich nach mir um. Die Musik verstummte. Jemand ließ ein Glas fallen, das in der Stille laut zerbarst, und ein Mann am Nebentisch begann zu husten. *»Hast du das gehört?«* flüsterte eine Frauenstimme. *»Rotes Fleisch!«* Jemand stieß einen leisen Pfiff aus; die Gespräche lebten allmählich wieder auf.

»Dürfte ich statt dessen das Siegfried Special vorschlagen?« sagte Heinrich in knappem Ton, der mir klarmachte, daß ich kaum eine andere Wahl hatte. »Sehr proteinhaltig, aber mit nur geringem Cholesterinanteil.«

»Warum versuchen Sie das nicht?« meinte Harley rasch. »Ich habe gehört, es sei köstlich.«

Ich nickte verlegen. Ohne mich zu fragen, bestellte er Mineralwasser, also konnte ich Alkohol für diesen Abend auch abschreiben.

»Welches Sternzeichen sind Sie, Cindy?« fragte er und reichte Heinrich die Speisekarten. Warum all diese schwierigen Fragen, dachte ich, versuchte mich fieberhaft an das Geburtsdatum in Cindys Führerschein zu erinnern. Welches Zeichen stand für Juni, Himmel noch mal?

»Ich wette, Sie sind Zwilling«, sagte Harley.

»Wie haben Sie das erraten?« fragte ich, bemühte mich, beeindruckt zu klingen, und hoffte, daß er recht hatte.

»Ach, das ist nur meine Intuition.« Er sah erfreut aus. »Ich bin Schütze«, fügte er hinzu und gab mir dann einen ausführlichen Bericht über die momentane Konfiguration seines Horoskops. Beim Zuhören schaute ich mich im Raum um, entdeckte Clint Eastwood an einem Nebentisch und Richard Gere an der Bar. Das kam mir wie eine sehr vorteilhafte Konfiguration der Sterne vor.

Als das Essen kam, entdeckte ich, daß Brunhilde ihr Entzücken aus Vollkornnudeln mit Wildpilzen bezog, während Siegfrieds Lieblingsspeise offenbar gegrillter Lachs war. Beides wurde mit einer halben Orangenscheibe am Tellerrand serviert.

»Möchten Sie mal probieren?« fragte Harley, hielt mir eine Gabel mit Linguine unter die Nase und spießte anschließend ein Stück von meinem Fisch auf. Er grinste. »Mein Bioenergetikberater sagt, Essen zu teilen sei eine der psychologisch lohnendsten Beziehungen zu einem anderen Menschen. Ein Art primitive Verbindung.«

Während die Linguine zwischen meinen Lippen verschwanden, verriet mir ein Prickeln, daß auch Cindys Körper an einer Art primitiver Verbindung interessiert war. War das hier meine große Chance?

Ich betrachtete Harleys gutaussehendes Gesicht, und ein Schauder der Erwartung und des Verlangens überlief mich. Errötend schaute ich weg. Was sollte ich tun? Seit über dreißig

Jahre wartete ich darauf herauszufinden, wie Sex mit einem wirklichen Mann war, und nun wollte ich nichts verkehrt machen. Wie konnte ich die richtigen Signale aussenden, ohne daß er mich für eine leichte Beute hielt? Ich wollte nicht denselben Fehler machen wie bei Chuck Woodcock.

Bleib ganz cool, befahl ich mir. Vielleicht war ich in Heinrichs Augen ein Niemand, aber ich besaß eine mächtige Waffe – Cindys Körper. Zusammen mit Harriets Verstand dürfte ich durchaus eine Chance haben. Ich entspannte mich ein wenig, erzählte zum ersten Mal von mir selbst, seit ich als Cindy aufgewacht war. Eine komplizierte Mischung aus Wahrheit und Fiktion, aber das spielte keine Rolle. Harley kannte mich weder als Cindy noch als Harriet. Das hier, sagte ich mir, ist der wahre Beginn meines neuen Lebens. Ich konnte sein, wer ich wollte.

Als mein Selbstvertrauen wuchs, redete ich über Bücher.

»Sie haben Dickens gelesen?« fragte er bewundernd, als hätte ich etwas besonders Cleveres getan. »Zu Hause habe ich irgendwo einige Bände von ihm. Ich zeige Sie Ihnen bei Gelegenheit.«

Ich war von früher so daran gewöhnt, ignoriert oder herablassend behandelt zu werden, daß es eine völlig neue Erfahrung für mich war, jemanden so leicht zu beeindrucken. Als ich ihm erzählte, daß ich den größten Teil der Werke Shakespeares gelesen hatte, reagiert er, als hätte ich eine neue Möglichkeit zur Atomspaltung entdeckt.

»Erstaunlich«, sagte er mit einem tiefen Blick in meine Augen. »Sie sind so jung und schön, so unverdorben, aber …«, er spreizte die Hände mit einer verwirrten Geste, »… welche Weltklugheit.«

Als Dessert gab es Götterdämmerungsspeise, was sich als Miniportion einer kalorienarmen Mousse-au-Chocolat entpuppte. Offensichtlich begab man sich nicht nach Walhalla, wenn man sich satt essen wollte. Ich überlegte, ob ich einen Witz darüber machen sollte, daß die Götter ihre Dämmerung durch Verhungern heraufbeschworen, da spürte ich Harleys Hand auf meiner.

»Cindy«, murmelte er mit seelenvollem Blick. »Ich bin so froh, daß ich dich gefunden habe.«

»Ich auch«, stimmte ich zu, rutschte mit dem Stuhl näher und warf ihm ein, wie ich hoffte, verführerisches Lächeln zu.

»Ich sollte dir das eigentlich nicht sagen«, meinte er, fuhr sich durch die Haare, so daß sie nach allen Seiten abstanden. »Aber es geht mir nicht aus dem Kopf, seit ich dich zum ersten Mal sah.«

Er hielt inne, sah verlegen aus. »Als ich dich da sah, Cindy, nach dem Zusammenprall, in dem Autowrack, habe ich ...« Er schluckte. »Da habe ich mich in dich verliebt.«

Verliebt? Ein Schauder überlief mich, als ich das magische Wort hörte, von dem ich so viele Jahre geträumt hatte. Aber wie konnte das sein? Menschen verlieben sich nicht einfach so, nicht in der realen Welt. Oder doch? Ich war nicht gerade eine Expertin auf diesem Gebiet.

»Aber wie ... ich meine, du kennst mich doch kaum.«

»Ich brauche dich nicht zu kennen, Cindy«, sagte er nachdrücklich. »Ich muß dir nur in die Augen schauen.« Er griff nach meiner Hand und begann davon zu schwärmen, daß die Augen das Fenster zur Seele seien.

Wenn das stimmte, dann war er kurzsichtig. Was würde er denken, wenn er die Netzvorhänge beiseite zog und einen Blick in meine fünfzigjährige Seele warf, die ich ganz und gar an den Teufel verpfändet hatte? Derweilen reagierte Cindys Hormonbombe von Körper mit voller Wucht auf ihn, brachte all meine Nervenenden zum Kribbeln.

»Es ist schon spät«, bemerkte Harley mit einem Blick auf die Uhr. »Ich fahre dich jetzt besser nach Hause.«

Nach Hause? Das gefiel Cindys Körper ganz und gar nicht. Ich war total aufgeheizt und zu allem bereit, und er schickte mich zurück zur unerbittlichen Trish. Was hatte ich falsch gemacht?

»Keine Bange«, sagte Harley. »Ich hatte nicht vor, die Situation auszunutzen.«

»Aber ...« Ich verhaspelte mich, dann gab ich auf. Es gab keine Möglichkeit, das geschmackvoll auszudrücken.

Als wir das Restaurant verließen, wurde mir eines klar. Ich hatte gedacht, jung und hübsch zu sein würde das Leben leicht machen, aber ich hatte mich geirrt. Es machte alles zehnmal komplizierter und war, in vieler Hinsicht, genauso frustrierend wie mein vorheriger Zustand. Wie lange mußte ich denn um Himmels willen noch warten, bis Cindy flachgelegt wurde?

Vorsichtig schloß ich die Tür auf, hoffte, ins Bett kriechen zu können, ohne Trish zu wecken, aber sie wartete an der Tür ihres Zimmers, begierig darauf, mich über die Ereignisse des Abends auszuquetschen.

»Hat's geklappt?« fragte sie aufgeregt. »Wie ist das, wenn man es auf dem Rücksitz eines Ferraris macht?« Sie füllte sich ihr Glas aus ihrer privaten Whiskyflasche auf und goß mir, nach kurzem Zögern, auch einen Drink ein. »Wirst du ihn wiedersehen?«

Etwas ernüchtert beschrieb ich ihr Harleys züchtigen Gutenachtkuß. Nach all seinem Gerede über Verliebtheit hatte er mich auf der Türschwelle stehenlassen – ohne ein Wort über die Zukunft oder eine weitere Verabredung.

Trish war enttäuscht, wurde aber rasch wieder munter, als ich ihr von dem Restaurant erzählte.

»Wagner's?« wiederholte sie ehrfürchtig. »Da gehen doch all die berühmten Leute hin, Cin. Wer war alles da?«

Ich dachte, Clint Eastwood und Richard Gere würden ihr genügen, aber sie hielt mich die halbe Nacht wach, verlangte genaue Beschreibungen der Gäste an jedem einzelnen Tisch.

»Bist du sicher, daß er sich nicht wieder mit dir verabredet hat?« fragte sie schließlich und goß sich die letzten Whiskytropfen ins Glas. »Vielleicht bist du nicht sein Typ, Cin.« Nachdenklich hielt sie inne und warf mir einen versonnenen Blick zu. »Wenn's mit dir nicht klappt, vielleicht verabredet er sich ja dann mit mir?«

Am nächsten Morgen, als wir zur Arbeit fertig machten, klingelte das Telefon.

»Er ist dran!« quietschte Trish, hielt die Hand über die Sprechmuschel. »Schnell! Knöpf dir die Bluse zu!« Sie nahm die Hand weg, preßte den Hörer ans Ohr. »Hi, Harley«, hauchte sie mit rauchiger Stimme. »Hier ist Trish …«

Als ich ihr endlich den Hörer entwinden konnte, klang Harley verwirrt.

»Du solltest dir wirklich einen anderen Auftragsdienst suchen, Cindy. Ich hatte da gerade eine äußerst merkwürdige Dame am Telefon. Hör zu, ich hole dich in einer halben Stunde ab. Wir gehen schwimmen. Dann zeige ich dir das Haus und danach …«

»Tut mir leid, Harley«, unterbrach ich. »Heute ist Mittwoch. Ich muß zur Arbeit.«

»Kannst du dir denn nicht frei nehmen?« fragte er überrascht.

»Ich, äh …«

»Natürlich kann sie das«, sagte Trish und schnappte sich den Hörer. »Keine Bange, Harl. Ich sorge dafür, daß sie da ist.«

»Was denkst du dir eigentlich?« fuhr ich sie wütend an, nachdem sie aufgelegt hatte.

»Du kannst doch nicht *arbeiten* gehen«, erwiderte sie genervt. »Nicht in einem solchen Moment! Heh, hör auf, dir Sorgen zu machen. Ich bring das schon in Ordnung. Ich sag Marty, daß du zum Vorsprechen für eine Rolle in dem neuen Mel-Gibson-Film mußt oder so was.«

»Aber ...«

»Zieh dich an und hör auf zu quengeln. Wann wollte er kommen?«

Zu meiner Erleichterung war Trish bereits zur Arbeit gefahren, als Harley kam. Beim Runtergehen merkte ich zum ersten Mal, wie schäbig ihm das hier alles vorkommen mußte. Bei Tageslicht sah alles noch verkommener aus als am Abend zuvor.

»Du solltest wirklich Sicherheitskameras einbauen lassen«, bemerkte er und stieg naserümpfend über eine dampfende Urinpfütze. »Sie sind sehr effektiv und senken Kriminalitätsrate und Vandalismus. Eine bewaffnete Wachmannschaft ist auch nicht schlecht. Zumindest hat sich das in unserer Nachbarschaft sehr bewährt.«

Und wer soll das bezahlen? dachte ich. Als wir das Gebäude verließen, drängte sich eine Gruppe selbstsicherer Halbstarker an uns vorbei, jeder mit einer glänzenden neuen Radkappe unter dem Arm. Draußen stand ein blaßblauer Bentley mit nackten Radmuttern.

»Eigentlich wollte ich heute den Porsche nehmen«, sagte Harley zerstreut und drückte einem Jungen, der mit einem Wagenheber unter dem Auto hervorkroch, einen zerknautschten Geldschein in die Hand. »Nur kann man sich leider nicht darauf verlassen«, fügte er hinzu, während er mir die Tür aufhielt, »daß das Personal den richtigen Wagen aus der Garage holt.

José lernt jetzt seit sechs Monaten Englisch, aber er kann einen Bentley immer noch nicht von einem Porsche unterscheiden.«

Als wir Beverly Hills erreichten, erkannte ich Wayne, der am Wachhäuschen aus seinem Streifenwagen stieg, und machte mich ganz klein, falls er uns anhalten und einen weiteren Zungenkuß verlangen sollte. Im hellen Sonnenlicht sah alles viel freundlicher aus. Ich betrachtete die großen Häuser und wunderte mich, wieso sie alle so riesige Eingangstüren hatten. Wir kamen an einem Haus vorbei, das wie Hänsel und Gretels Hexenhaus aussah. Ein anderes hätte gut das Haus der Addams Family sein können.

Am Ende einer Sackgasse, die derjenigen stark ähnelte, in der mich Wayne und sein Freund vor ein paar Abenden aufgegabelt hatten, hielten wir an.

»Verdammt«, murmelte Harley, schlug das Lenkrad ein und wendete. »Ich muß die falsche Abzweigung erwischt haben.«

Noch zweimal kamen wir an dem Hänsel-und-Gretel-Haus vorbei, bevor Harley die Straße fand, in der er wohnte.

»Ich bin es nicht gewöhnt, aus dieser Richtung zu kommen«, meinte er entschuldigend, hielt vor zwei gewaltigen Torpfosten, die von Löwen gekrönt waren. »Außerdem fährt sonst meistens José.«

Nach einem kurzen Kampf mit der codierten Tastatur des automatischen Türöffners rollte das Tor geräuschlos zurück, und wir näherten uns einer nur minimal verkleinerten Ausgabe des Schlosses von Versaille. Eine amerikanische Flagge über dem Eingang war der einzige Hinweis darauf, daß wir nicht auf magische Weise an den Stadtrand von Paris versetzt worden waren.

Die Eingangshalle war ungefähr sechs Mal so groß wie meine Wohnung in Guildford.

»Guten Morgen, Sir«, sagte eine näselnde Stimme. »Ich habe

wie gewünscht das Badehaus vorbereitet.« Ich sah mich um, verblüfft über diese vertrauten Töne, und entdeckte einen stattlichen Mann mittleren Alters in dunklem Anzug und mit einem Silbertablett in der Hand.

»Hi, George«, sagte Harley. Er hielt inne, wandte sich mir zu. »Der Akzent kommt dir bestimmt komisch vor, was, Cindy? Darf ich dir George vorstellen, meinen *englischen* Butler.«

»Äh, hi, George«, murmelte ich, unsicher, wie ich mich verhalten sollte.

»Irgendwelche Nachrichten?« fragte Harley.

George zog ein Notizbuch aus der Tasche. »Mr. Armani hat wegen des neuen Anzugs angerufen, Sir«, sagte er. »Ich habe eine Anprobe für nächste Woche vereinbart, wie Sie in Ihrem Kalender sehen werden. Außerdem habe ich Ihnen für den zwölften einen Termin bei Ihrem Zahnarzt gemacht, da Ihre monatliche Zahnpolitur fällig ist.« Er blätterte eine Seite im Notizbuch um und runzelte die Stirn. »Ein Journalist hat wegen eines Interviews angerufen, aber sein Publikationsorgan hörte sich ziemlich zwielichtig an, daher habe ich gesagt, Sie seien außer Landes. Und dann ist da noch eine Einladung von den Stallones zum Dinner am nächsten Freitag gekommen. Ich sagte, Sie würden wahrscheinlich kommen.« Er hüstelte diskret und warf mir einen Blick zu. »Allerdings müßte ich die Stallones wissen lassen, Sir«, fügte er hinzu, »ob Sie in Begleitung kommen.«

»Ich, äh, kümmere mich später darum, George«, meinte Harley gleichgültig. »War's das?«

»Ich bin in der Pantry, falls Sie Wünsche haben, Sir. Sie brauchen nur zu klingeln.«

Harley sah der sich entfernenden Gestalt mit mildem Lächeln nach. »Ich wüßte nicht, was ich ohne George tun sollte«, sagte er nachdenklich. »Er führt das Haus wie ein Uhrwerk. Manchmal habe ich das Gefühl, ich steh ihm nur im Weg.«

Langsam fuhr er sich durchs Haar, schüttelte den Kopf und sagte begeistert wie ein Junge: »Komm, laß uns schwimmen gehen, Cindy.«

Er führte mich durch eine Reihe grandioser Flure zu einem Schwimmbad, das wie ein römisches Badehaus gestaltet war. Du würdest grün vor Neid, Sally, dachte ich in Erinnerung an ein ähnliches Projekt, allerdings viel kleiner, das meine Freundin für einen Fitneßclub in Guildford entworfen hatte.

Was Sally jetzt wohl machte? Schmerzlich wurde mir bewußt, daß ich ihr nie von meinen Erlebnissen in Los Angeles erzählen, mich ihr nie wieder anvertrauen konnte.

Harley zeigte mir einen Umkleideraum, in dem Bikinis in verschiedenen Größen hingen, daneben ein seidener Bademantel. Auf dem Frisiertisch standen *Lapinique*-Toilettenartikel. Auf einer eleganten Chaiselongue lag ein Stapel weicher, blaßblauer Handtücher, alle mit dem *Lapinique*-Logo bestickt.

Ich zog einen der Bikinis an und trat nervös an den Pool, war mir nur allzu bewußt, daß achtundneunzig Prozent meines Körpers entblößt waren. Harley pflügte durchs Wasser, schwamm Bahn um Bahn.

Lächelnd sprang ich mit einem vollendeten Kopfsprung hinein. In meinen jüngeren Tagen als Harriet war ich eine gute Kraulerin gewesen. Ich würde Harley zeigen, was in mir steckte.

Erst als ich hochkam – und unerwartet wieder versank – schoß mir ein schrecklicher Gedanke durch den Kopf. Wenn Cindy nun nicht schwimmen konnte?

Als nächstes fand ich mich neben dem Schwimmbecken wieder, spuckte Wasser, während Harley meinen Brustkorb bearbeitete und drauf und dran war, mir den Lebenskuß einzuhauchen. So viel zu meinem Abkommen mit Mephisto, dachte ich. In einem Moment der Unbedachtheit hatte ich beinahe all meine gewonnenen Jahre verschleudert. Ich öffnete die Augen.

»Alles in Ordnung, Cindy?« fragte Harley ängstlich. »Ich hätte wissen müssen, daß du noch nicht soweit bist, so kurz nach dem Unfall und all dem. Es tut mir so leid …« Mit einer hilflosen Geste streckte er die Hand aus. »Du mußt ja glauben, ich wollte dich umbringen«, fügte er etwas melodramatisch hinzu. »Erst der Unfall und jetzt das.«

Hustend setzte ich mich auf. »Ich werd's schon überleben«, krächzte ich. »Könnte ich wohl einen Brandy für meine rauhe Kehle haben?«

Als Harley sich davon überzeugt hatte, daß es mir wieder gutging, zogen wir uns um, und er zeigte mir das Haus. Es war riesig, und es gab so viele Zimmer wie Stilrichtungen, die sich in der Einrichtung niederschlugen. Vom römischen Bad kamen wir in ein elegantes Zimmer im Regency-Stil, dann in ein anderes mit weiß gekalkten Wänden, an denen afrikanische Wandbehänge und Schnitzereien hingen.

»Ich hatte einen Feng-Shui-Experten hier, der das ganze Haus und Grundstück überprüft hat«, erklärte Harley, als wir durch ein Zimmer in eindeutig japanischem Stil gingen. »Darum habe ich auch die beiden Löwen am Eingangstor. Sie sollen die negative Energie neutralisieren, die von Westen kommt.«

In einem mit Eichenholz getäfelten Zimmer, das er als Bibliothek bezeichnete, führte er mich zu einer Reihe identischer Bücherschränke mit Glastüren. Sie waren voll mit ledergebundenen Bänden, die aussahen, als seien sie noch nie geöffnet worden. Hatte er die meterweise gekauft?

»Hier ist der Dickens, von dem ich dir erzählt habe«, sagte er stolz, schloß die Tür auf und nahm vorsichtig einen Band heraus. »Die sind viel Geld wert. Schau dir die Qualität der Bindung an.«

Gehorsam inspizierte ich die Ausgabe von *Bleak House*. Einige Seiten waren nach wie vor unaufgeschnitten. Ich wollte schon eine spöttische Bemerkung über Menschen machen, die Bücher sammelten, ohne sie je zu lesen, da fiel mir Harleys Gesichtsausdruck auf. Einen Moment lang hatte er etwas Verletzliches, Jungenhaftes, wie ein verwöhntes Kind, das eifrig seine Besitztümer vorführt. Ich empfand eine plötzliche Zuneigung zu ihm. Er hatte mich freundlicher behandelt als alle anderen Männer in Los Angeles und nicht versucht, mir mehr als einen züchtigen Gutenachtkuß zu geben.

Weicher geworden, gab ich ihm das Buch mit einem anerkennenden Murmeln zurück. Was spielte es für eine Rolle, ob er Dickens gelesen hatte?

Wir bewunderten den Garten von der Terrasse aus, die wie das Ausstellungsstück eines Fliesenherstellers aussah. Eine breite, leicht abfallende Rasenfläche wurde von hohen Hecken gesäumt, die zum Teil kunstvoll beschnitten waren. Es gab Pfauen, Spiralen, Zinnen und einige amorphe, wurstartige Formen.

»José lernt Heckenschneiden in Abendkursen«, erklärte Harley und deutete auf eine kleine, dunkle Gestalt, die oben auf einer Leiter hockte. »Ich glaube, diese rundlichen sind von ihm.«

Aus einem voll ausgestatteten Fitneßraum konnte man in den Garten sehen. »Diese Geräte sind speziell für die Stärkung von Bizeps, Trizeps und der Streckmuskeln in den Oberschenkeln«, sagte er, führte mich an einer Reihe schimmernder Apparate vorbei. »Das da hinten ist mein Lieblingsgerät. Eine Schwimmaschine.« Harley krempelte die Ärmel hoch und bestieg das furchterregend aussehende Ding. »Komm, ich zeig's dir.« Er schnallte sich fest.

Wozu braucht er eine Schwimmaschine, dachte ich, wenn er ein ganzes Schwimmbad hat? Das Gerät machte rhythmische, klirrende Geräusche, während Harley sich mit Brustschwimmzügen abmühte.

»Ich hab es auf zwei Bahnen eingestellt«, keuchte er. »Danach kannst du auf dem Computerausdruck sehen, wie ich abgeschnitten habe.«

Ich wartete, schaute aus dem Fenster und sah George mit einem Silbertablett in der Hand über den Rasen schlendern. Als er an Josés Wursthecke vorbeikam, blieb er stehen, sah sich um, ob er beobachtet wurde, und trat gegen die Leiter. Ein wütender Schrei ertönte, als José in die Hecke stürzte. Der Busch begann wie wild zu wackeln, die Leiter kippte krachend um.

George ging ungerührt lächelnd aufs Haus zu. »Englisches Arschloch!« jaulte der Busch auf, gerade noch hörbar über dem Geklapper des Fitneßgeräts. »Dafür wirst du büßen!«

»Was war das?« fragte Harley aus der Tiefe seiner Maschine. »Hast du was gesagt, Cindy?«

Der Busch beugte sich, strapazierte die Elastizität seiner Zweige bis an die Grenze, schoß wieder hoch, als eine kleine Gestalt auf den Rasen purzelte und davonhastete. Die Tür öffnete sich leise. George trat neben Harleys Maschine.

»Der Lunch wird in fünf Minuten im Wintergarten serviert, Sir.«

Er fing meinen Blick auf und gab mir deutlich zu verstehen, daß ich mich hüten sollte, den Vorfall zu erwähnen. »Diese Hispanier«, murmelte er, deutete mit einem Nicken auf den schwankenden Busch. »Kein Verantwortungsgefühl, kein Verständnis für Sicherheitsvorkehrungen. Ein Wunder, daß er sich noch nicht den Hals gebrochen hat.«

Eine selbstsichere Mexikanerin trug unseren Lunch auf – einen kärglich aussehenden Salat mit Suppe und Vollkornbrötchen.

»Danke, Maria.« Harley verglich das Gebrachte mit einer Taschenkalorientabelle. »Sie haben doch nicht die flüssigen Algen vergessen?«

Maria schüttelte langsam den Kopf. Ihrem Gesicht war deutlich anzusehen, daß sie ihn für verrückt hielt.

»Sie ist die dritte Haushälterin in sechs Monaten«, sagte Harley, nachdem sie den Raum verlassen hatte. »Du kannst dir nicht vorstellen, wie schwierig es ist, ihnen die Wichtigkeit einer ausgeglichenen Ernährungsweise verständlich zu machen.«

Während wir aßen, plauderte er über das Haus, aber ich hörte nicht richtig zu. Irgendwas machte mich unruhig. Er zeigte mir zwar all seine Besitztümer, vom Swimmingpool bis hin zu den speziell für ihn angefertigten Manschettenknöpfen mit dem *Lapinique*-Logo, aber er erzählte mir letztlich nichts von sich selbst. Was war er für ein Mensch? Welche Gedanken bewegten ihn?

Als ich ihn danach fragte, schienen ihm die Worte zu fehlen.

»Du hast doch bestimmt all die Artikel gelesen.« Er wurde zappelig wie ein Schuljunge, der beim Apfelklauen erwischt worden ist. »Und das Larry-King-Interview – das muß du doch gesehen haben.«

Ich schüttelte den Kopf.

»Na ja … sie können mich anscheinend besser beschreiben, als ich es kann«, sagte er einfältig. »Ich bin eigentlich ganz gewöhnlich. Ich habe keine großen Interessen oder Hobbys oder sonstwas – ich bin bloß zufällig ziemlich reich.«

Das wenige, was er mir von seiner Familie erzählte, machte klar, daß er privilegiert und luxuriös aufgewachsen war. Sein Vermögen stammte aus dem *Lapinique* Kosmetikunternehmen, das von seiner verstorbenen Mutter gegründet worden war, und es war so groß, daß er seinen Lebensunterhalt nie wie andere Sterbliche selbst verdienen mußte.

Lapinique – für die Frau, die das Besondere will. Dieser Slogan hatte in meinem vorherigen Leben für ständige Irritation gesorgt, symbolisierte all die Dinge, die andere Frauen für selbstverständlich hielten und die ich nie erreicht hatte.

»So leicht, wie du denkst, ist das nicht. Reich sein, meine ich.« Harleys Stimme unterbrach meine Gedanken. »Ein Haus von dieser Größe zu führen bedeutet harte Arbeit. Man muß mit Steuerberatern und Anwälten Kontakt halten, Investitionsentscheidungen treffen, Schecks unterschreiben, Wohltätigkeitsveranstaltungen besuchen, und der Tag hat nun mal eine beschränkte Stundenanzahl ...«

»Was ist mit *Lapinique*?« fragte ich. »Ich hätte gedacht, das beansprucht die meiste Zeit.«

»*Lapinique*?« Er strahlte. »Ja, *Lapinique*.« Er stand auf. »Komm, ich zeig dir mein Büro«, sagte er, nahm meine Hand und zog mich zur Tür. »Ich habe eine Überraschung für dich.«

Er führte mich in einen Raum, der ganz in dem inzwischen vertrauten *Lapinique*-Blau gehalten war. Reihen gerahmter Werbefotos für die verschiedenen Produkte hingen an der Wand, Bilder, die mir aus den Hochglanzseiten englischer Sonntagszeitungen vertraut waren. Auf allen waren blonde Models zu sehen, mit denselben Puppengesichtern und dem großäugigen, unschuldigen Blick. Beim näheren Hinschauen erschrak ich. Das war derselbe Ausdruck, dem ich jedesmal im Spiegel begegnete – und der mich immer wieder erschreckte, weil er so ganz anders war als meine vorherige Erscheinung und meine Unfähigkeit, das zu vermitteln, was ich nun empfand, geradezu verhöhnte.

»Willkommen im Zentrum des *Lapinique*-Imperiums«, sagte Harley grinsend. Er stand hinter einem großen Schreibtisch am Kopfende des Raumes, flankiert von kleinen Tischen voller Telefone, Computer und anderer Büromaschinen. Ich kam mir vor wie eine potentielle Angestellte beim Vorstellungsgespräch.

Eine der Maschinen auf den Tischen erwachte zum Leben, spuckte bedruckte Blätter aus. »Wir sind hier direkt mit der Zentrale in L.A. verbunden«, sagte er stolz und tätschelte die Maschine. »Und die ist mit allen *Lapinique*-Niederlassungen in der ganzen Welt verbunden. London, Paris, Rom …« Er griff nach einem der Blätter. »Dies hier kommt direkt aus New York.«

»Was steht drauf?« fragte ich.

Er kratzte sich den Kopf. »Verkaufszahlen, wie es aussieht. Damit habe ich wenig zu tun – David kümmert sich um all das.« Er warf das Blatt in einen großen Drahtkorb voll ähnlicher Blätter. »Aber es macht sich bezahlt, ständig in Verbindung zu sein. Sich über die neuesten Entwicklungen auf dem laufenden zu halten.«

»Wer ist David?«

»Mein Bruder.« Er lächelte. »David kümmert sich um die geschäftliche Seite des Unternehmens. Du wirst ihn bald kennenlernen.«

Mit einem Schlüssel, den er aus der Schreibtischschublade nahm, öffnete er einen Schrank und holte einen großen, rechteckigen, in Samt eingeschlagenen Gegenstand heraus. »Und jetzt kommt die Überraschung«, verkündete er und bedeutete mir, am Schreibtisch Platz zu nehmen. Er stellte den Gegenstand vor mir ab, behandelte ihn mit Ehrfurcht.

»Das ist für dich, Cindy. Ein besonderes Geschenk.«

Vorsichtig schlug ich das Samttuch zurück, unter dem ein schimmernder blaßblauer Kasten mit aufgeprägtem *Lapinique*-Logo zum Vorschein kam.

»Komm, mach's auf«, sagte er eifrig. Ich öffnete zwei kleine Messingschließen und hob den Deckel. Drinnen befanden sich mehrere mit blaßblauem Samt bezogene Tabletts, die sich wie die Lagen einer Pralinenschachtel herausnehmen ließen. Jedes Tablett war unterteilt und mit Reihen winziger Töpfe, Flaschen und Tuben gefüllt.

»Der Kasten enthält die gesamte Palette der *Lapinique*-Produkte«, erklärte er und reihte die Tabletts so auf dem Schreibtisch auf, daß ich sie alle sehen konnte. »Für eine besondere Werbemaßnahme haben wir die Kästen in limitierter Auflage hergestellt, und das ist der letzte. Ich habe ihn seit langer Zeit aufgehoben, für eine Frau, die ihn verdient hat.«

Er lächelte schüchtern. »Ich zeig's dir«, fügte er hinzu, deutete auf ein Tablett nach dem anderen. »Reinigungscreme, Feuchtigkeitscreme und Gesichtswasser in dem hier – das ist die Total-Skin-Control-Reihe. In dem sind Make-up, Puder und Rouge. Da drüben nur Lippenstifte. Du siehst, daß wir eine große Farbauswahl herstellen. Hier sind Lidschatten und Mascara ...« Er führte eine scheinbar endlose Liste auf, streichelte mit den Fingerspitzen liebevoll jedes Produkt. Dann beugte er sich über den Tisch, nahm vorsichtig mein Kinn und drehte mein Gesicht zum Licht.

»Ich möchte dir zeigen, was *Lapinique* für dich tun kann, Cindy.« Aus einer Schublade nahm er einen Kasten mit dicken Pinseln, Schwämmen und Wattebällen. »Darf ich?« fragte er, wählte ein Fläschchen von einem der Tabletts. Ich nickte.

Ein Spiegel wurde aus einer anderen Schublade geholt und vor mir auf den Tisch gestellt. Sanft entfernte er die Reste des Make-ups, das ich am Morgen hastig aufgetragen hatte, und machte sich ans Werk. Während er sich in seine Aufgabe vertiefte, verlor sein Gesicht die Befangenheit und wirkte auf kindliche Weise konzentriert, wie das eines kleinen Jungen, der mit einem neuen Malkasten experimentiert. Seine Berührungen waren zart, wohltuend, wie ich fand.

»So«, sagte er schließlich, trat zurück, bewunderte sein Werk. »Das natürliche Aussehen.«

»Warum brauche ich Make-up, um natürlich auszusehen?« fragte ich.

»Natürliche Schönheit bedeutet Arbeit«, sagte er bestimmt. »Man muß so viel wie möglich aus einem schönen Gesicht machen, muß es vorzeigen. Ohne Make-up ist ein Gesicht unvollendet, wie ein Gemälde ohne Rahmen. Schau in den Spiegel, dann siehst du den Unterschied.«

Ich betrachtete mein Spiegelbild. Das Make-up war kaum sichtbar, aber mein Gesicht leuchtete, schimmerte auf eine ganz besondere Weise. Das hätte ich mit Cindys grellfarbenen Make-up-Utensilien nie hinbekommen. Ich lächelte, empfand neue Selbstsicherheit.

»Du bist die schönste Frau, der ich je begegnet bin, Cindy«, sagte er. »Ich kann das beurteilen. Ich bin ein Experte für Schönheit – das gehört zu meinem Job. Die Leute sagen, Schönheit sei nur äußerlich, aber du hast etwas Besonderes an dir, etwas Außergewöhnliches, das mir sagt, deine Schönheit kommt von innen.«

Ich schaut ihn an, befeuchtete erwartungsvoll die Lippen. Das war bestimmt der große Moment, in dem er mich in die Arme nahm und küßte!

Er streckte die Hand aus, half mir hoch, aber statt mich zu küssen, führte er mich zu einer Tür an der anderen Seite seines Büros. Vielleicht ein Schlafzimmer? Ein Schauder überlief mich, während meine Gedanken zum Entfesseln meines seit langem unterdrückten Verlangens vorauseilten.

Er öffnete die Tür. »Was hältst du davon?« fragte er, zeigte mir einen Raum, der wie ein Fotostudio ausgestattet war, mit

Kulissen, Scheinwerfern und einer teuer aussehenden Kamera mit riesigem Objektiv auf einem Stativ. »Ein Freund von David Bailey hat es für mich entworfen.«

Bemüht, meine Enttäuschung zu verbergen, gab ich entsprechend bewundernde Töne von mir.

»Ich würde so gerne Fotos von dir machen, Cindy«, sagte er schüchtern. »Darf ich?«

Ich zögerte, dachte an den Aberglauben afrikanischer Stämme, die befürchten, daß die Kamera die Seele stiehlt. Meine Seele war angeblich sicher in den Händen Mephistos, aber wenn nun die entwickelten Fotos zeigten, wer ich wirklich war? Nicht Cindy, sondern die fünfzigjährige Harriet?

Da er mein Schweigen für Zustimmung hielt, führte Harley mich in die Mitte des Raumes und ließ mich dort stehen. Um mich herum flackerten Scheinwerfer auf, und ich trat zurück, beschirmte meine Augen vor dem grellen Licht. Ich stolperte, streckte meine Hand aus, wollte mich abstützen.

Ein Blitzlicht blendete mich. »Das ist toll, Cindy«, rief Harley, löste den Kameramotor aus. »Beug dich noch ein bißchen weiter zurück. Ist es dir recht, wenn ich noch ein Foto mache?«

Während die Kamera surrte und mehrmals blitzte, merkte ich, daß mein Körper auf seine Anweisungen reagierte, als wisse er genau, was Harley wollte. War Cindy in ihrem kurzen Leben Model gewesen?

»Absolut erstaunlich«, japste Harley, das Auge am Sucher. »Hör nicht auf, tu, was du willst.«

Mit sinnlichen Bewegungen streckte und drehte ich mich, wollte, daß er seine Ausrüstung in Stich ließ und zu mir in die wohlige Wärme der Scheinwerfer kam. Ich fühlte mich jung, schön und sexy. Ich wollte Harley, wollte seine zarten Berührungen wieder auf der Haut spüren. Ich wollte, daß er mich auszog und hier, auf dem Studioboden, mit mir schlief, so wie ich es in Filmen gesehen hatte.

»Harley«, hauchte ich, öffnete die Lippen und schaute mit halbgeschlossenen Augen in die Kamera. Er reagierte mit einem Sperrfeuer von Blitzen, das mit einem lauten Knall endete.

»Verdammt«, murmelte er. Ein Rauchwölkchen stieg von der Kamera auf. »Der Motor ist im Eimer.«

Ich kam mir töricht vor, wie ich da so allein mitten im Raum stand, während Harley sich abmühte, den Film zu retten. Schließlich bekam er ihn mit Hilfe eines großen Schraubenziehers aus der Kamera. »Ich fahr dich jetzt besser nach Hause«, sagte er mit einem Blick auf seine Armbanduhr und öffnete die Tür zum Büro. »Ich will den Film noch ins Labor bringen, bevor es schließt.«

Widerstrebend zupfte ich mein Kleid zurecht. »Okay«, nuschelte ich niedergeschlagen. Warum wurden Männer immer so ausweichend und unerreichbar, wenn man gerade anfing, sie anziehend zu finden?

»Ach, hab ich dir das schon gesagt?« meinte er beiläufig. »Morgen abend gehen wir auf eine Party. Ich hol dich am Nachmittag ab, damit wir noch einkaufen können.« Er musterte meinen Aufzug mit leichtem Mißfallen. »Ich dachte, du brauchst vielleicht was Neues zum Anziehen.«

Er fuhr mich mit dem Ferrari nach Hause. Den größten Teil der Fahrt legten wir schweigend zurück. Harley wirkte abwesend, und meine Gedanken waren auf ein Thema gerichtet, das ich nicht anzusprechen wagte. Was mache ich falsch? fragte ich mich. Warum hat er noch keinen Annäherungsversuch gemacht? Vielleicht mochte er mich einfach nicht, aber wenn dem so war, warum dann dieses ganze Theater um meine Schönheit und seine Bemühungen, mich zu unterhalten? Was war aus all dem Liebesgerede vom gestrigen Abend geworden?

Heimlich warf ich ihm einen Blick zu. Harley Brightman war laut den Klatschspalten der begehrteste Junggeselle Kaliforniens. Konnte es sein, daß ich meine Ziele ein bißchen zu hoch steckte? Aber er war derjenige, der die Initiative ergriffen hatte.

Der Harley, den ich kennengelernt hatte, ähnelte dem in den Zeitungen beschriebenen Playboy kaum. Er wirkte so viel freundlicher, rücksichtsvoller und sensibler als der dickfellige Egozentriker, den ich nach deren Darstellungen erwartet hatte. Ich sah ihn wieder vor mir, wie er stirnrunzelnd an dem Make-up-Pinsel kaute und zu entscheiden versuchte, welchen Lidschatten er für meine Augen verwenden sollte. Sein Gesichtsausdruck war der eines Künstlers gewesen, der sich ganz auf sein Werk konzentriert, eines Mannes mit wenig irdischen Sorgen. War mir ein flüchtiger Blick auf den wahren Harley Brightman vergönnt gewesen, eine Seite an ihm, die niemand kannte? Konnte es sein, überlegte ich aufgeregt, daß er *mein* wahres Selbst wahrnahm, den Menschen in Cindys schönem Körper? War Harley der Ritter auf dem blaßblauen Roß, der Mann, von dem ich in all den einsamen Jahren als Harriet geträumt hatte?

Meine Überlegungen kamen zu einem abrupten Ende, als wir vor Trishs Wohnung hielten.

»Bis morgen, Honey«, murmelte er, gab mir einen Kuß auf die Wange, beugte sich vor und drückte auf den Knopf am Armaturenbrett, der die Beifahrertür öffnete. Ich zögerte einen Moment, aber er rührte sich nicht.

»Bis dann«, erwiderte ich in neutralem Ton, stieg traurig aus und ging auf den schmuddeligen Eingang zu. Meine Phantasie war wieder mal mit mir durchgegangen. Ein Mann wie Harley Brightman konnte jede Frau haben, die er wollte. Was war nur in mich gefahren? Wieso sollte er sich in mich verliebt haben?

Kapitel 9

Am nächsten Tag erzählte Trish Marty, ich müsse zu weiteren Probeaufnahmen, und Harley holte mich gegen Mittag in einem blaßblauen Mercedes ab. Diesmal spielte José den Chauffeur. Die Jungs von der Straßengang sahen von der nächsten Ampel aus interessiert zu, als wir auf das Auto zugingen.

»Normalerweise fährt mich George, wenn ich einkaufen gehe.« Harley setzte sich neben mich auf den Rücksitz. »Aber heute fühlt er sich nicht wohl. Irgendein Mißgeschick im Weinkeller gestern abend, das ich nicht ganz verstehe. Ich kann mir einfach nicht vorstellen, wie er sich da unten hat einschließen können.«

Ein boshaftes Kichern vom Vordersitz deutete darauf hin, daß José sich das sehr wohl vorstellen konnte. Als wir losfuhren, johlten die Jungs an der Ampel. Ich drehte mich um, sah einen dreckbeschmierten Halbstarken vom Boden hochkommen und sich mit einer übertriebenen Geste vor seinem Publikum verbeugen. In der einen Hand hielt er einen Schraubenzieher, in der anderen ein Nummernschild mit der Aufschrift HARL 3.

José setzte uns am Rodeo Drive ab, und wir schlenderten an einer Reihe verschwenderisch dekorierter Schaufenster vorbei. Viele Namen kannte ich – Gucci, Armani, Chanel –, Namen, die ich immer als Symbole eines Lebensstils verachtet hatte, den ich mir nie würde leisten können. Schicke junge Verkäuferinnen standen einschüchternd an Ladentüren, und bewaffnete Sicherheitsleute schlichen unübersehbar zwischen den Topfpflanzen auf dem Bürgersteig herum, den Finger am Abzug. Ich wollte mir lieber nicht vorstellen, was passierte, wenn jemand die Farbe eines Kleidungsstücks bei Tageslicht überprüfen wollte.

»Laß uns hier mal schauen«, murmelte Harley, führte mich in einen großen und spärlich möblierten Laden. Es gab keine Kleiderständer, keinen Grabbeltisch mit Sonderangeboten. Ein paar diskret plazierte Schaufensterpuppen waren der einzige Hinweis darauf, welche Art von Geschäften hier abgewickelt wurden.

Ich zögerte am Eingang, merkte, daß sich meine Stöckelabsätze in den auf Hochglanz polierten Holzboden bohrten. Eine Verkäuferin bedachte mich mit einem vernichtenden Blick und wandte sich an Harley.

»Kann ich etwas für Sie tun, Sir?«

Harley sah mich erwartungsvoll an. »Warum probierst du nicht mal etwas an?« schlug er vor. »Sei nicht schüchtern. Schau, ob dir etwas gefällt.«

»Ich zeige Ihnen die Frühjahrskollektion, Ma'am«, sagte die Verkäuferin und führte mich mit festem Griff in den hinteren Teil des Ladens.

An diesem Morgen hatte ich mich sehr sorgfältig angezogen, weil mir klar war, daß Harley Cindys Stil wenig elegant fand. Aber erst als ich mich in dieser gedämpften Atmosphäre beim Vorbeigehen in einem großen Spiegel sah, erkannte ich mit einem Schauder der Verlegenheit, wie billig und geschmacklos ich wirkte. Zeit für Cindy, beschloß ich, was für ihr Äußeres zu tun.

Ich erwartete, Kleider zu sehen, die zu meiner Vorstellung dessen paßten, was reiche Frauen trugen – elegant, gut geschnitten und mit einer Spur von Glamour –, aber die Frühjahrskollektion war eine Enttäuschung. Mir wurde eine Reihe seltsam geschnittener Kleidungsstücke in schmuddeligen Pasteltönen vorgeführt, mit gelegentlichen Höhepunkten in schlammigem Braun oder Grau.

»Haben Sie nicht etwas Helleres, Leuchtenderes?« fragte ich, während ich in ein Kleid schlüpfte, das aussah wie aus einem Kartoffelsack gemacht.

»Das sind die Farben dieser Saison, Ma'am«, meinte die Verkäuferin herablassend.

Ich hielt eine Jacke hoch, die vier Ärmel zu haben schien. »Oder etwas, äh, Konventionelleres?«

»Sie befinden sich hier in einer Designer-Boutique, Ma'am«, erwiderte sie hochnäsig. Sie schaute sich um, senkte ihre Stimme zu einem eisigen Flüstern. »Wenn dir die Klamotten nicht gefallen, Baby, zieh Leine und kauf bei Sears, wie alle anderen.«

Ich hatte keine Ahnung, wer Sears war, empfand aber eine plötzliche Sehnsucht nach der behaglichen Vertrautheit von Marks and Spencer. Warum mußte der Umgang mit Mode so schwierig sein?

Schließlich zeigte ich mich Harley in einem goldfarbenen Hosenanzug, der wie ein ausrangiertes Stück aus *Star Trek* aussah.

»Heh, das ist sehr schick«, begeisterte er sich, sprang auf, als ich näher kam. »Clever von dir, etwas so Ausgefallenes zu wählen.«

Nach einem Blick auf das Preisschild wollte ich ganz schnell weg. Selbst Harley würde sich doch wohl sträuben, so viel Geld auszugeben. Er bestand jedoch darauf, daß ich noch verschiedene andere Kleider anprobierte, eins grausiger als das andere. Cindys Körper war ein Problem. Egal, was ich anzog, ich sah immer gut aus. Hätte ich einen Müllsack übergestreift, die Verkäuferin hätte Harley auch den für einen exorbitanten Preis andrehen können.

»Wir nehmen sie alle«, sagte er schließlich und gab ihr seine Kreditkarte. »Ich wußte doch, daß wir hier etwas für dich finden«, fügte er mit glücklichem Lächeln hinzu. »Kleider sagen viel über die Persönlichkeit aus, nicht wahr? Es ist so wichtig, die richtige Wahl zu treffen.«

Wir gingen noch in eine Reihe anderer Läden, wo ich mit Schuhen, Handtaschen und sonstigen Accessoires ausgestattet wurde. Ich protestierte immer wieder, aber Harley wollte nichts davon hören. »Was soll ich mit all dem Geld«, fragte er, »wenn ich es nicht so ausgeben kann, wie ich möchte?«

Zuletzt kamen wir zu einem so exklusiven Geschäft, daß man einen Termin brauchte, um überhaupt reinzukommen. »Ich hoffe, es macht dir nichts aus, daß ich uns angekündigt habe«, flüsterte Harley, »aber sie haben ein Kleid, das einfach perfekt ist – die Farbe, der Schnitt, alles genau richtig. Als ich es sah, hat es mir gleich so gut gefallen, daß ich gebeten habe, es zurückzulegen. Ich habe nur auf die richtige Frau gewartet, die es tragen kann.«

Eine hauchdünne Kreation aus blaßblauer Seide wurde gebracht. Ich zog es an, und sein Blick verschleierte sich. »Würdest du das heute abend für mich tragen, Cindy?« fragte er. »Zu der Party? Ich möchte, daß du meine Freunde kennenlernst.«

Ich nickte, bewunderte mich im Spiegel. Das Kleid war einfach und feminin, ganz anders als alles, was Cindy ausgesucht haben würde. Ich sah aus wie der Inbegriff unschuldiger Schönheit. Wer würde je darauf kommen, daß ich meine Seele dem Teufel verkauft hatte?

Nachdem wir zu Harley gefahren waren, verbrachten wir den Rest des Nachmittags am Pool. Ich weigerte mich, ins Wasser zu gehen, aber er wollte in seinem täglichen Fitneßprogramm nicht zurückfallen und bestand darauf, mehrere Dutzend Bahnen zu schwimmen. Entspannt zurückgelehnt in einem bequemen Liegestuhl, trank ich frisch gepreßten Orangensaft und genoß das köstliche Gefühl der Faulheit. An so einen Lebensstil könnte ich mich gewöhnen, dachte ich. Wenn ich bloß einen richtigen Drink in die Finger bekommen könnte.

Später, als Harley die Einzelheiten seines Schwimmtrainings in eine computerisierte Fitneßtabelle eingetragen hatte, führte er mich in ein Gästezimmer, wo ich mich für den Abend umziehen konnte. Maria breitete das blaue Kleid, dessen Preis mehreren Monatsmieten meiner alten Wohnung in Guildford entsprach, auf dem Bett aus. Sobald sie das Zimmer verlassen hatte, zog ich mich aus und schlüpfte hinein. Cindys billige Sachen faltete ich zusammen und ließ sie auf einem Stuhl liegen.

Mit meinem glänzend gebürsteten Haar und frisch aufgetragenem Make-up entsprach ich genau meiner Vorstellung davon, wie eine Frau, die alles hat, aussieht – bezaubernd, kultiviert und mit dem entspannten Funkeln derjenigen, die ihre Tage nicht mit Sklavenarbeit verbringen müssen. Wenn's doch nur wahr wäre, dachte ich und betrachtete mein Spiegelbild mit einem kleinen Schauder der Erregung. Marty's Diner schien sehr weit weg.

»Hoffentlich kannst du mich jetzt sehen, Mephisto«, murmelte ich. »Es geht aufwärts!«

Ein schwaches, geisterhaftes Kichern hallte in meinen Ohren wider. *»Unterschätze nie, wie sehr die Macht der Schönheit korrumpieren kann ...«*

»Mephisto?« Keine Antwort. Hatte ich mir das eingebildet?

»Ich bin nicht korrupt«, murmelte ich verärgert, erinnerte mich an unsere letzte Begegnung. »Warum sollte ich es mir zur Abwechslung nicht mal gutgehen lassen?«

»Cindy?« Beim Klang der Stimme zuckte ich zusammen, drehte mich um und sah Harley in der Tür stehen, prächtig anzusehen in Smoking und Fliege.

»Entschuldige«, sagte er, schaute sich im Zimmer um. »Ich

hörte Stimmen und dachte, du hättest mich gerufen.« Er lächelte strahlend. »Du siehst hinreißend aus.«

»Danke.« Ich errötete, merkte, daß in mir ein aus meiner Zeit als Harriet nur allzu vertrautes Gefühl aufstieg. Der Stich unerwiderter Liebe, genau derselbe Schmerz, der jedesmal, wenn ich Andrew sah, mein Urteilsvermögen zu trüben und meine Selbstsicherheit zu untergraben pflegte.

»Bist du soweit?« Harley streckte seine Hand aus.

Ich trat zu ihm, spürte ein Kribbeln, als seine Finger sich mit meinen verschränkten. Dieses Mal, schwor ich mir, wird alles anders sein. Hatte er nicht bereits bei unserer ersten Begegnung von Liebe gesprochen? Warum sonst war er so freundlich zu mir?

Ich liebe dich, Harley. Unhörbar probierte ich diesen Satz aus. Vielleicht würde ich heute nacht den richtigen Moment finden, ihn auszusprechen, den Mut finden, meine Gefühle in Worten auszudrücken, die ich Andrew gegenüber nie zu sagen gewagt hatte.

Doch bis dahin, beschloß ich, würde ich nicht wieder in die Falle tappen, mir jedes Vergnügen durch den Gedanken an spätere Enttäuschungen verderben zu lassen. Ich würde für den Augenblick leben und nehmen, was ich kriegen konnte. Hatte Mephisto mir nicht den Geschmack am guten Leben versprochen? Ich war bereit.

George wartete, etwas verschlafen und verkatert, vor dem Eingang in einer blaßblauen Stretchlimousine. Das Wageninnere war riesig, bot genug Platz für eine kleine Dinnerparty, mit Tischen und Stühlen und allem.

»Wie viele Autos hast du eigentlich?« fragte ich Harley, als wir auf die Straße rollten. »Du kommst jedesmal mit einem anderen.«

»Oh, ähm, nur fünf.« Er kratzte sich am Kopf. »Wenn man

den Rolls mitzählt. Oder sind es sechs?« Er beugte sich vor. »Haben wir den Porsche abgeschafft, George? Ich hab ihn schon seit einer Weile nicht mehr gesehen.«

»Ich auch nicht, Sir«, erwiderte George trocken. »Nicht, seit Sie ihn mit dem Schlüssel im Zündschloß auf dem North Rodeo Drive haben stehenlassen, falls Sie sich erinnern?«

Wir bogen in eine andere Einfahrt, nachdem wir ein hohes Sicherheitstor passiert hatten, und landeten am Ende einer Wagenschlange, die darauf wartete, ihre Passagiere vor einem großen weißen Haus auszuspucken. Der Länge der Fahrt nach mußte das Haus Harleys direktem Nachbarn gehören. Als wir den Eingang erreicht hatten und den roten Teppich betraten, der zur Tür führte, war über eine halbe Stunde vergangen.

Das Haus war ganz anders als das von Harley. Vielleicht war der Architekt so überwältigt gewesen von all den verschiedenen Stilarten nebenan, daß er beschlossen hatte, hier Zurückhaltung walten zu lassen. Die Wände waren vorwiegend weiß, und alles schien ineinander überzugehen, so daß man nie genau wußte, in welchem Raum man sich gerade befand.

Von dem, was wohl der Hauptwohnraum war, führten dekkenhohe Glastüren auf eine Holzterrasse, die um einen Swimmingpool herum gebaut war. Auf dem Wasser schwammen weiße Kerzen in Seerosenform. Weiter hinten im Raum klimperte ein kleiner Mann, der eine bemerkenswerte Ähnlichkeit mit Dudley Moore hatte, auf einem weißen Flügel, ließ die Hände lässig über die Tasten gleiten und erzeugte eine Atmosphäre wie auf den Partys, die ich aus Hollywoodfilmen kannte.

Gruppen elegant gekleideter Menschen standen rings um den Pool, unterhielten sich gedämpft und warfen flackernde Schatten. Ich klammerte mich an Harleys Arm, war plötzlich sehr schüchtern. Alle sahen so selbstbewußt aus, ihrer selbst so absolut sicher. Was würden diese Menschen von mir halten?

»Harley, Darling!« Eine große Frau mit eckigen Zügen machte sich von einer Gruppe los und segelte mit gespitzten Lippen auf uns zu. »Wie schön, daß du kommen konntest!«

Ich starrte sie mit offenem Mund an, erkannte in unserer Gastgeberin die Schauspielerin Crystal Kelly. In ihrer Glanzzeit, damals in den späten sechziger Jahren, war sie eine von Harriets Lieblingsschauspielerinnen gewesen.

Harley grinste, sah mir die Überraschung an.

»Du hättest mich vorwarnen können«, zischte ich leise.

»Entschuldige«, murmelte er. »Ich dachte, du wärst zu jung, sie zu ... mmmph!« Crystal Kelly küßte ihn erst auf den Mund und dann mehrfach auf jede Wange. Sie wirkte älter, als ich sie aus den Filmen in Erinnerung hatte, und trug ein dünnes Kleid, das mehr von ihrem faltigen Dekolleté preisgab, als angebracht schien.

»Ich weiß, daß es sich dieser Tage nicht schickt, Körperflüssigkeiten auszutauschen, meine Liebe«, sagte sie, wandte sich mir zu und küßte die Luft zu beiden Seiten meines Gesichts, »aber Harleykins und ich kennen uns schon sehr lange.« Sie drohte ihm mit dem Finger. »Seine Mutter und ich waren enge Freundinnen«, fügte sie hinzu und lachte hemmungslos, als hätte sie gerade etwas ungeheuer Witziges gesagt.

»Ich glaube, du kennst Cindy noch nicht«, sagte Harley. »Darf ich vorstellen?«

»*Hallo*, meine Liebe.« Sie legte mir die Hand auf den Arm und betrachtete mich mit einem verschwörerischen Blick. »Wo hat Harleykins *Sie* denn versteckt gehalten? Wir *müssen* einen langen Schwatz halten – nur wir *Mädels* –, und Sie müssen mir alles über sich erzählen. *Wie* habt ihr euch kennengelernt?«

»Ich, äh ... das ist eine lange Geschichte«, begann ich und sah Harley ratsuchend an. »Wir sind irgendwie zusammengeprallt.« Harley nickte ermutigend, aber als ich mich Crystal wieder zuwandte, starrte sie mit glasigen Augen über meine Schulter.

»Ich liebe Partys, Sie nicht auch?« sagte sie träumerisch. Dann flackerte ein Erkennen in ihren Augen auf, und sie wurde wieder lebhaft.

»Schaut, da ist Larry!« rief sie, schob mich sanft zur Seite, ging mit ausgestreckten Armen auf einen Neuankömmling zu. »Larrykins, Darling!«

»Crystal ist ein Schatz, nicht wahr?« meinte Harley sanft. »So natürlich, daß man nie denken würde, sie sei Schauspielerin.«

Als weitere Gäste eintrafen, begann ich die Logik der zurückhaltenden Weiß- und Beigetöne des Hauses zu begreifen. Sie waren offenbar sorgfältig ausgewählt, wie die Kulisse eines Films, damit sie nicht mit den wahren Stars, den Hollywoodleuten, in Konkurrenz traten.

Die Männer sahen aus, wie Männer immer aussehen – die generell schmeichelhafte Uniform der Smokings machte aus ihnen Gruppen identisch aussehender Pinguine. Die Frauen dagegen stahlen die Show, stolzierten wie Pfauen in leuchtend bunten Kreationen herum, das Rouge auf ihren Wangen wie Kriegsbemalung. Fasziniert sah ich ein Reihe glitzernder Erscheinungen den Raum betreten, die Wadenmuskeln geschwollen von der Anstrengung, auf zehn Zentimeter hohen Absätzen zu stöckeln. Alle waren dünn, fast schon ausgemergelt, und mit Unmengen von Schmuck behangen. Eine Frau trug so viel Gold, daß Tutenchamun neidisch geworden wäre.

Ich war mir sehr elegant vorgekommen, als ich Harleys Gästezimmer verlassen hatte, aber im Vergleich zu diesen Wesen fühlte ich mich wie eine Vestalin. Mit einem gewissen Unbehagen fragte ich mich, ob Harley mein Kleid nicht genau deshalb ausgesucht hatte.

»Harley, wie geht's dir, Kumpel?« Ein Mann mittleren Alters mit dem Gesicht eines verknautschten alten Lederbeutels kam auf uns zu, seine juwelengeschmückte Frau im Schlepptau. »Und wer ist diese kleine Lady?« fragte er, lächelte und entblößte zwei Reihen schimmernder weißer Zähne, die zu perfekt waren, um echt zu sein.

Als er mir gleich darauf den Rücken zuwandte und mit Harley über Geschäfte sprach, begriff ich, daß die Frage rein rhetorisch gewesen war. Der Mann hielt sich offensichtlich für viel zu wichtig, um seine Zeit mit jemandem wie mir zu vergeuden.

Seine Frau stand daneben und musterte mich leicht feindselig von Kopf bis Fuß.

»Ich nehme an, Sie sind eins von Harleys Models«, sagte sie schließlich leicht angewidert. »Kennen Sie ihn schon lange?«

»Äh, nein«, erwiderte ich. »Auf beide Fragen.« Ich wagte ein Lächeln.

»Ach wirklich?« Sie hob die Augenbrauen. »Was tun Sie dann?«

»Ich bin Kellnerin«, sagte ich und sah ihr direkt in die Augen. »Und was tun Sie?«

Verärgerung huschte über ihr Gesicht. »Ich brauche nichts zu tun, meine Liebe. Wissen Sie nicht, wer mein Mann ist?«

Ich schüttelte den Kopf. »Leider hat sich niemand die Mühe gemacht, uns vorzustellen.«

Sie warf mir einen Blick zu, der einen ganzen Blumenladen zum Welken gebracht hätte. »Ich glaube, es gibt ein paar Dinge, die Sie wissen sollten, meine Liebe«, zischte sie, »falls Sie gerade mit dem Greyhound aus Hicksville eingetroffen sind. Erstens: Mein Mann Aaron ist der wohlhabendste und einflußreichste Mann von Hollywood, und zweitens: Meine Tochter Jessica ist mit Harley so gut wie verlobt.« Mit einem Nicken deutete sie auf einen jüngeren Abklatsch ihrer selbst, der in der Nähe stand. »Ich möchte nicht, daß Sie Ihre Zeit verschwenden.«

Demonstrativ wandte sie sich ab und stakste davon. Als ich mich nach Harley umschaute, sah ich, daß man ihn zu einer anderen Gruppe mitgeschleppt hatte. Leute drängten sich an mir vorbei, standen mir im Weg, und plötzlich merkte ich, daß ich von Fremden umgeben war.

Um mich herum wurde geplaudert. Eine Gruppe zerriß sich das Maul über Crystal Kellys Schönheitsoperation, während eine andere die neuesten Techniken der Darmspülung diskutierte. Eine dritte Gruppe war ganz vertieft in irgendeine New-Age-Philosophie und darüber, wie man am besten Verbindung zu dem Kind in sich aufnehmen kann.

Ich brauchte einen Drink. Von einem Tablett, das an mir vorbeigetragen wurde, schnappte ich mir ein Glas, nahm einen großen Schluck. Mineralwasser. *Mineralwasser?* Das geht zu weit, dachte ich unglücklich. Waren denn alle so damit beschäftigt, ihr inneres Kind zu stillen, daß sie vergessen hatten, Drinks für die Erwachsenen bereitzustellen?

»Heh, Schätzchen, komm her«, sagte ein Mann mit einem kleinen Spitzbart, packte meine Hand und zog mich in seine Gruppe. »Wir erstellen chinesische Horoskope. In welchem Jahr bist du geboren?«

»Neunzehnhundertvier ... fünf ...« stotterte ich, rechnete fieberhaft. »Ich meine, siebenundsiebzig. Nein, sechzig. Neunzehnhundertsiebenundsechzig.«

»Tja, entscheide dich mal, Darling«, meinte ein anderer Mann mit einem hämischen Lachen. »Man könnte glauben, du hättest was zu verbergen.«

»Dann ist sie ein Drachen«, sagte der Bärtige mit einem Zwinkern. Er wandte sich seinem Freund zu, schaute auf die Tabelle in dessen Hand. »Gut, tun wir mal so, als seist du – laß mal sehen – neunzehnhundertfünfzig geboren? Dann wärst du ein Schwein, und ihr beiden paßt ausgezeichnet zusammen, steht da. Ist hier eine Romanze im Entstehen oder was?«

»Ich bin nicht neunzehnhundertfünfzig geboren, verdammt«, zischte der Mann und schaute sich um, ob das sonst noch jemand gehört hatte.

»Nicht, wenn Sie ein Schwein sind«, sagte ich. Das war das einzige chinesische Zeichen, das ich kannte, denn es war das von Harriet. »Dann müssen Sie siebenundvierzig geboren sein.«

Er funkelte mich wütend an. »Woher, zum Teufel, willst du das wissen?«

»Sie hat recht«, bestätigte der Bärtige, studierte die Tabelle mit gehobener Augenbraue, musterte dann seinen Freund. »Hätte nie gedacht, daß du schon so alt bist, Johnny.«

Ein dritter Mann bedachte mich mit einem lüsternen Grinsen. »Was für ein kluger Kopf auf so hübschen jungen Schultern!« Er schob sich näher. »Was tun Sie, meine Liebe? Unterrichten Sie Mathematik?«

»Wenn Sie es genau wissen wollen«, sagte ich eisig, »ich bin ausgebildete Bibliothekarin.«

»Ha, ha, der war gut«, gluckste er, tätschelte mir den Po. »Möchtest du nicht meine Bibliotheksbücher stempeln, Darling?«

Ich hatte eine bissige Antwort parat, aber ganz in unserer Nähe entstand plötzlich ein Tumult, und ich wurde mehrfach angerempelt. Ein sich wehrender Mann wurde von anderen am Schwimmbecken entlang gezogen.

»Schmeißt diesen widerlichen Kerl raus!« kreischte eine Frau.

»Was ist passiert?« fragte jemand neben mir.

»Absolut widerlich!« fauchte die Frau. »Nicht zu fassen, was sich manche Leute erlauben!«

»Hast du das gehört?« flüsterte eine andere Frau aufgeregt. »Er hat versucht, sich *eine Zigarette anzuzünden*!«

Der Mann wurde ohne Umschweife von der Terrasse geschubst und krachte weiter unten in die Büsche.

»Geschieht ihm recht«, sagte ein großäugiges Mädchen mit einem Gesicht wie aus Porzellan. »Wer war das?«

»Niemand Wichtiges«, erwiderte ihre Freundin, die ich als Jessica erkannte. »Der Mann von irgend jemand – nicht mal B-Liste.«

Jessica hielt einen Teller mit Räucherlachs umklammert, dazu etwas, das wie ein anständiger Drink aussah, es sei denn, jemand hätte in ihr Mineralwasser gepinkelt, als sie nicht aufpaßte. Mit der anderen Hand stopfte sie sich ununterbrochen Lachsstückchen in den Mund.

»Was hältst du von Teddy?« fragte sie ihre Freundin. »Ich fand ihn gut im Bett, wenn man bedenkt, daß er nur Collegestudent ist. Mom hat seinetwegen mächtig Theater gemacht, jetzt sehe ich ihn nur noch zweimal die Woche.«

»Mir war Chester eigentlich lieber«, kicherte das andere Mädchen. »Nicht viel in der Birne, aber anständig was in der Hose.« Errötend schnappte sie sich das letzte Stück Lachs von Jessicas Teller. »Was ist mir dir und Harley? Hast du den schon aufs Kreuz gelegt?«

Jessicas Blick fiel auf den leeren Teller. »Mist«, murmelte sie. »Wir sollten uns lieber noch was holen, bevor nichts mehr da ist.«

Ich folgte ihnen um den Pool herum. Mir war nicht nur daran gelegen, mehr über Jessica und Harley rauszukriegen, ich wollte auch endlich einen vernünftigen Drink.

Am Büfett entdeckte ich, daß ein ungeheuer gutaussehender

junger Kellner auf Wunsch Alkohol ausschenkte, und kippte den Weißwein in großen Schlucken runter.

»Harley redet kaum noch mit mir«, nahm Jessica seufzend den Faden wieder auf, setzte sich an den Rand des Pools und machte sich über einen frisch gefüllten Teller Räucherlachs her. Sie beugte sich zu ihrer Freundin und senkte die Stimme zu einem aufgeregten Flüstern. »Stell dir vor, Mom hat mir erzählt, daß er heute abend irgend so eine Puppe im Schlepptau hat. Billiges kleines Stück, offenbar nur auf sein Geld aus. Angeblich ist sie *Kellnerin.*«

»Darüber würde ich mir keine grauen Haare wachsen lassen«, meinte die Freundin. »So braucht er wenigstens nicht dafür zu bezahlen.« Sie kicherte. »Männer haben genau solche Bedürfnisse wie wir, Jessie.«

Jessica nickte kräftig. »Ja«, murmelte sie, stopfte sich ein weiteres Stück Lachs in den fettigen Mund und kaute geräuschvoll. »Ist wahrscheinlich nichts als eine billige Hure, blamiert sich, sobald sie den Mund aufmacht.«

Ich sah mich verstohlen um. Niemand beobachtete uns, also trat ich einen Schritt vor und rammte ihr meinen Ellbogen hart in den Rücken.

»Mmmmpf!« Mit gedämpftem Schrei kippte Jessica nach vorn, schwankte auf ihren Stöckelschuhen und plumpste kopfüber in den Pool.

»Oh, mein Gott!« kreischte ihre Mutter. »Jessie ertrinkt!« Alles rannte zum Pool, wollte einen Platz in der ersten Reihe ergattern.

Da ich nicht vorhatte, das Schicksal des freudlosen Rauchers zu teilen, verschwand ich rasch in der Menge. Aus sicherem Abstand beobachtete ich eine Gruppe von Leuten, die ein tropfendes Bündel aus dem Pool hievten, während andere angewidert die halb verdauten Lachsstücke und Jessicas sonstigen Mageninhalt betrachteten, der zwischen den künstlichen Wasserrosen schwamm.

Harley war immer noch nirgends zu entdecken, also kehrte ich, nachdem sich der Trubel gelegt hatte, an das Büfett zurück und ließ mir Wein nachschenken. Zwei teuer gekleidete Frauen beluden sich Teller mit feinsten Häppchen.

»Gott, Eleanor, diese Käsekuchenstückchen sind einfach unglaublich«, kicherte die eine. »Sie scheinen von ganz alleine auf meinen Teller zu hüpfen.«

»Ich halte mich lieber an Kaviar und Cracker, Darling«, sagte die andere und schwang entschlossen einen Löffel. »Wenn man schon die erlaubte Kalorienmenge überschreitet, dann wenigstens mit etwas Gutem. Wie läuft es mit deiner neuen Diät?«

»Du kennst mich ja, Eleanor«, meinte die erste Frau mit einem Schulterzucken. »Ich muß so vorsichtig sein. Eine Kalorie zuviel, und ich gehe auf wie ein Hefeteig.« Sie schaute sich um. »Aber es wäre doch unhöflich, all diese köstlichen Sachen verkommen zu lassen.«

»Schließlich gibt's ja immer noch Notlösungen, was, Sylvie?« sagte Eleanor, stieß ihre Freundin mit dem Ellbogen an und deutete diskret mit zwei Fingern auf ihren Mund. »Fressen und kotzen – erst ordentlich genießen und sich später mit dem Technischen befassen.«

Sylvie wurde rot. »Niemals würde …«

Eleanor berührte ihren Arm. »Ich weiß, daß du das nicht machst«, sagte sie besänftigend. »Mir ist nur einfach unverständlich, wie du so schlank bleibst.«

»Meinst du das ehrlich?« fragte Sylvie beglückt. »Vielleicht ist es mein neues Kleid. Gefällt es dir?« Sie trug ein grell-lila Kleid mit Schulterpolstern, die sie wie einen Baseballspieler aussehen ließen.

»Es macht dich zehn Jahre jünger«, sagte Eleanor ohne Überzeugung.

Sylvie seufzte. »Ich habe es für Warrens Geburtstagsparty gekauft und mußte fast fünf Kilo abnehmen, damit es mir paßt. Und er hat nicht mal bemerkt, daß ich was Neues anhatte. Manchmal frag ich mich, warum ich mir überhaupt die Mühe mache.«

»Ich weiß, Darling.« Eleanor zupfte eine Traube ab und steckte sie sich in den Mund. »Als Arnie seine letzte Affäre hatte, war ich auch nahe dran aufzugeben. Aber wir können den Männern ihre Seitensprünge nicht vorwerfen, wenn wir uns keine Mühe geben. Ich hab eine neue Diät angefangen, war beim Friseur und habe einen Haufen Geld für die Verjüngungscremes von *Lapinique* ausgegeben.« Sie fuhr sich mit einer rosa lackierten Kralle über die faltige Haut am Hals und warf ihrer Freundin ein wissendes Lächeln zu. »Jetzt fühle ich mich so viel besser.«

Ich war wohl näher gekommen, als ich wollte, denn plötzlich packte sie mich am Handgelenk. »Wenn Sie uns schon belauschen«, fauchte sie, zog mich zu sich heran, »dann können Sie sich wenigstens vorstellen.« Sie betrachtete mich mit offener Neugier. »Wer sind Sie? Und mit wessen Ehemann haben Sie ein Verhältnis?«

»Ich habe mit niemandem ein Verhältnis«, sagte ich entrüstet. »Ich bin eine Freundin von Harley.«

»Harley Brightman?« Sie hob die Augenbrauen. »Der hat Sie aber hübsch geheimgehalten.«

»Ist das Ihre natürliche Haarfarbe?« fragte Sylvie und schob sich näher. »Die ist sehr hübsch.«

Ich nickte, versuchte, nicht auf den Berg von Zuckerwatte auf ihrem Kopf zu starren, das Ergebnis lebenslangen Vertrauens in den chemischen »Fortschritt«.

»Sie wissen gar nicht, was Sie für ein Glück haben«, sagte sie mit einem neidischen Seufzer. »Wenn ich an all die Zeit und das Geld denke, das ich zum Friseur trage …«

»Das ist jeden Pfennig wert, meine Liebe«, meinte Eleanor beruhigend. »Manche Menschen kriegen alle Vorzüge der Natur mit, aber *jeder* muß für Stil bezahlen.« Sie wandte sich an mich. »Das werden Sie auch bald herausfinden, meine Liebe«, sagte sie gönnerhaft. »Sie mögen zwar jetzt damit durchkommen, aber das ›natürliche Aussehen‹ bringt Sie in unserem Alter nicht sehr weit.«

Über ihre Schulter hinweg entdeckte ich Harley auf der anderen Seite des Raumes, ins Gespräch mit unserer Gastgeberin vertieft. Er winkte, und ich wollte zu ihm gehen, aber Eleanor stellte sich mir in den Weg.

»Sie müssen uns unbedingt das Neueste von *Lapinique* erzählen. Ist es wahr, daß Harley eine neue Serie auf den Markt bringen will? Das ist wirklich nicht nett von ihm! Ich bin immer noch im ersten Stadium des *Two Year Total Skin Control Course*, und ich möchte nicht mittendrin die Präparate wechseln.«

»Darüber kann ich Ihnen leider nichts sagen«, erwiderte ich. »Ich, äh, kenne Harley noch nicht sehr lange.«

»Verstehe.« Sie warf mir einen mitleidigen Blick zu. »Dann wissen Sie wohl auch noch nichts über den Artikel in *LA Weekly*?«

»Wirklich schockierend«, fügte Sylvie entrüstet hinzu. »Ich zahle fünfundneunzig Dollar für eine Flasche *Total Skin Control*, und diese aufgeblasene Journalistin hat den Nerv, zu behaupten, es sei nichts anderes als gewöhnliche Cold Creme.«

»Warum benutzen Sie dann nicht Cold Creme?« schlug ich vor. »Damit würden Sie viel Geld sparen.«

Sie sah mich entsetzt an. »Wie kommen Sie darauf, daß ich riskieren würde, mir diesen billigen Dreck ins Gesicht zu schmieren?« gab sie empört zurück. »Ich benutze nur die besten Kosmetikprodukte, und ich kann mir das sehr wohl leisten, glauben Sie mir.«

Mit einem Blick auf das feine Faltennetzwerk unter ihrem Make-up fragte ich mich, wieviel sie wohl für Mephistos Verjüngungskur bezahlen würde.

»Außerdem«, fügte sie nachdenklicher hinzu, »enthält Cold Creme keine Alphahydroxysäure. Wie sieht es dann mit dem Peeling aus?«

»Schau mal, ist das da drüben nicht Warren?« Eleanor stieß ihre Freundin an. »Sparen Sie sich die Mühe, Darling«, fügte sie mit leiser Stimme an mich gewandt hinzu. »Die hat von Peeling keine Ahnung. Wahrscheinlich kann sie das Wort nicht mal buchstabieren.«

Die beiden Frauen tauschten überschwengliche Küsse mit Warren, einem dicklichen kleinen Mann, dessen Smokingjacke über seinem beträchtlichem Bauchansatz spannte.

»Hallo«, sagte er, betrachtete mich aus seinen glänzenden Knopfaugen. »Wer ist denn dieses hübsche neue Gesicht?«

»Harleys Freundin.« Sylvie packte ihn fest am Arm.

»Sieh an, sieh an«, meinte er und ignorierte ihren Versuch, ihn wegzuziehen. »Erfreut, Ihre Bekanntschaft zu machen, meine Liebe.« Er warf mir ein herablassendes Lächeln zu. »Sind Sie eins von Harleys Models?«

»Nein«, antwortete ich genervt. »Ich bin Gehirnchirurgin.«

Zweifel huschte über sein Gesicht, dann begann er zu lachen. »Ha, ha, der war gut! Natürlich sind Sie das!« Er wandte sich Eleanor zu. »Da hat sich Harley eine kleine Komödiantin geangelt, was? Ich liebe schlagfertige Mädchen.«

Warum nahm niemand mich ernst? »Das war geschwindelt«, sagte ich ärgerlich. »Wenn Sie wirklich die Wahrheit wissen wollen …«

Alle drei sahen mich fragend an.

»Ich bin eine fünfzigjährige Bibliothekarin, die ihre Seele dem Teufel für Jugend und Schönheit verkauft hat. Das ist wesentlich wirkungsvoller als ein Topf Creme und auch nicht viel teurer, so wie es aussieht.«

Sylvie klappte den Mund mehrmals auf und zu, während die anderen erstaunte Blicke tauschten.

Plötzlich stand Harley neben mir. »Da bist du ja, Cindy! Ich habe überall nach dir gesucht.« Er sah die drei an. »Habt ihr euch bekannt gemacht?«

Warren brach in schallendes Gelächter aus. »Das haben wir in der Tat«, sagte er und klopfte Harley auf den Rücken. »Da hast du dir ja was Tolles ausgesucht! Hat einen prima Sinn für Humor, die Kleine.«

»Komm mit, Warren.« Eleanor warf mir einen giftigen Blick zu. »Hilf mir, Arnie zu finden.« Sylvie wollte ihnen folgen, blieb stehen und betrachtete mich nachdenklich.

»Sie haben doch nur Spaß gemacht, oder?« flüsterte sie vertraulich. »Ich meine, man sieht ja, daß Sie nicht so alt sind, aber ich dachte … vielleicht gibt es ja ein neues Mittel.« Sie sah mich gespannt an, voller Hoffnung. »Wenn Sie mir nur sagen, wie es heißt …

»Es heißt ›Faustischer Pakt‹«, sagte ich, innerlich kichernd, als sie ihr Notizbuch aus der Handtasche nahm und eifrig mitschrieb. »Massieren Sie es gut ein, bevor Sie zu Bett gehen, und wenn Sie am nächsten Morgen aufwachen, sind Sie ein neuer Mensch.«

Wir verließen die Party erst sehr spät. Ich hatte den ganzen Abend über kaum mit Harley gesprochen, und mein Optimismus begann zu verfliegen.

»Ich bin wirklich stolz auf dich, Cindy«, sagte er, als

George uns heimfuhr. »Du hast dich phantastisch gehalten. Niemand wäre auf die Idee gekommen, daß du nur eine Kellnerin bist.«

Was ist falsch daran, Kellnerin zu sein? dachte ich ärgerlich.

»Den ganzen Abend hat man mir deinetwegen Komplimente gemacht«, fuhr er glücklich fort. »Alle sind von dir begeistert.«

Durchschaute er ihre blasierte Heuchelei nicht? Ich verabscheute plötzlich diese Luxusgeschöpfe und ihre Besessenheit von Aussehen und Geld. Gleichzeitig war ich froh, daß ich Eindruck gemacht hatte. Ich bin so gut wie die, dachte ich. Wenn ich in deren Lage wäre, würde ich was aus meinem Leben machen.

»Wo fahren wir hin?« Ich bemerkte, daß wir an Harleys Löwentor vorbeigefahren waren.

»Ich dachte, wir machen noch eine kleine Fahrt«, sagte er leise. »Warst du schon mal auf dem Mullholland Drive?«

Zu meiner Bestürzung bogen wir genau dort von der Straße ab, wo Chuck Woodcock vor ein paar Tagen versucht hatte, mich zu vergewaltigen. Mein Slip lag wahrscheinlich immer noch irgendwo im Gras.

George blickte über die Schulter zu Harley, der ihm diskret zunickte. »Ich, äh, vertrete mir nur mal die Beine, Sir«, sagte er, machte die Tür auf und verschwand in der Nacht.

»Endlich allein«, murmelte Harley. Er beugte sich vor und öffnete einen kleinen Kühlschrank. »Ich hoffe, du magst Champagner«, fügte er hinzu, nahm eine Flasche und zwei elegante Gläser heraus. Er zwinkerte mir jungenhaft zu. »Dafür habe ich den ganzen Abend meine Alkoholeinheiten aufgespart.«

Harley reichte mir ein schäumendes Glas, fummelte dann an einer neben ihm angebrachten Schalttafel herum. Ein kurzes Zischen, gefolgt von einem Knacken, und eine träumerische Melodie erfüllte den Wagen. Lächelnd erkannte ich einen Lieblingssong aus meiner Vergangenheit – *That Devil Called Love*, gesungen von Ted de Vincy. Ich blickte auf die glitzernden Lichter von Los Angeles. Wenn je ein Augenblick reif für Romantik war, dann dieser.

»Schau dir nur die Aussicht an.« Harley drückte meine Hand. Er wandet sich mir zu, und ich hielt die Luft an, wartete darauf, daß er sich auf mich stürzte.

»Wenn du mich heiratest, Cindy«, sagte er leise, »brauchst du nicht mehr als Kellnerin zu arbeiten.«

Ich verschluckte mich fast an meinem Champagner und starrte ihn überrascht an. Die Dinge entwickelten sich schneller als erwartet. Ich hatte den Gedanken reizvoll gefunden, seine Geliebte zu werden, sogar seine feste Freundin, hatte aber bisher nicht in meinen kühnsten Träumen gedacht, seine Frau zu werden. Schließlich kannten wir uns erst seit drei Tagen, und er hatte mich noch nicht mal richtig geküßt.

»Bist du dir sicher?« fragte ich vorsichtig, hoffte, daß ich ihn nicht mißverstanden hatte. »Ich meine … sollten wir die Sache nicht ein bißchen langsamer angehen? Herausfinden, ob wir, ähm, wirklich zusammenpassen und so?«

»Ich bin in solchen Dingen sehr altmodisch, Cindy«, sagte Harley dramatisch. »Ich habe lange auf die richtige Frau gewartet und war immer sicher, daß ich die Richtige erkenne, wenn ich ihr begegne. Für mich ist das so. Entweder alles oder nichts.«

Er lächelte schüchtern. »Ich habe mal einen Film gesehen – *Pretty Woman* hieß er, glaube ich. Da ging es um einen reichen Geschäftsmann, der sich in eine, ähm, eine Prostituierte verliebt. Er merkt, daß sie mehr Qualitäten hat als all die seichten Leute, die so tun, als wären sie seine Freunde. Schließlich heiratet er sie, holt sie aus all dem weg und macht sie zu einer anständigen Frau.« Er seufzte. »Ich habe immer von so einer Romanze geträumt. Eine Frau kennenzulernen, der ich die Hand entgegenstrecken und helfen kann. Eine Frau, die all die Dinge, die ich zu bieten habe, wirklich zu schätzen weiß, weil sie sie nie zuvor hatte.«

Er beugte sich vor und küßte mich sanft auf die Wange. »Du bist so frisch und unverdorben, Cindy. So anders als all die Menschen heute abend. Willst du nicht meine Pretty Woman sein?«

Ein kleiner Teil von mir sträubte sich gegen den Vergleich mit einer Prostituierten, aber hauptsächlich war ich stolz, daß er mich nicht mit den Speichelleckern von der Party in einen Topf warf. Wenn ich erst Harleys Frau war, würden sie mich anders behandeln. Und wie könnte ich dem Charme einer Geschichte widerstehen, deren märchenhaftes Ende so gut zu Harriets Träumen paßte? War es nicht genau das, worauf sie all die Jahre gewartet hatte?

Bei einem Blick auf sein gespanntes Gesicht, seine unwiderstehlichen braunen Augen und die Art, wie seine Haare so ungekünstelt in seine Stirn fielen, spürte ich Gefühle in mir wach werden. Hier war sie – meine Chance, glücklich zu sein. Ich wollte nicht, daß das Leben mich ein zweites Mal überging, während ich in Marty's Diner kellnerte.

... the temptation I've missed
It's so hard to resist
That devil called love.

Der Song beschwor einen flüchtigen Gedanken an einen anderen Teufel herauf. Harley besaß Geld, Ruhm und Status – genau die Dinge, mit denen Mephisto mich gelockt hatte. Tappte ich da in eine Falle? Plötzlich war mir das egal. Schließlich hatte ich meine Seele bereits verkauft. Was konnte er mir jetzt noch nehmen?

Mit geschlossenen Augen gab ich mich dem Augenblick hin. »Ja, Harley«, sagte ich mit klarer Stimme. »Ja, ich werde dich heiraten.«

Er küßte mich sanft auf die Lippen, und wieder spürte ich dieses Kribbeln. Heute nacht, dachte ich aufgeregt, heute nacht werde ich herausfinden, wie es wirklich ist. Ich erwiderte seinen Kuß, drückte mich an ihn. Es würde meine erste richtige sexuelle Erfahrung werden seit dieser miesen Geschichte damals auf dem Rücksitz in Barry Thomsons Kleinbus.

Ich wollte nach der Schwellung tasten, die sich in Harleys Schoß deutlich abzeichnete, da wandte er sich abrupt ab und sah sehr angelegentlich auf seine Armbanduhr.

»Großer Gott, ist es schon so spät?« sagte er erstaunt. »Ich sollte dich jetzt lieber nach Hause bringen, sonst macht sich deine Freundin noch Sorgen.« Er drückte auf einen Knopf, das Fenster surrte herunter und ein Schwall kalter Nachluft kam herein. »George? Sind Sie da?«

»Aber gewiß, Sir«, antwortete George, tauchte plötzlich aus der Dunkelheit auf. Sein Gesicht hatte einen rosigen Schimmer, ganz anders als vorher.

Ich warf Harley einen flehenden Blick zu. »Aber ich ...«

»Keine Bange, mein Liebling«, erwiderte er, drückte meine Hand. »Du bist im Nu zu Hause.«

Verstohlen korkte George eine Taschenflasche zu, steckte sie ein, schlüpfte auf den Fahrersitz und ließ den Motor an.

»Alles in Ordnung, Darling«, flüsterte mir Harley zu, als wir auf den Mullholland Drive bogen. »Ich hatte nicht vor, die Situation auszunutzen. Ich bin sehr altmodisch, erinnerst du dich?« Er lächelte. »*Das* hebe ich mir für unsere Hochzeitsnacht auf.«

Kapitel 10

Ich hatte Harleys Heiratsantrag für eine vage Absichtserklärung gehalten, etwas, womit man sich zu einem späteren Zeitpunkt befassen konnte, wenn wir uns besser kannten.

Harley sah das jedoch ganz anders.

Am nächsten Morgen um sechs rief er mich an. »Laß uns sofort heiraten«, drängte er. »Ich bin so aufgeregt, Cindy. Ich will keine Zeit mehr verlieren.«

»Meinst du wirklich?« fragte ich zögernd. »Sollten wir nicht erst eine Weile verlobt sein oder so?«

»Wir lieben uns doch, oder? Worauf sollen wir warten?« Seine Stimme klang leicht vorwurfsvoll. »Du hast doch nicht etwa deine Meinung geändert?«

Natürlich hatte ich das nicht. Ich wollte so schnell wie möglich von Trish und Marty's Diner wegkommen und mein neues Leben beginnen. Ich würde mich von der Vergangenheit lösen, von Mephisto und seinen doppelbödigen Versprechungen. Wer würde darauf kommen, daß die Frau von Harley Brightman einen Pakt mit dem Teufel geschlossen hatte? Ich beschwor die Höhepunkte des gestrigen Abends herauf, erlebte noch einmal das berauschende Gefühl von Freude und Erregung. Du wirst grün werden vor Neid, Mr. Darcy, warnte ich meinen sicher bald vergessenen erfundenen Helden. Für die Wirklichkeit gibt es keinen Ersatz.

»Bist du noch da, Cindy?« Harley klang besorgt. »Ist alles in Ordnung?«

»Aber ja«, versicherte ich rasch. »Ich heirate dich, wann du willst.«

»Ich hole dich dann zur gewohnten Zeit ab«, sagte er. »Wir müssen eine Menge Organisatorisches besprechen. Vielleicht könntest du schon mal überlegen, wen du zur Hochzeit einladen möchtest. Stell eine vorläufige Liste zusammen, damit meine Sicherheitsleute sie überprüfen können.«

»Und was soll ich Marty heute erzählen?« Trish kam gähnend aus ihrem Schlafzimmer, dabei hatte sie die ganze Zeit am Schlüsselloch gelauscht!

»Sag ihm, ich heirate«, murmelte ich verträumt, tappte wieder in mein Bett.

»Du heiratest?« kreischte Trish und riß die Augen auf. »Du heiratest? Doch nicht etwa ... Harley Brightman?« Sie starrte mich mit offenem Mund an. »Machst du Witze? Großer Gott, Cin, du wirst reich werden! Du brauchst nie wieder bei Marty zu arbeiten! Du wirst ...« Unerwartet sank sie auf einen Sessel und brach in Tränen aus.

»Was ist denn los?« fragte ich.

»Das ist nicht fair!« schluchzte sie. »Warum hast du den Unfall gehabt und nicht ich? Du bist auch nicht besser als ich oder was Besonderes oder so. Jetzt muß ich zur Arbeit gehen, und du kannst rumliegen und den ganzen Tag Weintrauben futtern, wenn du willst!«

Ich sah sie schuldbewußt an. Warum sollte ich mich nicht wie jemand Besonderes fühlen? Ich hatte es doch wohl verdient, oder?

»Du wirst jetzt bestimmt hochnäsig und aufgeblasen«, schmollte sie. »Verkehrst nur noch mit den Reichen und Berühmten und hängst auf schicken Cocktailpartys rum. Keine Zeit mehr für deine alten Freunde wie mich.«

»Das stimmt nicht«, sagte ich matt, weil ich wußte, daß es genau so war. Ich konnte nachempfinden, was in ihr vorging. Schließlich hatte ich als Harriet mein ganzes Leben damit verbracht zuzusehen, wie andere die große Chance bekamen.

»Heh, warte mal«, sagte sie, plötzlich hellwach. »Was ist mit der Miete?« Sie sah mich mißtrauisch an. »Du kannst nicht einfach so abhauen. Du mußt erst kündigen und mir eine Abfindung zahlen, wenn du ausziehen willst.«

»Keine Bange, Trish«, versicherte ich ihr. »Ich bezahle, was ich dir schuldig bin.«

»Und was ist mit den Unannehmlichkeiten?« murmelte sie. »Ich meine, ist ja gut und schön, daß du alles zahlst, was du mir schuldest, aber etwas mehr darf es schon sein. Eine Nachmieterin für das Zimmer zu finden wird nicht leicht sein.«

Das stimmt, dachte ich. Außer sie fand eine wohlhabende Zwergin ohne Platzangst, die gern in Schränken haust.

»Und dann sind da noch die Schulden von vor deinem Unfall«, fuhr sie listig fort. »Ich dachte, ich erlaß dir das, weil du doch dein Gedächtnis verloren hast und so, aber wo du jetzt einen Millionär heiratest, seh ich das anders.«

»Wie viel?« fragte ich.

»Fünfhundert?« schlug sie hoffnungsvoll vor.

»In Ordnung.« Wenn ich mir damit Trish vom Hals schaffen konnte, war das nicht viel.

»He, wirklich?« fragte sie, gleich wieder besserer Laune. Dann wurde sie nachdenklich. »Hat Harley nette Freunde? Vielleicht könnten wir mal zusammen ausgehen?«

Ich lächelte schwach, dachte an das Chaos, das sie bei den Warrens und Arnies in Harleys Welt anrichten würde. Sie würde ihnen Feuer unter dem Hintern machen.

»Hast du schon deine Farben ausgesucht?« fragte sie aufgeregt.

»Was für Farben?«

»Für die Hochzeit natürlich. Das muß ich wissen.« Sie warf mir einen träumerischen Blick zu. »Ich wollte schon immer mal Brautjungfer sein.«

»Brautjungfer?«

»Aber du hast es mir versprochen, Cin.« Sie klang vorwurfsvoll. »Daß ich deine Brautjungfer werde, wenn du heiratest. Erzähl mir nicht, du hättest es vergessen.«

Mir gefiel ganz und gar nicht, was hier lief. Was mochte Cindy ihrer Freundin sonst noch versprochen haben?

»Ich muß wissen, welche Farbe ich tragen soll«, fuhr sie fort. »Damit ich alles andere planen kann, Make-up und Unterwäsche und so. Willst du dein Haar hochstecken oder offen tragen?«

»Wir haben, äh, noch nichts entschieden«, murmelte ich. »Aber es würde mich nicht wundern, wenn es Blaßblau sein wird. Wie eine gewisse Kosmetikfirma, die wir kennen.«

»Blau für einen Jungen, was?« kicherte Trish und stieß mich an. Sie betrachtete mich vielsagend. »Heh, Cin, du bist doch nicht etwa schwanger? Habt ihr es deshalb so eilig mit der Hochzeit?«

»Absolut nicht!« Mit Schrecken wurde mir klar, daß ich bisher noch keinen Gedanken an Verhütung verschwendet hatte. Erst mußte ich noch einiges in meinem eigenen Leben auf die Reihe bekommen, bevor ich die Verantwortung für ein anderes übernehmen konnte.

»O verdammt!« kreischte Trish mit einem Blick auf die Uhr. »Sieh mal, wie spät es ist. Marty bringt mich um, wenn ich wieder zu spät komme! Was soll ich bloß machen, Cin? Das ist alles deine Schuld.«

»Warum meldest du dich nicht krank?« schlug ich vor.

»Das geht nicht!« jammerte sie. »Ich will mich doch morgen krank melden, weil ich mit Shareen einkaufen will.« Sie sah mich mit hilfloser Verzweiflung an. »Glaubst du, ich komme noch mal damit durch, wenn ich sage, meine Mutter wäre gestorben?«

»Aber ich dachte, du hättest sie Weihnachten besucht?«

»Hab ich ja auch«, murmelte sie kläglich. »Ich weiß wirklich nicht, was ich mache, wenn sie tatsächlich den Löffel abgibt. Mit meinen Großeltern bin ich bei Marty schon durch. Inzwischen bin ich bei Beerdigungen von Tanten und entfernten Cousins.«

»Warum sagst du ihm nicht die Wahrheit?« meinte ich. »Du kannst ja alles auf mich schieben.«

»Heh, daran hab ich überhaupt noch nicht gedacht.« Sie wurde wieder munter. »Ich könnte sagen, du bist gestorben. Das müßte doch für einen freien Tag reichen, oder?«

Von nun an ging alles schneller, als ich erwartet hatte. Als ich die Augen schloß und das eine Wort *Ja* sagte, hatte ich anscheinend eine gewaltige Maschinerie in Gang gesetzt, die sich nicht mehr anhalten ließ. Erst wenn ich die zwei anderen Worte sagte, die mein Versprechen besiegeln würden – *Ich will.*

Die Klatschspalten überschlugen sich, seit wir zusammen auf Crystal Kellys Party gesehen worden waren, und ganz Kalifornien schien mit angehaltenem Atem darauf zu warten, was Harley als nächstes tun würde. Als er zwei Tage später unsere Verlobung bekannt gab, hatte bereits alle Welt von Cindy Brown gehört, dem Mädchen aus Nirgendwo, das das Herz des begehrenswertesten Junggesellen erobert hatte.

Lapinique-Erbe erlebt Märchenromanze, schrieb eine Zeitung. *Harley Brightman heiratet*, stand in einer anderen. *Märchenprinz findet sein Aschenputtel.*

Verwandte, von deren Existenz ich keine Ahnung hatte, begannen mich um Geld zu bitten. Babs schickte mir die Rechnung für ihr Flugticket. Drei Männer schrieben mir und behaupteten, mein seit langem vermißter Vater zu sein, der sich, laut Babs, aus dem Staub gemacht hatte, als ich noch ein Baby war. Ein Trupp von Journalisten und Fotografen bezog in unserem Treppenhaus Quartier, was die lokale Wirtschaft ankurbelte, da sie Essen, Alkohol, Drogen und – von den gewitzteren Nachbarn – gebrauchte Autoteile kauften. Harley beschloß, sehr zu Trishs Enttäuschung, daß es für mich an der Zeit war, diese Gegend zu verlassen.

Ich hatte erwartet, gleich zu Harley zu ziehen, aber er war entschlossen, alles korrekt zu machen, und brachte mich in einer Suite im Beverly Hills Hotel unter.

»Wir wollen doch vor der Hochzeitsnacht nicht in Versuchung geraten, was, Cindy?« meinte er mit verschmitztem Grinsen. »Jetzt haben wir schon so lange gewartet, da wäre es doch schade, in letzter Minute alles zu verderben.«

Das nannte er lange? Ich hatte dreißig Jahre darauf gewartet, daß jemand den Job vollendete, den Barry Thomson begonnen hatte, also würden mich ein paar Wochen mehr nicht umbringen. Als ich mich in meiner Luxussuite umsah, die unter anderem auch über eine gut gefüllte Bar verfügte, beschloß ich, daß ich die Qual wohl gerade noch würde ertragen können.

Sobald der Hochzeitstermin festgelegt war, wurde ich in ein komplexes Netz aus Vorbereitungen und gesellschaftlichen Ritualen hineingezogen, das mir kaum noch Zeit für anderes ließ. Harley überhäufte mich mit Geschenken, darunter auch eine mit nagelneuen Fünzig-Dollar-Scheinen vollgestopfte *Lapinique*-Geschenkpackung.

»Nur eine Kleinigkeit für deine Unkosten, bis deine Kreditkarte da ist«, sagte er schüchtern. Ich nahm das Geld dankbar an, erleichtert, daß ich endlich meine Schulden bei Trish bezahlen konnte und nicht mehr in Marty's Diner mußte. Ich hatte nicht gewagt, mich dort noch mal blicken zu lassen und mein

Verschwinden zu erklären, vor allem, seit ich wußte, daß er inzwischen vor dem Diner Cindy-Brightman-T-Shirts und -Autoaufkleber verkaufte.

Harleys Eltern lebten nicht mehr, aber zahllose Verwandte schienen begierig darauf, seine Zukünftige zu inspizieren. Wir besuchten eine Reihe ältlicher Tanten und entfernter Vettern und Cousinen, die mich in Harleys Gegenwart mit ausgesuchter Höflichkeit behandelten, ihre Feindseligkeit aber nur schwer verbergen konnten, sobald er das Zimmer verließ.

Seine Freunde waren zuvorkommender, doch ich merkte bald, daß sie mich nicht als Individuum betrachteten, sondern als eine Art Anhängsel von Harley. Für sie war ich nur eine weitere Möglichkeit, an ihn heranzukommen. Sie waren freundlich, aber wenn sie mit mir sprachen, wurde die Unterhaltung bald zur Anpreisung eines Geschäftsunternehmens, das finanzielle Unterstützung brauchte, oder einer guten Sache, für die er sich einsetzen sollte. Wenn ich es ihm gegenüber nur erwähnen würde, deuteten sie an, würde er sich freuen über meine guten Vorschläge.

Eleanor, die Frau, die ich auf der Party kennengelernt hatte, war besonders erpicht darauf, sich mit mir anzufreunden, und bestand darauf, mit mir einzukaufen und zum Lunch zu gehen. Wir verbrachten einen quälenden Vormittag auf dem Rodeo Drive. All meine bisherigen Vorstellungen von Geschmack und Stil wurden als lachhaft beiseite gewischt, während sie mich gleichzeitig so einschüchterte, daß ich eine horrende Menge Geld ausgab.

»Das kannst du nicht kaufen – viel zu billig!« rief sie, riß mir ein Kleid aus der Hand und sah auf das Preisschild. Sie warf das Kleid über den Ständer, bedachte mich mit einem mitleidigen Blick. »Du kannst nicht einfach etwas aussuchen, weil es dir *gefällt*, liebe Cindy! Denk an deine Stellung. Du bist keine Kellnerin mehr, du mußt andere Maßstäbe setzen. Die Leute werden wissen wollen, welche Marken du trägst.«

Sie zerrte mich aus dem Laden und leierte eine lange Liste von Designernamen runter, die ich mir zu merken hätte, gefolgt von einer ebenso langen Liste mit Namen, die ich um jeden Preis meiden sollte. Aus Gründen, die völlig unklar waren, unterlagen diese Listen unvorhersehbaren Veränderungen, und man mußte ständig wachsam bleiben, um kostspielige Schnitzer zu vermeiden.

»Hat Harley dich gebeten, mir das alles zu sagen?« fragte ich, als wir ein Restaurant betraten und das ewig gleiche Ritual um den besten Tisch durchliefen. »Macht er sich Sorgen, daß ich ihn bloßstelle, weil ich die falschen Kleider kaufe oder mit der falschen Gabel esse?«

»Machen wir uns doch nichts vor, meine Liebe.« Sie setzte sich. »Dir fehlt es ein wenig an Kultiviertheit.« Mit einem Blick auf meine Füße fügte sie hinzu: »Nimm zum Beispiel das, was du anhast. Trag nie diese Art Schuhe zu engen Hosen.«

»Warum nicht?« fragte ich verärgert. »Ich finde, sie passen sehr gut dazu.«

»Man tut das einfach nicht, meine Liebe. Erwarte nicht, daß dahinter irgendeine Logik steht, die wirst du hier in Hollywood nicht finden. Du mußt die Regeln lernen und dich daran halten, sonst versinkst du, ohne eine Spur zu hinterlassen. Wirst du auf meinen Rat hören oder nicht?«

Ich nickte mürrisch. In vieler Hinsicht mochte ich zwar älter und weiser als Cindy sein, aber ich mußte zugeben, daß das hier über meinen Horizont ging. Harriets Kenntnisse von Mode und Gesellschaft ein bißchen aufzupolieren konnte sicherlich nicht schaden.

»Sobald du gelernt hast, deine Kleidung den Regeln entsprechend zu kombinieren, wirst du feststellen, daß es mit Menschen nicht viel anders ist«, fuhr Eleanor fort, den Blick auf die Speisekarte gerichtet. »Wichtig ist nur, wer auf welcher Liste steht.«

Sie bestellte für uns beide Pilzsalat und dazu Mineralwasser. Am Nebentisch wurde Weißwein serviert, aber das kam für uns offenbar nicht in Frage. Das war wohl, nach Eleanors vernichtendem Blick zu urteilen, die falsche Liste, genau wie die Leute, die ihn tranken.

»Ihr werdet bestimmt eine Menge Partys geben«, meinte sie. »Du mußt genau wissen, wen du einlädst und wie man den Pöbel und die unerwünschten Zaungäste weghält. Am besten fragst du mich um Rat bei diesen Dingen, weil – um ehrlich zu sein – Harley da nicht durchblickt. Er hat keine Ahnung von seiner gesellschaftlichen Verantwortung – manche Leute kann man einfach nicht zusammenbringen.«

»Du meinst, er sollte mich nicht heiraten?« fragte ich und sah ihr in die Augen.

Sie erwiderte meinen Blick, ohne mit der Wimper zu zucken. »Du mußt zugeben, daß du eine Menge Leute vor den Kopf gestoßen hast. Kommst aus dem Nirgendwo hier reingeschneit und schnappst dir den begehrtesten Junggesellen. Wenn Leute wie Harley die Regeln mehr beachteten, dann könnte so etwas nicht passieren.« Sie lächelte. »Aber jetzt bist du da, also sollten wir das Beste daraus machen. Laß dir raten, und mißbrauch deine Stellung nicht. Du magst dich zwar jetzt für unbesiegbar halten, aber Schönheit hält nicht ewig. Erst wenn die weg ist, wirst du herausfinden, wer deine wahren Freunde sind. Und es werden weniger sein, als du denkst.«

»Bist du meine Freundin?«

»Natürlich, Cindy«, erwiderte sie und tätschelte beruhigend meine Hand. »Ich würde dir all das nicht sagen, wenn ich es nicht wäre.«

Der Kellner brachte unseren Lunch, stellte die Teller zögernd hin, während Eleanor ihn wie eine Aufsichtsperson beim Examen im Auge behielt.

»Auf diesem Salatblatt ist ein Spritzer Mayonnaise«, murmelte sie leise. »Und einer der Pilze ist nicht ganz durch, aber ich denke, wir übersehen das.« Sie winkte den verängstigten Kellner weg, griff nach ihrer Gabel und wandte sich mir mit einem Lächeln zu. »Jetzt können wir uns dem widmen, weswegen wir eigentlich hier sind.« Sie spießte einen Pilz auf, inspizierte ihn mit kritischem Blick. »Hast du dein Wunschgewicht schon festgelegt? Traditionell verliert man mindestens drei Kilo.«

Es stellte sich heraus, daß sie über die Hochzeit sprach, die sie voll und ganz zu organisieren gedachte.

»Warum soll ich denn abnehmen?« fragte ich bestürzt. »Ich bin doch wohl dünn genug?«

»Du mußt dein Engagement unter Beweis stellen«, sagte sie streng. »Sonst erwarten alle, daß du dich, sowie du den Ring am Finger hast, vollkommen gehen läßt.«

Mit einer raschen Bewegung verschwand der Pilz von ihrer Gabel ohne die geringste Andeutung, daß da so etwas Unfeines wie Essen im Gange war. »Ich glaube, dir ist der Ernst der Lage nicht klar, Cindy«, sagte sie. »Jemanden wie Harley zu heiraten ist ein Fulltimejob.« Sie sah mich fragend an. »Aber das weißt du natürlich schon.«

Ein weiterer Pilz verschwand wie durch Magie von ihrem Teller. »Da draußen sind Leute – hauptsächlich Fotografen –, die dich ständig beobachten werden. Sie warten geduldig, bis sie dich mit vollem Mund an einem Tag erwischen, wo deine Haare nicht ordentlich liegen oder du dich in der Öffentlichkeit am Po kratzt. Du mußt ständig auf der Hut sein. In alten Jeans rumzugammeln kannst du in Zukunft vergessen.«

Ich versuchte, meine Sorge zu verbergen. Den Reichen und Berühmten stand doch bestimmt eine gewisse Privatsphäre zu! Zahlte Harley nicht deswegen so viel Geld für die Sicherheitstore und bewaffneten Wächter?

»Noch etwas«, sagte Eleanor, faltete mit Messer und Gabel ein Salatblatt zu einem winzigen Origamiumschlag. »Wie du auf Einladungen reagierst, ist genau so wichtig. Vergiß nicht, daß Exklusivität der Schlüssel ist. Nimmst du eine Einladung einer unwichtigen Person wie der Frau am Nebentisch an, wirst du schneller von der A-Liste gestrichen, als du es dir vorstellen kannst.« Sie versiegelte den Umschlag mit einem Klecks Mayonnaise und steckte ihn in den Mund. »Und wenn du zu etwas Wichtigem nicht eingeladen wirst, darfst du das unter keinen Umständen zugeben. Behaupte, du seist nicht in der Stadt, mit Hautkrebs ins Krankenhaus eingeliefert worden oder deine Kinder seinen von einem Serienmörder entführt worden – alles, nur nicht die Wahrheit.«

»Du meinst, wie diese Party, die Aaron Sowieso am nächsten Wochenende gibt?« fragte ich unschuldig.

»Wer?« Ihre Augen verengten sich. »Das nächste Wochenende fällt bei mir leider flach. Arnie fährt mit mir in eine Luxusferienanlage. Schade, daß ich nicht da bin.«

Klappernd legte sie das Besteck auf den leeren Teller. »Jetzt hör mir genau zu, meine Liebe«, sagte sie, wechselte das Thema mit geübter Leichtigkeit. »Ich werde dir alles über Arnies neues Filmprojekt erzählen, und ich möchte, daß du es an Harley weitergibst. Er würde außer sich sein, wenn er nicht in das Projekt investieren könnte.«

Eleanor riß die Hochzeitsvorbereitungen an sich wie ein General, der einen Feldzug plant. Von mir wurde erwartet, Stunden mit ihr zu verbringen, während sie endlose Listen aufstellte, überarbeitete und absolut alles organisierte, vom Ablauf der kirchlichen Trauung bis zu meiner Enthaarung und Körperpflege in der Woche vor dem großen Tag.

Der Gästeliste und Sitzordnung für den Empfang wurde viel Zeit gewidmet.

»Wer sind diese Leute?« fragte sie und deutete mißbilligend auf einen Teil der Liste. »Ich kenne sie nicht.«

Bei diesem Teil hatte Trish mir geholfen. »Das sind meine Freunde.« Ich versuchte, angemessen beleidigt zu klingen. Die meisten kannte ich nicht, aber Trish hatte mir versichert, daß ich seit Jahren mit ihnen befreundet war und sie auf jeden Fall einladen mußte.

»Wir setzen sie wohl besser in diese Ecke an der Tür«, murmelte Eleanor und machte sie mit ein paar kräftigen Strichen zu gesellschaftlichen Outcasts. »Man darf mit Menschen, die man nicht kennt, kein Risiko eingehen.« Ich nickte in heimlicher Zustimmung.

Trish, die offenbar ebenfalls den Eindruck hatte, mir bei der Organisation der Hochzeit zu helfen, besuchte mich regelmäßig mit Stapeln von Brautzeitschriften. Ich gab mir große Mühe, eine Begegnung zwischen ihr und Eleanor zu verhindern.

Trish war der Meinung, daß jedes noch so kleine Detail beim Erfolg des glücklichen Tages eine Rolle spielte.

»Schau dir das an, Cin«, flüsterte sie, deutete auf die Abbildung. *»Verleihen Sie Ihrer Individualität Ausdruck mit handgenähten Servietten in auffallenden Farben, die mit der sonstigen Dekoration kontrastieren«*, las sie vor. *»Jede Serviette in Silberfäden bestickt mit den Monogrammen von Braut und Bräutigam.«*

Ich konnte mir nicht vorstellen, daß sich meine Individualität an der Farbe der Servietten messen ließ, aber ich ließ sie gewähren und hoffte, das würde sie davon abhalten, sich in wirklich wichtige Dinge einzumischen.

»Du könntest Schmetterlinge oder weiße Tauben aufsteigen lassen, wenn ihr euch das Jawort gebt«, fuhr sie fort, blätterte aufgeregt weiter. »Oder hier steht, daß man eine Zeitkapsel vergraben kann: *Nehmen Sie Ihren Platz in der Geschichte ein. Halten Sie Ihren glücklichsten Moment für künftige Generationen fest mit einer Auswahl persönlicher Erinnerungsstücke!*«

Ihre Geschmacklosigkeit schien grenzenlos zu sein, aber der Vorschlag *Verbinden Sie sich im freien Fall – spezielle Hochzeitsangebote für Fallschirmenthusiasten* ging ihr dann doch zu weit.

»Das wär vielleicht ein bißchen übertrieben«, meinte sie mürrisch. »Besonders, wenn du Höhenangst hast.« Sie grinste. »Aber es würde bestimmt komisch aussehen auf dem Video. Wenn dir das Kleid über den Kopf fliegt und so. Was würde wohl passieren, wenn du den Strauß fallen läßt?«

Harley hob seinen nächsten Verwandten bis zum Schluß auf. Kurz vor der Hochzeit nahm er mich mit in die *Lapinique*-Büros in der Innenstadt, damit ich seinen jüngeren Bruder David kennenlernte.

José setzte uns vor einem Wolkenkratzer in Form eines Lippenstifts ab, auf dessen blaßblauer Hülle das *Lapinique*-Logo eingeprägt war. »David hat eine brillante Idee«, sagte Harley, als wir mit dem Expreßaufzug ins oberste Stockwerk fuhren. »Erinnerst du dich an die Fotos, die ich von dir gemacht habe? David hat sie von Experten prüfen lassen, und wir glauben, daß wir dich für unsere neue Kampagne benutzen können.«

Ich sah ihn verständnislos an. »Mich benutzen? Was meinst du damit?«

»Als Model«, erklärte Harley aufgeregt. »Offenbar hast du ein Gesicht, das den Geist der modernen Zeit verkörpert.« Er umarmte mich begeistert. »Ich bin so stolz auf dich, Cindy, mein Liebling. Dein Bild wird überall zu sehen sein – du wirst berühmt!«

Die Fahrstuhltüren glitten auf und gaben einen überwältigenden Blick auf Los Angeles frei. Ein Mann stand am Fenster, befingerte das Revers seines teuer aussehenden Anzugs und betrachtete die Aussicht mit nachdenklichem Blick.

»Ah, da seid ihr ja«, murmelte er, wandte sich um und kam rasch auf uns zu. »Das muß Cindy sein. Sogar noch schöner als auf dem Foto.« Vor mir stand eine dunkelhaarige und stämmigere Version Harleys.

»David«, sagte Harley in dramatischem Ton. »Erlaube mir, dir das neue Gesicht von *Lapinique* vorzustellen.«

»Es ist mir eine Freude, dich endlich kennenzulernen.« Er schüttelte mir die Hand und behielt sie in der seinen, die warm und feucht war. Auf seiner Stirn standen Schweißtropfen. »Willkommen in der Familie.«

Ich zog meine Hand weg und trocknete sie heimlich an der Rückseite meines Rockes ab. David hatte etwas Abstoßendes, etwas Unheilvolles, das mich für einen Moment an Mephisto erinnerte.

Er führte uns in ein luxuriös eingerichtetes Büro, und die beiden Brüder begannen, Termine für Fotos und Filmaufnahmen zu besprechen. An der Wand hing ein Plakatentwurf mit einer Vergrößerung meines Gesichtes aus einem von Harleys Fotos. Hinter mir war eine Reihe von Frauen mit Masken zu sehen, die ihr Gesicht verbargen. *Lapinique*, stand darunter. *Seien Sie ein Gesicht in der Menge. Neu mit Formel B.*

»Für die erste Phase können wir das wahrscheinlich alles in einer Fotosession erledigen«, sagte David, lehnte sich in seinen Stuhl zurück und verschränkte die Hände hinter dem Kopf. »Der Rest hat Zeit bis später.« Er grinste Harley an. »Ich weiß, daß ihr zwei damit beschäftigt seid, eure Klamotten für die Flitterwochen zu bestellen und all das, also werde ich euch nicht zu viel Zeit rauben.«

Lag da etwas Höhnisches in seinem Ton? Ich blieb während der gesamten Zusammenkunft stumm, war wütend, weil sich niemand für meine Meinung interessierte. Harley hatte mich nie gefragt, ob ich Model werden wollte, nahm einfach an, das sei für jede Frau das höchste der Gefühle. Außerdem traf er Vereinbarungen für mich, als sei ich unfähig, das selbst zu tun, als sei ich ein Kind oder ein dressiertes Schoßtier.

Wir verließen das Büro – die beiden Männer Arm in Arm, während ich hinterhertappte – und gingen zum Lunch in ein Restaurant.

»Tja, Harley«, meinte David, nachdem er eine Flasche Champagner bestellt hatte. »Das Ende einer Ära, was? Die Brightman-Junggesellen kommen unter die Haube.«

»Für mich nicht, danke.« Rasch hielt Harley die Hand über sein Glas. »Ich muß diese Woche genau auf meine Kalorien achten.«

»Um so mehr für uns, was, Cindy?« David lachte und füllte mein Glas bis zum Rand. »Auf meine Schwägerin.« Unter Harleys mißbilligendem Blick prosteten wir uns zu.

»Ich freue mich schon darauf, dich besser kennenzulernen, Cindy«, murmelte David. Er beugte sich vor und senkte die Stimme. »Hat Harley dir von unserer Vereinbarung erzählt?«

Verwundert schüttelte ich den Kopf.

»Tja, die sieht so aus«, flüsterte er, berührte mein Knie unter dem Tisch. »Harley ist ein bißchen schüchtern, was die körperlichen Dinge angeht, daher muß ich seine neuen Freundinnen immer als erster ausprobieren.«

Schockiert stieß ich seine Hand weg, wartete auf Harleys Reaktion, aber er war in die Kalorientabelle auf der Speisekarte vertieft und hatte anscheinend nichts gehört.

Einen Moment lang herrschte unbehagliches Schweigen, dann lachte David schallend.

»Jetzt verstehe ich, was du mit ›frisch und unverdorben‹ gemeint hast.« Er wandte sich an Harley, redete mit ihm, als sei ich überhaupt nicht da. »Nach der da mußt du ja wirklich die ganze Provinz abgesucht haben.«

Er fing meinen entrüsteten Blick auf. »Entschuldige«, fügte er hinzu. »Hab nur Spaß gemacht.«

Ich schluckte meinen Ärger runter und versuchte, ruhig zu bleiben. Während der restlichen Mahlzeit hielt er sich ziemlich zurück, und ich bemühte mich, freundlich zu sein. Ich war so kurz vor dem Ziel und wollte nicht alles durch einen dummen Streit verderben.

Bis zum Fototermin für die neue Werbekampagne hatte ich mein Unbehagen über David vergessen. Harley setzte mich auf dem Weg zu seinem Analytiker vor dem *Lapinique*-Turm ab und versprach, mich später abzuholen.

»Ich würde ja gerne zuschauen«, sagte er, »aber ich wage nicht, meinen Termin abzusagen – mein Psychiater ist für die nächsten sechs Monate völlig ausgebucht.«

Ich hatte erwartet, daß die Fotosession ähnlich ablaufen würde wie die bei Harley, aber es war ganz anders. Außer mir waren noch andere Models da, große, elegante Wesen, die in kichernden Grüppchen herumstanden und sich gegenseitig Lippenstifte und Tampons liehen. Sie sprachen nicht mit mir, aber wenn ich in ihre Nähe kam, hörten sie auf zu tratschen und betrachteten mich mit feindseliger Neugier. Mir fiel der Plakatentwurf in Davids Büro wieder ein, und ich begriff den Grund für ihre Eifersucht und Ablehnung. Cindy Brown, das Mädchen aus Nirgendwo, war jetzt das Gesicht in der Menge, während sie einfach nur die Menge waren.

Ich wurde von Garderobieren, Maskenbildnern, Beleuchtern und schließlich vom Fotografen selbst hin und her geschubst. Geblendet von den starken Scheinwerfern, mußte ich eine Verrenkung nach der anderen machen.

»Gib dich mir hin, Baby«, drängte er, streichelte meinen Oberschenkel, bevor er sich hinter seine Kamera verzog. »Sei nicht so schüchtern.«

Ich fühlte mich verletzlich und nackt in dem dünnen Fummel, den sie mir gegeben hatten. Alle starrten meinen Körper an. Heiß vor Verlegenheit versuchte ich, seinen Anweisungen zu folgen. Würde er mich auch so behandeln, wenn Harley dabei wäre?

Als es schließlich vorbei war, tauchte David aus der Dunkelheit des Raumes auf. Wie lange hatte er wohl schon zugeschaut, fragte ich mich unbehaglich.

»Gute Arbeit, Cindy«, murmelte er, nahm meine Hand und führte mich zum Fahrstuhl. Er warf mir ein öliges Lächeln zu. »Komm mit rauf in mein Büro auf einen Drink. Harley ist gerade gekommen und wartet oben auf dich.«

Warum hatte Harley mich nicht selbst abgeholt? Auf dem Weg nach oben drückte David plötzlich auf einen Knopf, und der Fahrstuhl hielt ruckend zwischen zwei Stockwerken an.

»Okay«, sagte er. »Hier wird uns niemand stören. Es wird Zeit für ein kleines Privatgespräch.«

»Was meinst du damit?« Alarmiert trat ich einen Schritt zurück. Seine charmante Fassade war vollkommen verschwunden.

»Du kannst aufhören, mir die Unschuld vom Lande vorzuspielen«, sagte er kalt. »Bei meinem lieben Bruder mag das ja wirken, aber ich kenne euch Flittchen. Ich weiß genau, was du bist.«

Ein Schauder überlief mich. Wieder dachte ich an Mephisto.

David bluffte nur, oder? Er konnte doch unmöglich die Wahrheit wissen.

»Eine raffinierte kleine Mitgiftjägerin«, fuhr er fort. »Denkst wohl, du kannst dir das Familienvermögen schnappen und dann Harley flugs vor den Scheidungsrichter schleppen.«

Empörung durchzuckte mich, vermischt mit der Erleichterung, daß er weit davon entfernt war, mein wahres Geheimnis zu ahnen – meinen Pakt mit dem Teufel. Gleichzeitig empfand ich ein vages Schuldgefühl. Wäre ich ebenso an Harley interessiert, wenn er nicht reich wäre?

»Das stimmt nicht«, sagte ich hilflos. »Harley liebt mich ...«

»Der ist schon immer auf Schmeicheleien hereingefallen.«

Ich holte tief Luft. »... und ich liebe ihn auch«, setzte ich hinzu, erstaunt über das romantische Gefühl, das mich dabei durchströmte. »Ich will ihn glücklich machen.«

David warf mir einen verächtlichen Blick zu. »Tja, dann fang am besten gleich damit an. Ich liebe meinen großen Bruder ebenfalls, und auch ich will ihn glücklich sehen. Glücklicher, als er es je für möglich gehalten hätte. Wenn ich merke, daß er auch nur das kleinste bißchen unter dem Pantoffel steht, kannst du was erleben.«

Tränen traten mir in die Augen. Wieso zweifelte er an mir?

»Wenn mir zu Ohren kommt«, fuhr er fort, »daß du ihm zu tief in die Tasche greifst oder mit anderen Männer rummachst, hast du deinen Hals so schnell in der Schlinge, daß du froh wärst, wenn deine gierigen Augen nie das *Lapinique*-Logo gesehen hätten.«

Er drückte wieder auf den Knopf, und der Fahrstuhl setzte sich in Bewegung.

»Leg dich nicht mit mir an, Cindy«, fügte er hinzu, genoß das Melodrama des Augenblicks. »Ich kann dich zerstören.«

Allmählich kam ich mir wie eine Statistin in einem drittklassigen Thriller vor.

»Ich kann dich zerquetschen wie …«

Die Fahrstuhltüren glitten auf, unterbrachen den Höhepunkt seiner Rede. Harley stand vor uns.

»Da bist du ja.« Besorgt strich er sich das Haar aus den Augen. »Ich wollte dich gerade suchen gehen …« Er hielt inne, sah mir ins Gesicht. »Was ist los, Cindy?«

»Bitte bring mich nach Hause«, flüsterte ich. »Mir geht's nicht gut.«

»Was hast du mit ihr gemacht?« Harley sah seinen Bruder mißtrauisch an, wandte sich wieder mir zu. »Was habt ihr beide?«

Auf der Fahrt zum Hotel herrschte unbehagliches Schweigen. An einer Kreuzung bemerkte ich eine vertraute Gestalt, die mit einem Einkaufswagen den Bürgersteig entlangschlurfte. Die Frau mit dem Schild »Suche Arbeit für Essen«, die mich an Harriet erinnert hatte. Das Schild lag auf ihren zahllosen schmutzigen Bündeln, als hätte sie nicht mehr die Kraft, es hochzuhalten.

Ich fürchtete mich davor, Harley zu erzählen, was David gesagt hatte. Vielleicht kam er auf die Idee, daran könnte etwas Wahres sei. Warum fühlte ich mich so schuldig? Bedrückt dachte ich an Mephistos Worte: *Wenn du erst mal Geschmack am guten Leben gefunden hast, wirst du deine hochnäsigen Prinzipien schnell vergessen. Du wirst dich auf alles stürzen, was du kriegen kannst, wirst mit den anderen um ein Stück vom Kuchen kämpfen, wart's nur ab.*

Der Gedanke an Mephisto, daran, daß er plötzlich auftauchen könnte, begann mich zu verfolgen. Als Harley und ich den Pastor aufsuchten, um die Hochzeit zu besprechen, ging mir auf, daß eine kirchliche Zeremonie für jemanden in meiner Position vielleicht nicht ganz passend war.

Wir hockten auf einem niedrigen Korbsofa mit Zierkissen und balancierten Kräutertee auf den Knien, während Reverend Robert »Nennt mich Bob« Jackson vor seinem Schreibtisch auf und ab ging, die Daumen in die Gürtelschlaufen seiner frisch gebügelten Jeans gehakt.

»Natürlich erwarten wir für gewöhnlich, daß die Paare vor dem glücklichen Tag mindestens sechs Wochen lang den Gottesdienst besuchen«, murmelte er mit einem Blick auf Harley. »In Ihrem speziellen Fall und in Anbetracht der großzügigen Spende für unsere Gemeindearbeit glaube ich jedoch, daß wir Sie von den meisten dieser Formalitäten befreien können.«

Er setzte zu seinem offenbar üblichen Sermon für Brautleute an. Derweil starrte ich das Poster über seinem Schreibtisch an, auf dem ein Wohltätigkeitsbasar angekündigt wurde, und versuchte die Tatsache zu ignorieren, daß ich mich, was Mephisto anging, auf Feindesland befand.

Mir wurde immer unbehaglicher. Ich versuchte, Reverend Bob nicht zuzuhören, konzentrierte mich darauf, meine Beine so zu halten, daß er mir nicht unter den Rock schauen konnte. Aber immer wieder drangen Worte zu mir durch: *ein heiliges Band … eine Verbindung in den Augen Gottes … der Segen der Kirche*. Er paßte den Rhythmus seiner Worte dem seiner Schritte an, und bei jeder Pause spürte ich seinen Blick auf mir ruhen. Dann blieb er stehen und lächelte mich an, als hätte er endlich einen befriedigenden Blickwinkel gefunden.

»Verstehen Sie den Ernst der Bindung, die Sie eingehen wollen, Cindy?«

Ich nickte, rutschte verlegen auf dem Sofa herum und vergoß meinen Tee. Harley warf mir einen besorgten Blick zu; seit meinem angeblichen Unwohlsein am Tag zuvor machte er ein großes Theater um mich.

»Die Ehe ist mehr als eine Verbindung von zwei Menschen, Cindy«, fuhr Bob fort, den Blick auf meinen Ausschnitt gerichtet. »Die Institution der Ehe ist durch Gott und sein göttliches Gesetz gegeben – ein Vertrag, der Gottes ewige Treue zu allen verkörpert, die an ihn glauben und seinen Gesetzen folgen.«

Nur weil er seine Zeit damit verbrachte, Wohltätigkeitsbasare zu veranstalten, brauchte er noch lange nicht mir gegenüber diesen herablassenden Ton anzuschlagen. Ich hatte sowieso nie an diesen ganzen religiösen Schwachsinn geglaubt. Es gab gewisse moralische Gebote, denen ich in meinem alten Leben zu folgen versucht hatte – Polonius Rat an Laertes in *Hamlet* zum Beispiel: *Sei dir selbst treu.* Aber welchem Selbst? War ich wirklich noch dieselbe, oder hatte ich mich durch diesen neuen Körper verändert? Die Leute – besonders Männer – behandelten mich jetzt anders, und ich merkte, daß ich mich daran gewöhnte. War ich mehr zu Cindy geworden, als mir klar war?

Ich bekam Angst, wurde mir zum ersten Mal der Ungeheuerlichkeit dessen bewußt, was ich getan hatte. Und wenn Gott nun doch existierte? Würde ich am Altar vom Blitz getroffen werden? Oder, falls mir diese Schmach erspart bliebe, wie lange würde ich auf die göttliche Strafe warten müssen?

Reverend Bob lief wieder auf und ab. Er schien inzwischen auf einen anderen Sermon umgeschaltet zu haben und sprach jetzt von Vergebung. Daß wir alle wie Schafe seien und das Blut des Lammes uns von unseren Sünden reinwaschen werde.

Seine Metapher schienen ein bißchen durcheinander, aber wenn nun doch etwas dran war? Ich glaubte zwar nicht an Gott, aber wenn Mephisto es nun tat? Er war schließlich der Teufel, und wie konnte der Teufel existieren, wenn es auf der Gegenseite nicht das Gute gab? Konnte eine von der Kirche geweihte Ehe Mephisto in die Flucht schlagen?

Die Ehe war etwas Normales, Solides, Reales, für gewöhnliche Menschen wie die glückliche Familie auf der Rückseite der Cornflakespackung. Warum sollte ich das nicht auch haben dürfen? Sie würde mir eine Art Status als normaler Mensch geben, und ich würde leben, ohne daß irgendwelche Götter oder Teufel mir reinpfuschten. Ich würde nicht nur Harleys Liebe haben, sondern auch die einfachen Freuden genießen können, die mir früher durch meine Einsamkeit vermiest worden waren. Ich würde Ziele haben, einen Beruf, eine Familie, eine Zukunft – würde dort Erfolg haben, wo ich vorher versagt hatte. Schließlich war ich erst einundzwanzig und hatte noch viel Zeit.

Jetzt gab es kein Zurück mehr. Alles war vorbereitet. Dafür hatte Eleanor gesorgt.

»Ich freue mich darauf, Sie dann bei der Probe zu sehen«, sagte Bob und überreichte uns Flugblätter für den nächsten Wohltätigkeitsbasar.

»Sie sind ein glücklicher Mann«, fügte er hinzu, klopfte Harley mit einem wehmütigen Lächeln auf die Schulter. Er wandte sich mir zu. »Denken Sie über alles nach, was ich gesagt habe, Cindy. Die Ehe ist ein großes Abenteuer, ein Sprung ins Unbekannte. Man muß sich gut darauf vorbereiten.« Sein Händedruck wollte nicht enden, und ich hatte das Gefühl, er würde meiner Handfläche mit den Fingern ein geheimes Zeichen geben. »Denken Sie daran, es wird nicht immer leicht sein. Der Teufel warten nur auf die Gelegenheit, uns schwache Sterbliche vom rechten Weg abzubringen.«

Kapitel 11

Ich hatte erwartet, daß sich die Tage endlosen dehnen und dem Schicksal jede Menge Chancen bieten würden, doch noch alles platzen zu lassen. Aber die Zeit verging schnell, und ehe ich mich's versah, stand ich neben Harley in der Kirche. *Wartet*, wollte ich rufen. *Langsam – das geht alles zu schnell!*

Ich hörte Trish hinter mir schwer atmen, fest eingeknöpft in ein von Eleanor ausgesuchtes hochgeschlossenes Kleid. Kleine Blumenstreumädchen wuselten um meine Füße herum wie eine Schar junger Enten und kämpften mit den Volants meines üppigen Hochzeitskleides – weiß mit einem Stich ins Blaßblaue. Ich blinzelte durch meinen Schleier und sah Reverend Bobs Lippenbewegungen. Er hatte die Jeans gegen einen Talar getauscht, und auf seinem Gesicht malte sich feierliche Glückseligkeit. Er ist bestimmt sehr zufrieden mit sich, dachte ich. Die Trauung bei *dem* Gesellschaftsereignis des Jahres zu leiten hatte bestimmt eine Menge lukrativer Folgen – die Leute würden scharenweise an seinem Wohltätigkeitsbasar teilnehmen wollen.

Ich hörte mich das Jawort geben, meine Stimme ein verzerrtes Flüstern in einer raschelnden, knarrenden Stille. Weitere Worte wurden gemurmelt. Der Ring glitt auf meinen Finger. Dann wurde der Schleier gehoben, und Harley sah mich mit ekstatischem Lächeln an. Geschafft! Mephisto hatte sich nicht blikken lassen. Kein Blitz war vom Himmel herniedergefahren. Mein neues Leben hatte begonnen.

Wir verließen die Kirche in einer feierlichen Prozession, die

Mädchen streuten Rosenblätter, und Bobs Sunshine Singers sangen sich die Kehle aus dem Leib in der Hoffnung, von den Medien erwähnt zu werden.

Draußen waren Kordeln gespannt worden, um die begeisterte Menge zurückzuhalten. Ganz Los Angeles schien sich vom begehrtesten Junggesellen aller Zeiten verabschieden zu wollen. Ein Hot-Dog-Wagen machte auf dem Parkplatz der Kirche ein Bombengeschäft, und auf dem Bürgersteig wurden an hastig zusammengezimmerten Ständen Harley&Cindy-T-Shirts verkauft. Eine Horde von Fotografen stürzte sich auf uns, umsummte uns wie Motten eine Glühbirne, während wir uns zum Auto durchkämpften.

»Schau mal.« Harley blieb auf dem Kiesweg stehen und deutete zum Himmel. Ein blaßblauer Heißluftballon schwebte über uns, mit dem *Lapinique*-Logo, um das sich unsere Namen wanden. Blaßblaue Rosenblätter flatterten herab, die Menge jubelte und bewarf uns begeistert mit Konfetti, Reis und Vogelfutter.

»Ist das nicht toll?« flüsterte Harley glücklich. »Ich wußte gar nicht, daß ich so viele Freunde habe.«

Ich wimmerte vor Schmerz, als mich eine Handvoll Sonnenblumenkerne an der Wange traf und mir die Tränen in die Augen trieb.

»Was ist denn, Darling?« Er sah mich an. »Oh, Liebling, wein doch nicht«, flehte er mit gefühlvoll zitternder Stimme und schniefte laut. »Du bringst mich auch zum Weinen.«

Auf dem Empfang, der in einem so exklusiven Hotel stattfand, daß es nicht mal einen Namen zu haben schien, mußten wir endlose Rituale über uns ergehen lassen, Gäste begrüßen und für die Fotografen posieren, bevor wir uns zum Essen setzen konnten. Ich kannte das von den Hochzeiten anderer Leute, aber es war seltsam, selbst im Mittelpunkt zu stehen. Plötzlich wurde ich schüchtern. An so viel Aufmerksamkeit war ich nicht gewöhnt.

Das Bankett wurde von Heinrich aus dem Wagner's persönlich überwacht, was offensichtlich eine Auszeichnung allererster Güte war. Auf Heinrichs Gästeliste zu stehen kam einem Bronzestern auf dem Hollywood Boulevard gleich oder zumindest einer Dauerreservierung im Himmel. Hunderte von Augenpaaren folgten mir, als ich am obersten Tisch Platz nahm, den Heinrich mit blaßblauen Bändern dekoriert hatte. Vor mir stand eine glitzernde Eisskulptur in Form einer riesigen Flasche *Lapinique*-Parfüm. Bekamen die Gäste Proben und Gutscheine, wenn sie den Empfang verließen?

Ich sah mich um. Außer einer Handvoll von Leuten, die ich erkannte, waren es alles Fremde. Warum starrten sie mich so an? Sie hätten mir Glück wünschen sollen, aber ich spürte die Feindseligkeit in ihren Augen. Waren sie eifersüchtig, weil ich das Glück gehabt hatte, Harley zu heiraten? Hofften sie alle heimlich, daß etwas schiefgehen würde?

Während der erste Gang serviert wurde, herrschte unbehagliches Schweigen. Warum unterhielten sie sich nicht, lachten, hatten ihren Spaß? Das paßte nicht zu meinem verblaßten Traum, wie meine Hochzeit sein sollte. Dann begannen Heinrichs uniformierte Keller mit Wein die Runde zu machen. Nur ein anämischer Chardonnay, aber es schien für alle die Aufforderung zur Entspannung zu sein. Ich riß mein Glas vom Tisch, bevor der Kellner Mineralwasser zugießen konnte, trank es in einem Schluck leer und hielt es ihm zum Nachfüllen hin. Eleanor warf mir einen mißbilligenden Blick zu, aber das war mir egal. Niemand konnte mich dazu bringen, mir heute Sorgen um Kalorien und Alkoholmengen zu machen.

Bei einem Blick nach Sibirien am Ende des Raumes, wohin Eleanor Cindys Freunde verbannt hatte, bemerkte ich, daß Babs diesmal nicht gezögert hatte, die Flugreise zu machen. Der Mann mit dem teigigen Gesicht und die Reihe kleiner Klöße neben ihr waren vermutlich Dale und die Kinder aus Sioux Falls.

In der Mitte des Raumes kam es plötzlich zu einem Tumult, als eine Frau, die behauptet hatte, eine von Harleys ältlichen Tanten zu sein, als Reporterin von einer beliebten Zeitschrift mit zweifelhaftem Ruf entlarvt wurde. Sie wurde aus dem Saal eskortiert, in dem sofort Gerüchte die Runde machten – zuerst hieß es, sie habe ein Notizbuch in ihrer Handtasche gehabt, dann einen Kassettenrecorder, am Bein festgeklebt. Daraus wurde schnell eine Minikamera unter ihrem Hut, und noch bevor sie die Tür erreichte, war daraus ein Implantat in ihrem Gehirn geworden, das via Satellit Livebilder ins ganze Land übertrug.

Als sie rausgeschmissen wurde, jubelten alle am hintersten Tisch neben der Tür. Hier war ein Kontingent aus Marty's Diner untergebracht, zusammen mit einer Reihe von Trishs Freunden. An diesem Tisch ging es am lautesten zu, und nach dem Zustand der dort Sitzenden zu urteilen, verfügten sie wohl auch über einen privaten Alkoholnachschub. Während ich noch hinsah, schob sich einer von Heinrichs Kellern mit einer Flasche Wodka durch die Tür. Geldscheine wechselten diskret die Besitzer, und er schenkte ein.

Bei genauerem Hinsehen bemerkte ich, daß einer der Feiernden eine verdächtige Ähnlichkeit mit Chuck Woodcock hatte. Was um alles in der Welt machte der hier?

Trish hatte meinen Blick gesehen. »Ich wußte, es würde dir nichts ausmachen, Cin, wenn ich ihn auf die Liste setze. Jetzt, wo du aus dem Rennen bist, dachte ich, ich hätte vielleicht eine Chance, ihn mir unter den Nagel zu reißen.«

Ich versuchte, die Erinnerung an meine Begegnung auf dem Mullholland Drive zu verdrängen, während das Objekt ihrer Begierde sich zurücklehnte und abwesend an den Eiern kratzte.

»Glaubst du, daß die Dicke des männlichen Fingers was mit der Größe seines Schwanzes zu tun hat?« fragte sie mit sehnsuchtsvollem Blick auf sein Gekröse.

Eilig goß ich noch ein Glas Wein runter, sah zur Seite und erwischte Harley dabei, wie er verstohlen seine Hände betrachtete. »Was unseren Freund da drüben betrifft«, murmelte ich, deutete mit einem Nicken auf den Möchtegernvergewaltiger, der es für cool hielt, zur Hochzeit seines Opfer zu kommen, »scheint das eher was über die Größe seines Gehirns auszusagen.«

Während des Nachtischs, eines seltsamen Gebildes aus Blaubeeren und blaßblauem Baiser, griff ich nach meinem Weinglas und stellte verblüfft fest, daß der Weißwein auf mysteriöse Weise zu Rotwein geworden war. Wer hatte mir den eingeschenkt? Kein Kellner war zu sehen. Beunruhigt nahm ich einen großen Schluck, stellte das Glas auf den Tisch, beobachtete es aus den Augenwinkeln. Die dunkelrote Flüssigkeit wirbelte im Glas und stieg wieder bis an den Rand. Mephisto! Von Panik ergriffen stand ich auf, sah mich im Raum um. Wo versteckte er sich? Was wollte er jetzt noch von mir?

Ein paar Leute schauten mich merkwürdig an. »Entschuldigen Sie mich«, murmelte ich und ging rasch zur Tür. Ich wollte nicht, daß Mephisto hier drinnen Gestalt annahm. Wenn ihm nun einfiel, mich plötzlich wieder in Harriet zu verwandeln? Wie würden all diese Leute reagieren, wenn Harleys wunderschöne junge Braut sich vor ihren Augen in eine rundliche ältere Frau verwandelte?

Im Hotelfoyer stieß ich mit einem Kellner zusammen, der eine Flasche Whisky auf einem Tablett trug.

»Setzen Sie den auf meine Rechnung«, japste ich und

schnappte mir die Flasche. Ich brauchte unbedingt einen ordentlichen Drink.

Ich stürzte auf die Damentoilette, schloß mich in einer Kabine ein, kämpfte mit den Kilometern von Tüll, in denen ich steckte, und untersuchte meinen Körper ängstlich auf Anzeichen vorzeitigen Alterns. Noch schien alles in Ordnung, aber ich hatte Angst. Mit zitternden Händen schraubte ich die Flasche auf. Ich hatte keinen Whisky mehr getrunken, seit …

»Wie aufmerksam von dir, mir einen Drink mitzubringen, Harriet.« Schuldbewußt zuckte ich zusammen und sah Mephisto auf der Trennwand hocken.

»Verschwinde«, zischte ich. »Laß mich in Ruhe!«

»Hast du an mir gezweifelt, Harriet? Hast du gedacht, ich hätte dich vergessen?« Er griff nach der Flasche, strich dabei mit seiner Hand über meine nackte Schulter. »Heute nacht wirst du diesen hübschen Körper wohl endlich zu seinem eigentlichen Zweck einsetzen, was? Harley kann sich glücklich schätzen.«

Ich schreckte vor seiner Berührung zurück, ordnete rasch mein Kleid. »Was willst du?« fragte ich wütend.

»Ich überprüfe nur deine Fortschritte. Du machst dich wirklich gut, Harriet, obwohl du mich mit all diesem Kirchenkram kurzfristig beunruhigt hast. Der heilige Stand der Ehe, also wirklich!« Angewidert schüttelte er sich, setzte die Flasche an die Lippen und nahm einen kräftigen Schluck. »Zugegeben, ich weiß nicht, welchen schäbigen Deal du mit dem Feind abgeschlossen hast. Du wirst ja wohl kaum erwartet haben, daß ich dir in die *Kirche* folge.«

Er rieb den Flaschenrand ab und gab sie mir zurück. Ich trank in durstigen Zügen.

»Aber im großen und ganzen bin ich wirklich stolz auf dich«, fuhr er fort. »Du hast dir den Hollywood-Ethos zu eigen gemacht, als wärst du hier geboren. Mit so schnellen Ergebnissen hatte ich gar nicht gerechnet.«

»Was meinst du damit?« fragte ich. Die Whiskyflasche war wieder ganz voll.

»Na ja, du hast nicht gerade viel Zeit verschwendet, dir dein Stück vom Kuchen zu schnappen, was?« Er neigte den Kopf zur Seite und betrachtete mich mit fragendem Blick. »Hast deine frisch erworbenen körperlichen Vorzüge gegen Geld, Macht, Einfluß und Sozialprestige eingetauscht?«

»Aber ich ...«

»Ich wußte, du würdest nicht widerstehen können«, fügte er selbstgefällig hinzu. »Du bist genau so korrupt wie alle anderen. Bald habe ich alle Beweise zusammen, die ich brauche.«

»Aber das stimmt nicht«, protestierte ich. »Mir geht es nicht um Harleys Geld.«

»Ach, wirklich?« Er hob die Augenbraue. »Du hättest ihn also auch geheiratet, wenn er arm wäre?«

»Natürlich hätte ich das«, verteidigte ich mich. »Ich liebe ihn.«

»Du *liebst ihn*?« Er lachte so sehr, daß er das Gleichgewicht verlor und in die Nachbarkabine plumpste. »Liebe?« wiederholte er ungläubig, tauchte durch den Spalt unter der Trennwand wieder auf. »Du enttäuschst mich, Harriet. Ich hätte nicht gedacht, daß du darauf reinfällst.«

»Was soll denn falsch sein an der Liebe? Sie scheint doch allen zu gefallen. Warum soll ausgerechnet ich keine Chance bekommen?«

»Liebe, meine gute Harriet, ist eine Illusion, von den Menschen geschaffen, um ihre Unsicherheit zu kaschieren. Jeder will sich wichtig vorkommen – das ist eine billige Möglichkeit, Macht über jemanden zu bekommen. Das wirst du bald rausfinden. Was ist aus all deinen Ambitionen geworden, Harriet?

Ich kann einfach nicht glauben, daß du die Gelegenheit, echte Macht zu haben, wegwirfst, die Chance, dich an einer Welt zu rächen, die du angeblich so sehr haßt, und das für einen so mickrigen Ersatz.«

»Aber genau das will ich, also warum verpißt du dich nicht und läßt mich in Ruhe? Ich will doch nur glücklich sein.« Der Whisky brannte mir in der Kehle. Warum sollte ich nicht die Möglichkeit haben, Dinge auszuprobieren, selbst herauszufinden, ob sie mir gefielen? Warum mußte ich mir ständig von anderen vorschreiben lassen, was ich tun sollte?

»Du glaubst also, du hast, was du wolltest, ja?« Er stemmte sich wieder auf die Trennwand hoch. »Tja, sehen wir mal, was passiert. Ich hoffe, du wirst nicht enttäuscht!«

»Du kriegst deinen Teil des Abkommens, wenn ich sterbe«, murmelte ich. »Warum verschwindest du bis dahin nicht einfach?«

Er langte mit einer sinnlichen Bewegung nach unten und streichelte meinen Nacken. »Du bist so schön, wenn du wütend bist«, meinte er. »Bist du sicher, daß du bis heute nacht warten willst?«

»Hör auf«, sagte ich automatisch, versuchte zu ignorieren, daß mein frustrierter Körper auf seine Zärtlichkeit reagierte. Ich hob die Hand, wollte ihn wegschubsen, aber da war nichts mehr. Er wurde durchsichtig, löste sich auf.

»Vergiß nicht, daß ich dich im Auge behalten werde. Du wirst bald merken, welchen Fehler du gemacht hast. Du wirst mich anflehen, zurückzukommen und dich zu retten, wart's nur ab …« Seine Stimme verklang allmählich.

Ich schaute auf die randvolle Whiskyflasche in meiner Hand, nahm ein paar ordentliche Schlucke und wartete einen Moment, aber diesmal füllte sie sich nicht wieder. Mephisto war fort, hatte seine magischen Kräfte mitgenommen.

Gerade wollte ich die Kabine verlassen, als sich die Toilettentür öffnete und fröhlicher Lärm hereindrang. Stöckelabsätze klapperten über die Fliesen.

»Himmel, ich seh in dem Ding ja aus wie die verdammte Königin von Saba!« Das war Trishs nasale Stimme. »Hilf mir, ein paar Knöpfe aufzumachen, Sharleen. Ich muß mehr Busen zeigen, wenn ich bei Chuck Woodcock landen will.«

Ich hockte mich auf den Klodeckel. Mir war nicht danach, jetzt Trish zu begegnen.

»Das ist doch echt mies, wie ich hier behandelt werde«, jammerte sie. »Seit drei Jahren bin ich ihre beste Freundin, und dann darf ich mir nicht mal das Kleid selbst aussuchen.«

»Das ist wirklich obermies«, stimmte Sharleen zu. »Aber sie war schon immer eine hochnäsige kleine Ziege.«

»Hast du sie da draußen gesehen?« fragte Trish aufgebracht. »Schleimt sich bei ihren aufgeblasenen neuen Freunden ein. Ich wette, die denkt, sie ist jetzt viel zu gut für uns.«

»Stell dir bloß mal vor, wieviel Geld die hat«, sagte Sharleen nachdenklich. »Wo sie jetzt seinen Ring am Finger trägt. Diese Fete hier muß ihn ein Vermögen kosten.«

»Bei der Kohle, die der hat«, murrte Trish, »könnte er doch ein bißchen weniger knickrig mit dem Alkohol sein. Hast du dieses Pißwasser probiert, was die als Weißwein bezeichnen?«

»Du meinst wohl *Wheißwhein*?« kicherte Shareen, imitierte Eleanor. »Ich weiß nicht, wie das bei euch am Tisch ist«, fügte sie hinzu, »aber wir mußten den Kellner bestechen, damit er uns die harten Sachen bringt.«

»Wir müssen einfach mitnehmen, was geht«, sagte Trish. »Die geizige Kuh hat mir nicht mal ein Weihnachtsgeschenk gemacht. Ich glaube nicht, daß sie hier Geschenke verteilen wird.«

»Ich versteh einfach nicht«, sagte Sharleen mit leiser Stimme, »was ein Typ wie der an ihr findet. Der hätten sie genausogut gleich das Gehirn absaugen können, bei dem bißchen, was die in der Birne hat. Ich frag mich, womit sie ihn an Land gezogen hat?«

»Den interessiert doch nur, was sie zwischen den Beinen hat, wenn du mich fragst«, giggelte Trish angetrunken. »Sie hat ja dauernd diese Jungfrauennummer abgezogen, aber ich würde mich nicht wundern, wenn sie sich mit der Hälfte aller miesen Typen aus unserer Nachbarschaft eingelassen hat. Wahrscheinlich hat sie 'ne heiße Möse, die sie vorführt wie einen dressierten Seehund.«

Die Trennwand wackelte, als ein Riegel vorgeschoben wurde. »Großer Gott, muß ich pissen«, erklang ihre Stimme aus der Kabine neben mir. Ein Rascheln war zu hören, gefolgt von einem Seufzer und einem spritzenden Geräusch auf Porzellan.

Wütend stand ich auf, zur Flucht entschlossen, bevor sie herauskamen. Wenn sie so von mir dachten, hatte ich keine Hemmungen mehr, ihnen den Rücken zuzukehren und ein neues Leben zu beginnen. Harleys Freunde würden mich nicht so behandeln. Ich raffte mein Kleid zusammen und trat vorsichtig in den Vorraum.

»Tja, jetzt ist es zu spät. Ich habe versucht, ihn zu warnen, daß er einen Fehler macht, aber er wollte ja nicht hören ...« Eleanors Stimme. Die Außentür wurde geöffnet, und ich schoß rasch in die Kabine zurück.

»Die blinde Dämlichkeit dieses Mannes ist nicht zu fassen«, rief sie, stöckelte auf ihren hohen Absätzen zum Waschbecken. Ich hörte, wie sie ihre Puderdose aufklappte. »Hast du das Gelübde in der Kirche gehört, Sylvie? *In Reichtum und in Armut?* Ich kann mir denken, worauf *sie* es abgesehen hat. Sie wird ihn ausbluten, und daran ist er ganz alleine schuld.«

»*Allem anderen entsagen* …« murmelte Sylvie. »Das hat Warren nie getan.«

»Wir werden sie genau im Auge behalten«, sagte Eleanor nachdrücklich. »Früher oder später verrät sie sich. Sollen doch alle sehen, was für ein billiges kleines Stück sie in Wirklichkeit ist. Hoffentlich war er so vernünftig, einen Ehevertrag zu machen, sonst nimmt die Schlampe ihn bei der Scheidung völlig aus.«

»Hast du gesehen, wie sie sich da draußen aufgeführt hat?« fragte Sylvie mit schockiertem Flüstern. »Tut ganz vornehm und redet mit den Leuten aus unserem Bekanntenkreis, als wäre sie eine von uns – die kleine Null, die sie ist!«

»Hast du ihre grauenhafte Schwester gesehen?« Eleanor kicherte. »Und dann diese unsägliche Brautjungfer …«

Aus der nächsten Kabine kam wütendes Rascheln. »… also, die könnte sich auch gleich das Wort ›Hure‹ auf die Stirn malen …«

»Wen zum Teufel nennst du hier Hure?« Die Trennwand erzitterte, als Trish die Tür aufriß und sich in den Kampf warf. »Du hochnäsige alte Krähe!« Geräusche eines alles andere als würdevollen Handgemenges drangen herein.

»Nehmen Sie sofort die Hände weg!« kreischte Eleanor. »Sylvie, hilf mir!«

»Du bist bloß neidisch, weil du ein Gesicht wie eine Duschhaube hast«, fauchte Trish.

»Gib der alten Hexe, was sie verdient«, knurrte Sharleen.

»Oh, mein Gott«, blökte Sylvie.

»Lassen Sie mich los!« winselte Eleanor.

Wieder ging die Tür auf. Verlegenes Schweigen entstand.

»Alle suchen Cindy. Sie soll die Hochzeitstorte anschneiden.« Babs' quengelige Stimme hallte durch den Raum. »Hat jemand sie gesehen?« Stille.

»Wer sind Sie denn?« wollte Sharleen wissen.

»Nur ihre einzige lebende Blutsverwandte, wenn Sie es genau wissen wollen«, erwiderte Babs schockiert. »Was mir mehr Recht gibt, hier zu sein, als jeder von euch.« Ihr Stimme zitterte, wurde plötzlich weinerlich. »Meine kleine Schwester! Nach allem, was ich für sie getan habe. Jetzt, wo sie jemand geworden ist, will sie nichts mehr von mir wissen!«

Jetzt redeten alle auf einmal, suchten nach netten Worten. … so eine wunderbare Trauung … Sie verlieren Ihre Schwester nicht, sondern bekommen eine neue Familie hinzu … immer eine schwierige Zeit.

»Das waren diese Gelöbnisse«, schniefte Babs. »Allem anderen entsagen … da wußte ich, daß ich sie verloren hab.«

»In guten und in schlechten Tagen …«, murmelte Sylvie zusammenhanglos.

»In Reichtum und in Armut …«, fiel Sharleen mit Singsangstimme ein.

»Bis daß der Tod uns scheidet«, sagte Eleanor grimmig.

»Asche zu Asche, Staub zu Staub«, leierte Trish. »Huch, Entschuldigung.« Sie kreischte vor Lachen. »Falscher Gottesdienst!«

Ich hockte unglücklich in meiner Kabine, hoffte, sie würden endlich weggehen. Eine Träne rann über meine Wange. So sehr ich sie verachtet hatte, diese Leute waren meine einzigen Freunde. Mir war nie klar gewesen, wie sehr sie mich haßten. Schuldbewußt dachte ich an mein früheres Leben, an Sally und Andrew, die freundlich zu mir gewesen waren, obwohl ich nichts als Gegengabe zu bieten hatte. Jetzt konnte ich mich nicht mehr bei ihnen bedanken.

Mir blieb nur noch Harley.

»Heh, schaut mal da runter!« Meine Gedanken wurden von Trishs aufgeregtem Schrei unterbrochen. »Das ist doch ihr

Kleid! Sie hat sich die ganze Zeit da drin versteckt! Sie muß ...« Trishs Stimme verklang, während sie den logischen Schluß ihres Gedankengangs zu verdauen versuchte. Ihre Stimme wurde zu einem entsetzten Flüstern. »Glaubst du, sie hat uns gehört, Sharleen?«

»Geschieht ihr recht, wenn sie uns belauscht hat«, warf Sylvie entrüstet ein.

»Cin? Bist du da drin?« rief Trish.

Ich schloß die Augen und betete, ein freundlicher Gott oder Teufel möge sie alle mit einem Blitzschlag vernichten.

»Warte mal«, quiekte sie. »Ich klettere rauf und schau über die Trennwand.«

Ich mußte rasch handeln. Die Whiskyflasche, die ich immer noch in der Hand hielt, stopfte ich in den Wasserkasten. Dann drapierte ich mich wie jemand, der in Ohnmacht gefallen ist. Durch halb geschlossene Augen sah ich Trish eifrig über die Trennwand lugen.

»Ach herrje, sieh dir das an, Sharl! Die ist glatt umgekippt!« Pause. »Glaubst du, sie ist tot?«

Nach einer weiteren Pause, einigem Geschlurfe und Gekeuche starrte noch ein Gesicht auf mich hinunter. »Nee«, sagte Sharleen schließlich. »Sie atmet noch.«

»Ich weiß was!« quiekte Trish. »Ich steige rüber und hol sie raus!«

Ich tat weiter so, als sei ich ohnmächtig, während sie mich aus der Kabine schleiften und in den Saal, wo der Empfang stattfand. An der Tür erholte ich mich plötzlich, entwand mich ihrem Griff und lief zu Harley. Er war offenbar der einzige, dem etwas an mir lag.

»Cindy, Liebling! Wo warst du? Geht es dir gut?« In seiner Stimme lag Zärtlichkeit.

»Paß auf mich auf, Harley«, flüsterte ich.

»Natürlich passe ich auf dich auf, Schatz«, murmelte er in besitzergreifendem Ton. »Du gehörst jetzt ganz mir.«

Nach diesem Vorfall waren alle viel freundlicher zu mir, als wäre ihnen bewußt, daß sie zu weit gegangen waren. Ich spielte meine Rolle in der Scharade mit betäubter Distanziertheit, nahm Zuflucht unter einer schützenden Alkoholdecke.

»Deine Freunde sind aber wirklich ausgelassen«, sagte Harley. Marty führte eine trunkene Polonäse durch das Foyer an. Er trug eine Weste aus rotem Samt, die er einem von Heinrichs Kellnern geklaut hatte, und wedelte mit Pfannenhebern in jeder Hand. Trish torkelte unsicher hinterher. Sie hatte ganze Arbeit geleistet mit den Knöpfen an ihrem Kleid; ihr improvisiertes Dekolleté war inzwischen mehr als gewagt. Chuck Woodcock folgte ihr, schob seine Hüften rhythmisch vor und zurück.

Ein Schauder überlief mich. Wieder mußte ich an den Vorfall am Mullholland Drive denken. Heute nacht würde es anders sein, sagte ich mir. Heute nacht würde ich endlich herausfinden, was Liebe wirklich war. Es würde der Beginn meines neuen Lebens sein, meine Erlösung nach all den Jahren des Zölibats und der Einsamkeit.

Seit ich Harleys Heiratsantrag angenommen hatte, hatte ich ungeduldig auf diesen Augenblick gewartet, aber als sich die Tür der Hochzeitssuite hinter uns schloß und wir einander über die breite Fläche des blaßblau bezogenen Bettes ansahen, stieg Panik in mir auf. Mir fiel nichts ein, was ich hätte sagen können, und ich wußte nicht, was ich tun sollte. Ich fühlte mich befangen, verletzlich, unvorbereitet.

Harley räusperte sich. »Würdest du, ähm, gern als erste ins Bad gehen?«

Mit einem dankbaren Nicken floh ich, schloß die Tür hinter mir ab, kämpfte mich aus meinem Kleid und betrachtete mich im Spiegel, wollte sichergehen, daß Cindys Körper noch da war.

Als ich mich überzeugt hatte, daß ich keine Falten warf, hüllte ich mich sittsam in einen Bademantel, putzte mir zweimal die Zähne und schlich nervös zurück ins Schlafzimmer. Ich wußte nicht, was mich erwartete.

Harley stand am Fenster, immer noch vollständig angezogen. Er kam mit einem Lächeln auf mich zu, doch als ich gerade in seine Arme sinken wollte, trat er zur Seite, verschwand, murmelte etwas von Badezimmer.

Zu meiner Bestürzung merkte ich, daß er genauso nervös war wie ich. Das lief nicht so, wie ich es mir vorgestellt hatte. In meinen Träumen geschah alles in einem romantischen Wirbel, ohne unbeholfene Pause zum Szenenwechsel.

Die Bettdecke war zurückgeschlagen, gab den Blick auf das eingestickte *Lapinique*-Logo frei. War der Mann so besessen von seinem Status, daß er sogar seine eigene Bettwäsche mitgebracht hatte? Leicht irritiert schlüpfte ich aus dem Bademantel, kletterte ins Bett und verkrumpelte die Laken so, daß das Logo nicht mehr sichtbar war. Aus dem Badezimmer kamen schwache Gurgelgeräusche.

Schließlich kam Harley zurück, trug jetzt nichts außer einer blaßblauen Unterhose. Es war ein Schock, ihn so zu sehen – er wirkte kleiner, schwächlicher als der Harley, der das Zimmer vor ein paar Minuten verlassen hatte. Mir meiner Nacktheit bewußt, drehte ich den Kopf weg und zog die Decke bis ans Kinn.

Als ich den Mut fand, wieder hinzusehen, stand er neben mir. Fasziniert starrte ich auf die Wölbung in seiner Unterhose, merkte, daß das, was ich für ein weiteres *Lapinique*-Logo gehalten hatte, in Wirklichkeit ein feuchter Fleck war. Mit bemühter Lässigkeit schob er die Daumen unter das Gummiband und zog die Hose langsam runter.

Ein großer rosa Penis schnellte heraus, nur ein paar Zentimeter von meiner Nasenspitze entfernt. Ich wurde rot vor Verlegenheit, schloß die Augen, öffnete sie dann schnell wieder, um genauer hinzusehen. Zu spät; mit einer raschen Bewegung war er unter die Decke geglitten, ließ seine Hände begierig über meinen Körper wandern.

»Cindy, Liebling ...«, stöhnte er mit erstickter Stimme. »Endlich ... gehörst du ganz mir ...«

Jetzt kam es. Ich schlang meine Arme um seinen Hals, machte mich auf das Eindringen gefaßt, überlegte, ob es wohl weh tun würde. Er schien recht gut ausgestattet zu sein, und ich hatte keine Ahnung, ob Trishs Spekulationen über die Kapazität meiner Möse zutrafen.

»Fühlt sich das gut an, Liebling?« Da war ein kitzliges Gefühl zwischen meinen Beinen.

»Mmm ...«, erwiderte ich, voller Ungeduld, daß er zur Sache kam. Cindys Körper – mein Körper – war schärfer darauf als eine Herde Antilopen, und der Rest von mir schrie nach emotionaler Befriedigung. Das Kitzeln ging noch eine Weile weiter, und ich wurde immer frustrierter. Wann machte er endlich Nägel mit Köpfen?

Ich zerbrach mir den Kopf nach Einzelheiten aus Sexszenen in Romanen, die ich gelesen hatte. Wir sollte ich ihm sagen, daß ich bereit war? Sollte ich einen Schrei loslassen? *Nimm mich, Harley!* Das kam mir zu dramatisch vor. Oder was Bodenständigeres? *Vögel mich, Harley, Himmel noch mal!* Ich wollte nicht riskieren, ihn zu schockieren.

Schließlich packte ich ihn und zog ihn zu mir. Alles schien wie von allein zu geschehen, und ich vergaß Harley, während ich den emotionalen Triumph genoß. Endlich war ich eine richtige Frau, ein sexuell aktives menschliches Wesen. Nach all diesen einsamen Jahren *tat ich es tatsächlich*.

Nach einiger Zeit sah ich zu Harley auf und merkte, daß er mich ebenso vergessen hatte. Er plagte sich eifrig ab, mit zusammengebissenen Zähnen und fest geschlossenen Augen. Kleine Schweißtropfen hatten sich auf seiner Stirn gebildet. Es war ein angenehmes Gefühl – rein, raus, rein, raus –, aber nach einer Weile begann ich mich zu langweilen.

Ich zählte die Kristalltropfen am Kronleuchter, die leise im Rhythmus der Bewegungen des Bettes klirrten. Mephisto kam mir in den Sinn, sein verächtliches Grinsen.

Du glaubst also, du hast alles, was du wolltest … Hoffentlich wirst du nicht enttäuscht.

War die Stimme wirklich nur eine Einbildung? Lachen hallte in meinen Ohren, wurde lauter und lauter. Der Kronleuchter klirrte heftiger. *Laß mich in Ruhe*, flehte ich tonlos. *Geh weg!*

»Ich komme«, japste Harley.

Er stieß noch einmal zu, stöhnte laut, brach dann in einem zitternden Haufen neben mir zusammen.

Ich wartete, was als nächstes kommen würde, aber nichts geschah. Nach ein paar Augenblicken setzte ich mich auf und starrte ihn an. Er schlief.

Kapitel 12

In den Wochen vor der Hochzeit hatte ich oft an Guildford denken müssen. Wann würde ich zurückkehren und herausfinden können, was in jener Nacht in Harriets Wohnung wirklich passiert war? Jedesmal, wenn Harley auf die Flitterwochen zu sprechen kam, deutete ich an, daß ich schon immer gerne nach Europa fahren wollte, besonders in den Süden von England.

Ein paar Tage vor der Hochzeit hatte Harley jedoch verkündet, daß wir nach Barbados fliegen würden.

»Glaub mir, das wird dir viel besser gefallen«, sagte er. »In England ist das Wetter um diese Zeit immer miserabel.«

Mich über einen Urlaub in der Karibik zu beschweren wäre undankbar gewesen, also bemühte ich mich, meine Enttäuschung zu verbergen. Über kurz oder lang würde sich bestimmt eine Gelegenheit bieten. Ich freute mich auf die Flitterwochen, stellte mir vor, entspannt an sonnigen Stränden zu liegen, im warmen Meer zu schwimmen und die örtliche Kultur zu entdecken.

Diese unschuldigen Erwartungen wurden jedoch schon am ersten Tag von Harley zerstört.

»Guter Gott, ich hoffe, du hast nicht vor, *damit* rauszugehen!« rief er, beäugte entsetzt meinen neu erworbenen Bikini.

»Ich, äh, dachte, das wäre das beste zum Sonnenbaden«, stotterte ich, überlegte, ob ich unwissentlich eine Moderegel übertreten hatte.

»Sonnenbaden?« Er starrte mich ungläubig an. »Hast du eine Ahnung, wie schädlich die Sonne für deine Haut ist?«

»Oder Schwimmen?« schlug ich hoffnungsvoll vor.

»Das würde ich nicht riskieren, wenn ich du wäre, Cindy«, sagte er und schüttelte langsam den Kopf. »Das Meer kommt natürlich nicht in Frage. Man weiß nie, was da drin ist. Und der Hotelpool, tja, ich könnte mal mit dem Direktor sprechen. In Erfahrung bringen, welche Chemikalien sie benutzen. Wenn du dich sehr sorgfältig mit *Total Skin Control Factor 12* einreibst, am besten zwei Mal, kannst du es vielleicht kurz versuchen.« Er fuhr sich durch die Haare und runzelte die Stirn. »Aber die Sache mit diesem Bikini gefällt mir nicht.«

»Warum nicht?«

Er seufzte. »Mir ist der Gedanke zuwider, daß andere Männer deinen wunderschönen Körper anstarren. Hast du nicht etwas, daß dich mehr bedeckt?«

Leicht benommen zog ich ein Kleid an. »Dann laß uns einen Spaziergang machen«, schlug ich vor, fragte mich, welche verborgenen Gefahren er wohl darin finden würde. »Wir können ja im Schatten bleiben.«

»Eine gute Idee.« Harleys Stimmung hob sich. »Wir können die Hotelanlage erforschen.«

Von Barbados sah ich in den ganzen vierzehn Tagen außer dem Hotel und der Anlage kaum etwas. Was hat es für einen Sinn, überlegte ich, so weit zu reisen und dann die ganze Zeit im Hotel zu bleiben? Wir hätten überall sein können. Harley schien zufrieden damit, sich im Schatten am Pool auszustrekken, Weizenkornsaft zu trinken und die Frauenzeitschriften nach *Lapinique*-Anzeigen durchzublättern. Jedes Mal, wenn ich einen Ausflug vorschlug, fand er etwas daran auszusetzen.

»Ich weiß nicht, warum du dich diesen Risiken aussetzen willst«, sagte er und wedelte mit dem Hotelführer. »Hier hast du doch alles, was du brauchst. Dafür bezahlen wir schließlich. Das Gelände hat einen Sicherheitszaun, der unerwünschte Elemente fernhält, und nachts wird alles eingesprüht, um uns vor Insekten und Krankheiten zu schützen. Wir haben all die Vorteile des Auslandes, ohne Gefahren auf uns nehmen zu müssen.«

»Wie wär's denn damit, sich ein wenig die Gegend anzusehen?« fragte ich zögernd. »Die örtliche Küche ausprobieren und so?«

»Ich kann mir nicht vorstellen, daß du mit einer Lebensmittelvergiftung mehr Spaß daran hättest.« Ungeduld schwang in seiner Stimme mit. »Das Hotelrestaurant serviert Gerichte aus einem Dutzend verschiedener Länder, und es gibt sogar einen ›Bajangabend‹, wo die Eingeborenen ihre Tänze aufführen. Was willst du mehr?«

Einen steifen Drink! Ich hatte gehofft, das strenge Gesundheitsprogramm würde für die Flitterwochen ein wenig gelockert werden, aber offenbar stand Alkoholgenuß immer noch ganz oben auf der Liste gefährlicher Aktivitäten.

»Man kann im Ausland gar nicht genug auf seine Gesundheit achten«, sagte Harley. »Diese Reise hat mein Darmreinigungsprogramm völlig durcheinandergebracht, daher behalte ich meine Toxinaufnahme sehr genau im Auge. Du solltest das besser auch tun.«

Ich verlegte mich darauf, Minifläschchen Wodka im Hotelshop zu kaufen und meinen Orangensaft damit zu verstärken, wenn er nicht hinsah. Sobald wir uns besser kennen, tröstete ich mich, werde ich mich gegen ihn durchsetzen können. Er meint es nicht böse, ist nur um mein Wohlergehen besorgt.

Was fällt ihm ein, mir zu sagen, was ich zu tun habe? fragte eine wütende Stimme in mir, aber ich hörte nicht hin.

Die einzige Aktivität, die nicht als gefährlich galt, war Sex. Mit einer Liste von Stellungen, erotischen Druckpunkten und Vorspieltechniken, die dem Kamasutra Konkurrenz machte, zerrte er mich zwei- bis dreimal am Tag ins Hotelzimmer. Abends wollte er sich stets gleich nach dem Essen zurückziehen, begegnete meinen Vorschlägen, am Nachtleben des Hotels teilzunehmen, mit Mißtrauen.

»Dafür haben wir zu Hause noch mehr als genug Zeit«, sagte er. »Du langweilst dich doch nicht etwa schon mit mir?«

Ich konnte mich nicht beschweren. All die Jahre sexueller Enthaltsamkeit aufzuholen war durchaus angenehm. Aber so hatte ich mir das nicht vorgestellt. Jedesmal kam ich mir wie ein Zuschauer eines großen Auftritts vor, ein Schiedsrichter angesichts physischer Heldentaten. Er ging mit der Entschlossenheit eines Athleten beim Training zu Werke, ohne auf Reaktionen von mir zu achten, die seine Konzentration hätten stören können.

»War ich gut?« fragte er danach. »Es hat dir gefallen, nicht wahr? War es besser als beim letzten Mal?«

Führte er eine Punkteliste? Allmählich kam ich mir vor wie ein zu oft verwendetes Trainingsgerät.

Nur einmal verließen wir das Hotel. Entschlossen, etwas von Barbados zu sehen, überredete ich Harley zu einer Inselrundfahrt mit Chauffeur und zum Essen in einem vom Hotel empfohlenen Fischrestaurant. Am nächsten Morgen hatte er einen Ausschlag. Er blieb drei Tage lang im Bett, klagte über Schwindelgefühle und jammerte, daß er sich wider besseres Wissen habe verleiten lassen. Ich mußte bei ihm sitzen und zuhören. Er war strikt dagegen, daß ich allein hinunterging, noch nicht mal an den Pool.

Ich redete mir ein, daß sich manche Leute im Urlaub anders verhielten als sonst. Alles würde leichter werden, wenn wir erst zu Hause waren. Ich würde mehr Zeit für mich haben, da Harley mit seiner Arbeit beschäftigt war. Also beschloß ich, das Beste aus diesem Zusammensein zu machen, mit ihm zu reden und ihn besser kennenzulernen.

Doch jedesmal, wenn ich eine Unterhaltung begann, waren

wir bald wieder bei Gesundheit und Schönheitsfragen angelangt. Nachdem er mir zum dritten Mal seine Diät und sein Trainingsprogramm auseinandergesetzt hatte, schien ihm nichts mehr einzufallen.

Ich hielt es für an der Zeit, die Initiative zu ergreifen. »Welche Bücher liest du gern, Harley?« fragte ich. »Ich weiß, du magst Dickens, aber was hältst du von Austen und Trollop? Oder sind dir die Amerikaner lieber? Wie ist es mit *Huckleberry Finn*?«

Rasch fand ich heraus, daß die ledergebundenen Bände in seiner »Bibliothek« nur Schauobjekte waren. Seine Unwissenheit in Sachen Literatur erstaunte mich. Wie konnte jemand durchs Leben gehen, ohne je Shakespeare gelesen zu haben oder zu wissen, daß George Eliot kein Mann war? Wie konnte ich mit jemandem ins Bett gehen, der noch nicht mal vom *Fänger im Roggen* gehört hatte?

Egal, dachte ich. Ich erziehe ihn mir schon.

Ich startete einen Kurzlehrgang in englischer und amerikanischer Literaturgeschichte, beschrieb die Handlung einiger klassischer Texte und versprach, ihm die entsprechenden Ausgaben zu besorgen. Ein paar Minuten hörte er geduldig zu, bevor er mich unterbrach.

»Wirklich, Cindy«, sagte er, »du mußt das nicht machen.«

»Was meinst du damit?« fragte ich unwillig, vergaß meinen Vorsatz, mich in den Flitterwochen nicht zu streiten. »Es gibt ein paar grundsätzliche Dinge, die jeder wissen sollte, und ich werde sie dir sagen, ob es dir paßt oder nicht! Für Ignoranz gibt es keine Entschuldigung!«

»Aber, Cindy, ich habe nie gesagt, daß du ignorant bist.«

Worauf um alles in der Welt wollte er hinaus?

»Ich weiß, wo du herkommst. Du bist nicht schuld daran, daß du nie eine gute Ausbildung genossen hast. Aber du brauchst mich nicht mit all diesem vorgetäuschten intellektuellen Blödsinn zu beeindrucken. Ich liebe dich so, wie du bist, Cindy.«

»Aber so bin ich nicht!« kreischte ich verzweifelt. »Du hast mir nicht zugehört! Ich bin eine gebildete Frau! Ich erzähle dir von Dingen, auf die es ankommt, Dingen, die mir wichtig sind!«

»Beruhige dich. Kein Grund zur Aufregung.« Er lächelte herablassend. »Ich finde es ganz süß, daß du dir so viel Mühe gibst, Darling, aber du hast mir auch nicht zugehört. Ich sage dir, daß es für mich keine Rolle spielt. Warum soll ein so hübsches kleines Ding wie du sich den Kopf mit all dem Blödsinn vollstopfen? Komm einfach her und gib mir einen Kuß.«

Ich starrte ihn ungläubig an. Wie konnte ich Hoffnung für die Zukunft haben, wenn er meine Worte so überging?

»Verpiß dich«, murmelte ich.

»Was war das?« Er warf mir einen tadelnden Blick zu. »Du brauchst nicht zu schmollen. Ich bin nicht böse auf dich.«

Wie kann er es wagen, mich so zu behandeln? Die innere Stimme wurde lauter.

»Außerdem«, fügte er hinzu, »verstehe ich nicht, warum dich das so aus der Fassung bringt. Wir haben doch nur über Bücher geredet. Ausgedachte Geschichten. Wie kann man darüber streiten?«

Hatte er denn gar keine Phantasie?

Später, als ich ihm widerwillig vergab, damit wir die abendliche Runde der Sexolympiade nicht verpaßten, fand ich heraus, daß er sehr wohl Phantasie besaß. Doch die schien sich ausschließlich auf ein Thema zu beschränken: meine Beziehungen mit anderen Männern.

»Erzähl mir«, sagte er, nachdem er sich ächzend und stöhnend zu seinem Höhepunkt vorgearbeitet hatte, »erzähl mir von den anderen.«

»Welchen anderen?« wich ich aus, dachte an Tess D'Urberville und ihr unbesonnenes Geständnis gegenüber Angel Clare.

»Du weißt genau, was ich meine«, erwiderte er streng. »Die Männer vor mir.«

Was sollte ich sagen? Sollte ich mir eine Liste von Cindys Eroberungen ausdenken oder ihm von dem Rücksitz in Barry Thomsons Kleinbus erzählen? Ich hätte ihm ja gern die Wahrheit gesagt, wenn ich sie gewußt hätte.

»Aber ich liebe dich, Harley«, sagte ich zaghaft. »Was spielt da Vergangenheit für eine Rolle?«

»Hast du das auch zu Chuck Woodcock gesagt?«

»Wer?« Mein Herz setzte aus. Wieso wußte er von ihm? »Aber das war doch nur der Aerobictrainer im Fitneßstudio.«

»Ach ja?« meinte Harley mit häßlichem Unterton. »Hältst du mich für blöd oder was? Glaubst du, ich weiß nicht, wie es da zugeht?«

»Da war nichts«, sagte ich unglücklich. »Er ist ein Freund von Trish.« Was hatte die dämliche Kuh ihm erzählt?

»Da habe ich aber was anderes gehört. Auf dem Empfang hat mir jemand erzählt, er sei eine alte Flamme von dir!« Harley betrachtete mich mit hervorquellenden Augen, seine Stimme wurde schrill. »Ich will wissen, was er da zu suchen hatte – auf *unserer* Hochzeit! Und dein Verschwinden mitten beim Empfang … langsam kapiere ich … du warst bestimmt mit *ihm* zusammen! Läßt mich wie einen totalen Blödmann dastehen, während du mit ihm aus alter Freundschaft einen Quicky durchziehst!«

»Das stimmt nicht.« Bei diesen ungerechten Vorwürfen traten mir Tränen in die Augen. »Warum glaubst du mir nicht?«

Er packte mich an den Schultern, schüttelte mich. »Hör zu, Cindy, ich bin nicht von gestern. Ein so attraktives Mädchen wie du – da muß es andere gegeben haben. Ich will es wissen. Sag mir die Wahrheit. Wie viele waren es?«

»Ich, äh …«

»Mein Gott! Sag nicht, du könntest sie nicht mehr zählen!«

»Nein, so war das nicht …«

»Halt! Sag nichts mehr!« Er warf die Decke zur Seite und sprang aus dem Bett. »Ich ertrag das nicht! Der Gedanke an all diese anderen Männer!«

»Aber …«

»Schweig! Ich will das nicht hören!« Er stakste zum Fenster hinüber. »Wie kannst du mich nur so quälen?«

Ich verbarg mein Gesicht in den Laken, drängte die Wuttränen zurück. Wie hatte das alles nur so furchtbar schief laufen können?

Harley schwieg. Gleich darauf ratterte es. Kühle Luft drang ins Zimmer. Die Balkontür schlug zu.

Ich setzte mich auf. »Harley?«

Keine Antwort. Auf Zehenspitzen schlich ich mich zum Fenster. Harley stand in seinem blaßblauen Morgenmantel auf dem Balkon. Mit zitternden Händen umklammerte er das Geländer und starrte hinaus in die tropische Dunkelheit.

Ich öffnete die Tür. »Harley?« Er drehte sich um, sah mich mit schmerzerfülltem Blick an.

»Sei doch kein Idiot«, sagte ich sanft. »Du bildest dir Dinge ein, die nie passiert sind. Komm ins Bett.«

»Ein Idiot?« wiederholte er, wich vor meiner ausgestreckten Hand zurück. Seine Stimme war kalt. »Du tust mir all das an, und dann nennst du mich einen Idioten?« Er fuhr sich durch die Haare und schüttelte den Kopf. »Ich weiß nicht, was ich denken soll, Cindy. Ich weiß es wirklich nicht.«

»Ach, hör doch auf.« Ich verlor die Geduld. »Kein Grund zu schmollen.«

»Ich schmolle nie«, erwiderte er, verschränkte die Arme und wandte sich ab.

Ich ging zurück ins Zimmer und wartete, aber die Gestalt blieb regungslos auf dem Balkon stehen. Wut stieg in mir auf. Wie konnte er es wagen, mir vorzuwerfen, ich hätte mit einem Monster wie Chuck Woodcock geschlafen? Er behandelte mich wie eine Hure. Soviel zu seinen dämlichen Tagträumen über *Pretty Woman*. Wie wäre er damit fertig geworden, wenn ich tatsächlich eine Prostituierte gewesen wäre wie die Figur in dem Film? Und wie wäre die Geschichte im wahren Leben weitergegangen? Ich stellte mir eine alternde Julia Roberts vor, die sich mit Richard Gere zankt, während sie die Kinder ins Bett bringt. Er dreht sich um, den Mund voller Zahnpasta, und haut ihr alles um die Ohren – *Wie kannst du mich kritisieren, nach allem, was du getan hast? Ohne mich wärst du immer noch auf der Straße …*

Langsam zählte ich bis hundert, schloß die Balkontür ab und knipste das Licht aus.

»Ach, leck mich doch«, sagte ich zu dem leeren Zimmer. Am Fenster wurde heftig geklopft.

»Laß mich rein«, sagte eine gedämpfte Stimme. »Hör auf mit dem Quatsch, Cindy.«

Ich ging zurück ins Bett, zog mir das Kissen über den Kopf, um nichts zu hören. Erschöpft nach einer Woche ständiger Sexbereitschaft für Harley, schlief ich augenblicklich ein.

Am nächsten Morgen war er zerknirscht. »Ich weiß nicht, was in mich gefahren ist«, sagte er, erhob sich steif von dem feuchten Korbstuhl, auf dem er die Nacht verbracht hatte. »Es tut mir leid, Cindy. Ich hab mich wie ein Arschloch benommen.«

Seine Zähne klapperten, und seine Arme und Beine waren mit kleinen roten Pusteln bedeckt. »Ich glaube, ich bin gestochen worden.« Ängstlich wühlte er in den *Lapinique*-Flaschen und Döschen auf dem Frisiertisch herum. »Haben wir keine antiseptische Salbe?«

Später kam ich ins Hotelzimmer zurück und fand ihn schluchzend auf der Couch liegen, ein Kissen auf den Bauch gedrückt.

»Harley?« fragte ich besorgt. »Fehlt dir was?« Es sah so aus, als sei er entweder ernsthaft krank oder hätte den Verstand verloren.

Er stieß ein qualvolles Heulen aus, richtete sich auf und lächelte mich an.

»Was ist? Hast du was gesagt?«

Sprachlos und voller Angst um seine geistige Gesundheit starrte ich ihn an.

»Oh, entschuldige, das sind nur meine Bioenergetikübungen«, erklärte er verlegen. »Ich nehme Verbindung zu meinen kindlichen Emotionen auf, um den verbliebenen Zorn in meinem Körper freizusetzen. Wenn man ihn nicht irgendwie herausläßt, setzt er sich als Spannung fest.«

Seine Augen blitzten. »Man kann die Spannungen natürlich auch anders loswerden«, meinte er mit bedeutungsvollem Blick zum Bett. »Willst du?«

Unter den gegebenen Umständen fühlte ich mich verpflichtet mitzumachen, aber etwas hatte sich verändert. Sex war keine unkomplizierte körperliche Aktivität mehr, sondern hatte jetzt den moralischen Beigeschmack von Bestrafung und Besitz. Bei jedem Stoß hörte ich insgeheim die Litanei seiner Vorwürfe. Er konnte den Gedanken nicht ertragen, daß andere Männer meine Gunst genossen hatten, aber wieso sollte er anders sein? Ich hatte ihm meinen Körper dargeboten, und er hatte ihn wie eine Trophäe erobert. So hatte ich mir die Liebe nicht vorgestellt.

Am nächsten Morgen wurde mir während unseres täglichen Frühsports eine unerwartete Atempause gegönnt.

»Oh, mein Gott, auf den Laken ist Blut!« rief Harley, sprang aus dem Bett wie von der Tarantel gestochen. Entsetzt schaute er auf seine rot verschmierten Genitalien und floh ins Bad.

Das Geräusch laufenden Wassers und wütenden Schrubbens kam durch die Tür. »Keine Sorge, ich hab nur meine Tage«, rief ich ihm nach. Schließlich tauchte er mit einem Handtuch um die Hüften wieder auf.

»Du mußt ja so enttäuscht sein, Liebling«, sagte er, setzte sich auf den Bettrand und hielt mir eine Schachtel Papiertücher hin. »Ich bin es jedenfalls.«

»Ich glaube, ich werd's überleben«, erwiderte ich mit einem Lächeln, versuchte, meine Erleichterung zu verbergen, daß ich meinen Körper eine ganze Woche lang für mich haben würde.

»Laß nur«, fuhr er fort. »Vielleicht haben wir nächsten Monat mehr Glück.«

Was sollte das heißen, mehr Glück?

»Und es gibt noch einen Trost«, fügte er mit schiefem Lächeln hinzu. »So weiß ich wenigstens, daß es von mir ist.« Er tätschelte meinen Bauch. »Ich hoffe, das erste wird ein Junge, du nicht auch?«

Ich setzte mich auf und starrte ihn an. »Aber, Harley«, flüsterte ich. »Wir haben noch nicht mal darüber gesprochen … ich meine … wollen wir nicht noch eine Weile warten … bevor wir eine Familie gründen?«

»Worauf denn warten?«

Plötzlich hatte ich eine Vision von lauter kleinen Harleys, alle in identisches Blaßblau gekleidet, die Erben des *Lapinique*-Imperiums. Ich war noch nicht bereit, die Verantwortung für eine Familie zu übernehmen. Erst mußte ich mit meinem eigenen Leben klarkommen.

»Ich …«

»Keine Bange«, sagte er mit einem Grinsen. »Du wirst eine tolle Mutter sein.«

Ich beschloß, die Anti-Baby-Pillen nicht zu erwähnen, die ich mir vor der Hochzeit besorgt hatte. Er würde früh genug Verdacht schöpfen, aber dem Problem würde ich mich erst stellen, wenn es soweit war. Bis dahin mußte ich sorgfältig darauf achten, jeden Tag eine Pille zu nehmen. Ich wollte nicht, daß ein Unfall passierte.

Am Ende unserer Flitterwochen war ich total erschöpft. Mir war nie klar gewesen, wie anstrengend die ständige Gesellschaft eines anderen Menschen sein kann. Harley ließ mich kaum aus den Augen, beobachtete eifersüchtig jede meiner Bewegungen, besonders wenn andere Männer in der Nähe waren. Ich kam mir wie eine Gefangene vor.

Ich tröstete mich damit, daß sich die Dinge bessern würden. Wir standen noch ganz am Anfang. Wenn wir uns erst mal an das Zusammenleben gewöhnt hatten – wenn ich in Harleys Welt Fuß gefaßt hatte –, würde er mich besser verstehen. Ich mußte mir Mühe geben.

José holte uns vom Flughafen ab und fuhr uns nach Beverly Hills. Ich wußte nicht, wo wir waren, bis wir auf den Sunset Boulevard einbogen.

»Schau«, flüsterte Harley, stieß mich an und deutete nach oben.

Verblüfft sah ich mein eigenes Gesicht auf einer riesigen Werbetafel über uns. Der Fotograf hatte mich mit leicht geöffneten Lippen und einem in die Ferne gerichteten Blick erwischt. *Lapinique* lautete der Slogan. *Das Gesicht in der Menge*.

»Du bist so wunderschön«, murmelte Harley. »Ich bin stolz auf dich, Cindy.«

Woran hatte ich gedacht, als das Foto aufgenommen wurde? An die Frau, die ich einst war, an die Hoffnungen und Träume der armen, langweiligen Harriet? Ich hab es weit gebracht, sagte ich mir zufrieden. Was würden die Leute in Guildford denken, wenn sie mich jetzt sehen könnten?

Das Plakat hing nicht nur am Sunset Boulevard, sondern überall in der Stadt. Kleinere Versionen erschienen auf den Werbeseiten der schicken Frauenzeitschriften, und das Bild hing an prominenter Stelle hinter den *Lapinique*-Verkaufsständen in allen großen Geschäften.

Harley nahm mich zu einer speziellen Werbeveranstaltung bei Neiman Marcus mit, wo sich zu meinem Erstaunen gutgekleidete Frauen mittleren Alters um mich scharten und mein Autogramm auf ihren *Lapinique*-Flaschen haben wollten.

»Keine Bange.« Harley gab mir einen Filzschreiber. »Das ist üblich. Gib ein paar Autogramme, dann sind sie zufrieden, und ich benachrichtige die Sicherheitsleute. Damit sie bereit stehen, wenn wir gehen wollen.«

Ich fand es aufregend, derart im Mittelpunkt zu stehen; Harriet hatte so etwas nie erlebt. Wie freute ich mich darauf, die Leute von Crystal Kellys Party wiederzutreffen, die so grob zu mir gewesen waren, mich behandelt hatten, als sei ich dämlich. Ich würde ihnen zeigen, wie sehr sie sich geirrt hatten.

Ich würde meine eigenen Partys geben, nur die feinsten Leute aussuchen und zuschauen, wie sie nach Einladungen lechzten. Jetzt, wo auch ich wichtig war, würde ich mir die Interessanteren herauspicken, Leute, die *ich* kennenlernen wollte. In dieser Stadt mußte es doch irgendwo ein paar intelligente Leute geben.

Doch nach ein paar Empfängen ging mir allmählich auf, daß

das ein Irrtum sein könnte. Alle waren freundlich zu mir, wo ich jetzt sowohl Mrs. Harley Brightman als auch das Gesicht von *Lapinique* war, aber keiner schien sich vernünftig unterhalten zu wollen. Sie waren nicht unhöflich, aber die Trivialität ihres Gesprächsstoffs und ihre Klatschbesessenheit schockierten mich. Mephisto schien für mich den einzigen Ort auf diesem Planeten gefunden zu haben, dessen Einwohner keine einzige funktionierende Gehirnzelle besaßen.

Trotz Eleanors ständiger Instruktionen begriff ich das Wertesystem dieser Gesellschaft nicht. Warum ließen sich Menschen, die so viel Macht besaßen, von den Launen der Klatschkolumnisten beherrschen? Warum wurden Männer nur nach ihren Leistungen beurteilt, während Frauen für ihr Alter, ihren Körper und ihre Kleider verurteilt wurden? Warum mußte alles mit einem Etikett versehen werden – nicht nur Kleider, sondern auch Menschen? Warum war es für Männer in Ordnung, einem unter den Rock zu langen?

Ich wurde von solchen Männern – den Warrens und den Arnies – regelrecht verfolgt; ihr Gerede war mit groben Anzüglichkeiten gespickt, die in diesen Kreisen offenbar als besonders geistreich galten. Sie schienen mich für Freiwild zu halten, vielleicht sogar noch mehr, seit ich mit Harley verheiratet war. Vorher war ich ein Niemand gewesen. Jetzt war ich eine Herausforderung. Ständig schlugen sie mir vor, mich mit ihnen zum Lunch zu treffen, zum Dinner und manchmal sogar auf dem Parkplatz vor dem Haus.

Harley schien diese unverhohlenen Angriffe auf meine Integrität nicht wahrzunehmen, war viel zu sehr mit eingebildeten Treuebrüchen beschäftigt. Wenn ich bei gesellschaftlichen Ereignissen mehr als ein paar Minuten mit einem der harmloseren Männer redete, wurde er sofort unruhig und bestand darauf, mich nach Hause zu bringen.

»Es gefiel mir nicht, daß du dem Kerl so viel Aufmerksamkeit geschenkt hast«, sagte er dann und sah mich streng an.

»Aber ich war doch bloß freundlich. Er hat mich gefragt, ob es uns auf Barbados gefallen hat.«

»Die Leute geht unser Privatleben nichts an. Du mußt noch eine Menge lernen, Cindy. Ein unvorsichtiges Wort kann deinem Ruf ernsthaft schaden.«

Er begann, Ausreden zu erfinden, damit wir zu Hause bleiben konnten. »Diese Partys können so langweilig sein«, sagte er. »Jetzt, wo wir einander haben, Cindy, brauchen wir doch nicht dauernd auszugehen.«

Wenn wir schon mal ausgingen, was immer seltener vorkam, pflegte er zu gähnen und ab neun Uhr abends auf die Uhr zu schauen.

»Wir wollen die Gastfreundschaft doch nicht überstrapazieren«, sagte er dann, zerrte mich mitten im Satz aus einem Gespräch weg und führte mich zum Auto. »Außerdem brauchst du deinen Schönheitsschlaf. Du kannst nicht jeden Abend feiern und erwarten, in Form zu bleiben.«

Harleys Vorstellung vom Feiern bestand in einem Glas trokkenem Weißwein und einem Spritzer Zitronensaft auf seiner gegrillten Hähnchenbrust. Die Hälfte der Zeit machte er sich Sorgen, was er seinem Körper zuführte, und die andere Hälfte, wie er es wieder los wurde.

»Du solltest es wirklich mal mit Darmspülungen versuchen, Cindy«, drängte er mich. »Das ist die schmerzloseste und effektivste Möglichkeit, deinen Körper von Giftstoffen zu befreien.«

Mein Problem war eher, daß ich nicht an genug Giftstoffe herankam. Ich litt nicht nur unter Alkoholentzug, ich war auch noch ständig hungrig. Ich träumte von der Zeit, als ich mich ohne Schuldgefühle über eine von Martys Spezialitäten hermachen konnte – eine, bei der man kostenlos eine zweite Portion bekam, wenn man die erste schaffte. Auf keinen Fall wollte ich diese kalorienarme, fettarme Nulldiät, die Harley mir auferlegte, durch einen Gummischlauch in meinem Hintern wieder rausspülen.

Einsam und gelangweilt verbrachte ich Stunden damit, durch die viel zu üppig ausgestatteten, leblosen Räume der Villa zu streifen, während Harley sich seine Biorhythmen massieren oder die Nase enthaaren ließ. Im Garten mußte ich vorsichtig sein, denn die Alarmanlage war so empfindlich, daß sie bereits vom Husten eines Hundes nebenan ausgelöst wurde.

Vom Fenster des Wintergartens aus, in dem wir jeden Morgen frühstückten, beobachtete ich Josés Fortschritte beim Beschneiden der Büsche. Nach ein oder zwei Wochen nahmen die Spitzen der hohen, wurstförmigen Büsche ungewöhnliche Konturen an, aber ich begriff den Witz erst, als José zwei kugelförmige Lorbeerbäumchen aus dem Gewächshaus herankarrte und sie rechts und links neben einem der höheren Büsche aufstellte.

»Hast du dich verschluckt, Cindy?« fragte Harley besorgt, als ich mich mit unterdrücktem Lachen über meine Kleieflokken und kleingeschnittenen Backpflaumen beugte. »Soll ich den Heimlich-Handgriff anwenden?«

Schließlich nahm ich meinen Mut zusammen und sagte ihm, wie sehr ich mich langweilte.

Harley starrte mich völlig verblüfft an. »Du langweilst dich?« wiederholte er, kratzte sich am Kopf. »Aber wieso …« Dann lächelte er breit. »Ich weiß, woran es liegt, Liebling. Deine biologische Uhr tickt immer lauter …«

Biologische Uhr? Für was hielt er mich? Für eine gottverdammte Zeitbombe?

»Wir müssen nur noch den Werbespot hinter uns bringen, aber wenn das vorbei ist, kannst du anfangen, Sachen fürs Kinderzimmer einzukaufen.«

»Wovon sprichst du, Harley?« fragte ich. »Welcher Werbespot?«

Er seufzte. »Ich wünschte, ich hätte nicht zugestimmt, aber ich fand Davids Idee so einleuchtend. Nachdem das mit den Fotos so prima geklappt hat. Er will den Spot in Italien drehen, weiß du – er hat eine wunderbare Location gefunden.«

Zugestimmt? Hatte ich dabei überhaupt nichts zu sagen?

Ich biß mir auf die Lippe. Wir waren erst so kurz verheiratet, da wollte ich noch keinen Streit anfangen. Aber meine Geduld war allmählich arg strapaziert. Früher oder später würde einer von uns zugeben müssen, daß da etwas falsch lief.

Oberflächlich gesehen war alles in bester Ordnung. Ich besaß all die materiellen Dinge, die sich eine Frau nur wünschen kann, dazu einen Ehemann, der gut aussah, liebevoll und stets zum Sex bereit war. War es undankbar von mir, daß ich mehr wollte? Was wollte ich denn überhaupt?

Er sagte mir immer wieder, daß er mich liebte, aber was bedeutete das?

»Du verstehst mich nicht, Harley«, sagte ich eines Abends mit tränenerstickter Stimme.

»Natürlich verstehe ich dich, Liebling«, erwiderte er sanft. »Jetzt hör auf zu weinen, das ist schlecht für deine Augen. Weißt du überhaupt, wie sehr das deinem Teint schaden kann?«

»Aber du kennst mich kaum.«

»Ich weiß, wie schön du bist. Was brauch ich sonst zu wissen? Ich liebe dich, Cindy.«

Die Worte hatten unterschiedliche Bedeutungen für uns. Für ihn bedeuteten sie Besitz. Für mich hatte Liebe mit Respekt zu tun, Nähe und Vertrauen. Hatte ich da was falsch verstanden?

Gab es diese Art Liebe nur in Romanen? War ich auf all die romantischen Geschichten hereingefallen und hatte mich ein Leben lang nach etwas gesehnt, das es gar nicht gab?

Meine Traumehe wurde in Windeseile zu einem Alptraum. Ich hatte meine Freiheit weggeworfen und mich selbst zu einem Leben voller Langeweile verdammt. Ich hatte einen schrecklichen Fehler gemacht, und diesmal konnte ich Mephisto nicht die Schuld geben. Alles war meine eigene Schuld. Ich würde da ganz allein herauskommen müssen.

Kapitel 13

Ich beschloß, daß ich meine Unabhängigkeit durchsetzen mußte. Nachdem Harley zu seiner wöchentlichen Aromatherapiesitzung aufgebrochen war, setzte ich Schlapphut und Sonnenbrille auf, ließ mir ein Taxi kommen und mich nach Venice fahren. Der Tag war wie geschaffen für einen Spaziergang am Strand.

Ich schlenderte über die Strandpromenade, sah mich an den Verkaufsständen um, mischte mich unter die Bodybuilder, Inlineskater, New-Age-Propheten und anderen Freaks, die in jeder Stadt aus den Löchern kriechen, wenn die Sonne scheint. Wagemutig kaufte ich ein Paket Duftkerzen und ein Paar Ohrringe, die wie Surfbretter geformt waren. Dann sah ich einem Kettensägenjongleur, einem Feuerschlucker und einem Limbotänzer zu, setzte mich auf die Terrasse eines Strandcafés und trank ein kaltes Bier. Was für eine Erleichterung, sich wieder wie ein gewöhnlicher Mensch zu fühlen, sich unter die Menge zu mischen, ohne ständig angestarrt zu werden.

Was hielt die Zukunft für mich bereit? Würden wir nach Italien fliegen und diesen neuen *Lapinique*-Werbespot drehen, wie Harley angedeutet hatte? Italien war nicht so weit von England entfernt. Würde ich dort hinfahren können – nach Guildford und Antworten auf die Fragen finden, die mich verfolgten, seit ich als Cindy aufgewacht war?

Als ein junges Paar Hand in Hand vorbeiging, fühlte ich mich plötzlich sehr einsam. Ich beneidete sie, daß sie ihr Zusammensein und die Gegend einfach genießen konnten. Harley würde niemals mit mir hierherkommen; er fände das weit unter seiner Würde. Wenn ich an den Alltagsfreuden des Lebens teilhaben wollte, mußte ich das allein tun.

Jemand zupfte an meiner Jacke. Ein kleiner Junge, das Gesicht mit Eiscreme verschmiert.

»Meine Mom sagt, du bist Cindy Brightman«, sagte er mit selbstsicherer Kinderstimme. »Wenn du nicht willst, daß wir es allen erzählen, mußt du uns ein Autogramm geben.«

Er hielt mir einen Kugelschreiber hin. Ich schaute mich um, sah an einem Tisch in der Nähe zwei Frauen sitzen, eine davon vermutlich seine Mutter. Sie grinste und winkte mir zu.

Rasch kritzelte ich meinen Namen auf eine Serviette, gab sie ihm und legte den Finger an meine Lippen. »Pst.« Ich zwinkerte ihm zu. »Wir wollen doch nicht, daß alle unser Geheimnis erfahren.«

Er blieb stehen, schaute mit offenem Mund auf die Serviette.

»Hau ab«, zischte ich leise. »Laß mich endlich in Ruhe, verdammt noch mal.«

»Heh, Mom!« rief er plötzlich. »Du hattest recht! Hier auf der Serviette steht Cindy Brightman!«

Alles drehte sich um und starrte mich an.

»Hi«, nuschelte die Frau vom Nebentisch, die mir die ganze Zeit Asche auf die Schuhe geschnippt hatte. »Würden Sie mir auch ein Autogramm geben? Das wäre wirklich nett.«

Ein älterer Mann in Bermudashorts kam schüchtern auf mich zu. »Wenn es Ihnen nichts ausmacht«, meinte er, verteilte einen Stapel Servietten auf dem Tisch und drückte mir einen Stift in die Hand. »Es wär eine so nette Überraschung für meine Enkelkinder.«

»Heh, Wilbur, hol den Fotoapparat aus dem Auto«, rief jemand. Die Leute begannen sich zu drängen.

»Wenn's geht, signieren Sie doch jede extra«, sagte der Mann mit den Servietten. »Ich nenne Ihnen die Namen der Kinder.«

»Kann ich eine Locke haben?« Eine dicke Frau in einem rosa Jogginganzug stürzte mit einer Nagelschere auf mich zu.

»Tut mir leid«, murmelte ich und stand auf. »Ich muß gehen.« Panisch sah ich mich nach einem Telefon um.

»Sie können jetzt nicht gehen«, kreischte eine Frau hinter mir. »Ich war als nächste dran!«

»Nein, waren Sie nicht«, rief eine andere. »Ich hab sie zuerst entdeckt!«

»Hochnäsige Ziege«, fauchte ein Mädchen auf Inlineskates. »Bildet sich ein, sie wär was Besseres.«

Jemand zerrte an meinem Kleid. Etwas zerriß. Ich drehte mich um und rannte weg.

»Heh, ich hab ein Stück von ihrem Slip erwischt!« rief eine aufgeregte Stimme hinter mir.

»Ich will auch was!« schrie eine andere.

Eilig schlüpfte ich aus meinen Schuhen, rannte so schnell ich konnte durch den Sand, auf die Hauptstraße zu. Als meine Verfolger näher kamen, drehte ich mich um und warf mit den Schuhen nach ihnen. Von der Straße aus schaute ich zurück. Die Menge prügelte sich um die Schuhe wie hungrige Wölfe.

»Ich hab sie zuerst gesehen!«

»Laß los, dieser gehört mir!«

»Alles in Ordnung, Ma'am?« Neben mir war ein Polizist aufgetaucht. »Heh«, fügte er hinzu. Auch er hatte mich erkannt. »Sind Sie nicht, ähm … Sie wissen schon, wie heißt sie noch?«

»Cindy Brightman«, sagte ich ergeben und schenkte ihm ein hoffnungsvolles Lächeln. »Ich gebe Ihnen ein Autogramm, wenn Sie mich hier wegbringen.«

Er nahm mich mit aufs Polizeirevier, wo ich mich mit mindestens der Hälfte des Los Angeles Police Department fotografieren lassen und meinen Namen auf einen Baseballschläger kritzeln mußte, den sie bei ihrem nächsten Wohltätigkeitsbasar versteigern würden, bevor sie mich endlich gehen ließen.

Harley fand die ganze Geschichte eher unpassend. »Warum um alles in der Welt wolltest du dort hin?« fragte er angewidert. »Ich kann mir nichts Schlimmeres vorstellen.«

»Niemand hat *dich* gebeten mitzugehen«, murmelte ich mürrisch.

»Und warum hast du mir nicht gesagt, wohin du wolltest? Das ist sehr verantwortungslos, Cindy. Dir hätte sonstwas passieren können.«

»Ich wußte nicht, daß ich eine schriftliche Erlaubnis brauche«, erwiderte ich. »Warum soll ich denn nicht am Strand spazierengehen?«

Am nächsten Morgen war die *LA Times* voller Fotos von meinem Ausflug. »Willst du meinen Ruf ruinieren?« Angeekelt warf Harley die Zeitung auf den Frühstückstisch. »Bist du wirklich so dämlich?«

»Ich kann doch nichts dafür«, sagte ich leise. »Warum behandelst du mich, als hätte ich etwas Schreckliches getan?«

»Du scheinst dir nicht im klaren zu sein, Cindy«, sagte er mit gepreßter Stimme, »wie berühmt du bist. Du trägst jetzt eine große Verantwortung. Alles, was du tust, fällt auf den Namen *Lapinique* zurück.«

Das war mir wirklich nicht klar gewesen. Offenbar hatten die Anzeigen beim Publikum großen Eindruck gemacht. Jeder kannte jetzt die Geschichte des Mädchens aus Nirgendwo, die zum Gesicht von *Lapinique* geworden war. David verhandelte bereits mit einem bekannten Modedesigner über eine Kollektion von Freizeitkleidung, die meinen Namen tragen sollte, und es war sogar die Rede von einem Cindy-Brightman-Salatdressing.

»Natürlich kalorienarm«, erklärte Harley. »Und hundert Prozent organisch.«

Ich konnte nicht mehr tun, was ich wollte – nichts von dem, wovon ich als Harriet geträumt hatte. Ich konnte nicht durch die Straßen schlendern, ein Kleid in einer Boutique kaufen oder auf normalem Wege Freundschaften schließen. Weil ich einen so schönen Körper hatte, waren mir die Freiheiten der gewöhnlichen und häßlichen Menschen verwehrt. Die einfachen Freuden des Lebens lagen für immer außer Reichweite.

Wo ich auch hinging, starrten die Leute mich an. Bei Wagner's wurde ich von zwei Frauen, die über die Feuerleiter eingestiegen waren, sogar bis auf die Toilette verfolgt. Als ich mich in einer Kabine einschloß, schoben sie einen Stift und ihre Autogrammbücher unter der Tür durch und drohten, ihren Vergewaltigungsalarm auszulösen, wenn ich nicht unterschrieb.

Eines Abends, während ich im Regencyzimmer Fernsehen schaute, stand Eleanor plötzlich in der Tür.

»Harley ist im Fitneßraum«, murmelte ich, wich ihrem Blick aus. Seit dem Hochzeitsempfang hatte ich kaum mehr mit ihr gesprochen.

»Ich weiß.« Sie setzte sich neben mich auf die Chaiselongue. »Ich war gerade bei ihm. Er hielt es für eine gute Idee, wenn ich mich ein wenig mit dir unterhalte.«

»Worüber?« fragte ich mißtrauisch und rutschte von ihr weg. »Willst du dich dafür entschuldigen, daß du mich eine billige kleine Schlampe genannt hast?«

»Wie kommst du darauf, daß ich so etwas gesagt habe, meine Liebe?«

»Ich hab es selbst gehört. Auf der Hochzeit. Tu doch nicht so, als wüßtest du nicht, wovon ich rede.«

Ihr Blick huschte durchs Zimmer. »Ach, die *Hochzeit*«, meinte sie gelassen, griff nach der Fernbedienung und machte den Fernseher aus. »Vergiß alles, was ich auf der *Hochzeit* gesagt habe.« Sie legte die Fernbedienung auf den Tisch, richtete sie genau im rechten Winkel mit einer Schachtel Papiertücher und einem Stapel Zeitschriften aus. »Ich werde immer so emotional bei solchen Anlässen. Mein Analytiker meint, das läge an einem Kindheitstrauma. Offenbar sublimiere ich meine Gefühle dadurch, daß ich genau das Gegenteil von dem sage, was ich meine. Klingt lächerlich, ich weiß, aber es ist die Wahrheit.« Sie betrachtete mich aus den Augenwinkeln, schätzte meine Reaktion ab, lachte glockenhell. »Das zu lernen, kostet mich zweihundert Dollar pro Stunde, also werde ich dem guten Mann kaum widersprechen.«

Widerstrebend mußte ich ihre Kaltblütigkeit bewundern. Die Frau würde sich auch aus einem verschlossenen Safe herausreden können, wenn sie es darauf anlegte.

»Laß uns ehrlich miteinander sein, Cindy«, fuhr sie fort, wechselte rasch das Thema. »Harley macht sich Sorgen, daß irgendwas mit dir nicht stimmt, etwas, über das du mit ihm als Mann nicht sprechen willst, weil es dir zu peinlich ist. Warst du in letzter Zeit bei deinem Gynäkologen?«

Ich sah sie verständnislos an. »Warum sollte ich?«

»Oje.« Sie verdrehte die Augen und seufzte. »Das dachte ich mir schon. Hast du dir je ein optimales Reproduktionsflußdiagramm aufstellen lassen? Und paßt du deinen Zyklus deinem Lebensstil an?«

»Ich habe keine Ahnung, wovon du sprichst.«

Sie zog eine Visitenkarte aus der Handtasche und gab sie mir. »Mein Gynäkologe. Du mußt sobald wie möglich einen Termin vereinbaren. Nimm deinen Kalender mit – du mußt deine Periode mit dem Drehplan und allem abstimmen.« Sie lächelte. »Mit den Medikamenten, die es heute gibt, kann man den Monatszyklus völlig frei gestalten. Du brauchst dir keine Sorgen mehr zu machen, ob dir wegen Wasser im Gewebe ein bestimmtes Kleid paßt oder ob du bei einer wirklich wichtigen Dinnerparty vom prämenstruellen Syndrom überrascht wirst.«

Sie runzelte die Stirn, schaute zur Tür. »Und was den Rest angeht, meine Liebe, ich weiß, daß Harley so schnell wie möglich loslegen möchte, aber laß dich nicht von ihm drängen. Diese Dinge müssen genau geplant werden. Sonst hast du am Ende unerwünschte Gene im Aszendenten, die falsche Augenfarbe oder das falsche Geschlecht.«

»Das falsche Geschlecht?«

»Nun ja, ich nehme an, du willst einen Jungen und ein Mädchen. Das ist heutzutage üblich. Mit einer speziellen Diät kann man die richtige Reihenfolge steuern. Meiner Meinung nach ist es besser, wenn der Junge zuerst geboren wird. Mit Jungs kann man sich Fehler erlauben, sie sind im allgemeinen unverwüstlicher, und man hat dann schon genügend Übung, wenn das hübsche kleine Mädchen dazukommt.« Ihr Blick wurde träumerisch. »Dann mußt du ihre Schulausbildung planen, entscheiden, welches Wertesystem du für sie wählst. Und du mußt überlegen, wer sich täglich um sie kümmert. Du kannst sie nicht einfach dem mexikanischen Hausmädchen überlassen.«

»Aber ich will keine Kinder.«

»Natürlich willst du welche«, fauchte sie. »Das ist heute so üblich. Sonst wird man denken, mit dir stimmt was nicht. Sie können für dich hervorragende Aktivposten sein, wenn du es zeitlich richtig planst. Wenn du vierzig bist, sollte der Junge schon aus dem Haus sein und deine Tochter ist noch klein genug – besonders in der richtigen Aufmachung –, daß die Leute dich als junge Mutter betrachten. Wird sie dann älter, hast du jemanden, mit dem du reden kannst, wenn Harley anfängt, Affären zu haben.«

»Harley und Affären haben!« stotterte ich. Aus irgendeinem Grund fand ich die Vorstellung amüsant.

»Das wird er ganz bestimmt.« Eleanor stieß einen Seufzer aus. »Glaub mir, das machen sie alle.«

»Hast du eigentlich Kinder?« fragte ich.

»Nur eins«, erwiderte sie traurig. »Einen Jungen. Arnie ist mein zweiter Mann, und als wir uns kennenlernten, war es schon zu spät für ein zweites Kind. Wie sehr hätte ich mir ein kleines Mädchen gewünscht.«

Ich dachte nicht daran, ein Ersatz für sie zu sein. »Wie ist er?« fragte ich. »Dein Sohn, meine ich.«

Eleanor zog eine Puderdose aus der Handtasche und betrachtete ihr Gesicht. »Ich sehe ihn inzwischen kaum noch«, murmelte sie. »Er führt sein eigenes Leben.« Sie hielt inne, sah vom Spiegel auf und warf mir einen selbstmitleidigen Blick zu. »Er wird kahl, kannst du dir das vorstellen?« Sie klang ärgerlich. »Für wie alt werden die Leute *mich* halten, wenn sie uns zusammen sehen? Und er ist so rücksichtslos, denkt nicht daran, einen Hut aufzusetzen, wenn er auf die Straße geht!«

Mit zitternden Händen trug sie neuen Lippenstift auf. Das Geständnis hatte sie offensichtlich aus der Fassung gebracht. Ich lächelte in mich hinein, stellte erleichtert fest, daß Eleanor eine Schwäche hatte, daß es in ihrem gut organisierten Leben etwas nicht vollkommen Perfektes gab.

»Was höre ich da? Du bist ganz allein an einen dieser dreckigen öffentlichen Strände gegangen?« fragte sie, wechselte abrupt das Thema, wie sie es immer tat. »Hast du mir denn nicht zugehört?«

»Warum sollte ich nicht allein aus dem Haus gehen?« gab ich verärgert zurück. »Warum kann ich nicht ein ganz gewöhnlicher Mensch sein?«

»Weil du, mein liebes Mädchen – und das habe ich dir schon mehrfach gesagt –, kein gewöhnlicher Mensch bist. Du, meine Liebe, bist das Gesicht von *Lapinique*, ganz zu schweigen davon, daß du auch noch Mrs. Harley Brightman bist. Du trägst Verantwortung, hast der Öffentlichkeit gegenüber eine Pflicht.«

»Welche Pflicht?«

»Du begreifst tatsächlich nicht, wie das Ganze funktioniert, was?« meinte sie seufzend. »Glaubst du wirklich, die Leute würden Geld für *Lapinique*-Produkte ausgeben, wenn ein Niemand sie anpreist, jemand, dem sie an der nächsten Straßenecke oder an der Bushaltestelle begegnen könnten? Jemand, der genauso ist wie sie?«

»Was spielt das für eine Rolle, wer sie anpreist?« fragte ich lachend. »Das Produkt ist doch dasselbe. Dafür bezahlen sie ja schließlich, oder?«

»Darin, meine Liebe«, sagte sie nachdrücklich, »irrst du dich, und zwar gewaltig. Das Produkt selbst ist ihnen vollkommen egal – was sie kaufen, ist *dein Image*. Mit jedem Parfüm und jeder Creme kaufen sie ein Stück von dir. Wenn sie sich für *Lapinique* entscheiden, hoffen sie, vielleicht genausoviel Glück zu haben wie du, eines Tages in einem Märchen aufzuwachen, in dem sie die schöne Prinzessin sind, reich und berühmt zu werden und den Prinzen zu heiraten.«

Eleanor atmete tief durch. »Wenn du dich am Strand rumtreibst und sie sehen läßt, daß du wie ein gewöhnlicher Mensch aussiehst, zerstörst du diesen Traum! Verstehst du das nicht?«

Trish begann mich mit Anrufen zu bombardieren, erinnerte mich an mein Versprechen, in Verbindung zu bleiben, und meinte, sie hätte von Anfang an gewußt, daß ich das nicht tun würde. Widerstrebend lud ich sie ein.

Sie kam, als Harley beim Akupunkteur war, um etwas gegen seinen Gesundheitsfimmel zu tun.

»Großer Gott, Cin«, flüsterte sie ehrfurchtsvoll, während ich sie durchs Haus führte. »Du hast dich wirklich ins gemachten Nest gesetzt!«

Ich nahm sie mit in den Wintergarten, schloß die Tür hinter uns. »Ehrlich gesagt, Trish«, ich senkte die Stimme, »ist es nicht so toll, wie es aussieht. Ich hatte was anderes erwartet.«

»Spinnst du?« murmelte sie, unfähig, ihren Neid lange genug zu unterdrücken, um mir wirklich zuzuhören.

»Mein Beziehung mit Harley«, beharrte ich. »Ich bin nicht glücklich. Es läuft … es läuft nicht so, wie ich gehofft hatte.«

Trish riß die Augen auf. »Aber du bist doch berühmt, oder? Wie kannst du da nicht glücklich sein?« Mit anerkennendem Blick betastete sie den Bezug eines auf antik gemachten Sofas. »Er muß sich doch in Geld wälzen, Cin«, meinte sie leise. »Worüber beschwerst du dich?«

»Geld ist nicht alles, Trish«, erwiderte ich. »Oder Berühmtheit.«

Ihr verständnisloser Blick sagte mir, daß sie das anders sah. »Was ist es dann?« fragte sie schließlich. »Bringt er's nicht im Bett?«

Langsam schüttelte ich den Kopf. »Das ist es nicht, Trish …«

»Du kannst nicht erwarten, daß du auch noch die Sahne auf dem Kuchen kriegst, Cin«, fuhr sie fort, ohne zuzuhören. »Ein Typ in Harleys Alter hat nicht mehr so viel Feuer im Bett wie Chuck Woodcock, was?« Sie stieß einen langen Seufzer aus. »Nicht, daß ich das beurteilen könnte«, fügte sie düster hinzu. »Der ist gleich nach der Hochzeit mit dieser Kuh Sharleen abgehauen. Gerade als ich dachte, ich hätte ihn so weit.«

»Du verstehst nicht, Trish. Mit Sex hat das nichts zu tun. Das ist noch meine geringste Sorge. Er läßt mich überhaupt nicht in Ruhe.«

»Läßt dich nicht in Ruhe?« Neid und Unglaube lagen in ihrem Blick. »Wie oft?«

»Er macht mich fertig«, gestand ich. »Zwei oder drei Mal pro Nacht. Ich krieg keinen Schlaf mehr. Aber das ist nicht das Problem. Ich ...«

»Himmel«, murmelte Trish, lehnte sich auf dem Sofa zurück und kratzte sich am Oberschenkel. »Davon hätte ich gern was ab.«

»... ich liebe ihn nicht, Trish.«

»Liebe?« schnaubte sie. »Wer sagt denn, daß du alles haben kannst? Du lebst in Wolkenkuckucksheim. Seit deinem Unfall hast du wirklich nur noch wirre Ideen im Kopf. Komm mal wieder auf den Boden.«

»Wie denn?« fragte ich verzweifelt. »Was soll ich tun?«

»Sieh zu, daß du schwanger wirst, Cin«, sagte sie beruhigend. »Laß mal rechnen, wie lange ist es her? Du wirst sehen, wie gut dir das tut. Das Trappeln kleiner Füße.«

»Aber ich will keine Kinder.«

»Natürlich willst du die, du Dummkopf.« Sie beugte sich zu mir und senkte die Stimme. »Kinder sind Sicherheit. Danach kannst du machen, was du willst, dir einen Liebhaber nehmen oder was dich sonst anturnt. Und wenn es dann zur Scheidung kommt, kannst du ihn nach Strich und Faden ausnehmen.« Sie zuckte die Schultern. »Man kann schon verstehen, daß er erst mal vorsichtig ist, nichts überstürzen will. Pieks einfach Löcher in seine Kondome. Das hilft meistens.«

»Aber …«

»Das ist völlig legitim, schließlich bist du seine Frau. Was hast du zu verlieren? Beeil dich lieber, bevor er sich eine andere sucht.«

»Pst.« Ich hörte Stimmen im Flur. Harley und George.

»Oooh, da ist er ja«, quiekte Trish.

Die Tür öffnete sich. »Was höre ich da von George über deine schreckliche Freundin …« Harley hielt inne, als er Trish sah. »Oh.« Er wurde rot. »Sie sind immer noch da.«

»Hi, Harley«, piepste Trish. »Wir haben gerade über Sie gesprochen.«

»Nein, haben wir nicht«, flüsterte ich und gab ihr einen Tritt. »Halt die Klappe!«

»Wissen Sie, was Ihr Problem ist, Harley?« fuhr sie fort. »Ihre kleine Cindy sehnt sich verzweifelt nach Kindern. Ich hab ihr gerade von den süßen Babys meiner Schwägerin erzählt, und sie wurde ganz traurig und hat sich gefragt, ob sie selbst je welche haben wird.«

»Was geht Sie das …« Harley unterbrach sich, starrte sie an. »Was haben Sie gesagt?«

»Sie haben mich schon verstanden«, meinte Trish mit einem wissenden Kichern.

»Stimmt das, Liebling?« fragte er eifrig, kam rasch auf mich zu.

»Sie denken vielleicht, ich maße mir zu viel an«, meinte Trish. »Aber ich kann mich einfach nicht zurückhalten, wenn etwas ausgesprochen werden muß. Sie wird bestimmt eine wunderbare Mutter.«

»Genau das sage ich ihr auch immer«, sagte Harley.

»Behaupte ja nicht, daß ich dir nie helfe«, flüsterte mir Trish ins Ohr. Mit strahlendem Lächeln wandte sie sich Harley zu. »Wo wir uns jetzt endlich kennengelernt haben«, sagte sie,

»müssen Sie mir alles über *Lapinique* erzählen. Meine Lieblingsmarke.«

»Ach, wirklich?« Er sah erfreut aus. »Welchen Hauttyp haben Sie?«

Bald darauf waren sie in ein Gespräch über Kosmetika vertieft. »Das ist toll«, rief Harley fast eine Stunde später. »Erstklassiges Konsumentenfeedback.«

Ich fragte mich allmählich, ob sie jemals gehen würde, aber schließlich stand sie auf.

»Tja, ich geh dann mal«, sagte sie mit einem Zwinkern. »Laß euch zwei Turteltäubchen allein.«

Als ich sie zur Tür brachte, zog sie einen Stapel Papier aus der Handtasche. Kopien eines Fotos von Cindy und Trish vor Marty's Diner.

»Kannst du die bitte für mich signieren?« fragte sie hoffnungsvoll. »In Marty's Diner krieg ich dafür zehn Dollar pro Stück.«

»Laß sie da«, murmelte ich, stopfte sie rasch in eine Schublade. »Ich will sehen, was ich tun kann.«

»Weißt du was, Cindy?« sagte Harley später. »Ich glaube, ich habe deine Freundin falsch eingeschätzt. Sie scheint recht nett zu sein, wenn man sie näher kennt. Vernünftiges Mädchen. Vielleicht solltest du sie öfter einladen.«

»David wird für eine Weile hier wohnen«, verkündete Harley am nächsten Mittag beim Lunch.

»Wieso das?« fragte ich überrascht. »Ich dachte, er hat ein Haus in der Nähe.«

»Warum braucht er einen Grund dafür?« Harley schob einen großen braunen Umschlag in seinen elektrischen Brieföffner. »Ihm war nach einem Tapetenwechsel zumute, und außerdem haben wir Geschäftliches zu besprechen.« Er sah mich vorwurfsvoll an. »Ich weiß, du magst ihn nicht besonders, Cindy, aber er ist mein Bruder. Versuch, nett zu ihm zu sein.«

Der Apparat auf dem Tisch machte surrende Geräusche und begann, den Umschlag in dünne Streifen zu zerschneiden. »Verdammt!« Harley bemühte sich, den Inhalt zu retten. »Jemand hat das Ding falsch eingestellt.«

»Ist was passiert?« fragte ich. Er hatte die Stirn gerunzelt, als er die zerfetzten Reste eines Berichts herauszog und sich in sie vertiefte.

»Ach, es geht um diese Leute von *Lapinette*«, erwidert er zerstreut. »Die ein ganz ähnliches Produkt wie wir rausbringen und es für ein Zehntel des Preise verkaufen. Ich habe ihre Gesichtscreme analysieren lassen, und sie verwenden genau dieselben Bestandteile wie wir.« Er zerrte an einer Haarsträhne und zwirbelte sie nachdenklich zwischen den Fingern. »Ich wüßte zu gerne, wie die an unsere Rezeptur rangekommen sind.«

Ich horchte auf. Zum ersten Mal sprach Harley mit mir über Vorgänge bei *Lapinique*. Nahm er mich endlich ernst?

»Was ist denn so besonders an der Rezeptur?« fragte ich. »Was bewirkt die Creme?«

»Häh?« Er strich sich das Haar aus den Augen, wandte sich dem nächsten Brief zu. »Ach, das ist zu kompliziert zu erklären«, meinte er abweisend. »Du würdest es nicht verstehen.«

Seine Armbanduhr piepste. »Zeit für dein morgendliches Training, Liebling«, sagte er mit einem Blick auf das Display. »Husch, husch, ab mit dir in den Fitneßraum.«

Gönnerhafter Drecksack. Mit äußerster Anstrengung bewahrte ich die Fassung, stand auf und verließ das Zimmer in eisiger Wut.

»Ach, Cindy«, rief er mir nach, als ich gerade die Tür zuknallen wollte. »Diesmal schummeln wir aber nicht mit den

Hanteln, nicht wahr?« Er warf mir einen wissenden Blick zu. »Das lohnt sich nicht, Schatz. Du betrügst dich auf die Dauer nur selbst.«

Schmollend verbrachte ich eine Stunde im Schlafzimmer, beschloß dann aber, doch in den Fitneßraum zu gehen. Wenn mir nicht nach Training war, konnte ich immer noch den Kilometerzähler des Laufbandes manipulieren, damit Harley den Mund hielt.

Als ich an einem offenen Fenster vorbeikam, hörte ich Stimmen auf der Terrasse. David war bereits eingetroffen. Er saß auf einem Deckstuhl an der offenen Tür der Schwimmhalle. Harley lag auf einem speziellen Liegestuhl im Schatten einer Markise, angeschlossen an eine Maschine, die seinen Cholesterinspiegel maß.

Ich wollte weitergehen, da hörte ich meinen Namen.

»Ich weiß nicht, ob Cindy noch mehr machen sollte, David«, sagte Harley mißbilligend. »Erst hast du gesagt, nur eine Fotosession. Dann habe ich den Dreharbeiten in Italien zugestimmt, und jetzt kommst du und willst *noch* einen Werbespot machen. Und dann kommt noch einer und noch einer … wann soll das aufhören?«

»Hast du denn die Verkaufszahlen nicht verfolgt?« fragte David ungläubig. »Erzähl mir nicht, du könntest keine Bilanzen mehr lesen.«

Harley murmelte etwas, das ich nicht verstand.

»Die Zahlen für das Parfüm allein haben alle unsere bisherigen Rekorde bei einer Neueinführung gebrochen«, fügte David hinzu. »Und die Umfrageergebnisse sind unglaublich. Fast achtzig Prozent der Befragten gaben an, sie seien durch die Anzeige auf das Produkt aufmerksam geworden.« Er schob Harley eine Handvoll Papiere unter die Nase. »Sieh es dir selbst an! Mit dem

Mädchen können wir ein Vermögen verdienen, wenn wir es richtig anstellen.«

»Sie ist meine Frau, verdammt noch mal!« protestierte Harley, zerrte die Kabel von seinen Handgelenken und mühte sich mit dem Stuhl ab, um sich aufzusetzen. »Ich will nicht, daß all diese Kerle ihren Körper anstarren! Ich erlaube es nicht!«

»Bevor du eine endgültige Entscheidung triffst, großer Bruder«, murmelte David, »solltest du dich daran erinnern, woher das Geld für all dies hier kommt.« Er machte eine ausholende Geste. »Glaubst du nicht, ein bißchen zusätzliche Kohle könnte ganz nützlich sein, wenn die Rechnungen für deine Hochzeit kommen?«

Harley öffnete den Mund, wollte protestieren, wurde aber von dem Kampf mit dem Liegestuhl abgelenkt, der sich anscheinend unter ihm zusammenklappen wollte.

Ich stapfte wütend nach unten. Sie redeten über mich, als sei ich eine Ware, ein Besitz, auf den sie beide Ansprüche anmelden wollten. Was war mit mir? Niemand hatte daran gedacht, *mich* zu fragen, ob ich noch einen Werbespot machen wollte.

Voller Zorn ging ich zur Terrassentür. Das war glatte Ausbeutung. Schließlich war ich nicht Harleys gottverdammte Sklavin. Ich hatte ein Recht darauf, gefragt zu werden. Wenn ich irgend jemand ein Vermögen einbrachte, dann nur zu *meinen* Bedingungen.

Als ich die Terrasse erreichte, bekam ich gerade noch mit, wie Harleys Stuhl zusammenklappte und er wie ein Sack zu Boden plumpste.

»Wie kannst du es wagen, so über mich zu reden?« explodierte ich. »*Ich* entscheide hier, ob ich in einem Werbespot auftreten will oder nicht. Für wen hältst du dich eigentlich?«

»Ich bin dein Ehemann«, sagte Harley ungehalten, rappelte sich mühsam auf.

»Ich hab dich auch lieb.« David grinste sarkastisch.

»Und wenn ich mich bereit erkläre, in einem deiner lausigen Werbespots aufzutreten«, fuhr ich David an, »wenn ich ›dir ein Vermögen einbringe‹, wie du das so feinfühlig ausdrückst, solltest du mich dann nicht auch wie die anderen behandeln und mich bezahlen? Hast du noch nie was von Mindestlöhnen gehört?«

»Laß mich das regeln, David«, sagte Harley mit einem Stirnrunzeln. »Ich glaube, es ist besser, wenn du gehst.«

David erhob sich lässig aus seinem Deckstuhl. »Tja, ich habe noch einiges zu erledigen«, murmelte er, sammelte seine Papiere ein. »Was ist los, Sis?« fügte er gehässig hinzu, fing meinen Blick auf. »Reicht dir Harleys Geld nicht, willst du auch noch einen Tagesjob haben? Oder gefällt's dir nicht, daß andere dich in deinem eigenen Spiel schlagen?«

»Ausbeuterischer Dreckskerl«, zischte ich ihm nach.

»Was soll das, Cindy?« fragte Harley mit rotem Gesicht. »Warum kannst du nicht höflich zu David sein, Himmel noch mal? Ist das zuviel verlangt?«

»Hast du gehört, was er über mich gesagt hat?« sprudelte ich hervor. »Hast du gehört, was du selbst über mich gesagt hast? Ich bin kein Besitz, den du an deine Freunde und Verwandten ausleihen kannst, wann es dir paßt.«

»Ich weiß nicht, wovon du sprichst«, sagte er langsam. »Du hast nicht richtig zugehört. Ich habe David gesagt, ich will *nicht*, daß du noch mehr Werbespots machst. Ich bin auf deiner Seite, Schatz.«

»Aber genau das ist es ja ...« Frustriert funkelte ich ihn an. Er verstand einfach nicht, was ich meinte, würde es nie verstehen. »Vielleicht brauche ich einen Agenten«, sagte ich schließlich. »Jemand, der mir Ratschläge für meine Karriere gibt. Er würde wissen, ob ich einen Job annehmen soll oder nicht.«

»Agent? Karriere?« Harley griff sich an die Stirn und starrte mich mit wildem Blick an. »Was ist los mit dir, Cindy? Genügt es dir nicht mehr, meine Ratschläge zu befolgen?«

»Und wenn mir jemand anderes einen Job anbietet?« fragte ich unschuldig. »Jemand, der nicht zu *Lapinique* gehört, meine ich? Wäre das kein Interessenkonflikt?«

»Ich habe wohl nicht richtig gehört«, sagte er leise. »Für jemand anderen arbeiten? Wie um alles in der Welt kannst du glauben, daß ich das erlauben würde?«

»Es geht nicht darum, was du mir erlaubst, Harley«, entgegnete ich trotzig. »Ich bin ein menschliches Wesen, das dieselben Rechte hat wie du, und wenn ich als Model arbeiten will, dann werde ich das verdammt noch mal auch tun! Ob es dir gefällt oder nicht!«

Sein Gesicht wurde knallrot. »Ich erlaube es nicht!« brüllte er. »Ich erlaube …«

»Verpiß dich, Harley«, unterbrach ich ihn. »Ich entscheide, was ich tue, vielen Dank.«

»Wie kannst du es wagen, so mit mir zu sprechen, du … du blöde Ziege!« Er griff nach dem nächstgelegenen Gegenstand, was zufällig sein Handy war, und schleuderte ihn in den Pool. Das Ding versank wie ein Stein.

Ich drehte mich um und stapfte zurück ins Haus, zu wütend, um noch etwas zu sagen.

»Cindy! Wohin gehst du?« Er sprintete zur Tür, wollte sich mir in den Weg stellen.

»Laß mich in Ruhe«, fauchte ich, drängte mich an ihm vorbei und ging zum Fitneßraum.

Dort griff ich mir den Schraubenzieher, den ich hinter einer Topfpflanze versteckt hatte, schraubte ein bißchen herum und erhöhte die Einstellung am Laufband auf fünfundzwanzig Kilometer. Dann nahm ich mir die Konsole von Harleys computerisiertem Trainingsmonitor vor und löschte die aufgelaufenen Joggingkilometer eines ganzen Monats.

Warnung! blinkte es auf dem Bildschirm. *Gesundheitsalarm! Erstelle Notfall-Fitneßplan …*

Ich ließ die Maschine piepsend vor Erstaunen über Harleys Verantwortungslosigkeit zurück und schloß mich in einem der Gästebäder ein, den einzigen Ort, an dem ich meine Ruhe hatte. Für Notfälle hatte ich im Handtuchschrank eine Flasche Wodka und mehrere Bände Dickens versteckt.

Den Rest des Tages blieb ich dort, schaffte die Hälfte von *Harte Zeiten*, bevor sich der Wodka bemerkbar machte. Als ich etwas schwankend herauskam, stolperte ich über eine schlafende Gestalt auf dem Boden vor dem Bad.

»Cindy, bist du das?« Harley setzte sich blinzelnd auf, rieb sich die Augen. »Du bist zu mir zurückgekommen. Endlich.« Er streckte die Arme aus. »Ich vergebe dir, Liebling. Ich weiß, daß du nur verstimmt warst, daß du es nicht so gemeint hast.«

Vergeben? Ich hatte jedes Wort ernst gemeint. Ich war diejenige, die mit vergeben dran war, aber erst, wenn es mir paßte. »Ich gehe ins Bett«, murmelte ich.

»Aber Cindy …« Im Schlafzimmer holte er mich ein. »Hast du nicht zugehört? Alles vergeben und vergessen. Wir können wieder Freunde sein.«

»Ich bin müde«, wehrte ich ab und legte mich ins Bett.

»Nicht zu müde für das, was ich im Sinn habe, hoffe ich?« Seine Augen glitzerten.

Ich war es leid, meinen Körper benutzen zu lassen wie ein Spielzeug, eine lebensgroße Puppe für ein übergroßes Kind wie Harley. Er war viel zu sehr mit seiner eigenen Eitelkeit beschäftigt, um hinter die hübsche Verpackung zu sehen.

»Hau ab, Harley«, sagte ich. »Ich bin nicht in Stimmung.«

Ein Ausdruck tiefer Qual breitete sich über sein Gesicht

»Was meinst du damit?« fragte er beleidigt. »Soll das heißen, daß ich dich nicht mehr befriedige?«

Ich drehte mich um, tat so, als würde ich schlafen, aber er schüttelte mich grob am Arm. »Gibt es etwas, das du mir nicht erzählt hast, Cindy? Hast du einen anderen?«

In der Nacht schlief ich kaum. Harley tobte und wütete bis in die frühen Morgenstunden, verlangte wutschnaubend eine Erklärung für diese plötzliche Verweigerung seiner ehelichen Rechte.

»Mit unserer Beziehung stimmt etwas nicht«, verkündete er schließlich, stürmte hinaus und knallte die Tür zu. Das war die erste vernünftige Bemerkung in dieser Nacht. Fiel der Groschen doch allmählich?

Am nächsten Tag blies Harley Trübsal, verfolgte eifersüchtig jeden meiner Schritte und reagierte immer mißtrauischer auf meine ausgedehnten Besuche des Badezimmers.

»Was machst du da drin?« wollte er wissen, rüttelte an der Türklinke.

»Mit meinem Liebhaber telefonieren, was denkst du denn?« erwiderte ich genervt, legte die Wodkaflasche zurück ins Versteck unter den blaßblauen Handtüchern.

Wie lange würde ich es noch mit Harley aushalten? Ich mußte etwas tun, mußte einen Ausweg aus diesem Schlamassel finden. Mephistos spöttisches Lachen hallte durch meine Gedanken

Du wirst schnell genug merken, was für einen Fehler du gemacht hast. Du wirst mich anflehen, zurückzukommen und dich zu retten, wart's nur ab …

»O nein, das werde ich nicht«, murmelte ich wütend. »Die Genugtuung gebe ich dir nicht.«

»Cindy?« Harley klopfte hartnäckig an die Tür. »Ich höre Stimmen. Wer ist da drin bei dir?«

Um ihm aus dem Weg zu gehen, schlich ich im Haus herum, wanderte durch endlose Flure wie der Geist von Mrs. Rochester. Würde ich so enden, von Harley auf dem Dachboden eingesperrt wie eine Verrückte? Ich wünschte mir, er hätte einen Beruf wie andere Männer, so daß ich wenigstens tagsüber Ruhe vor ihm hätte, wenn er aus dem Haus wäre.

An dem Abend waren wir zu einer Party eingeladen, die Nancy van Aspern gab, eine so bedeutende Figur in der Hollywoodgesellschaft, daß Harley sie mit einer Absage nicht vor den Kopf stoßen konnte. Wir würden als liebendes Paar auftreten müssen, so hatte er mich zumindest mit strenger Stimme durch die Badezimmertür instruiert.

Wenn die Einladung von jemand anderem gekommen wäre, hätte ich gesagt, er solle sie sich an den Hut stecken, aber Nancy van Aspern war ein Schwarm aus meiner Vergangenheit. Ich hatte in meiner Jugend als Harriet all ihre Filme gesehen. Sie war mit den hinreißendsten Hollywoodstars aufgetreten und war die schönste Frau, die ich je gesehen hatte. In meinen Mädchenträumen hatte ich mir ausgemalt, wie anders mein Leben wäre, wenn ich aussähe wie sie. Sie mußte jetzt um die siebzig sein. Würde sie immer noch wie die Frau aussehen, die ich auf der Leinwand bewundert hatte?

George fuhr uns zur Party. Harley schien seine Rolle als glücklich verheirateter Mann zu üben und schnatterte den ganzen Weg nach Topanga Canyon fröhlich über Alltäglichkeiten.

»Wie ist Nancy van Aspern denn so?« fragte ich schließlich, um das Thema zu wechseln. »Ich freue mich wirklich darauf, sie kennenzulernen.«

»Rechne nicht damit, Liebling«, riet mir Harley. »Sie ist eine richtige Einsiedlerin geworden, erscheint nur noch selten auf ihren eigenen Partys.«

»Warum veranstaltet sie sie dann?« fragte ich verwirrt und enttäuscht.

»Ach, aus Gewohnheit, nehme ich an. Es geht das Gerücht, daß sie außer Sichtweite bleibt, weil sie sich schämt.« Er lachte. »Da kann man ihr keinen Vorwurf machen. Sie war mal eine große Schönheit, weißt du, aber jetzt hat sie mindestens ein Doppelkinn und ein Gesicht wie eine alte Backpflaume.«

Mit kaltem Blick starrte ich ihn an. »Und du wirst wohl noch wie ein Playgirl-Pin-up rumlaufen, wenn du siebzig bist, was? Keine Falte und kein Gramm überflüssiges Fett an deinem perfekten Körper?«

»Das hab ich nicht gesagt«, meinte er verstört. »Ich meinte nur ...«

»Daß Frauen ab einem bestimmten Alter sich verstecken sollten, damit sie die Landschaft nicht verschandeln? Daß es ein Verbrechen ist, alt zu werden oder, Gott behüte, tatsächlich so alt auszusehen, wie man ist?« Meine Stimme wurde immer lauter, aber das war mir egal. »Du magst zwar jetzt einen perfekten Körper haben, Harley, aber leider hast du nicht das entsprechende Hirn dazu. Sonst wäre dir klar, daß es auch dir eines Tages passieren wird!«

»Nicht so laut, Cindy!« zischte er. »Was soll George denken?« Er fuhr sich durch die Haare und sah mich wütend an. »Das habe ich nicht gesagt. Mir ist nur unbegreiflich, wie manche Frauen sich so gehenlassen können. Wo es so viele Möglichkeiten gibt, sich jung und schön zu erhalten – Lebensstil, Diät, Training, Kosmetika und Schönheitschirurgie. Es kommt mir falsch vor, sich so gar keine Mühe zu geben.«

»Und ich finde es falsch, Menschen für ihr Aussehen zu kritisieren. Nicht jeder wird als Schönheit geboren, weißt du, Harley. Manche können eben nichts dafür.« Ich war so wütend, daß ich ihm beinahe die Wahrheit gesagt hätte. Würde er einen Pakt mit dem Teufel seiner Liste moderner Schönheitsmittel hinzufügen? Ich seufzte. Was hatte es für einen Sinn? Er würde mir ja doch nicht glauben.

Als wir auf der Party eintrafen, ging ich auf der Suche nach scharfen Getränken gleich an die Bar. Ich dachte, ich würde erst mal über einen privaten Nachschub verhandeln müssen, aber zu meiner Überraschung stand eine Reihe vernünftig aussehender Flaschen auf einem Seitenregal.

»Einen doppelten davon, bitte«, sagte ich, deutete auf einen Bourbon.

Der Barmann zögerte. »Der hier?« fragte er mit erhobener Augenbraue. »Wissen Sie, was das ist?«

»Natürlich weiß ich das, junger Mann«, fauchte ich. »Wenn ich es nicht wüßte, würde ich nach diesem sprudelnden Pißwasser fragen wie alle anderen!«

Um mich entstand plötzlich Stille, dann begannen alle laut durcheinanderzureden. *Junger Mann?* Wo war ich mit meinen Gedanken? Er sah älter aus als ich.

»Entschuldigung«, erwiderte er und schenkte mir hastig und großzügig ein. »Aber man muß hier einfach vorsichtig sein.« Er senkte die Stimme. »Ich hab mal große Schwierigkeiten gekriegt, als die Frau eines dieser großkotzigen Produzenten ein Halbliterglas mit Margarita haben wollte, weil sie dachte, das sei Limonade.« Er grinste. »Sie hätten ihr Gesicht sehen sollen, als sie es wie Cola runtergoß.«

Mit dem Glas in der Hand schlüpfte ich auf die Terrasse und suchte nach einem ruhigen Platz, wo ich mich betrinken konnte. Es war mir egal, ob Harley mich sah – vor allem nach dem Streit, den wir eben gehabt hatten –, aber ich hatte keine Lust auf sein Genörgel.

Unglücklich nahm ich einen Schluck von meinem Bourbon. Ich saß außer Sichtweite in einer dunklen Ecke, konnte aber genau sehen, was sich im Mittelpunkt der Terrasse tat, wo jetzt farbige Lampen leuchteten und die Gäste sich sammelten. Ich sah Harley selbstgefällig durch die Glastür stolzieren, ins Gespräch mit Crystal Kelly vertieft. Ich erkannte Sylvie und Warren, Eleanor und Arnie, Jessica und ihre scheußlichen Eltern. Alle waren da.

Musik setzte ein, und Crystal Kelly begann mit Arnie zu tanzen. Sie mußten beide über fünfzig sein, vielleicht auch schon über sechzig, und ich beobachtete sie genau, dachte an das, was Harley gesagt hatte. Crystal Kelly hatte sich bestimmt nicht »gehenlassen«, trug ein enges, ärmelloses Kleid, das keinen Zweifel an der Schlankheit ihrer Figur aufkommen ließ. Aber etwas an dem zu dicken Make-up und der Beschaffenheit ihrer Haut, der hagere Hals und die dürren Oberarme ließen ihre Aufmachung plötzlich obszön wirken. Warum mußte sie sich anziehen, als sei sie vierzig Jahre jünger? Mein Blick fiel auf ihre Füße, auf die Muskeln, die angestrengt in den Stöckelschuhen das Gleichgewicht hielten, und ganz unerwartet mußte ich an meine Großmutter denken. Ihre Füße hatten in bequemen Filzpantoffeln gesteckt, mit Schlitzen, damit sie nicht auf die Ballen drückten.

Beides waren unbarmherzige Stereotype. Was war schlimmer: eine schlurfende alte Frau mit schmerzenden Ballen zu sein oder sich »als Lamm verkleidetes Hammelfleisch« dem Gespött auszusetzen? Gab es keinen Mittelweg?

»Traurig, nicht wahr?« sagte eine Stimme neben mir und ließ mich zusammenfahren. »Entschuldigung, ich wollte Sie nicht erschrecken.«

Ich drehte mich um. Neben mir saß eine ältere Frau in einem schwarzen Jogginganzug und Turnschuhen.

»Woher sind Sie … ich habe Sie nicht kommen …« Ich starrte sie an. Die Ähnlichkeit war unverkennbar. »Sind Sie …«

»Nancy van Aspern.« Sie streckte mir die Hand hin. »Sie müssen Cindy Brightman sein.« Ihre Augenbrauen hoben sich leicht. »Das Gesicht von *Lapinique*.«

»Ähm, äh, ja«, murmelte ich, in Gegenwart meines Jugendidols plötzlich schüchtern. Interessiert betrachtete ich ihr Gesicht. Sie hatte tatsächlich eine Menge Falten, wie Harley behauptet hatte, aber es war ein freundliches Gesicht, ein Gesicht mit Charakter. Ihre Stimme klang wie mit Honig überzogener Kies.

»Ich muß zugeben«, fuhr sie fort, »daß Sie mir zuerst wie eins dieser hirnlosen jungen Dinger vorkamen, die scharenweise in diese Stadt strömen. Bis Sie meinem Barmann Ihre Vorliebe für guten Bourbon enthüllten. Als ich das hörte, beschloß ich, Sie mir anzusehen. Sie haben Geschmack, mein Kind.«

»Äh, danke«, nuschelte ich.

»Ich hab Ihnen einen neuen mitgebracht.« Sie drückte mir ein gut gefülltes Glas in die Hand. »Wir können ihn gemeinsam genießen, ja? Und zum Teufel mit all den zickigen Wesen, ihren Kalorienzählern und ihrer Hohlköpfigkeit.«

»Darauf trinke ich«, sagte ich und wurde munterer. Die Musik wechselte, wurde lauter und schneller, und Crystal Kelly stürzte sich in noch wildere Verrenkungen.

»Wie ich gerade bemerkte«, sagte Nancy, »es ist traurig, daß sie das Dahinschwinden der Jahre nicht akzeptieren können. Sie tut so, als sei sie wieder sechzehn. Man sollte nicht glauben, daß wir gleich alt sind.«

O Gott, da hatte ich mich aber total verschätzt!

»Ich habe nichts dagegen, wenn die Leute sich amüsieren«, fügte sie hinzu und zündete sich eine Zigarre an. »Was ich nicht leiden kann, ist die Verstellung. Warum nicht zugeben, daß man fünfundsechzig ist, verdammt noch mal?«

»Ich weiß es nicht«, murmelte ich. »Schließlich passiert es am Ende den meisten.«

»Schauen Sie sich Crystal an«, wiederholte Nancy. »Sie glaubt genausowenig an ihre Schönheit wie wir. Wieso denkt sie dann, sie kann alle anderen zum Narren halten? Selbst junge Frauen wie Sie sind heutzutage wegen ihres Aussehens verunsichert, nicht wahr?«

»Wenn ich häßlich wäre«, sagte ich nachdenklich, »würde ich wahrscheinlich meine Seele verkaufen, um so auszusehen wie jetzt. Aber wenn man gut aussieht, macht man sich ständig Sorgen, das könnte sich ändern. Ich weiß nicht, ob es die ganze Mühe wert ist.« Wenn sie nur wüßte, wie ehrlich meine Worte waren.

»Ich glaube, das läuft so«, sagte Nancy. »Man schafft ein Schönheitsideal, das keiner erreichen kann, redet allen ein, wenn sie sich nur genug anstrengen, könnten sie es schaffen. Dann lehnt man sich zurück und lacht sich kaputt, während sich die armen Idioten abstrampeln.«

Sie nahm einen tiefen Zug aus ihrer Zigarre und blies einen perfekten Rauchring. »Die ganze Sache ist eine Verschwörung von Männern, damit Frauen sich unzulänglich fühlen. Das wissen wir beide, nicht wahr?«

»Unzulänglich, unsicher und daher machtlos«, murmelte ich. Sie hatte mir die Worte gegeben, das auszudrücken, was ich seit meiner Auseinandersetzung mit Harley empfand.

»Genau da wollen diese Drecksäcke uns haben«, brummte sie. »Dabei spielt es keine Rolle, ob man ein Model ist oder Sozialarbeiterin – alle Leistungen fallen nicht ins Gewicht, wenn es um den endgültigen Test geht: ob der Körper einer lächerlichen, von Männern willkürlich festgelegten Form entspricht.«

»Wenn wir sie doch nur auch durch denselben Reifen springen lassen könnten«, sagte ich. »Wie gerne sähe ich, daß ein paar von dieser Bande abgelehnt werden und keinen Job mehr bekommen, weil sie zu alt aussehen oder ihre Pimmel nicht im richtigen Winkel hängen.«

Nancy kicherte. »Ich würde gern erleben, wie diese fetten Filmtypen versuchen, sich eine Rolle zu ervögeln. Wenn ich die Besetzung zu machen hätte, würden sie nicht weit kommen. Erst wenn man wirklich alt und häßlich ist wie ich, bringt man den Mut auf, ihnen die Stirn zu bieten«, seufzte sie. »Zu sagen, daß es einem egal ist. Aber dann ist es natürlich zu spät.«

»Ich finde Sie immer noch wunderschön«, sagte ich schüchtern. »Und Sie sind eine phantastische Schauspielerin. Ich habe Ihre Filme geliebt.«

»Das war ja wohl etwas vor Ihrer Zeit, meine Liebe«, erwiderte sie barsch, versuchte zu verbergen, daß das Kompliment sie gefreut hatte.

»Darf ich Sie etwas fragen? Warum wird behauptet, daß Sie nie zu Ihren eigenen Partys gehen? Und wenn Sie keine Partys mögen, warum geben Sie dann welche?«

Sie lachte. »Das will ich Ihnen gerne sagen. Um mich daran zu erinnern, wie glücklich ich mich schätzen kann. Manchmal werde ich ein bißchen zu selbstgefällig und vergesse, was für ein Alptraum andere Menschen sein können. Rede mir ein, ich müßte geselliger sein und all solchen Blödsinn.«

Sie lächelte. »Wenn mich dieses Gefühl überkommt, weiß ich, daß es Zeit für meine jährliche Party wird. Danach habe ich meist für ein Jahr keine Lust mehr auf Geselligkeit. Es dauert keine fünf Minuten, bis die Wirkung einsetzt, daher halte ich mich den Rest der Zeit im Hintergrund, wie jetzt.« Sie tätschelte meine Hand. »Auf diese Weise lernt man die interessanteren Leute kennen.«

Eine schrille Stimme unterbrach unser Gespräch. »Heh, Duane, komm schnell! Hier drüben raucht jemand!« Eine kesse Blondine in einem knappen Kleid tauchte aus der Dunkelheit auf. »Machen Sie die sofort aus!« zischte sie im Befehlston. »Wissen Sie nicht, daß niemand mehr raucht?«

Sie kam einen Schritt näher. »Igitt!« kreischte sie. »Das ist ja eine Zigarre!«

»Verpiß dich, du kleines Arschloch«, sagte Nancy trocken.

»Wie können Sie es wagen, so mit mir zu sprechen!« kreischte die Blonde. »Für wen halten Sie sich?«

»Nancy van Aspern«, sagte sie ruhig. »Ihre Gastgeberin. Erfreut, Sie kennenzulernen.«

»Ha, ha, sehr komisch«, schnaubte die Blonde. »Jeder weiß, daß die alte Krähe nie auf ihren eigenen Partys auftaucht.« Sie kniff die Augen zusammen, musterte uns genauer. »Ach du Grundgütiger!« hauchte sie. »Schnell, Duane! Komm her und sieh dir das an! Ich habe Cindy Brightman gefunden!«

Nancy erhob sich langsam. »Ich glaube, für mich wird es Zeit zu verschwinden«, sagte sie. »Und ich glaube, diesmal habe ich für zwei Jahre genug.«

»Duane, beeil dich! Warum trödelst du so?«

»Sie kennengelernt zu haben hat diesen Abend lohnend gemacht, meine Liebe«, fügte Nancy hinzu. »Wenn ich nicht so eine menschenfeindliche alte Hexe wäre, würde ich sagen, wir sind verwandte Seelen. Sie haben bemerkenswert reife Ansichten für Ihr Alter.« Sie hustete. »Trotzdem muß ich gehen. Sonst könnte ich noch etwas Uncharakteristisches tun und Sie zum Lunch einladen.«

Sie verschwand in der Dunkelheit, und ich hörte, wie sich eine Tür hinter ihr schloß. Schritte kamen näher, vermutlich die von Duane. Es war Zeit, etwas zu unternehmen. Dieses Spiel konnte ich auch spielen.

»Harley!« kreischte ich, so laut ich konnte. »Komm sofort her! Diese Leute sind grob zu mir!«

»Cindy!« rief eine dünne Stimme in der Dunkelheit. »Wo bist du? Ich habe den ganzen Abend nach dir gesucht!«

Kapitel 14

Am Tag nach der Party wachte ich spät und mit einem Kater auf und suchte vergeblich im Badezimmer nach Kopfschmerztabletten. Wo andere Leute einen begehbaren Schrank für ihre Kleidung haben, hatte Harley einen begehbaren Medizinschrank. Dieser war gut gefüllt mit Vitaminen und Ballaststoffzusätzen und enthielt genug homöopathische Mittel für eine ganze New-Age-Gemeinde, aber es gab kein Aspirin. Warum nicht? Machte Aspirin dick oder war es schädlich? War Harley so verdammt gesund, daß er es nicht brauchte? Oder hatte er sich gestern abend so zugeschüttet, daß er vor mir hier gewesen war und alle aufgebraucht hatte? Ich konnte mich nicht mehr genau an das Ende des Abends erinnern, aber er hatte sicher ein oder zwei Drinks gebraucht, nachdem Nancy gegangen war. Ich zuckte zusammen. Hatte ich wirklich mit dem Barmann, der mir den Bourbon gegeben hatte, auf dem Tisch getanzt?

Ich war auf dem Weg, George um ein Aspirin zu bitten, als ich hinter der Tür eines Gästezimmers eine vertraute Stimme hörte.

»Was soll das heißen, Sie wissen nicht, wann es kommt? Ich habe Sie vor zwei Tagen benachrichtigt, daß die Sendung unterwegs ist. Sie trifft morgen ein, verdammt noch mal.«

David, der auf seine Macho-Art jemanden am Telefon zusammenstauchte. Ich sah ihn vor mir, wie er in seinem Armani-Anzug auf und ab lief, während er einen unglücklichen Angestellten in Grund und Boden brüllte. Ich wollte schon weitergehen, als ich einen Namen aufschnappte.

»Fragen Sie mich nicht, was damit passiert ist«, sagte David aggressiv. »Ich habe es an die E-Mail-Adresse von *Lapinette* geschickt, die Sie mir gegeben haben.«

Lapinette? Die Firma, über die sich Harley neulich beschwert hatte? Wieso telefonierte David mit denen? Ich blieb und hörte aufmerksam zu.

»Ich habe die Einzelheiten hier, falls Sie wollen, daß ich Sie Ihnen vorlese ... warten Sie ...« Papier raschelte. »Was soll das heißen, Sie brauchen es schriftlich? Trauen Sie mir nicht, oder was? Wie soll ich Ihnen das von hier aus schicken – ich bin im Haus meines Bruders, Himmel noch mal!«

Finger trommelten ungeduldig auf eine Tischplatte. »Ja ... ja ...« Ein theatralisches Seufzen. »Okay ... in Ordnung. Wenn Sie das glücklich macht. Hier müßte irgendwo ein Computer sein. Ich schick's Ihnen per E-Mail.«

Eine lange Pause, bevor er weiterredete.

»Ich hab Ihnen doch gesagt, daß ich nicht mehr besorgen kann«, schnauzte er. »Zumindest nicht zu dem Preis. Die werden hier allmählich mißtrauisch, und ich glaube, wir sollten erst mal ein oder zwei Monate abwarten.«

Noch eine Pause.

»Na gut«, sagte er schließlich. »Sie haben es spätestens in einer Stunde oder so. Aber bringen Sie diesmal nicht wieder die Überweisungen durcheinander. Das Geld geht auf mein Privatkonto auf den Caymans, nicht auf mein hiesiges, verstanden? Ich will nicht wieder die Steuerfahndung am Hals haben.«

Der Hörer wurde aufgelegt, Schritte kamen auf die Tür zu. Ich machte einen erschreckten Satz und stürzte ins Nebenzimmer, das sich als Besenschrank entpuppte. Zitternd hielt ich in der Dunkelheit die Luft an, als sich die nächste Tür öffnete. Schritte gingen an meinem Versteck vorbei und verloren sich langsam im Flur.

Es klang, als wäre David dabei, die *Lapinique*-Formel zu verraten, als würde er tatsächlich das Zeug an die Konkurrenz verkaufen. Mir war die Logik dahinter nicht ganz klar, aber er schien eindeutig gegen die Interessen seines Bruders zu handeln.

Nachdem ich mich von den Mops und Besen befreit hatte, trat ich vorsichtig auf den Flur und setzte dann meine Suche nach Aspirin fort. Der einzige Computer in diesem Haus stand in Harleys Arbeitszimmer. Sobald David seine Nachricht versandt hatte, würde ich rasch meine Kenntnisse in Dateiverwaltung auffrischen.

Harley oder David würden nie auf die Idee kommen, daß ich mit einem Computer umgehen könnte. Aber sie würden mich auch nie fragen, wenn sie ein Problem mit dem Bibliothekskatalogisierungssystem hätten. Wie sollten sie auch wissen, daß das Gesicht von *Lapinique* einer voll ausgebildeten Bibliothekarin gehörte?

Es hatte mich immer verbittert, daß man mir in Guildford nie die Gelegenheit gegeben hatte, meine Kenntnisse richtig einzusetzen. Als die neunmalkluge Annette Baker zu einem dreitägigen Computerkurs geschickt wurde und bei ihrer Rückkehr von den Vorteilen der neuen Technologie schwärmte, bekam sie einen PC und ein praktisch unbegrenztes Budget zur Entwicklung eines innerhäuslichen Informationssystems. Daß ich mir wesentlich weiter reichende Computerkenntnisse in Abendkursen angeeignet hatte und seit Jahren für eine Modernisierung unserer Anlage plädierte, wurde schlicht übersehen.

Nur weil sie Beine bis hoch zu den Achseln hatte und Titten wie aus einem Modemagazin, wurde Annette Baker als der IT-Guru der Bibliothek gefeiert. Mir wurde gesagt, ich solle aufhören, mich zu beschweren, und daran denken, daß ein jüngerer Verstand besser geeignet sei, mit der neuen Technologie umzugehen. Von wegen! Eines Tages schaute ich ihr über die Schulter und sah, daß ihr sogenanntes Können ein totaler Bluff war. Sie kämpfte immer noch mit dem ersten Kapitel des Handbuchs.

Als ich etwas später Harleys Arbeitszimmer betrat, war der Schreibtischstuhl noch immer warm. Seit meinem ersten Besuch des Hauses war ich nicht mehr in diesem blaßblauen Raum gewesen, aber er sah noch genauso aus, wie ich ihn in Erinnerung hatte. Wie naiv ich damals gewesen war – zu glauben, meine Ehe mit Harley würde mir die Freiheit sichern. Jetzt war ich eine Gefangene, mehr, als ich es je gewesen war.

Ich schaltete den Computer ein und hatte bald das E-Mail-Programm gefunden, aber es gab keine Spur einer vor kurzem vorgenommenen Übertragung. Das Faxprogramm gab auch nichts her. Wie bereits vermutet, hatte David seine Nachricht sofort nach dem Versenden gelöscht.

Doch ich war noch nicht fertig. Ich klickte das Papierkorbsymbol an und fand eine Datei, die vor weniger als einer halben Stunde erstellt worden war. Sie wiederherzustellen dauerte nur Sekunden.

Als ich sie durchlas, erkannte ich, daß David tatsächlich *Lapinique*-Produkte an einen Konkurrenten verkaufte. Ein Kontingent *Total Skin Control* sollte an eine Adresse außerhalb von L.A. geliefert werden. Im Gegenzug würde eine beträchtliche Summe auf Davids persönliches Konto bei der Cayman National Bank überwiesen werden.

Ich wollte den Drucker einschalten, wurde aber von einem leisen Hüsteln an der Tür erschreckt. Mit klopfendem Herzen schaltete ich den Computer aus, betete darum, daß es nicht David war.

»Es ist mir gelungen, im Erste-Hilfe-Kasten des Bentley Aspirin zu finden, Ma'am«, sagte eine ölige Stimme hinter mir. George, der mit einem Pillenfläschchen rappelte. »Man kann sich stets darauf verlassen, daß ein britischer Hersteller alle Eventualitäten einplant.«

»Äh, danke, George«, murmelte ich, wedelte mit dem Taschentuch über die Tastatur, als hätte er mich beim Staubwischen überrascht.

»Die Aufschrift auf dem Etikett ist ein bißchen undeutlich, Ma'am«, fuhr er fort, »daher kann ich nicht sagen, ob das Verfallsdatum bereits überschritten ist. Aber das Wachssiegel ist noch intakt.«

Wachssiegel? Wollte er mich auf den Arm nehmen? Aus den Augenwinkeln warf ich ihm einen Blick zu, wollte ihn ertappen, aber sein Gesicht blieb ausdruckslos. Ich ließ das Taschentuch fallen, merkte, wie dämlich ich wirken mußte. Staub wischen? Das war Georges Aufgabe.

Unruhig lief ich auf der Terrasse hin und her, überlegte, was ich tun sollte. Wie lange sollte ich diese Information über David für mich behalten? Ich war nicht mehr die Art Mensch, die gern aufgeregt zitternd auf Ergebnisse wartete. Ich mußte sofort etwas unternehmen. Mit diesem Gedanken machte ich mich auf die Suche nach Harley. Wir würden ja sehen, was er jetzt von seinem kostbaren Bruder halten würde.

»Ehrlich, Cindy«, rief Harley und justierte die Gurte seiner Schwimmaschine. »Ist die Angelegenheit so wichtig, daß ich meine simulierte Überquerung des Hellespont unterbrechen muß?«

»Komm mit und sieh selbst«, beharrte ich und zerrte an seinem Arm. »Sonst wirst du es wahrscheinlich nicht glauben. Ich kann dir sagen, wie diese Leute von *Lapinette* an eure Formel gekommen sind.«

Schließlich schaltete er sein Sauerstoffgerät ab und kletterte aus dem Apparat.

»Und?« fragte er. »Wo ist es?«

Ich zog ihn in sein Arbeitszimmer, schaltete den Computer

an. »Mach dich auf was gefaßt, Harley«, warnte ich ihn. »Das wird dir nicht gefallen.«

»Was machst du da?« kreischte er. »Laß die Finger davon! Du drückst bestimmt auf die falsche Taste!«

»Immer mit der Ruhe, Harley«, murmelte ich, rollte durch die Dateiliste. »Ich hol nur diese Nachricht auf den Schirm, dann kannst du selbst entscheiden.« Ich schüttelte den Kopf, überprüfte die Liste erneut. Die Datei war nicht mehr da.

»Jemand hat sie gelöscht«, sagte ich ungläubig. »Vor einer Stunde war sie noch da.«

»Gelöscht? Wovon redest du, Cindy?«

George. Nur er konnte es gewesen sein. Ich bewegte den Cursor zum Papierkorbsymbol, aber Harley packte mich am Handgelenk.

»Das reicht jetzt. Hab ich dir nicht gesagt, daß du den Apparat niemals anfassen darfst?«

»Aber …«

»Computer sind komplizierte Geräte«, sagte er, schubste mich vom Stuhl und setzte sich. »Du kannst viel Schaden anrichten, wenn du daran herumspielst.« Er fummelte mit der Maus, versuchte, auf eine der Tasten zu drücken. »Huch! Na, siehst du.«

Der Computer erwachte zum Leben, stieß plötzlich Töne aus, die wie die Begleitmusik zu einer Karussellfahrt klangen. Ein Päckchen Spielkarten erschien auf dem Schirm.

»Was ist das?« fragte ich verwirrt.

»Patience«, sagte er, nahm meine Hand in seine und führte die Maus. »Komm, ich zeig's dir. Du hältst sie *so*, und wenn der kleine Pfeil über der Karte ist, die du haben willst, drückst du einfach *so* auf den Knopf und bewegst die Karte, genau so, als würdest du im richtigen Leben spielen.«

Ich verschob ein paar Karten auf dem Schirm, um ihn glücklich zu machen. Hielt er mich für eine komplette Idiotin?

»Hör zu, Harley«, sagte ich schließlich. »Jemand hat die Datei gelöscht, die ich dir zeigen wollte, also muß ich es dir eben erzählen. Es geht um David. Ich hab gehört, wie er am Telefon …«

»Was soll das?« unterbrach er mich. »Du lauschst an Türen? Belauschst ihn? So kannst du nicht mit meinem Bruder umgehen, wenn er Gast in meinem Hause ist.«

»Aber ich habe doch gar nicht …« Mit einem frustrierten Seufzer beschloß ich, direkt zur Sache zu kommen. »Die Sache ist so, Harley – David hat eure Formel an *Lapinette* verraten. Er hat ihnen sogar ein ganzes Kontingent verkauft.«

Harley starrte mich mit offenem Mund an. »Aber das ist ja ungeheuerlich …«, sagte er langsam.

»Ich weiß«, erwiderte ich. »Nicht sehr nett, was? Seinen eigenen Bruder so zu betrügen.«

Seine Augen traten hervor. »Ich meine, es ist ungeheuerlich von dir, solche Anschuldigungen auszusprechen«, explodierte er. »Wirklich, Cindy! Mein eigener Bruder! Was fällt dir ein?«

Er stand auf, lief im Zimmer hin und her, schüttelte den Kopf. »Ich weiß nicht, was in letzter Zeit in dich gefahren ist, Cindy. Vielleicht solltest du zum Arzt gehen. Oder ich vereinbare mit meinem Analytiker einen Termin für dich.« Er griff nach dem Telefon.

»Nein!« schrie ich, selbst erstaunt über die Vehemenz meiner Reaktion. »Ich gehe zu keinem Analytiker!« Ich riß ihm den Hörer aus der Hand, knallte ihn auf die Gabel, drehte mich um und floh aus dem Zimmer. Welche Geheimnisse würde ein Analytiker in meinem Kopf finden? überlegte ich ängstlich. Wie sollte er diese seltsame Mischung zwei verschiedener Menschen, die aus mir geworden war, verstehen? Ich wollte nicht den Rest meines Lebens als Cindy in einem Irrenhaus verbringen.

Ich stürmte auf die Terrasse und stieß mit David zusammen.

Er packte mich am Arm. »Warum hast du es denn so eilig, kleine Schwester?« fragte er herablassend. »Ich hoffe, du hast meinen lieben Bruder nicht schon wieder verärgert.«

»Du solltest dich was schämen«, sagte ich wütend, wehrte mich gegen seinen Griff. »Glaubst du, er wäre nicht verärgert, wenn er wüßte, daß du ihn beklaust? Die *Lapinique*-Formel an seine Konkurrenz verkaufst?«

»Wie zum Teufel ...« Er starrte mich wütend an. »Wie um alles in der Welt ...« Er riß sich zusammen. »Hast du *Formel* gesagt?«

»Hab ich.«

Er begann zu lachen. »Oje, glaubst du wirklich, es gibt eine Formel? Glaubst du, da ist mehr drin als ganz gewöhnliche Cold Cream und ein paar Duftstoffe? Und vielleicht noch ein paar harmlose Gemüseextrakte, damit die Makrobiotikfreaks zufrieden sind?«

»Darum geht es nicht«, gab ich zurück. »Du solltest sie nicht hinter Harleys Rücken an die Konkurrenz verkaufen.«

David runzelte die Stirn. »Ich hab dich wirklich für gescheiter gehalten, Cindy. *Lapinette* ist doch nicht unsere Konkurrenz. Dazu sind diese Kleinstadtcowboys viel zu unwichtig.«

»Aber Harley sagt ...« Ich verstummte. Hatte ich das wirklich alles falsch verstanden?

»Es spielt keine Rolle, was Harley gesagt hat«, knurrte David. »Du hast noch eine Menge zu lernen, wenn du dich ins Familiengeschäft einmischen willst. Offensichtlich hast du keine Ahnung von modernen Geschäftspraktiken. Es ist allgemein üblich, den Überschuß zu verkaufen, um das Lager zu räumen.«

»Für mich hört es sich nach Diebstahl an«, murmelte ich mürrisch.

»Das zeigt nur, wie wenig du verstehst«, sagte er mit einem genervten Seufzen. »Ich weiß zwar nicht, warum ich dir Rechenschaft schuldig sein soll, aber wenn du es genau wissen willst: Ich spare uns eine Menge Geld. Hast du eine Ahnung, wieviel das Finanzamt uns jedes Jahr abknöpfen würde, wenn es die Chance dazu hätte? Diese sogenannte Verschwörung, die du dir ausgedacht hast, ist nur eine routinemäßige Umverteilung der Gelder, um allzu hohe Steuerzahlungen zu vermeiden. Das ist vollkommen legal und wird dauernd gemacht.«

Ich sah, daß er immer selbstgefälliger wurde, weil er glaubte, ich würde ihm den Schwachsinn abnehmen, den er mir da auftischte. Er dachte offensichtlich, ich wüßte nichts von seinem Privatkonto auf den Caymans. Ich verstand zwar nicht bis in alle Einzelheiten, woher das Geld kam, aber ich wußte genau, wohin es ging.

»Bevor du mir das nächste Mal Unterschlagung vorwirfst«, fuhr er fort, »solltest du erst mal überlegen, wer den extravaganten Lebensstil bezahlt, den du dir angewöhnt hast. Denk daran, bevor du die Hand beißt, die dich füttert, wer für deine Kleider zahlt, die Ferien und die kleinen Luxusartikel, ohne die du nicht mehr auskommst. Du bist jetzt auch eine Brightman, Cindy.«

Ich nickte dümmlich.

»Ich hoffe, du hast dich wegen dieser Sache nicht vor Harley zum Narren gemacht«, fügte er leicht drohend hinzu. »Du willst bestimmt nicht, daß er herausfindet, wie dumm du wirklich bist.«

Ich schüttelte den Kopf, versuchte kleinlaut auszusehen. Er dachte wirklich, ich hätte es geschluckt. Um so besser, dachte ich. Das Leben würde viel einfacher sein, wenn er mich nicht mehr als Bedrohung betrachtete.

Nach einem Schluck Wodka aus dem Wäscheschrank im Gästebad, um meinen Kater zu vertreiben, versuchte ich, meine Gedanken zu ordnen. Die Geschichte mit David lenkte mich von dem eigentlichen Problem ab: Ich mußte meine Beziehung mit Harley auf die Reihe bringen.

Er behandelte mich wie ein Kind, hörte mir nicht zu und erlaubte mir nicht, mein Leben selbst zu bestimmen. Wenn ich nicht bald etwas unternahm, ihn zwang, mir mehr Freiheit zu geben und Achtung entgegenzubringen, wäre ich nicht besser als der Rest dieser Gesellschaft, deren Werte ich verachtete. Ich hatte nicht vor, mich in die Reihen der nur auf ihren eigenen Vorteil bedachten Speichellecker einzureihen, die ihn die ganze Zeit umschmeichelten.

Ich brauchte eine anständige Auseinandersetzung mit Harley, eine, bei der ich nicht gleich beim ersten Anzeichen von Widerstand klein beigab. Wir würden Klartext reden müssen.

Diesmal würde ich mich gegen ihn behaupten, sagte ich mir und nahm einen weiteren Schluck aus der Wodkaflasche. Ich würde ihm genau erklären, warum ich unglücklich war und was er tun mußte, um die Dinge in Ordnung zu bringen. Unsere zukünftige Beziehung müßte auf Zusammenarbeit und Vertrauen basieren, und beide Seiten müßten sich anstrengen.

Ging es in einer Ehe nicht genau darum? Sagten die Leute nicht immer, man müsse daran arbeiten? Mit einem letzten Schluck Wodka stärkte ich meinen Mut, dann verließ ich das Badezimmer und machte mich auf die Suche nach Harley. Ich war bereit, mein Schicksal selbst in die Hand zu nehmen.

Lange mußte ich nicht suchen. Ich hatte gerade den Fuß der Treppe erreicht, als er aus dem Wintergarten kam.

»Könntest du einen Moment hereinkommen, Cindy?« fragte er. »Ich möchte mir dir reden.«

»Gut, ich will auch mit dir reden«, erwiderte ich und folgte ihm. Hat er mein Ultimatum vorausgesehen? überlegte ich hoffnungsvoll. Wollte er sich für seine Gedankenlosigkeit entschuldigen und mir sagen, daß er unsere Beziehung wieder in die richtigen Bahnen lenken wollte?

»Wir haben nachgedacht«, sagte er, »und sind zu dem Schluß gekommen, daß die Dinge aus dem Ruder laufen.«

»Ich weiß«, stimmte ich eifrig zu. »Ich hab genau dasselbe …« Ich hielt inne. »Hast du ›wir‹ gesagt?«

»David und ich«, erklärte er, was überflüssig war, weil ich David inzwischen in einem Sessel am anderen Ende des Wintergartens entdeckt hatte. Ich warf ihm einen unfreundlichen Blick zu.

Wir sind zu dem Schluß gekommen? Wie konnten sie es wagen, über mich zu reden wie über ihren gemeinsamen Besitz?

»Wir sind zu dem Schluß gekommen, daß du in letzter Zeit sehr unter Druck gestanden hast«, fuhr Harley fort. »Wir glauben, du brauchst Urlaub.«

Urlaub? Das war das letzte, was ich brauchte. Warum wegfahren, wenn wir hier zu Hause so viele Probleme hatten?

»Wir fahren nach Italien, Cindy.« Er wurde ganz aufgeregt. »Erinnerst du dich an den neuen Werbespot? Die Dreharbeiten beginnen nächste Woche. Ich hab ganz vergessen, es dir zu sagen, weil hier so viel los war. David hat ein Haus gemietet, und ich dachte, wir fahren ein bißchen früher hin, um uns zu erholen.« Er seufzte und warf mir einen sehnsüchtigen Blick zu. »Du wirst begeistert sein, Cindy. Portofino ist ein sehr romantischer Ort.«

»Moment mal«, sagte ich leise. »Willst du damit sagen, ich soll nächste Woche in einem Werbespot in Italien auftreten und du hast es nicht für nötig gehalten, mir das zu erzählen? Und wenn ich nun schon etwas anderes geplant hätte?«

»Ach, hör doch auf.« Harley lachte herablassend. »Was solltest du denn schon vorhaben?«

Ich zitterte vor Wut. Wie konnte er so mit mir sprechen? Ich machte den Mund auf, wollte ihm ein für allemal sagen, was ich von seinem beschissenen chauvinistischen Verhalten hielt.

»Ach, und ich dachte, wir könnten unterwegs in London Station machen«, fügte er beiläufig hinzu. »Du wolltest doch schon immer nach England, nicht wahr, Cindy?«

Mein Mund klappte zu. London. Tausend Möglichkeiten schossen mir durch den Kopf. Nahe genug an Guildford, daß ich mich für einen Tag wegschleichen konnte. Ich hatte dort Unerledigtes zu klären, bevor ich mich in einem neuen Leben einrichten konnte, und dies war vielleicht meine einzige Chance, dorthin zu kommen.

Dankbar ergriff ich die Gelegenheit, die geplante Auseinandersetzung zu vermeiden. Ich beschloß, die Klärung unserer Beziehung müsse eben noch ein paar Tage warten. Jetzt konnte ich nicht riskieren, mich mit Harley zu streiten. Er könnte womöglich seine Meinung ändern, wenn ich ihn verärgerte.

»Das wäre schön.« Mir gelang ein Lächeln. »Ich würde sehr gern nach London fahren.«

Harley strahlte David an. »Siehst du?« sagte er triumphierend. »Ich wußte, daß sie ja sagt, wenn ich sie auf die richtige Weise frage.«

An diesem Abend folgte mir Harley enthusiastisch ins Bett.

»Cindy, Liebling, ich will dich«, murmelte er, die Stimme rauh vor Leidenschaft. Ich tat so, als würde ich schlafen, aber er blieb beharrlich.

Schließlich des Widerstandes müde, ließ ich ihm mißmutig seinen Willen.

Das war ein Fehler. In mir hatte sich was verändert. Ich konnte mich nicht mehr verstellen.

Ich fühlte mich bedrängt, überrannt. Das war nicht nur ein Überfall auf Cindys Körper, sondern traf einen Teil meines wirklichen Selbst. Ich hatte mir eingeredet, etwas für Harley zu empfinden, aber das stimmte nicht. Ich hatte die flüchtige sexuelle Erregung für Liebe gehalten. Jetzt wußte ich, daß er immer ein Fremder für mich sein würde. Ich liebte ihn nicht, ja, ich verabscheute ihn sogar, verabscheute ihn für das, was er war – ein hohlköpfiger Playboy, der sich von seinem skrupellosen Bruder manipulieren ließ –, und auch dafür, daß er hohl genug war, jemanden wie Cindy zu lieben.

»Liebste Cindy«, japste er, drang in mich ein. »Jetzt bist du wieder ganz mein!«

O nein, bin ich nicht, dachte ich, machte mich auf seinen Höhepunkt gefaßt. Ich bin niemandes Cindy. Ich bin überhaupt nicht Cindy. Ich mußte nach England fahren und herausfinden, wer ich wirklich war.

Als wir am nächsten Tag gegen Mittag losfuhren, war ich überrascht, daß sowohl David als auch George mit uns kommen würden. José fuhr uns zum Flughafen, sichtbar erfreut darüber, George für ein paar Wochen loszuwerden, aber wütend, daß der Butler bei uns hinten in der Limousine saß.

»Was für eine gute Idee von David, Sie mit auf die Reise zu nehmen, George«, sagte Harley jovial, nachdem wir uns zwanzig Minuten lang in düsterem Schweigen angestarrt hatten. »Da können Sie all Ihre alten Lieblingsplätze aufsuchen.«

»Ich muß zugeben, daß ich mich auf die Reise freue, Sir«, erwiderte George steif. »Es wird nett sein, wieder nach Kempton Park und Windsor zu kommen. Zu sehen, wie es den Jungs geht.«

»Tut immer gut, alte Freunde wiederzutreffen, was, George?« meine Harley gönnerhaft. »Sind das die Orte, in denen Sie gelebt haben, bevor Sie in die Staaten kamen?«

»Nun ja, so könnte man sagen, Sir«, antwortete George mit einem versonnenen Lächeln. »Ich bin viel herumgekommen. Bath, Newbury, Ascot, Sandown. Kaum ein Ort, wo ich nicht war.«

»Lingfield?« murmelte ich. »Goodwood? Fontwell?«

George blieb der Mund offen stehen. »Wirklich, Miss Cindy. Sie scheinen sich ja gut auszukennen in …«

»Südengland?« ergänzte ich rasch, blinzelte ihm zu. »Ich habe mir gestern abend die Karte angesehen«, erklärte ich, an Harley gewandt.

Wir bogen auf den Sunset Boulevard ein, und als wir an der *Lapinique*-Werbetafel vorbeikamen, merkte ich, daß ich die Leute auf dem Bürgersteig betrachtete. Ich wußte nicht, wonach ich suchte, bis ich sie sah, die Frau mit dem Schild. Sie hatte inzwischen keinen Einkaufswagen mehr und schien noch niedergedrückter dahinzuschlurfen.

Als wir auf gleicher Höhe mit ihr waren, torkelte sie vom Bürgersteig auf die Straße und tappte schwankend durch die nur langsam vorankommenden Autoschlangen. Hupen ertönten.

»Himmel«, murmelte David genervt. »Wann wird hier endlich aufgeräumt mit diesen Pennern?«

»Wenn man Leuten wie ihr eine anständige Unterkunft bietet!« entgegnete ich wütend. »Sie kann nichts dafür, daß sie von habgierigen Drecksäcken wie dir aus der Gesellschaft gedrängt wird.«

José trat hart auf die Bremse, als die Frau vom Kotflügel eines Cadillac abprallte, der ihr nicht Platz machen wollte, und mit einem dumpfen Schlag gegen unseren Kühler schlug.

»Wartet!« schrie ich, mühte mich mit dem Türgriff ab. »Laßt mich raus! Ich muß sehen, ob ihr was passiert ist.«

»Überfahr die Schlampe«, zischte David. »Sie hat's ja nicht anders gewollt.«

»Bleib hier, Cindy!« rief Harley. »Sie könnte eine Waffe haben! Du könntest da draußen ermordet werden!«

George hob die Augenbrauen, José warf die Hände in einer hilflosen Geste hoch. Ich öffnete die Tür und stieg aus. Die Frau lag auf der Straße, ihr Kopf nur Zentimeter von den Vorderrädern entfernt.

»Ich hab's nicht absichtlich getan, Ma'am«, brabbelte sie heiser, die Augen entsetzt aufgerissen. »Wollte nur über die Straße. Bitte rufen Sie nicht die Cops. Ich hab nichts Böses gemacht.«

»Ich weiß«, flüsterte ich besänftigend. »Können Sie aufstehen?«

Sie kauerte sich zusammen und zuckte zurück, als ich ihr die Hand hinstreckte. »Kommen Sie, versuchen Sie's«, drängte ich, nahm ihre Hand. Ich sah ihr ins Gesicht, fasziniert von der schwachen Ähnlichkeit mit Harriet. Was passierte nur mit Frauen, daß sie am Ende alle gleich aussahen?

Das Hupen wurde lauter. »Schaff doch mal jemand die verdammten Weiber aus dem Weg!« brüllte eine Stimme aus einem Auto weiter hinten.

Egal, was es ist, dachte ich, der Rest der Menschheit verachtet sie dafür. Wenn Frauen alt werden, scheinen sie den Menschen Angst einzujagen – besonders den Männern.

Nachdem sie sich wieder aufgerappelt hatte, sah mich die Frau mißtrauisch an. An Freundlichkeit war sie offensichtlich nicht gewöhnt.

Ich öffnete meine Handtasche, zog den Reißverschluß der Innentasche auf. Sie enthielt ein zusammengerolltes Bündel Hundert-Dollar-Scheine, die ich auf Harleys Anraten für Notfälle immer bei mir hatte. »Warten Sie«, flüsterte ich, stellte mich so, daß er nicht sehen konnte, was ich tat. Ich zog einen Schein heraus und drückte ihn ihr in die Hand. »Nehmen Sie das.«

Sie machte einen Schritt zurück, glotzte mich an. »Wolln Sie mir 'ne Falle stellen?« fragte sie argwöhnisch. »Soll das so aussehen, als hätte ich's geklaut?«

»Der gehört Ihnen«, drängte ich. »Nehmen Sie's. Kaufen Sie sich was zu essen, oder was immer Sie brauchen.«

»Steig wieder ein, Cindy!« brüllte Harley. »Was denkst du dir eigentlich? Ich laß es nicht zu, daß meine Frau sich mit Pennern einläßt!«

Ich wirbelte herum und funkelte ihn wütend an. Hatte er denn kein Gefühl? Kein Mitleid mit Menschen, die weniger vom Glück begünstigt waren als er?

»Warten Sie!« zischte ich, packte die Frau am Arm. Ich nahm den Rest des Bündels, etwa zweitausend Dollar, und stopfte es ihr in die Tasche. »Nehmen Sie das auch. Gönnen Sie sich was Schönes.«

Sie steckte die Hand in die Tasche, sah mich ungläubig an. »Verarschen Sie mich ja nicht«, sagte sie schließlich. »Sowie wir uns trennen, können Sie die Kohle für immer vergessen.«

Mit einem kleinen Entzückensschrei schoß sie zwischen den Autoschlangen hindurch und verschwand.

Was soll's, dachte ich, stieg ins Auto und bedachte die anderen mit einem kühlen Blick. Harley hatte genug Geld. Vielleicht war es an der Zeit, daß ich ein bißchen davon an jene verteilte, die es nötiger hatten als ich.

Den größten Teil des Fluges nach England stellte ich mich schlafend, um nicht mit Harley reden zu müssen. Er verbrachte die Zeit mit einem großen Bündel Frauenzeitschriften, das er am Flughafen gekauft hatte, betrachtete lange die *Lapinique*-Anzeigen. Ab und zu warf er prüfende Blicke auf mich, die ich durch halb geschlossene Augenlider mitbekam, und verglich mich mit den Fotos. Fragte er sich, was mit dem Gesicht von *Lapinique* geschehen war? Machte er sich Gedanken darüber, wieso die großäugige und unschuldige Einundzwanzigjährige, die er geheiratet hatte, so schnell erwachsen geworden war?

Als wir in Heathrow landeten, war ich unglaublich erleichtert, wieder in England zu sein. Die Gegend um den Flughafen mag zwar nicht die anziehendste der Welt sein, aber erst als ich diese vertraute Landschaft wiedersah, merkte ich, wie sehr ich Amerika haßte. Endlich war ich wieder zu Hause, war dort, wo ich hingehörte.

Der Taxifahrer, der uns nach London fuhr, klang wie direkt aus einer Folge von *Eastenders* entstiegen.

»Das klingt wirklich merkwürdig«, flüsterte mir Harley ins Ohr. »Es heißt, man muß zu den Klängen der Bow Bells geboren sein, um so einen Akzent zu bekommen.«

Ich starrte ihn an. *Bow Bells?* Was für einen schwachsinnigen Reiseführer hatte er denn gelesen? Stellte er sich ein London voller Beefeaters, Pearly Kings und roter Telefonzellen vor? Als nächstes würde er mir erzählen, die Straßen seien mit Gold gepflastert.

Als ich aus dem Fenster unserer Suite im Dorchester schaute, dachte ich an meine Besuche in London, als ich noch Harriet war. Einmal war ich mit schweren Einkaufstaschen die halbe Park Lane hinaufgetrottet, bevor ich merkte, daß ich falsch abgebogen war, vor diesem Hotel stehen blieb und meinen Stadtplan zu Rate zog. Ich erinnerte mich, wie fasziniert ich von den teuer gekleideten Leuten war, die hier ein- und ausgingen.

Jetzt, wo ich mit Harley verheiratet war, mochte ich wie eine der ihren wirken, aber ich wußte, daß ich nicht dazugehörte. Man mußte in diese Klasse hineingeboren sein, um ihre arrogante Sicht der Welt zu teilen, sie als Warenlager zu betrachten, das nur dazu da war, ihre Bedürfnisse zu befriedigen. Ich war nicht reich geboren, weder als Harriet noch als Cindy. War das einer der Gründe, warum Harley und ich uns nie verstehen würden?

Ich überlegte, wie ich nach Guildford entwischen konnte. Sollte ich behaupten, ich hätte dort Verwandte? Das war nicht allzuweit von der Wahrheit entfernt. Oder sollte ich einfach sagen, daß ich London einen Tag lang allein erkunden wollte?

Eine innere Stimme sagte mir, daß Harley das niemals erlauben würde, also beschloß ich, einfach zu verschwinden und die Erklärungen auf später zu verschieben. Ich hätte es nicht ertragen, jetzt, wo ich meinem Zuhause so nahe war, noch aufgehalten zu werden.

Am folgenden Morgen wartete ich, bis Harley mit seiner Zahnseide im Badezimmer beschäftigt war, und schlüpfte hinaus. Auf dem Kopfkissen lag eine Nachricht für ihn. *Bin für einen Tag allein losgezogen. Mach dir keine Sorgen, bin bald wieder da. In Liebe, Cindy.*

Das Wort *Liebe* zu schreiben war mir schwergefallen, aber ich hatte die Zähne zusammengebissen. Ich wollte nicht, daß er gleich mißtrauisch wurde.

Ich nahm ein Taxi zum Waterloo-Bahnhof und fand den Schnellzug nach Guildford an dem üblichen Bahnsteig. Als er den Bahnhof verließ und ich die vertrauten Gebäude sah – das Parlament, Big Ben, das neue MI6 Gebäude –, wurde mir klar, daß die spirituelle Reise in die Vergangenheit womöglich auch einen praktischen Zweck erfüllte. Ich hatte keine Ahnung, was ich als nächstes tun sollte, hatte aber das starke Gefühl, daß ich nicht so bald nach Amerika zurückkehren würde. Wovon sollte ich leben, wenn ich allein in England blieb, ohne Harley? Ich war keine britische Staatsangehörige mehr. Es gab Einwanderungsgesetze und so weiter, Dinge, mit denen ich mich nie auseinandergesetzt hatte, weil sie mich nicht betrafen. Falls Harriets Verschwinden noch nicht bemerkt worden war, konnte sich eine zweite Identität, geschaffen mit Hilfe ihrer Papiere, als unschätzbarer Vorteil erweisen. Ich würde zwar ein paar Probleme lösen müssen, zum Beispiel der Unterschied in Alter und Aussehen, aber ich würde schon einen Weg finden, wenn ich nur angestrengt genug darüber nachdachte.

Vierzig Minuten später lief der Zug in Guildford ein, und ich wurde ganz melancholisch. Wie oft war ich in meinem früheren Leben hier angekommen, war von einem einsamen Einkaufsbummel oder Theaterbesuch zurückgekehrt, eine traurige ältliche Jungfer, die in ihre leere Wohnung schlurfte? Jetzt war ich eine junge, verheiratete Frau, aber war mein Leben wirklich besser?

Vom Bahnhof wanderte ich den Hügel hinauf, folgte dem vertrauten Weg durch die Menge der Kauflustigen auf der High Street. Die *Lapinique*-Werbung war noch nicht bis nach England gekommen, das wußte ich von Harley. Noch würde mich niemand erkennen. Im Vorübergehen betrachtete ich die Gesichter, war gespannt, ob ich jemanden aus meiner Vergangenheit entdecken würde. Wie würde es sein, Sally oder sogar Andrew zu begegnen, ohne daß sie die geringste Ahnung hatten, wer ich war?

Der Ersatzschlüssel lag genau da, wo ich ihn zurückgelassen hatte, in einem Spalt in der Gartenmauer. Ich betrat den Flur, schlich vorsichtig die Treppe hinauf, hoffte, daß die alte Frau im Erdgeschoß mich nicht hörte. Mit zitternden Händen schloß ich die Tür zu meiner Wohnung auf.

Drinnen mußte ich erst mal über einen Stoß Postwurfsendungen steigen, bevor ich ins Wohnzimmer gehen konnte. Über drei Monate war es her, seit ich hiergewesen war, aber mir kam es wie gestern vor. Erinnerungen kamen zurück, während ich die vertrauen Gegenstände betrachtete, die Bücher auf dem Tisch, die schmutzigen Kaffeetassen, die leere Whiskyflasche –

Erinnerungen an mein Leben als Harriet. Als ich mich im Spiegel über dem Kamin sah, war ich leicht desorientiert. Ein Schauder überlief mich. Wie oft hatte ich in diesen Spiegel geschaut und darin ein völlig anderes Gesicht gesehen?

Mein Herz schlug schneller, als ich die Schlafzimmertür öffnete. Was würde ich vorfinden? Fast erwartete ich, Harriets vermoderten Körper zu sehen, aber das Zimmer war leer. Ich untersuchte das ungemachte Bett, zog die verknautschten Laken zur Seite, suchte nach Anzeichen dessen, was hier geschehen war, fand aber nichts. Vorsichtshalber durchsuchte ich auch noch den Rest der Wohnung, den Besenschrank, den Kleiderschrank, schaute sogar unter das Bett, konnte aber keine Spur von der Frau entdecken, die ich einst gewesen war.

Als ich sicher war, daß ich die Wohnung nicht mit einer Leiche teilte, machte ich mich daran, die Sachen einzusammeln, die ich brauchte – Harriets Kreditkarte, Scheckbuch, Paß und andere Dokumente, die ich für nützlich hielt. Ich überprüfte den Wandkalender. Meine Miete hatte ich im voraus bezahlt, und mir blieben noch ein paar Wochen, bis die nächste Zahlung fällig war. Bis dahin würde ich in der Lage sein, über meine Zukunft zu entscheiden. In der Zwischenzeit hatte ich, solange ich der Frau von unten nicht in die Arme lief, einen Rückzugsort, an dem ich mich, falls nötig, einige Tage verstecken konnte.

Bevor ich die Wohnung verließ, sah ich den Haufen Werbebroschüren und Rechnungen auf der Türmatte durch. Die Rechnungen konnten warten, das hatten sie in der Vergangenheit immer getan, aber einer der braunen Umschläge trug einen vertrauten Stempel: *Lesen Sie ein gutes Buch – nutzen Sie Ihre Stadtbücherei*.

Ich öffnete den Umschlag und fand einen Scheck auf Harriets Namen darin. Die Abfindung von der Bücherei, die ich total vergessen hatte. Kein Vermögen, aber genug, um ein paar Monate davon zu leben.

Nachdem ich die Tür sorgfältig hinter mir abgeschlossen hatte, verließ ich das Haus und ging den Hügel hinab zur High Street zurück. Unterwegs reichte ich den Scheck auf Harriets Konto ein, bog dann in die schmale Gasse beim Stehcafé, die zur North Street führte. Es war Zeit für einen Besuch in der Bücherei.

Die Eingangshalle war voller Menschen. Ich drängte mich durch, spürte, wie mich ein Schreck durchfuhr, als ich die vertrauten Gesichter hinter dem Ausleihschalter wiedererkannte. Cynthia Hoskins, eine der wenigen, die je freundlich zu mir gewesen waren, fing meinen Blick auf und erwiderte ihn feindselig. Simon Dawson, der stellvertretende Leiter, betrachtete mich mit lüsternem Grinsen.

»Kann ich Ihnen helfen?«

Ich merkte, wie er mich von oben bis unten musterte. Er hatte mich nie angeschaut, wenn er mich morgens tadelte, weil ich zu spät war.

Ich lächelte zuckersüß. »Könnten Sie mir vielleicht sagen, wo ich die Abteilung *Leben und Lernen* finde?«

»Geradeaus, am Ende der Haupthalle. Ich zeige es Ihnen.« Eifrig trat er hinter dem Schalter hervor.

»Verlaufen Sie sich bloß nicht«, murmelte Cynthia, klammerte mit einer heftigen Bewegung einen Stapel Papier zusammen. »Was soll ich sonst Ihrer Frau sagen, wenn sie in der Mittagspause kommt?«

Die Abteilung Leben und Lernen war ein großer, offener Raum. Früher hatten dort Regale gestanden. Gepolsterte Stahlrohrstühle waren in lockeren Gruppen zusammengestellt, dazwischen standen niedrige Tische und Topfpflanzen. Bücher waren auf Ausstellungsregale rechts und links beschränkt, dazu kamen einige Drehständer mit Taschenbüchern. Eine Reihe von Computerterminals stand an der dritten Wand, und an der vierten, flankiert von Regalen mit Zeitungen, Zeitschriften und Videos, thronte Annette Baker an einem Informationstisch.

Das alles wirkte mehr wie die Abflughalle eines Flughafens, und ich wollte sie schon fragen, wann der nächste Flug ging. Eines erfreute mich sehr – trotz des Gedränges in der Vorhalle war dieser Teil der Bücherei fast leer. Offenbar war das Leben-und-Lernen-Projekt nicht der durchschlagende Erfolg, den alle erwartet hatten.

Ich setzte mich an einen der Computer, wählte die Option »Katalog durchsuchen«, ließ die Stichwortrubriken durchrollen und hatte bald einen geeigneten Titel gefunden.

Annette Baker betrachtete mich mißtrauisch, als ich an ihren Schreibtisch trat.

»Haben Sie eine Ausgabe der *Stammesmythen – Eine Studie sozialer Gruppen in westafrikanischen Dörfern*?« fragte ich.

»Da muß ich nachsehen«, erwiderte sie gereizt und drehte sich zu ihrem Monitor. Sie sah müde aus, älter und weniger mondän, als ich sie in Erinnerung hatte. Ihr »schickes kleines Kostüm«, das sie auch beim letzten Mal getragen hatte, als ich sie sah, wirkte neben meiner teuren Kleidung schäbig.

»Leider nur im Magazin«, sagte sie schließlich, als sei die Angelegenheit damit erledigt. Das hätte ich ihr auch sagen können. Deshalb hatte ich es ja ausgesucht.

»Könnte ich es bitte sehen?«

Sie warf mir einen genervten Blick zu. »Dafür muß ich in den Keller gehen, wissen Sie das?«

»Das macht nichts«, meinte ich lächelnd. »Ich warte gern.«

Sowie sie gegangen war, setze ich mich an ihren Schreibtisch und hämmerte auf ihre Tastatur ein. Mein Paßwort galt nicht mehr, aber es war denkbar einfach, mir ein neues zuzuteilen. Nachdem ich mich rasch umgeschaut hatte, ob mich niemand beobachtete, verschaffte ich mir Zugang zum Hauptprogramm und gab eine Reihe von Befehlen ein.

Warnung! war auf dem Bildschirm zu lesen. *Sind Sie sicher, daß Sie alle Dateien aus dem Verzeichnis Leben und Lernen löschen wollen? J/N*

Voller Wonne drückte ich auf J und dann noch mehrmals auf die Return-Taste, um ganz sicherzugehen. Dann leerte ich den virtuellen Papierkorb. Augenblicke später mischte ich mich unter die Kauflustigen auf der North Street und fing neugierige Blick von allen auf, die das breite, zufriedene Grinsen auf meinem Gesicht sahen.

Ich wollte Guildford nicht verlassen, ohne Kontakt zu Sally und Andrew aufgenommen zu haben, und sei es auch nur aus der Ferne, um sicher zu sein, daß es sie noch gab. Wie ich das bewerkstelligen sollte, wußte ich nicht genau, also wanderte ich eine Weile durch die Straßen und zerbrach mir den Kopf. Schließlich nahm ich meinen Mut zusammen und rief Sally aus einer Telefonzelle an.

»Mein Name ist Mrs., äh, Brightwater«, sagte ich, als sie sich meldete. »Sie sind mir als Innenarchitektin empfohlen worden. Ich habe ein großes Haus in Los Angeles, das neu eingerichtet werden muß.«

»Los Angeles?« Sally klang überrascht. »Tja, ich habe zwar noch nicht in den Staaten gearbeitet, aber ich habe mich gerade selbständig gemacht, warum soll ich also mein Geschäft nicht ausweiten. Vielleicht könnten Sie mir ein paar Einzelheiten nennen?«

»Die Sache ist so«, sagte ich. »Ich bin gerade in Guildford

und frage mich, ob es Ihnen passen würde, wenn ich vorbeikäme, mir Ihre Mappe ansehe?«

»Gern«, erwiderte Sally. »Wann würde es Ihnen passen?«

»Am liebsten gleich«, meinte ich fröhlich. »Hätten Sie jetzt Zeit?«

Ich wartete eine halbe Stunde in einem Pub, wollte Sallys Mißtrauen nicht durch Übereifrigkeit wecken. Erst im letzten Moment war mir eingefallen, mir eine Wegbeschreibung geben zu lassen.

»Dürfte ich Sie fragen«, erkundigte sie sich, als ich ihr ins Haus folgte, »wer Ihnen meinen Namen genannt hat? Ich meine, ich gebe keine Anzeigen auf, ich arbeite immer noch hauptsächlich für eine Beratungsfirma.«

»Eine gemeinsame Freundin, glaube ich«, sagte ich, nahm an dem vertrauten Holztisch in der Küche Platz. »Eine Dame, die ich auf Barbados kennengelernt habe, hat Sie mir wärmstens empfohlen.«

»Wie hieß sie?« fragte Sally, runzelte verwirrt die Stirn.

»Ah, da muß ich überlegen.« Ich zog meinen Mantel aus. Sally nahm ihn mir ab und legte ihn sorgfältig über eine Stuhllehne.

»Kaffee?« fragte sie eifrig. »Oder hätten Sie lieber Tee?«

Ich hatte ein schlechtes Gewissen, meine Freundin derart zu hintergehen. Aber was sollte ich sonst machen? Die Wahrheit würde sie mir niemals glauben.

»Ich glaube«, sagte ich langsam, »die Dame hieß Harriet.«

»Harriet!« rief Sally und riß die Augen auf. »Was macht die denn auf Barbados?«

»Ich meine mich zu erinnern, daß sie etwas von einer Weltreise sagte ...«

»Na, so was«, sagte Sally, mehr zu sich selbst. »Hat sie es also doch gemacht. Gute alte Harriet.« Sie sah mich fragend an.

»Wie geht es ihr? Geht es ihr gut? Ich meine, hat sie es genossen?«

»O ja«, sagte ich leise. *Sally*, rief meine innere Stimme. *Sally, ich bin es, Harriet! Erkennst du mich nicht?* Dieses Treffen war schmerzlicher, als ich erwartet hatte.

Erpicht darauf, das Täuschungsmanöver hinter mich zu bringen, plapperte ich eine Menge Unsinn über den Auftrag, über meine Vorstellungen davon, wie Harleys Villa in L.A. aussehen sollte.

»Zur Zeit sind britische Innenarchitekten der letzte Schrei«, versicherte ich ihr. »Sie sollten da drüben ein paar Kontakte knüpfen. Man wird Sie lieben.«

Sollte ich je in die Staaten zurückkehren, würde ich ihr den Auftrag erteilen. Harley mußte diesen unoriginellen Stilmischmasch loswerden, bevor sein Haus als Museum des internationalen schlechten Geschmacks berühmt wurde.

»Ich habe schon mit einer Reihe von Innenarchitekten gesprochen«, fügte ich hinzu, wollte ihre Enttäuschung mindern, falls aus dem Auftrag nichts wurde. »Die endgültige Entscheidung wird erst in ein oder zwei Wochen fallen.«

Sally nickte, sah plötzlich müde aus.

»Fehlt Ihnen was?« fragte ich beunruhigt. »Die Dame – Harriet – schien besorgt um Sie zu sein. Sie hat mich eindringlich gebeten, Sie zu besuchen.«

»Wirklich?« fragte Sally und seufzte. »Tja, es war in letzter Zeit wirklich etwas schwierig, nachdem Duncan ausgezogen ist und so ...«

»Duncan ist ausgezogen!« rief ich. »Äh, wer ist Duncan?« fügte ich rasch hinzu.

»Mein Mann. Demnächst Exmann. Ich hab ihn letzte Woche rausgeworfen.«

»Was ist passiert?«

Sie sah mich interessiert an. »Wollen Sie das wirklich wissen? Ich meine, das ist nicht sehr professionell, nicht wahr? Warum soll eine erfolgreiche Frau wie Sie sich meine Probleme anhören? Vor allem, wenn Sie daran denken, mir einen Auftrag zu geben.«

»Machen Sie sich keine Sorgen wegen des Auftrags«, sagte ich wegwerfend. »Sie haben ihn bereits. Und ich bin nicht erfolgreich. Mein Mann hat das Geld.« Es gab keinen Grund, warum ich Harley nicht überreden sollte, ihr den Auftrag zu geben, egal ob ich nun mit in die Staaten zurückfuhr oder nicht.

»Na ja«, sagte Sally langsam. »Das fing alles an, als er mit einem neuen BMW nach Hause kam …«

Allmählich wurde sie offener und ließ die ganze Geschichte raus. Zwei Stunden und eine Flasche Wein später wußte ich die Wahrheit über Sallys »Traumehe«: daß Duncan sie zu einem Beruf gedrängt hatte, an dem sie keinen Spaß hatte, daß er ständig Überstunden gemacht und es ihr überlassen hatte, sich um die Kinder zu kümmern, die sie eigentlich nicht hatte haben wollen, daß ihn nur Geld interessierte – Geld und Prestige. Wie anstrengend es für sie gewesen war, den Lebensstil aufrechtzuerhalten, den er ihr aufgezwungen hatte, Partys zu geben und Geld rauszuschmeißen, um die Leute zu beeindrucken. Daß sie sich nach nichts mehr sehnte, als ein bißchen Ruhe und Frieden zu haben, das zu tun, was *sie* wollte, und sich zum ersten Mal in ihrem Leben wirklich kennenzulernen.

»Harriet hatte recht«, sagte sie traurig. »Die Frau auf Barbados, wissen Sie? Sie war so unabhängig, brauchte keinen Mann als Krücke für ihre Selbstachtung.«

»Harriet hat mir aufgetragen«, meinte ich sanft, »Ihnen zu sagen, daß sie mit viel Liebe an Sie denkt.«

Ich verließ Sallys Haus mit Tränen in den Augen. Wie falsch ich sie beurteilt hatte! Wenn ich ihr eine bessere Freundin gewesen wäre, hätte ich all dies viel früher wissen und ihr vielleicht helfen können.

Eines blieb noch zu tun übrig, bevor ich nach London zurückfuhr und mich mit Harley auseinandersetzte. Ich mußte Andrew wiedersehen.

Kapitel 15

Während meines Gesprächs mit Sally war mir eingefallen, daß heute der Wochentag war, an dem Andrew seinen Kurs in Kreativem Schreiben gab. Ich sah auf die Uhr. Mir blieb noch genügend Zeit bis zum Beginn des Abendkurses.

Auf dem Campus mußte ich ein bißchen suchen, bis ich das Gebäude fand, in dem die Abendkurse abgehalten wurden. Die begeisterte Frau von der Information wollte mich unbedingt für eine Töpferkurs gewinnen, schickte mich dann in den falschen Hörsaal, wo ich in eine Vorlesung über Quantenphysik platzte.

Als ich mich erneut nach dem Weg erkundigen wollte, bog ich um eine Ecke und stieß mit Andrew zusammen, wobei die Papiere, die er unter dem Arm trug, zu Boden fielen.

»Oh, tut mir leid«, japste ich, bückte mich, wollte ihm beim Aufheben helfen. »Lassen Sie mich …«

»Ist schon gut«, murmelte er, krabbelte um meine Füße. »Mein Fehler. Hätte aufpassen sollen, wohin ich gehe.«

»Ich hab mich verlaufen«, sagte ich. »Können Sie mir sagen, wo der Schreibkurs stattfindet?«

»Das kann ich«, erwiderte er und fischte ein weggeflattertes Papier unter der Heizung hervor. »Ich bin selbst auf dem Weg dorthin.« Er erhob sich, klopfte sich die Hose ab, sah mich zum ersten Mal an. »Es ist …« Er hielt inne, runzelte die Stirn. »Sie sind neu hier, oder?«

Ich betrachtete sein vertrautes Gesicht, dieses Gesicht, das ich so gut kannte. Hatte er etwas an mir erkannt? Meine Stimme vielleicht?

»Tja, so könnte man sagen.« Ich trug meinen amerikanischen Akzent absichtlich dicker auf. »Ich bin nur zu Besuch hier und hab mich gefragt, ob ich mir das mal anhören kann, mal sehen kann, wie so was hier drüben abläuft?«

»Tja, hm.« Er wirkte verwirrt. »Eigentlich ist der Kurs überbelegt …«

»Sie meinen, Sie sind der Kursleiter?« fragte ich und tat erstaunt. »Na, das ist ja ein Zufall!« Ich lächelte ihn kokett an. »Dann sollte es Ihnen doch möglich sein, mich da reinzubringen, ja?«

Andrew fühlte sich sichtbar geschmeichelt bei dieser Anspielung auf seine Autorität. »Ich … äh … nehme an, wir können in diesem Fall mal eine Ausnahme machen«, sagte er bedeutungsvoll, als habe er gerade einen erheblichen Verstoß gegen die Universitätsregeln gebilligt. »Ich sehe nicht, was das schaden könnte.« Er sah auf die Uhr. »Aber wir sollten uns beeilen, sonst kommt es noch zu einer Meuterei. Ich bin schon zehn Minuten zu spät.«

Der Kurs bestand hauptsächlich aus Frauen mittleren Alters, deren Geplapper bei Andrews Eintreten sofort verstummte. Aufmerksam wandten sie sich ihm zu, Bewunderung in den Blikken, als er nach vorn ging.

»Wir haben heute abend eine neue Teilnehmerin, meine Damen«, verkündete er mit einem verschwörerischen Lächeln in meine Richtung. Blicke wurden auf mich gerichtet, in denen ich zum Teil Verärgerung erkannte.

»Das ist …« Er zögerte. »Wie war Ihr Name noch?«

»Cindy«, flötete ich, klimperte mit den Wimpern.

»Ich dachte, der Kurs sei voll«, sagte eine mollige Frau mit Hornbrille und blauschimmernden Haaren. Sie sah mich unfreundlich an. »Meine Freundin Janice wartet seit Ewigkeiten auf einen Platz.«

»Cindy ist nur zu Besuch.« Andrew blätterte in seinen

Papieren. Er sah auf und grinste. »Ich finde, wir sollten ihr den Zugang zu unserer Stätte der Gelehrsamkeit nicht verwehren, nachdem sie den ganzen Weg von … wo war es noch genau?«

»Los Angeles«, schnurrte ich mit zunehmendem Selbstbewußtsein. »Beverly Hills, um genau zu sein.« Ich betrachtete die Reihen selbstgefälliger, gutgekleideter Matronen. Das waren genau die Frauen, die mich stets eingeschüchtert hatten, als ich noch Harriet war. »Wir haben eine ganze Menge Schriftsteller in unserer Nachbarschaft«, fügte ich mit einer direkt von Eleanor entliehenen Herablassung hinzu. »Auf unseren kleinen Partys begegne ich ihnen recht oft.«

»Kennen Sie Jackie Collins?« fragte eine der Frauen aufgeregt.

»Und Quentin Tarantino?« wollte eine andere kichernd wissen.

»Aber meine Damen«, meinte Andrew nervös. »Wir wollen unseren Gast doch nicht in Verlegenheit bringen. Fangen wir mit dem Lesen an. Wer will zuerst?«

Nachdem er die Kontrolle wiedererlangt hatte, sonnte er sich im Glanz ihrer Aufmerksamkeit. Schweigend hörte ich mir etwa ein Dutzend ihrer Schreibübungen an, die von Verführungsschnulzen bis zu undurchdringlich Verworrenem über den Sinn des Lebens reichten. Andrew warf von Zeit zu Zeit Bemerkungen ein, was zu aufgeregten Debatten unter den Frauen führte, bei denen sie darin wetteiferten, ihn mit ihrer Kritikfähigkeit zu beeindrucken.

»Ich finde es nicht vollkommen überzeugend«, sagte eine Frau blasiert, »wie Rosies Heldin reagiert, als sie ihren Mann mit einer anderen Frau im Bett erwischt.«

»So ist es aber passiert«, murmelte Rosie mißmutig.

»Wäre es eine Möglichkeit«, sagte eine andere, »es in Form

einer Rückblende zu machen, oder vielleicht sogar als Traumsequenz?«

»Für mich hört sich das eher nach einem Konversationsstück an«, meinte Janices Freundin.

»Warum erzählen Sie es nicht aus der Sicht des Ehemannes?« schlug eine andere gehässig vor.

»Ich glaube, man muß etwas vorsichtig sein«, mischte Andrew sich diplomatisch ein, »wenn man mit autobiographischem Material umgeht. Man unterliegt allzuleicht der Versuchung, die Geschichte zu wörtlich zu erzählen, die Rolle des Autors beim Strukturieren der Handlung aus den Augen zu verlieren. Diese sechzehn Seiten lange Beschimpfung des Charakters der Frau, die durchaus die wahren Gefühle der, äh, fiktionalen Heldin ausdrücken mögen, tendieren dazu, uns von dem, äh, eigentlichen Drama der Situation abzulenken.«

»Aber versuchen wir denn nicht, das wahre Leben auf Papier wiederzugeben?« fragte Janices Freundin. »Sollten wir nicht zeigen, wie die Dinge wirklich sind?«

»Bis zu einem gewissen Punkt«, sagte Andrew. »Doch es gäbe einen recht faden Lesestoff ab, wenn Sie einfach alles aufschreiben, was passiert. Die meisten von uns führen ein langweiliges Leben.« Er fing meinen Blick auf und lächelte. »Was meinen Sie, Cindy?«

Ein Dutzend feindseliger Augenpaare starrte mich an. »Ich weiß nicht, ob Sie damit so ganz richtig liegen«, sagte ich kühn. »Sagt man nicht, die Wahrheit sei oft seltsamer als die Fiktion? Wenn man aufschreibt, was wirklich passiert ist, würde einem manchmal keiner glauben.«

»Unser Gast«, meinte Andrew mit einem Grinsen, »führt offensichtlich ein viel aufregenderes Leben drüben in Amerika als wir hier im langweiligen Guildford.« Die Frauen brachen in amüsiertes Kichern aus.

»Haben Sie für heute etwas zum Vorlesen mitgebracht?« fragte Rosie hinterhältig. »Um uns zu zeigen, wie es gemacht wird?«

»Ich ... äh ...«

»Oh!« rief Andrew mit einem Blick auf die Uhr. »Schon neun!« Er schaute spitzbübisch in meine Richtung. »Durch die Klingel gerettet!«

Stühle schabten über den Boden, Notizbücher wurden in Einkaufstaschen gestopft. »Geht noch jemand mit in den Pub?« fügte er beiläufig hinzu, worauf eilig Pläne in letzter Minute geändert wurden.

»Derek holt mich ab, aber ich könnte ihn anrufen und bitten, später zu kommen.«

»Ich muß rechtzeitig zu Hause sein, um die Natursendung für Brian aufzuzeichnen, aber für ein paar Minuten kann ich wohl mitgehen.«

»Eigentlich sollte ich nicht ... Ich fahre heute abend den neuen BMW. Aber ich könnte ja einen Saft trinken.«

»Wollen Sie sich uns nicht anschließen, Cindy?« schlug Andrew vor. »Dann könnten Sie uns mehr über die Literaturszene in Los Angeles erzählen.«

Andrew, ich und eine Handvoll Frauen gingen zu einem nahegelegenen Pub. Andrew brachte mir einen doppelten Whisky, während die Frauen sich an der Bar darüber stritten, wer dran war, ihm einen Drink zu spendieren.

»Ich hoffe, Ihnen hat unser Kurs heute gefallen, Cindy«, sagte Andrew, während er mich zu einem Tisch führte. »Sagen Sie, haben Sie selbst schon viel geschrieben?«

»Ich, äh ... habe noch nicht damit angefangen«, wich ich aus. »Ich bin immer noch dabei, die Dinge zu durchdenken.«

Andrew stürzte sich in seinen Standardvortrag über den therapeutischen Wert kreativen Schreibens, und ich hörte mit glasigen Augen zu, dachte daran, wie oft er mir das schon erzählt hatte. Würde er mit derselben Begeisterung sprechen, wenn er wüßte, wer ich wirklich war?

Die Frauen kehrten mit einem Tablett voller Drinks von der Bar zurück. Offenbar hatten sie sich nicht einigen können; mehrere Biergläser wurden vor Andrew aufgebaut.

»Oje«. Er lachte. »Dann muß ich die wohl alle trinken. Damit sich keine benachteiligt fühlt.«

»Ich habe Ihnen Chips mitgebracht«, sagte die Frau namens Rosie, legte die Tüte auf den Tisch und tätschelte sie liebevoll. »Salz und Essig, die haben Sie doch am liebsten, nicht?«

Ich sah zu ihr hoch. Sie war etwa in Harriets Alter, gut gekleidet und von einer gewissen Förmlichkeit, als hielte sie diesen Ausflug in den Pub für ziemlich gewagt. Aber sie hatte ein anziehendes Gesicht und ein freundliches Lächeln. War sie je eine Rivalin um Andrews Gunst gewesen? Als ich zu ihm hinsah, verspürte ich wieder einen Stich der alten Eifersucht. Warum hatte er nie bemerkt, was ich für ihn empfand? Und warum empfand ich es immer noch, selbst jetzt?

Die Unterhaltung setzte sich fort, als wären wir noch im Hörsaal, wobei Andrew sich spreizte und mit obskuren Shakespearezitaten angab.

Nur kannte ich leider dieses Spiel. Er hatte es in der Vergangenheit bei Tee und Crumpets oft genug an mir ausprobiert. Als ich erfolgreich sechs Zitate hintereinander benennen konnte und mit anderen konterte, die er sich für später aufgehoben hatte, wie ich wußte, betrachtete er mich mit bewundernder Ungläubigkeit.

»Sie kennen Ihren Shakespeare wirklich gut, Cindy. Haben Sie Literatur studiert?«

»Nur in der Bücherei«, erwiderte ich mit einem Lachen.

Die Frauen gingen eine nach der anderen, um Busse oder

Züge zu erreichen, ignorierten mich betont, während sie ihre Verabschiedung von Andrew ausdehnten. Rosie ging als letzte, mit einem sehnsüchtigen Blick in den Augen.

Bis zum letzten Zug nach London blieb nicht mehr viel Zeit. Wie würde Harley reagieren, wenn ich heute abend nicht zurückkam? Plötzlich war mir das egal. Zwischen Andrew und mir war noch etwas offen, das ich zu einem Abschluß bringen mußte. Ich wollte ihm eine Lektion erteilen, ihm zeigen, wie es war, der Verführte, der Machtlose zu sein statt der Verführer.

An der Bar wurde die letzte Runde ausgerufen. Andrew trank sein fünftes Bier aus und stellte das Glas zu den anderen leeren vor ihm.

»Noch eins?« schlug ich mit gespielter Schüchternheit vor. »Für den Weg?«

»Ich hole es.« Andrew stand eifrig auf, griff in die Tasche. »Noch mal dasselbe?«

Ich nickte, hielt ihm mein leeres Glas mit einem koketten Lächeln hin. Als er von der Bar zurückkam, rückte ich meinen Stuhl näher, beugte mich vor, streckte die Hand aus, so daß sie die seine fast berührte.

»Ich finde es herrlich, wie maskulin ihr englischen Männer seid«, schnurrte ich, sah ihn mit einem provokativen Blick an. »Mir wurde gesagt, hinter der berühmten britischen Reserviertheit würde in Wirklichkeit große Leidenschaft stecken.«

»Ach ja?« Er sah überrascht aus. »Ich muß schon sagen, Sie haben heute abend selbst ein bißchen frischen Wind mit hereingebracht. Wir neigen dazu, uns festzufahren – im Kurs, meine ich – ohne, äh … neues Blut.«

»Sie sind ein wunderbarer Lehrer, Andrew.« Ich fuhr ihm mit dem Finger über den Handrücken. »Vielleicht könnten Sie mir noch mehr beibringen.«

»Das würde ich sehr gerne«, erwiderte er erfreut. »Ich weiß nicht, wie lange Sie hierbleiben, aber ich hatte gehofft, Sie könnten nächste Woche wieder zum Kurs kommen ...«

»Warum bis nächste Woche warten?« hauchte ich, griff unter den Tisch und drückte ihm meine Hand sanft zwischen die Beine.

Seine Augen traten überrascht hervor. Er redete weiter, als sei nichts passiert, aber nach ein paar Augenblicken spürte ich eine vorsichtige Hand auf meinem Knie. Ich packte sie und führte sie unter den Saum meines Rockes.

»Wollen Sie bei mir noch einen Kaffee trinken?« flüsterte er, unfähig, die Erregung in seiner Stimme zu verbergen.

Da war sie. Die Einladung, nach der ich mich all die Jahre gesehnt hatte. Du alter Bock, dachte ich bitter. Du weißt nichts von mir, bist aber bereit, mit mir ins Bett zu hüpfen, nur aufgrund einiger Shakespearezitate und einer kurzen Fummelei. Mit wie vielen deiner Studentinnen hast du das schon gemacht?

In seiner Wohnung wartete ich auf dem Sofa, während er den Kaffee aufgoß. Die vertraute Umgebung setzte Erinnerungen an meinen letzten Besuch als Harriet frei, schwächte meine Selbstsicherheit und zwang mich, daran zu denken, daß ich nicht mehr dieselbe Person war. Als Andrew ins Zimmer zurückkehrte, war er jedoch deutlich nervöser als ich.

»Nicht so schüchtern«, murmelte ich, tätschelte das Kissen neben mir, als er zwischen dem Sofa und dem Lehnstuhl zögerte. Er setzte sich neben mich, ich beugte mich zu ihm und flüsterte ihm einen von Mephisto geborgten Satz ins Ohr:

»Zuweilen ist Unbedachtheit/ unser höchstes Gut.«

»Das ist aus Faust, oder?« Andrew sah mich verwirrt an. »Aber ist es Marlowe oder Goethe?« Er kratzte sich am Kopf. »Komisch, daß Sie gerade das sagen ...«

»Warum?«

Er schüttelte den Kopf, blinzelte. »Nichts. Es erinnert mich nur an etwas …«

Etwas oder jemanden? Doch es hielt seine Gedanken nicht lange gefangen. Ich rückte näher, legte ihm die Arme um den Hals und küßte ihn fest auf die Lippen, ein Kuß, von dem ich als Harriet jahrelang geträumt hatte.

Er reagierte, zuerst vorsichtig, dann mit zunehmendem Enthusiasmus, als er merkte, daß ich ihn nicht wegschubsen würde. Sein Atem ging schneller, während er meinen Oberkörper erforschte, meine Brüste durch das dünne Material meiner Bluse streichelte.

»Mmmm«, sagte ich, griff nach seiner Hand. »Wo ist das Schlafzimmer?«

Ich hatte vor, Andrew zu demütigen, ihn bis zum Äußersten zu reizen, mich dann zurückzuziehen und anwidert zu tun. Ich würde mich entschuldigen, es auf die Drinks schieben, die er mir aufgenötigt hatte, und ihm sagen, ich wüßte nicht, was über mich gekommen sei. Ich würde ihn darauf hinweisen, daß er alt genug war, um mein Vater zu sein, und dann fragen, ob er dächte, eine junge Frau wie ich könnte ihn anziehend finden. Danach würde ich gehen, ihn in einem Zustand der Frustration und des Selbstzweifels zurücklassen.

In seinem Schlafzimmer, dem innersten Heiligtum, das ich in meinem vorherigen Leben nie betreten hatte, küßte er mich lange, bevor er sich sanft daran machte, mich auszuziehen. Ich konnte mich nicht überwinden, ihn aufzuhalten – noch nicht. Erst wollte ich meine Neugier befriedigen.

Als ich Harriet war, hatte ich viele einsame Stunden damit verbracht, diese Szene in meinem Kopf durchzuspielen, immer wieder, mit verschiedenen Kulissen und Dialogen, hatte mir vorzustellen versucht, wie es sein würde. Ich hatte mich gefragt, wie Andrew nackt aussah, ob ich seinen alternden Körper anziehend finden würde oder nicht. Und ich hatte mir Sorgen gemacht, was er von meinem Körper halten würde, ob es für einen Mann möglich war, eine Frau mit schlaffen Schenkeln und Hängebrüsten zu lieben.

Jetzt geschah es tatsächlich. Es geschah Cindy, nicht Harriet – aber als er die letzten Kleidungsstücke abwarf und unsere Körper sich fanden, änderte sich etwas in mir, und ich war wieder Harriet. Ich gab den Gedanken an Rache auf, zog ihn an mich und streichelte ihn mit der Zärtlichkeit, die ich schon immer hatte ausdrücken wollen.

Sein Körper war genau so, wie ich ihn mir vorgestellt hatte, an manchen Stellen etwas übergewichtig, an anderen schlaff und faltig, aber ich mochte jeden Zentimeter davon. Ich liebte ihn immer noch, liebte den Menschen in diesem Körper.

Ich wollte es ihm sagen, wollte ihm »Ich liebe dich« ins Ohr flüstern, dachte aber, das würde von jemandem, den er erst vor ein paar Stunden kennengelernt hatte, doch etwas seltsam klingen. Statt dessen konzentrierte ich mich auf den Genuß des Augenblicks. Andrews Liebesspiel war leidenschaftlicher, als ich erwartet hatte, wenn auch etwas unkoordiniert.

»Tut mir leid«, sagte er, als unsere Nasen zusammenstießen.

»Aua, entschuldige.« Unsere Zähne klirrten beim Küssen aufeinander.

»Mir ist gerade etwas eingefallen«, meinte er plötzlich irgendwo aus meiner Nabelgegend. Mit einem bestürzten Ausdruck tauchte er unter der Decke auf. »Ich habe keine Kondome.«

Bei einem alten Schürzenjäger wie ihm hatte ich ein ganzes Regal voll neben dem Bett erwartet. »Macht nichts«, sagte ich, griff nach meiner Handtasche. »Ich glaube, ich hab hier noch was.« Da war noch der Dreierpack, den ich in Cindys Handtasche am ersten Tag im Krankenhaus gefunden hatte. Ich hatte ihn behalten, für unvorhergesehene Notfälle. Andrew betrachtete das Päckchen zweifelnd, riß das Zellophan mit den Zähnen auf und machte sich ans Werk.

Er kam mit einem sanften, entzückten Stöhnen, ganz anders als Harleys melodramatische Schreie. Dann überlief ihn ein Schauder, und ein seltsamer, jämmerlicher Laut kam aus seiner Kehle.

»Andrew, was ist los?«

»Es tut mir leid«, murmelte er, griff nach seinem Hemd. »Ich hätte das nie tun sollen. Ich habe die Situation ausgenutzt.«

»Nein, hast du nicht«, sagte ich sanft. »Du kannst nicht ahnen, wie ich es genossen habe.«

»Die Sache ist«, sagte er langsam. »Die Sache ist ...«

»Laß doch, es ist alles in Ordnung.« Ich drückte ihn an mich, wollte nicht, daß dieser kostbare Moment zu Ende ging.

»Ich kenne dich doch kaum«, stieß er hervor, schob mich weg. Er stand auf, begann sich anzuziehen. »So was habe ich noch nie gemacht – es ist einfach über mich gekommen ...«

Rasch zog er sich an und stapfte aus dem Zimmer. Ich setzte mich im Bett auf, fragte mich gequält, was ich falsch gemacht hatte.

Schließlich zog ich mich ebenfalls an und ging ins Wohnzimmer. Er saß am Kamin in seinem üblichen Sessel, drehte trübsinnig die Toastgabel zwischen seinen Händen.

»Willst du darüber reden?« fragte ich.

Er seufzte. »Du würdest es nicht verstehen. Ein junges Mädchen wie du, das noch ihr ganzes Leben vor sich hat.«

»Vielleicht doch.«

»Ich schäme mich für mein Benehmen«, sagte er. »Nur, nun ja, ich habe eine Menge junger Studentinnen, allerdings keine so attraktiv wie du, und ein Mann in meinem Alter hat eben Gedanken, Phantasien darüber, wie es sein würde, wenn … na, du weißt schon. Als du mich im Pub so angefaßt hast, konnte ich nicht widerstehen … es schien zu schön, um wahr zu sein. Ich habe nicht über die Konsequenzen nachgedacht.«

»Welche Konsequenzen? Warum sollte es Konsequenzen haben?«

»Oh, für dich wird es keine haben, das weiß ich, meine Liebe«, sagte er matt. »Schiffe, die sich in der Nacht begegnen und so. Aber das Problem für mich ist … tja, die Emotionen spielen einem in meinem Lebensalter seltsame Streiche. Die Wahrheit ist, daß du mich an jemanden erinnerst, den ich einst gekannt habe. Vor allem deine Stimme, obwohl ich nicht weiß, warum, denn sie war keine Amerikanerin. Vielleicht ist es auch nur etwas, was du gesagt hast. Ich fürchte, ich habe hier gesessen und an sie gedacht.«

»Hast du sie geliebt?« fragte ich zitternd.

»Ja«, sagte er traurig. »Ich habe das nie erkannt, bis es zu spät war. Sie ist weggegangen. Vermutlich werde ich sie nie wiedersehen.« Er drehte sich um und sah mich an. »Entschuldige, ich kann nicht erwarten, daß du das verstehst, aber ich habe das Gefühl, sie betrogen zu haben.«

Du dämlicher Trottel, Andrew, dachte ich. Warum hast du nicht ein bißchen angestrengter nachgedacht? Wenn du nur etwas gesagt hättest, mich auch nur ein bißchen ermutigt hättest, dann hätte ich schon für den Rest gesorgt. Ich hätte nie auf Mephisto gehört. Nichts von alledem wäre je passiert.

Jetzt war es zu spät.

»Hör zu, Andrew«, sagte ich. »Die Schuld liegt ebenso bei mir. Ich meine, ich hab schließlich angefangen, nicht wahr?«

»Was um alles in der Welt hast du nur in mir gesehen?«

Ich zögerte. »Man kann diese Dinge nicht immer erklären«, sagte ich schließlich. »Manchmal passieren sie einfach.«

»Du bist sehr verständnisvoll«, meinte er. »Das habe ich nicht verdient. Kann ich dich wiedersehen? Es wiedergutmachen?«

»Nein«, sagte ich fest. »Das würde nicht funktionieren. Jetzt nicht.«

Was tat ich da? Wies den Mann ab, den ich liebte? Aber ich wußte, das es nicht gutgehen würde; selbst wenn man den gewaltigen Altersunterschied ignorierte, würde er mich jetzt nicht mehr aus den richtigen Gründen lieben.

»Allerdings kannst du zwei Dinge für mich tun«, fügte ich hinzu.

»Was denn?«

»Darf ich auf deinem Sofa übernachten?« Der letzte Zug war schon vor Stunden abgefahren, und ich wollte nicht in Harriets leere Wohnung zurückkehren.

»Natürlich«, sagte er verblüfft. »Wenn du willst? Und was ist das andere?«

»Die Frau, von der du gesprochen hast, wie hieß die?«

»Warum um alles in der Welt willst du das wissen?«

Ich wollte ihn den Namen aussprechen hören. »Bitte sag's mir.«

»Harriet«, murmelte er leise, wie zu sich selbst. »Vielleicht kommt sie eines Tages zurück.«

»Wer weiß.« Ich wollte ihn trösten. »Vielleicht tut sie das ja.«

Wenn er nur wüßte.

Ich schlief auf Andrews Sofa, voll bekleidet, vor dem Kamin, in dem wir zusammen unsere Crumpets zu toasten pflegten. Die Erinnerung an diese Zeit schien kostbar, obwohl ich nicht vergessen hatte, wie unglücklich ich damals gewesen war. Als ich mir vorstellte, wie es hätte sein können, überkam mich

Traurigkeit. Dadurch, daß ich Cindy geworden war, hatte ich all die materiellen Dinge bekommen, die ich mir stets gewünscht hatte, aber es war ein schaler Sieg. Das Glück, das ich mit Andrew hätte finden können, war jetzt für immer unerreichbar.

Am nächsten Morgen ging ich, während er noch schlief, und nahm den frühen Zug zurück nach London. Was würde Harley über meine Abwesenheit sagen? Wichtiger noch, was würde ich ihm erzählen? Ich starrte aus dem Zugfenster auf die trübe Vortlandschaft. Für mich war sie voller Erinnerungen und Verbindungen. Dies war der Ort, an den mein Herz gehörte. In der Designerfestung auf Beverly Hills würde ich mich nie wirklich zu Hause fühlen. Der Zug ratterte über die Schwellen, und mir fielen Mephistos Worte ein:

Unterschätze nie, wie sehr die Macht der Schönheit korrumpieren kann.

Er hatte doch recht gehabt. Ich hatte mich korrumpieren lassen, war bereit gewesen, die Dinge, auf die es wirklich ankam – Liebe, Wahrheit und Freundschaft –, den materiellen Dingen zu opfern, die Harley zu bieten hatte. Nicht damit zufrieden, sowohl Jugend wie auch Schönheit zu erhalten, hatte ich obendrein noch Ruhm und Reichtum gewollt. Um das zu bekommen, hatte ich zugelassen, mich von Harleys glamourösem Lebensstil verführen zu lassen, und hatte den Wunsch, mich zu verlieben, mit dem tatsächlichen Gefühl verwechselt.

Nachdem ich jetzt in Guildford gewesen war, nachdem ich den Mann wiedergetroffen hatte, den ich wirklich liebte, konnte ich nicht mit Harley nach Amerika zurückkehren. Was sollte ich tun? Ich erinnerte mich an die Bemerkungen, die ich auf der Hochzeit belauscht hatte: *billige kleine Schlampe … wird ihn ausnehmen, wenn es zur Scheidung kommt …*

So bin ich nicht, sagte ich mir wütend. Ich wollte sein Geld nicht. Ich wollte auch die Berühmtheit, das Gesicht von *Lapinique* zu sein, nicht mehr – der Reiz daran war längst verflogen.

Ich wollte einfach nur glücklich sein. Was die Zukunft bringen würde, war ungewiß, aber wenn ich Liebe finden wollte – die richtige Art von Liebe, die tiefer ging als der äußere Anschein –, würde ich Harley verlassen und ein eigenes Leben aufbauen müssen.

Niemand würde mich in England erkennen. Ich hatte Harriets Papiere, die mir für den Übergang helfen würden. Die Abfindung von der Bücherei würde mich über Wasser halten, bis ich die Einzelheiten geklärt hatte – wo ich wohnen wollte, wie ich meinen Lebensunterhalt verdienen würde und die Einwanderungsgesetze umgehen konnte. Bis die neue *Lapinique*-Werbung hier auftauchte, konnte ich mein Äußeres genug verändert haben, um meine Anonymität zu wahren.

Würde ich je einen Menschen finden, den ich lieben, mit dem ich alt werden konnte? Meine Schönheit, erkannte ich, war ein Hindernis, das wirklichen Beziehungen mit anderen Menschen im Weg stand. Männer jagten mir nach, Frauen beneideten und haßten mich, aber niemand nahm mich ernst. Niemand versuchte, mit der einsamen Person in meinem Inneren Kontakt aufzunehmen.

Im Dorchester betrat ich leise die Suite. Ich hatte gehofft, den Augenblick der Konfrontation hinausschieben zu können, aber Harley erschien sofort an der Schlafzimmertür.

»Cindy!« Er sah abgespannt aus, als hätte er eine Woche lang nicht geschlafen. »Wo zum Teufel bist du gewesen? Ich war schon ganz krank vor Angst!«

»Ich, äh, habe den Zug verpaßt«, sagte ich lahm. »Entschuldige, ich hätte anrufen sollen.« Ich hielt inne. Die Sache würde nicht leicht werden. »Hör zu, Harley«, sagte ich. »Zwischen uns läuft es nicht gut, nicht wahr? Wir müssen uns ernsthaft unterhalten.«

»Wo hast du die Nacht verbracht?« fragte Harley mißtrauisch, ohne auf meine letzte Bemerkung zu achten. »Oder sollte ich fragen, mit wem du sie verbracht hast? Warst du mit einem anderen Kerl zusammen?«

Ich schüttelte den Kopf, erkannte erst in dem Moment, daß ich Harley letzte Nacht tatsächlich betrogen hatte. »Ich habe in einem Hotel übernachtet«, murmelte ich. »Harley, ich muß mehr Zeit für mich haben. Ich bin nicht glücklich, und ich mache dich auch nicht glücklich ...«

»Ein Hotel!« explodierte Harley. »Willst du damit sagen, ich hätte eine billige Nutte geheiratet, die die Freier mit ins Hotel nimmt?« Er lief im Zimmer auf und ab, schlug dabei jedesmal mit der Hand gegen die Wand, wirbelte herum und starrte mich an. »Wer ist dieser Kerl?« wollte er mit melodramatischem Ton wissen. Ekel durchtränkte seine Stimme. »Irgendein Fremder, den du auf der Straße aufgelesen hast?«

»Es gibt keinen anderen«, sagte ich nachdrücklich, sah ihm in die Augen. »Ich mußte nur für eine Weile von allem weg.«

Er sah mich verblüfft an. Endlich schien es zu ihm durchzudringen. »Was meinst du damit, von allem weg?« Er folgte mir durchs Zimmer zum Sofa. »Wovon redest du?«

Ich setzte mich und holte tief Luft. »Die Sache ist so, Harley ...«

»Wie kannst du sagen, wir wären nicht glücklich?« unterbrach er mich wütend. »Habe ich mich nicht um dich gekümmert? Dir alles gegeben, was du brauchst?« Er nahm seine Lauferei wieder auf, umkreiste den Couchtisch. »Wie kannst du so undankbar sein?« fügte er gekränkt hinzu.

»Ich bin nicht undankbar«, erwiderte ich leise. »Ich bin dir wirklich dankbar für alles, was du getan hast. Es ist nur ...«

»Das erlaube ich nicht!« Er blieb vor dem Sofa stehen, sah mit strengem Gesicht auf mich herunter. »Ich weiß nicht, wer dir diese verrückten Ideen in den Kopf gesetzt hat, aber du vergißt sie besser auf der Stelle!« Er verschränkte die Arme. »Du bist meine Frau, Cindy, und du bleibst hier bei mir, wo du hingehörst.«

»Wie willst du mich dazu zwingen?«

Harley war verblüfft. »Hast du nicht gehört, was ich gesagt habe? Ich erlaube es nicht.« Er tätschelte meine Schulter. »Jetzt komm«, sagte er in versöhnlichem Ton. »Du bist übermüdet. Ruh dich erst mal aus, und wir tun so, als sei das alles nie passiert.«

Warum hörte er nicht zu? Ich schob seine Hand weg, stand auf und sah ihn an. »So einfach ist das nicht Harley. Wir lieben einander nicht. Warum sollten wir uns was vormachen?«

Seine Augen füllten sich mit einer Mischung aus Gekränktsein und Unglauben. »Natürlich lieben wir uns! Das haben wir uns jede Nacht im Bett bewiesen.« Er drehte sich um, ging zum Fenster, wirbelte abrupt zu mir herum. »Willst du damit sagen, ich bin nicht gut genug für dich? Heißt das, ich kann dich nicht befriedigen?« Gequält runzelte er die Stirn. »Hast du jemanden gefunden, der das kann?«

»Ich hab dir schon gesagt, Harley, es gibt keinen anderen.«

»Das glaube ich dir nicht!« Er hielt sich den Kopf, betrachtete mich mit wildem Blick. »Welche Erklärung sollte es sonst für deine verrücktes Benehmen geben!«

»Aber du verstehst nicht …«

»Verdammt noch mal, glaubst du, ich bin von gestern? Ich weiß, wie ihr dämlichen Schlampen seid.« Drohend kam er auf mich zu. »Ich dachte, du wärst anders, Cindy. Jetzt hast du mich betrogen …«

»Aber …«

Er packte mich grob an den Schultern. »Sag die Wahrheit«, knurrte er. »Ich laß mich von dir nicht zum Narren halten!«

Ich öffnete den Mund, wollte protestierten.

»Halt!« schrie er. »Warte! Sag nichts!« Er stieß mich brutal auf das Sofa zurück.

»Ich ertrage es nicht! Der Gedanke, daß du es mit einem anderen Kerl getrieben hast ... das ist zu viel ...« Sein Gesicht verzerrte sich, er drehte sich um, floh zur Tür. »Ich hätte nie gedacht, daß es so weit kommen würde!« jammerte er, mühte sich mit dem Türgriff ab. Ein lautes, polterndes Geräusch, die Tür flog auf, und George fiel ins Zimmer.

»Überall nur Verrat!« schrie Harley, schubste ihn grob beiseite. »Niemandem kann ich mehr vertrauen!« Er rannte aus der Tür und verschwand mit einem gequälten Schrei im Flur.

George warf mir einen feindseligen Blick zu, kam auf die Füße und lief ihm nach.

»Warten Sie, Mr. Harley, Sir!« Seine Stimme verlor sich, als er ihm zum Aufzug folgte. »Kommen Sie zurück!«

Allein gelassen, erhob ich mich vom Sofa, ging ins Schlafzimmer, rieb mir die Schulter. Harley hatte mir nicht allzu weh getan, aber die Gewalttätigkeit seiner Reaktion erschreckte mich. In gewissem Sinne hatte ich es verdient. Ich hatte ihn unter Vorspiegelung falscher Tatsachen geheiratet, hatte mir eingeredet, da sei Liebe, wo keine war. Schuldbewußt überlegte ich, wen ich mehr getäuscht hatte, Harley oder mich.

Ich setzte mich aufs Bett und dachte eine Weile nach, bevor ich zu einem Entschluß kam. Dann öffnete ich meinen Koffer, warf rasch das meiste vom dem hinein, was ich mitgebracht hatte. Am besten, ich verschwand sofort, solang er weg war. Kein Grund, den Abschied noch schmerzlicher zu machen.

Ich stand an der Tür, den Koffer in der Hand, als ich gedämpfte Stimmen auf dem Flur hörte. Harley und George waren bereits zurück, verdammt, und David hatte sich ihnen angeschlossen.

»Na gut«, sagte Harley, klang wesentlich ruhiger als vorher. »Wenn Sie meinen, daß es so am besten laufen wird, überlasse ich die Sache Ihnen.«

»Hoffentlich sind Ihre Kontakte auch verläßlich, George.« Das war David. »Wir können uns so kurz vor der Einführung des Produkts in England keine negative Publicity leisten.«

George murmelte etwas Unverständliches. Ich strengte mich an, mehr zu hören, aber sie waren offenbar in Davids Suite nebenan gegangen.

Dann kam Harleys Stimme zurück. »Ich schau nur eben nach, wie es ihr geht.«

Mit einem Satz war ich von der Tür weg, sauste ins Schlafzimmer und schob meinen Koffer unter das Bett.

»Cindy, Liebling.« Harley stand in der Tür, schaute beschämt. »Entschuldige, ich wollte nicht so grob mit dir sein. Verzeihst du mir?«

Warum hatte er nicht ein paar Minuten länger wegbleiben können? Ich biß die Zähne zusammen, lächelte schwach. Noch einen Streit, eine weitere Szene konnte ich nicht ertragen. Freiwillig würde er mich nicht gehen lassen, also war es besser, heimlich zu verschwinden, wenn niemand es erwartete. Ich würde die Beschuldigungen über mich ergehen lassen, bis ich eine Gelegenheit zur Flucht fand.

»Ich habe nachgedacht«, sagte er. »Vielleicht liegt es an mir, daß ich dich nicht glücklich mache. Mein Bioenergetikberater hatte ein paar Probleme mit meinen Körperkommunikationsfähigkeiten bei der letzten Sitzung. Glaubst du, wir sollten eine gemeinsame Körpertherapie beginnen? Angeblich soll es Wunder wirken für eine Beziehung, wenn man zusammen an den Kernpunkten arbeitet, die Verletzungen und den tiefsitzenden Zorn der Kindheit freisetzt.«

Entgeistert starrte ich ihn an. Das war doch wohl ein Witz, oder?

Harley sah auf die Uhr. »Noch ist es zu früh, in L.A. anzurufen, aber ich könnte mit der Klinik telefonieren, sobald sie aufmacht, und einen Spezialisten einfliegen lassen. Einen schallisolierten Raum zu bekommen dürfte kein Problem sein.«

Ich schluckte. Auf keinen Fall würde ich mich auf diesen ganzen New-Age-Kram einlassen. Meiner Wut freien Lauf zu lassen, daß ich zu meinem zehnten Geburtstag kein neues Fahrrad bekommen hatte, würde kaum meine Meinung darüber ändern, ob ich Harley liebte oder nicht.

Ich lächelte süßlich. »Wenn es das ist, was du wirklich willst …«

Warum ihn mißtrauisch machen? Mit ein bißchen Glück würde ich schon weit weg sein, bevor sein Hexendoktor auftauchte.

»Aber erst mal«, fuhr er fort, »führe ich dich zum Essen aus. Vielleicht habe ich dich in letzter Zeit zu sehr vernachlässigt, war zu sehr mit den Geschäften und all dem beschäftigt.«

Ich hatte nicht bemerkt, daß er von seiner üblichen Müßiggängerei abgewichen war.

Er lächelte gönnerhaft. »Cindy, wir können mit allem fertig werden, was auf uns zukommt. Wir müssen gemeinsam an dieser Ehe arbeiten, wenn wir wollen, daß sie funktioniert.«

Wieso redete er plötzlich dauernd von »gemeinsam«? Was sollte dieser »wir schaffen das schon« Quatsch?

Für den Rest des Tages verhielt er sich einwandfrei, aber ich witterte Unrat. Körpertherapie oder nicht, ich konnte nicht glauben, daß die Wut, die er vorher gezeigt hatte, sich so schnell verflüchtigt haben sollte. Ich mußte keine Expertin in männlicher Psychologie sein, um zu wissen, daß da etwas im Busch war.

Am nächsten Morgen wachte ich früh auf, taste nach dem Koffer unter dem Bett. Ich würde nicht warten, bis ich herausfand, was Harley, David und George am Tag zuvor ausgeheckt hatten. Bis sie aufwachten, wäre ich längst auf dem Weg nach Guildford und für immer aus ihrem Leben verschwunden.

Kapitel 16

Im Zimmer war alles ruhig. Nach einem letzten Blick auf den schlafenden Harley schlich ich leise davon und öffnete die Tür zum Gang.

»Adieu, Harley«, flüsterte ich, trat auf den Flur hinaus. Nach all meinen Bedenken und Unschlüssigkeiten war das eigentliche Weggehen einfacher, als ich erwartet hatte. Vor dem Hotel winkte ich mir ein Taxi heran, das mich zum Waterloo-Bahnhof fuhr. Eine Stunde später stand ich zum zweiten Mal innerhalb von drei Tagen in der Bahnhofshalle von Guildford und überlegte, was ich tun sollte. Jetzt konnte es beginnen – mein neues Leben. Ich mußte Pläne machen.

Allzu lange in Harriets Wohnung zu bleiben würde Verdacht erregen, also mußte ich mir so bald wie möglich etwas Neues suchen. Außerdem brauchte ich einen Job. Harriets Abfindung würde nicht ewig reichen. Ich wollte diese Probleme sofort in Angriff nehmen, gab meinen Koffer bei der Gepäckaufbewahrung ab und überquerte die Brücke zur Innenstadt. Mein erster Anlaufpunkt war die Stellenvermittlung am Ende der High Street.

Während ich die ausgeschriebenen Stellen durchsah, wurde mir klar, daß ich Zeugnisse brauchen würde, wenn mein Leben besser sein sollte, als Cindys gewesen war. Ich wollte nicht mehr als Model arbeiten, aber mir war nicht klar gewesen, wie schwierig es sein würde, als ungelernte Kraft etwas Vernünftiges zu finden. *Teilzeitputzfrau ... Küchenhilfe ... Parkwächter* – die angebotenen Jobs waren kaum geeignet als Start für eine brillante neue Karriere. *Cateringassistentin gesucht für American Di-*

ner in örtlichem Einkaufszentrum erinnerte mich zu sehr an Marty's und bot einen Stundenlohn, der kaum zum Überleben reichte. Nach einem unbehaglichen Blick auf die Reihe der Angestellten in Schlips und Kragen, die darauf lauerten, daß ich an einen Schalter trat, beschloß ich, ein paar Tage zu warten, bevor ich die Glaubwürdigkeit meiner neuen Identität testete. Ich verließ die Jobvermittlung, kaufte mir eine Zeitung und ging in ein Café an der North Street.

Dort blätterte ich die Zeitung durch, sah gelegentlich von meinem gemütlichen Fenstersitz hinaus auf die Welt da draußen. Der Kaffee war heiß, und ich begann, ein neues Gefühl der Unabhängigkeit zu genießen. Endlich war ich frei, konnte mein eigenes Leben führen. Ich würde ganz neu anfangen, mir neue Freunde suchen. Mit ein bißchen Glück würde ich vielleicht jemanden kennenlernen, der meine Einsamkeit vertrieb und meine Zukunftsaussicht verschönte.

Die Angebote in der Zeitung waren nicht viel besser als die in der Stellenvermittlung, aber irgendwo mußte ich schließlich anfangen. Dann würde ich Abendkurse besuchen. Ich konnte mit Computern umgehen; vielleicht sollte ich meine Kenntnisse auf diesem Gebiet erweitern. Ich kreiste ein paar Anzeigen ein, die einigermaßen vielversprechend klangen, und wandte mich dann den Wohnungsanzeigen zu.

Als ich das nächste Mal aus dem Fenster sah, bemerkte ich einen Mann auf der anderen Straßenseite. Ein stämmiger, streitsüchtig aussehender Typ mit rotem Gesicht und schütterem Haar. Trotz des kühlen Wetters trug er nur ein kurzärmeliges T-Shirt, schwang die Arme und trat von einem Fuß auf den anderen, um sich warm zu halten. Irgendwas an ihm kam mir seltsam bekannt vor. Während ich ihn verstohlen über den Rand meiner Zeitung beobachtete, zog er ein Handy aus der Hosentasche und wählte eine Nummer. Dann fiel es mir ein – ich hatte ihn am Morgen auf dem Waterloo-Bahnhof gesehen, nahe der Bahnsteigsperre, das Handy am Ohr. Wir waren offenbar mit demselben Zug nach Guildford gefahren.

Ich wandte mich wieder der Zeitung zu, studierte die Wohnungsanzeigen. Als ich erneut aufsah, war der Mann immer noch da. Er schien das Interesse am Café verloren zu haben, winkte einem Mann weiter unten auf der Straße zu. Neugierig sah ich in die Richtung und entdeckte eine Gestalt im langen Mantel, die auf ihn zuhastete. Sie wechselten ein paar Worte, dann drehten sich beide um und starrten zum Café herüber. Mir blieb das Herz stehen. Der zweite Mann war George.

Hinter meiner Zeitung verborgen wurde mir klar, daß er bereits Bescheid wußte. Der erste Mann war mir zweifellos seit Waterloo gefolgt – oder sogar schon vom Hotel – und war per Telefon mit George in Verbindung geblieben. Mir fiel wieder ein, was Harley gestern zu George gesagt hatte: *»Dann überlasse ich Ihnen die Sache …«* Glaubte er, ich würde sie zu dem Liebhaber führen, den er sich einbildete? Oder hatten sie vor, mich mit Gewalt zurückzubringen? Egal, es sah so aus, als würde Harley mich nicht kampflos aufgeben.

Nur gut, daß ich nicht direkt zu Harriets Wohnung gegangen war. Ich hatte also immer noch ein Versteck, wenn ich es bis dorthin schaffte, ohne verfolgt zu werden. Rasch legte ich Geld für den Kaffee auf den Tisch, stand auf und mischte mich unter eine Gruppe Frauen, die gerade das Café verließ. Wenn ich schnell und unauffällig raus kam, bevor George und sein Kumpel merkten, daß ich sie gesehen hatte, konnte ich sie in dem Wirrwarr der Gassen abschütteln, die zur Hauptstraße führten.

Die Frauen knäulten sich im Eingang, hantierten mit Mänteln und Einkaufstaschen und strömten schließlich alle gemeinsam hinaus. Mit gesenktem Kopf schloß ich mich ihnen an.

»Hallo«, sagte eine der Frauen, betrachtete mich unsicher.

»Hi«, erwiderte ich fröhlich. »Herrliches Wetter für diese Jahreszeit.«

Wir überquerten die Straße in enger Formation, kamen ganz dicht an George vorbei und bogen nach rechts hügelaufwärts ein.

»Helfen Sie mir, meine Liebe«, meinte die Frau im Plauderton. »Ich kann mich nicht erinnern, wo wir uns kennengelernt haben. Sind Sie auf Urlaub hier?« Ich suchte noch fieberhaft nach einer passenden Antwort, als die Gruppe abrupt vor dem Hintereingang eines Kaufhauses stehenblieb. Wangen wurden geküßt, und die Frauen zerstreuten sich in alle Richtungen.

»Meine Schwester lebt in Florida«, fuhr meine Gefährtin fort, hielt mich mit ihrer behandschuhten Hand am Arm zurück. »Aus welchem Teil der Staaten kommen Sie? Eines Tages würde ich so gern dort hinfliegen.«

Ich schaute mich um, sah George wütend die Straße absuchen. Bevor ich etwas tun konnte, trafen sich unsere Blicke. »Entschuldigen Sie. Ich muß los«, murmelte ich, sprintete zur Ladentür.

»Da ist sie!« schrie George. »Haltet sie auf!«

Ich rannte durch die Lederwarenabteilung und die Treppe hinauf, die zum vorderen Teil des Kaufhauses führte. In der Kosmetikabteilung stieß ich mit einer Verkäuferin zusammen, die eine blaßblaue Schärpe über dem weißen Kittel trug.

»Verzeihung«, japste ich, schnappte nach Luft.

»Nichts passiert«, kicherte sie, betrachtete mich von oben bis unten. »Ich hätte Sie sowieso aufgehalten, das ist mein Job. Kann ich Ihnen ein kostenloses Make-up anbieten? Wir haben diese Woche ein spezielles Werbeangebot von …«

Ich starrte das vertraute Logo auf der Schärpe an. *Lapinique*. Würde ich das verdammte Zeug nie loswerden?

»Eher verbrenne ich in der Hölle«, sagte ich wütend, schubste sie rückwärts in eine Pyramide blaßblauer Flaschen. Hinter mir klirrte es gewaltig, als ich meine Flucht fortsetzte, aber ich hatte keine Zeit, mich umzudrehen und mein Werk zu bewundern.

An der Tür zur High Street war mir George schon dicht auf den Fersen. Ich rannte den Hügel hinunter, so schnell ich konnte, schoß dann in eine Gasse zu meiner Rechten. Zwei Frauen mit Kinderwagen kamen mir entgegen, versperrten mir den Weg. Fluchend sah ich mich nach einem Fluchtweg um. Eine grellbunte Tür stand einen Spalt offen. Ich holte tief Luft, schob sie auf und stolperte hinein.

Heiße, verrauchte Luft drang in meine Kehle und brannte mir in den Augen. Eine Ansammlung schmuddeliger Männer betrachtete mich interessiert, durch mein Eintreten vorübergehend abgelenkt von der Reihe Fernsehschirme an der Wand. Ein Wettbüro. Ich mußte grinsen. Hier würden sie mich nie suchen.

»Hallo, Schätzchen«, sagte einer der Männer mit anzüglichem Lächeln.

»Heißer Tip für das kleine Füllen da, Frank«, murmelte ein anderer, zwinkerte seinem Kumpel zu.

Ich funkelte sie an. So würdevoll wie möglich ging ich an ihnen vorbei zu einer unbesetzten Ecke und tat so, als würde ich die an die Wand geheftete Zeitung studieren. Sie machten noch ein paar unverständliche Bemerkungen, verloren aber schnell das Interesse und wandten sich wieder ihren Wettzetteln zu. Ich beschloß, zwanzig Minuten zu warten und dann durch eine der Gassen zum Schloß hinaufzuflitzen. Von dort aus konnte ich über Nebenstraßen zu Harriets Wohnung gelangen.

Die Listen an der Wand verrieten mir die Namen der Pferde,

die in den heutigen Rennen laufen würden, zusammen mit jeder Menge kryptischer Informationen, die mir nichts sagten. Ein Name fiel mir ins Auge: *Teufelstanz*, der um 3.30 Uhr in Newmarket laufen würde. Wenn ich auch nur die geringste Ahnung gehabt hätte, wie man das machte, hätte ich auf ihn gewettet. Ich hatte das Gefühl, ein wenig Glück verdient zu haben.

Ein Mann betrat das Wettbüro, ein Handy in der Hand; die anderen sahen ihn erwartungsvoll an.

»Noch nichts«, knurrte er, steckte das Handy in die Tasche. »Der Boß sagt, wir sollen warten, bis er anruft.«

»Verdammte Scheiße«, sagte einer der Männer aggressiv. »Wie lange sollen wir denn noch hier warten? Ich muß heute nachmittag nach Kempton Park.«

»Mir hat die Sache von Anfang an nicht gefallen«, meinte ein anderer. »So was machen wir sonst nicht. Und dann noch in aller Herrgottsfrühe hier am Arsch der Welt ...«

»Hört auf zu jammern«, bellte der Mann mit dem Handy. »Steht der Wagen bereit?«

»Pete kurvt damit durch die Einbahnstraßen, wie du gesagt hast«, sagte der Mann, der mir den anzüglichen Blick zugeworfen hatte. »Wenn das so weitergeht, hat der kein Benzin mehr, bevor was passiert. Ein totales Fiasko, wenn du mich fragst.«

Ich starrte ihn an, schaute dann rasch weg, als er meinen Blick auffing und wieder anzüglich grinste. In was war ich da hineingeraten? Wollten die eine Bank ausrauben?

»Ich hab noch nie bei einer Entführung mitgemacht«, sagte einer der Männer leise. »Was springt für uns dabei raus?«

Entführung? Mir kam ein entsetzlicher Verdacht.

»Halt die Klappe, du Blödmann«, knurrte der Mann mit dem Handy. »Ich hab euch doch gesagt, es ist alles legal. Das ist keine richtige Entführung. Wir sollen sie bloß zu ihrem Mann zurückbringen. Frag Wilkie, wenn du mir nicht glaubst.«

»Wer zum Teufel ist Wilkie?« fragte der erste.

»Herr im Himmel, kennst du Wilkie nicht?« Der Mann mit dem Handy schaute ganz verträumt. »Den König der Pferdewetten nannten sie ihn, damals in den Achtzigern, bevor er nach Amerika ging. Hat mich gestern abend aus heiterem Himmel angerufen. Mir einen hübschen kleinen Verdienst versprochen.« Der Mann seufzte. »Wir hatten 'ne tolle Zeit, damals in Newbury, der alte George Wilkins und ich.«

Mein Magen krampfte sich zusammen, als mir klar wurde, über wen sie redeten. Ich mußte hier raus, bevor sie mich erkannten. George hatte für seine Schlägertruppe keine Ausgaben gescheut, und ich war ihnen direkt in die Arme gelaufen.

Bevor ich reagieren konnte, klingelte das Handy.

»Das wird er sein«, sagte der Mann. Er lauschte einen Moment, grunzte ärgerlich. »Er kommt her«, sagte er zu den anderen. »Anscheinend haben sie sie verloren.« Ich drückte mich am Tresen entlang, zum hinteren Teil des Wettbüros, wo ich eine zweite Tür entdeckt hatte.

»Verläßt du uns schon, Schätzchen?« fragte einer grinsend. Ich ging schneller. Als ich die Tür erreichte, öffnete sie sich. George erschien, gefolgt von dem Mann im T-Shirt. Ihnen fiel der Unterkiefer runter, als sie mich sahen.

»Was zum Teufel ...«, entfuhr es George. Ich machte kehrt und schoß durch den Laden zur anderen Tür. Die Männer beobachteten mich überrascht.

»Haltet sie auf, ihr Idioten«, brüllte George. »Das ist die Frau, nach der wir suchen!«

Ich hatte die Hand schon am Türgriff, als sie mich einholten. Obwohl ich mich mit Händen und Füßen wehrte und wild um mich trat, war ich schnell überwältigt. Sie hielten mir die Arme fest, schoben mich hinaus auf die Gasse und drückten mich an eine Häuserwand. Ich wollte schreien, aber eine Hand legte sich auf meinen Mund.

»Können wir ein bißchen Spaß mit ihr haben?« fragte einer der Männer hoffnungsvoll.

»Halt die Klappe«, sagte der Mann mit dem Handy, in das er dann wütend hineinsprach. »Pete? Wo bist du denn, verdammte Scheiße?«

Nach ein paar Minuten, in denen die Männer sich um mich scharten, um mich vor den Passanten zu verbergen, und klammheimlich an mir rumfummelten, schlenderte ein Mann mit einer großen McDonald's-Tüte in die Gasse.

»Was ist denn los, Boß?«

»Schließ den Wagen auf, du verdammter Idiot«, zischte der Mann mit dem Handy, schlug ihm die Tüte aus der Hand, worauf sich eine Ladung Pommes frites auf die Straße ergoß.

»Heben Sie das auf, junger Mann«, zeterte eine Frau und blieb stehen. »Wissen Sie nicht, daß es verboten ist, die Straße zu beschmutzen?«

»Mmmrghh!« Vergeblich versuchte ich, ihre Aufmerksamkeit zu erregen. Ich wurde die Gasse hinuntergezerrt und in das wartende Auto gestoßen. Als ich zurückschaute, sah ich zwei der Männer auf dem Boden kriechen und die Fritten einsammeln, während die Frau sie mit rachsüchtigem Lächeln bewachte.

»Worauf wartest du?« schnappte George, setzte sich auf den Beifahrersitz. »Die zwei finden allein nach Hause.«

Das Auto fuhr quietschend los, kam aber gleich darauf fast vollständig zum Stehen, als wir uns in die Autoschlange im System der Einbahnstraßen einfädelten.

»Scheiße!« murmelte der Fahrer, wühlte in seiner Tasche nach Zigaretten. Das Auto füllte sich schnell mit Rauch. Zwischen den zwei Schlägern auf dem Rücksitz eingeklemmt, kämpfte ich gegen die Übelkeit an, schaute hilflos hinaus in die vertraute Gegend. Der Kerl zu meiner Rechten bohrte in der Nase und betrachtete interessiert das Resultat, bevor er es ans Polster schmierte.

George war mit seinem Handy beschäftigt, drehte sich um, drückte es mir plötzlich in die Hand. »Anruf für Sie, Miss Cindy«, sagte er selbstgefällig und spöttisch. »Ich glaube, Ihr *Mann* möchte mit Ihnen sprechen.«

Vorsichtig hielt ich das Handy ans Ohr. »Harley?«

»Cindy! Gott sei Dank, du bist in Sicherheit.« Seine Stimme war ein fernes Kreischen, vermischt mit Rauschen und Knakken. »Was um alles in der Welt hast du dir bloß dabei gedacht, einfach so wegzulaufen?«

»Und ich wüßte gern, was *du* dir einbildest! Mich so zu behandeln«, sagte ich wütend. »Hast du diese Schläger hinter mir hergeschickt?«

»Schläger? Tut mir leid, ich kann dich kaum verstehen. Hör zu, Cindy ...«

»Ich lasse mich nicht so behandeln«, brüllte ich. »Sag ihnen, sie sollen mich in Ruhe lassen.«

Es knackte laut, dann wurde Harleys Stimme wieder klarer. »Hör zu, Cindy, das geschieht nur zu deinem Besten«, fuhr er fort. »Dir ist es in letzter Zeit nicht gutgegangen. Ich glaube, du weißt nicht, was du tust. Die Klinik in L.A. habe ich zwar nicht erreicht, aber ich habe hier einen Arzt gefunden und ...«

»Ich laß keinen Arzt an mich ran«, sagte ich laut.

»Was war das? Die Verbindung ist ziemlich schlecht ...«

Ich zischte. »Tut mir leid, Harley. Die Leitung bricht zusammen ... Ich kann dich nicht hören ...« Unfähig, meine Wut und Frustration noch länger zu zügeln, schleuderte ich das Handy gegen die Windschutzscheibe. Es schlug mit einem lauten Knall auf, prallte ab, flog auf den Fahrer zu. Der duckte sich, fluchte laut, und George drehte sich drohend zu mir um.

»Du kleine Schlampe ...«

»Sollen wir's ihr besorgen, Guv?« fragte der Schläger zu meiner Linken, ballte erwartungsvoll die Faust.

Ich funkelte George wütend an. »Vergiß nicht, daß wir in den Staaten weiter im selben Haus wohnen werden«, erinnerte ich ihn kalt. »Ich bin sehr geschickt mit der Schere und bekannt für mein Schlafwandeln. Wenn du also nicht eines Morgens mit deinen Eiern in den Ohren aufwachen willst, dann sag deinen Schlägern, sie sollen ihre Pfoten von mir lassen.«

Nervöses Lachen erfüllte das Auto.

»Haltet die Klappe, ihr Idioten«, knurrte George, drehte sich um und untersuchte die Windschutzscheibe. Die restliche Fahrt verlief ohne Zwischenfälle.

Harley wartete auf dem Bürgersteig vor dem Hotel. Er betrachtete mich streng durch das Autofenster. »Komm mit nach oben«, sagte er. »Ich glaube, du solltest dich eine Weile hinlegen.«

Unter Georges Anweisung eskortierten mich die Schläger wie eine Gefangene durch die Hotelhalle und in den Fahrstuhl.

»Hilfe!« schrie ich. »Ich bin entführt worden!« Ein paar Köpfe drehten sich um, aber niemand kam mir zu Hilfe.

»Ich hoffe, sie wird sich bald besser fühlen«, sagte der Portier und hielt uns die Fahrstuhltür auf. »Ich schicke den Arzt gleich nach oben.«

Als wir die Suite erreichten, wurde ich unsanft ins Schlafzimmer gestoßen. Hinter mir drehte sich der Schlüssel im Schloß. Vor Wut heulend sank ich aufs Bett.

Stimmen drangen aus dem Wohnzimmer. Harley zahlte offenbar George und seine Helfershelfer aus. Dann hörte ich Davids Stimme. Ich lauschte an der Tür, aber sie sprachen so leise, daß ich nichts verstehen konnte.

Ich rüttelte an der Tür. »Harley!« brüllte ich. »Laß mich raus! Ich will mit dir reden.«

Nichts geschah. Anscheinend hatten sie das Zimmer verlassen. Ich trommelte mit den Fäusten gegen die Tür. »Laß mich raus!« schrie ich.

Erst nach einer Stunde kam Harley wieder. Er öffnete die Tür, trat ein, verschloß sie und steckte den Schlüssel in die Tasche.

»Du Drecksack!« brüllte ich, stürzte mich auf ihn. Er packte meine Handgelenke und hielt mich mit einer Kraft fest, die ich ihm nicht zugetraut hatte.

»Beruhige dich, Liebling«, sagte er sanft. »Der Arzt wird bald hiersein. Dann geht es dir gleich wieder besser.«

»Ich will keinen Arzt«, protestierte ich. »Mir fehlt nichts. Warum läßt du mich nicht gehen?«

»Ganz ruhig. Alles wird gut.« Noch immer hielt er meine Handgelenke umklammert, führte mich zum Bett und betrachtete mich gequält. Offenbar hatte der arme Trottel sich eingeredet, daß bei mir eine Schraube locker war. Wie sollte er sich sonst mein Verhalten erklären?

»Ich habe gerade mit David gesprochen«, sagte er schließlich. »Wir haben beschlossen, daß du einen Ortswechsel brauchst. Wir fliegen direkt nach Italien. In der ersten Woche brauchen sie dich noch nicht, da bauen sie auf, machen Hintergrundaufnahmen und so. Also kannst du dich ein wenig ausruhen und Ferien machen.« Er lächelte hoffnungsvoll. »Das wäre doch nett, oder?«

Erschöpfung überkam mich. Was blieb mir anderes übrig?

»In Ordnung«, stimmte ich zu. »Solange ich mich nicht von irgendeinem dämlichen Arzt untersuchen lassen muß.«

»Wunderbar, Liebling. Ich wußte, du würdest vernünftig sein. Das muß ich gleich David erzählen, damit er sich um die Flugtickets kümmert. Er wird sich so freuen, daß es dir besser geht. Wenn er einen Flug bekommen kann, fliegen wir morgen.«

Er ging, schloß wieder hinter sich ab. Nach zehn Minuten kam er mit einer Tasse Tee zurück. »Trink«, sagte er. »Das wird dir guttun. Dann reden wir weiter.«

Als nächstes erinnere ich mich, wie Harley mich wachrüttelte. Helles, frühmorgendliches Sonnenlicht drang durch die Vorhänge. Offenbar hatte ich den restlichen Tag und die ganze Nacht durchgeschlafen.

»Komm, Liebling«, flüsterte Harley. »Du mußt packen. Wir fliegen nach Italien, erinnerst du dich?«

»Was ist passiert?« fragte ich benommen. »Der Tee, den du mir gebracht hast …«

»Nur eine milde Schlaftablette«, sagte Harley besänftigend. »Der Arzt hielt es unter den gegebenen Umständen für das beste. Wir lassen dich gründlich untersuchen, sobald wir wieder zu Hause sind.«

»Aber …«

»Kein aber. Vertrau mir, alles wird gut.« Er sah auf die Uhr. »Aber jetzt mußt du dich beeilen, Schatz. Wir dürfen unseren Flug nicht verpassen.«

Das Packen war schnell erledigt, weil meine wichtigsten Sachen immer noch in dem Koffer in Guildford waren. Den Rest stopfte ich in meine zweite Reisetasche. Offenbar mußte ich bei dieser Scharade mitmachen, bis ich Harley davon überzeugt hatte, daß er mich alleinlassen konnte. Dann würde ich abhauen.

Als Harley im Badezimmer war, durchsuchte ich die Innentaschen meiner Handtasche, voller Angst, bei dem gestrigen Durcheinander vielleicht etwas verloren zu haben. Harriets Paß und Scheckheft waren noch da! Ich legte ihn neben meinen anderen Paß, den mit Cindys Namen, auf den Frisiertisch. Die beiden Fotos Seite an Seite zu sehen, war entnervend. Zum ersten Mal betrachtete ich die beiden Gesichter objektiv. Harriet sah gar nicht so alt und häßlich aus, wie ich sie in Erinnerung hatte, während Cindys oberflächliche Schönheit ihr ein farbloses, charakterloses Aussehen gab. Ich kannte sie beide, bis ins Innerste, aber mir wurde mit plötzlichem Erschrecken klar, daß ich in Wirklichkeit keine dieser beiden Frauen war.

Im Spiegel sah ich, daß ich nicht mehr die Cindy auf dem Foto war. Ich wirkte etwas älter, ernster. Mein Gesicht war nachdenklicher, zeigte kaum noch etwas von dem unschuldigen Erstaunen, das die Kamera des Fotografen eingefangen hatte. Innerlich fühlte ich mich nicht mehr als Harriet, hatte das Gefühl trübseliger Sinnlosigkeit verloren, das einst ihre Aktivitäten und ihre Stimmung beherrscht hatte.

Ich sah in den Spiegel, wollte die wahre Identität der Person hinter dem Abbild sehen. Wenn ich weder Harriet noch Cindy war, wer zum Teufel war ich dann? Hatte Mephisto aus Versehen einen völlig neuen Menschen geschaffen, ein Ganzes, das mehr war als die Summe seiner Teile?

Mir krampfte sich der Magen zusammen. Nach wie vor litt ich unter der Wirkung des Medikaments, das sie mir in den Tee getan hatten. Nachdem ich die Pässe wieder in die Handtasche gesteckt hatte, rannte ich ins Badezimmer. Harley sprang mit einem entsetzten Schrei vom Klo auf, die Hose um die Fußknöchel, und sah bestürzt zu, wie ich den Badevorleger vollkotzte.

Auf dem Flug nach Genua war mir immer noch übel. Ich saß neben Harley und schwor mir, in Zukunft vorsichtiger mit dem zu sein, was ich aß und trank. Die Mistkerle sollten mich nicht noch mal unter Drogen setzen können. Und aufgeben würde ich auch nicht. Ich mußte es nur geschickter anstellen, jetzt, wo ich ständig unter Beobachtung stand. Früher oder später würde ich eine andere Möglichkeit finden, und diesmal würde ich meine Flucht sorgfältig planen, alle Aspekte genau bedenken. Beim nächsten Mal würde es keine Fehler mehr geben.

Die vergangene Nacht schien auch Harley einiges abverlangt zu haben. Er starrte verbissen vor sich hin, hatte dunkle Ringe unter den Augen. Kurz nach dem Start schlief er ein.

Ein paar Minuten später tauchte David neben mir auf. »Hi, Schwägerin«, sagte er, hockte sich auf meine Armlehne. »Zu schade, daß wir nicht alle nebeneinander sitzen können.«

Ich sah ihn nur mißmutig an.

»Wir werden es uns sehr gemütlich machen«, murmelte er, streichelte vertraulich meinen Arm. »Nur wir drei. Wir werden uns bestimmt gut verstehen.«

»Solange du mir von der Pelle bleibst«, knurrte ich und schob seine Hand weg.

»Ich hatte gehofft, wir würden Freunde werden, Cindy«, sagte er leise. »Wir haben bestimmt mehr gemeinsam, als du denkst.« Nachdenklich hielt er inne, beugte sich vor, schob seine Lippen an mein Ohr. »Aber wenn du so empfindest«, knurrte er, »dann nimmt dich lieber in acht. Vergiß nicht, was ich dir gesagt habe – wenn du dich von Harley scheiden läßt, sorge ich dafür, daß du keinen Pfennig bekommst.«

»Vielleicht will ich das Geld ja gar nicht«, meinte ich ruhig. David warf mir einen verächtlichen, ungläubigen Blick zu.

»Warum hättest du ihn sonst geheiratet?« Ich öffnete den Mund, aber er ließ mich nicht zu Wort kommen. »Komm mir bloß nicht mit diesem Scheiß von wegen Liebe«, winkte er ab. »Dir steht doch ins Gesicht geschrieben, wie sehr du ihn haßt.«

Verlegen wandte ich mich ab. War das so offensichtlich? Als ich wieder aufschaute, war David weg; ich sah ihn den Gang hinuntergehen. Jemand anderes hatte seinen Platz eingenommen.

»Erinnerst du dich an mich?« fragte er. Ich zuckte zurück, japste überrascht nach Luft. Mephisto.

»Was willst du?« stammelte ich. Er trug einen schwarzen Jogginganzug, dazu übergroße, modische Turnschuhe, die mit den langen, offenstehenden Schnürsenkeln und den schlaffen Laschen. Ein Zweitagebart bedeckte sein Kinn, und um seinen Hals hingen Kopfhörer, aus denen ein blecherner Schlagzeugrhythmus drang.

»Ich wollte nur wissen, was zum Teufel du dir eigentlich einbildest«, zischte er wütend. »Alten Damen über die Straße helfen und ihnen aus lauter Wohltätigkeit auch noch Geld geben? Deinem reichen Ehemann weglaufen, wenn du ihn ausnehmen könntest wie eine Weihnachtsgans? Was ist in dich gefahren, Harriet?«

»Laß mich in Ruhe«, murmelte ich, schaute mich um. Konnten die anderen Passagiere ihn auch sehen? Harley schnarchte sanft auf dem Nebensitz. »Warum sollte dich das interessieren? Es geht dich nichts an.«

»Oh, da irrst du dich aber, Harriet«, sagte er drohend. »Das geht mich sehr wohl etwas an. Mein Ruf hängt von diesem Pakt ab, verstehst du. Ganz zu schweigen von einem beträchtlichen Wetteinsatz. Ich hab mich darauf verlassen, daß du dich an die Vereinbarung hältst.«

Die Luft knisterte, und die Kabinenlichter wurden schwächer, als die Stewardeß den Gang herunterkam und glatt durch ihn hindurchzugehen schien. Bei dem Gedanken an die vielen leeren Kilometer zwischen uns und der Erde überlief mich ein Schauder.

»Wie soll ich beweisen, daß du korrupt bist, wenn du anfängst, den Guten Samariter zu spielen, verdammt noch mal?« fragte er ärgerlich. »Dein moralisches Benehmen erregt allmählich Aufmerksamkeit.«

»Was meinst du mit moralisch?« erwiderte ich mißmutig. »Ich habe Ehebruch begangen, oder? Ist das nicht korrupt genug? Ich dachte, du würdest dich freuen.«

»O ja, ich war zu Tränen gerührt«, sagte er sarkastisch. »Vor allem, als sie mir sagten, daß das nicht zählt. Es wäre kein echter Beweis für Korruptheit, weil du ihn *liebst.*« Sein Mund verzog sich angewidert. »Also wirklich, Harriet, wie konntest du dich so lächerlich machen? Er ist alt genug, um …«

»Das ist nicht lächerlich …«, setzte ich an, hielt dann erstaunt inne. »Wer hat gesagt, daß es nicht zählt?«

»Meine Vorgesetzten«, antwortete er verbittert. »Diese erbärmlichen Arschgesichter von Teufeln, die sich in die oberen Ränge gemogelt haben, obwohl sie wahrscheinlich nicht mal die Traute hätten, einen Kracher in eine Gebetsversammlung zu werfen. Dank deiner Mätzchen interessieren sie sich viel zu sehr für meinen faustischen Pakt. Betrachten ihn als eine Art Seifenoper, schalten jeden Abend ein, um zu sehen, wie es weitergeht. Die Maßstäbe verkommen immer mehr, das kann ich dir sagen.«

Ich bemühte mich, reumütig auszusehen, aber der Gedanke, daß Mephisto vor seinen Vorgesetzten katzbuckeln mußte, ließ mich grinsen.

»Das ist nicht komisch«, schnappte er. »Sie drohen damit, meine Macht zu beschneiden, wenn ich nicht bald ein paar anständige Beweise liefere.« Er sah mich wütend an. »Warum hörst du nicht einfach auf rumzuzicken und tust endlich etwas wirklich Unmoralisches, Himmel noch mal! Dir würde es nicht schaden, und mir würde es das Leben erleichtern.«

»Wer sagt, daß es mir nicht schadet?«

Er seufzte. »Hör zu, ich habe keine Zeit, hier rumzustehen und zu streiten. Wenn du nicht mitziehst, müssen wir diese Scharade durchziehen, bis du zur Vernunft kommst. Am Ende tust du, was ich will, wart's nur ab.«

»Verlaß dich nicht zu sehr darauf.«

»Keine Bange«, sagte er. »Ich warte einfach, bis du mich rufst.«

Er stand auf, ging den Gang hinunter, blieb stehen und sah zurück. »Wenn du dir so sicher bist«, murmelte er mit einem verschlagenen Lächeln, »warum hast du dann gestern nicht zu deiner Überzeugung gestanden? Es hätte dir nicht geschadet.«

»Was meinst du damit?«

»*Teufelstanz*, du erinnerst dich? Um 3.30 Uhr in Newmarket? Sag nicht, du hättest nicht bemerkt, daß ich das alles für dich in die Wege geleitet hatte. Er hat mit 33 zu 1 gewonnen.«

Er drehte sich um, ging mit wippendem Schritt den Gang entlang und verschwand durch die Kabinenwand. Wieder wurden die Kabinenlichter schwächer, flackerten dann zu voller Helligkeit auf.

»Verdammt«, murmelte die Stewardeß, bekleckerte den Mann vor mir mit Kaffee. Sie schob ihren Getränkewagen ein Stück weiter, sah mich besorgt an. »Alles in Ordnung, Madam? Kann ich Ihnen etwas zu trinken bringen?«

Rasch bemühte ich mich, normal zu schauen. »Einen doppelten Scotch.« Harley schlief zum Glück immer noch. »Kein Eis.«

Eine Limousine mit Chauffeur erwartete uns am Flugplatz von Genua. Da fiel mir zum ersten Mal auf, daß George nicht mehr bei uns war.

»Er ist in London geblieben, um ein paar alte Freunde in

einem Ort namens Pentonville zu besuchen«, sagte Harley, als ich ihn danach fragte. »Dann fliegt er zurück nach L.A. und kümmert sich um das Haus.« Er grinste. »Damit José sich nicht in Schwierigkeiten bringt.«

Wir fuhren über gewundene Bergstraßen die Küste entlang. Eingeklemmt zwischen Harley und David auf dem Rücksitz, überlegte ich, warum mein Leben aus Reisen zu bestehen schien, die gegen meinen Willen stattfanden. Unter uns glitzerte das Meer, ein intensives, tiefes Blau, und die Berghänge waren mit Olivenhainen bedeckt. Alles sah aus wie in einem teuren Reiseprospekt – *Genießen Sie die traumhafte Schönheit Liguriens*. Ich dachte an Filme, die ich in meinem vorherigen Leben gesehen hatte. Sean Connery, Michael Caine, Cary Grant, alle waren sie hier – oder an sehr ähnlichen Orten – unterwegs gewesen, fuhren mit mysteriösen Aufträgen in schnellen, schnittigen Wagen durch diese atemberaubende Landschaft. Wie hatte ich sie beneidet, eingesperrt in dem nicht enden wollenden englischen Winter, ohne Geld, ohne Romantik in meinem Leben. Jetzt war ich hier, aber es lief alles falsch. Ich konnte es nicht genießen.

»Das Haus wird dir gefallen«, sagte David über mich hinweg zu Harley. »So romantisch, hoch oben auf den Felsen, mit einer phantastischen Aussicht.« Ich spürte sein Knie an meinem. »Und so unzugänglich.«

Eine halbe Stunde später bogen wir in eine Parkbucht neben der Straße ein.

»Wir sind da«, verkündete David unerwartet ausgelassen, wie ein Kind, das eine Überraschung plant. »Worauf wartet ihr? Steigt aus.«

»Aber wo ...?« Harley stand verwirrt am Straßenrand.

»Kommt mit.« David führte uns zu einem Tor in einer Mauer, die sich kaum wahrnehmbar in die Felswand einfügte. »Laß das Gepäck hier. Giorgio wird es später raufbringen.«

Er drückte eine Reihe von Knöpfen auf einer in die Wand eingelassenen Schalttafel, und das Tor öffnete sich. Dahinter ragte die Felswand auf, überzogen mit dichter Vegetation. Eine merkwürdig aussehende Apparatur, eine Art Glaskasten auf Rädern, stand in einer schrägen, in den steilen Felsen hineingehauenen Rinne.

»Das ist eine Seilbahn«, erklärte David stolz und betrat den Glaskasten. »Kommt rein, das Ding ist vollkommen sicher. Wir befinden uns sozusagen am Vordereingang unseres Hauses.«

Als wir alle drin waren, drückte David wieder auf eine Reihe von Knöpfen. Die Maschinerie begann leise zu summen, und der Kasten schwebte in unglaublich steilem Winkel nach oben. Als wir über den Felsrand kamen, breitete sich das Meer bis an den Horizont aus. Tief unter uns lag die gewundene Küstenstraße, auf der wir hergekommen waren.

»Phantastisch, nicht wahr?« David lächelte. »Achtung, hier ändert sich die Steigung.«

Ich klammerte mich an Harley, als die Maschinerie langsamer wurde und wir zurück in den Abgrund zu stürzen schienen. Furchtsam schloß ich die Augen. Als ich sie wieder öffnete, bewegten wir uns immer noch aufwärts, und die Aussicht war überwältigend.

»Automatische Korrektur«, sagte David, lachte über unsere ängstlichen Gesichter. »Das wird alles von unten aus gelenkt, allermodernste Technik.«

»Ich komme mir vor wie in einem James-Bond-Film«, sagte Harley, sah nervös nach oben. »Wie weit ist es noch?«

Gleich darauf tauchte unser Ziel auf, ein unansehnliches Gebäude, das sich an die Felswand schmiegte.

»Laß dich nicht vom Äußeren täuschen«, sagte David, an Harley gewandt. »Drinnen ist es sehr beeindruckend. Erinnerst du dich an den armenischen Finanzier, von dem ich dir erzählt habe? Der eine Lizenz für die Formel B haben will? Das ist seine Sommerresidenz, von einem Toparchitekten für ihn entworfen. Letztes Jahr habe ich den Armenier hier besucht. Normalerweise vermietet er das Haus nicht, aber momentan ist er auf seiner Yacht und hat es mir überlassen, um mir einen Gefallen zu tun.«

Drinnen war das Haus kühl, weiträumig und seltsam kompliziert im Grundriß. Es schien den Umrissen des Berghangs in einer Reihe versetzt angeordneter Ebenen zu folgen, so daß man nie recht wußte, ob man oben oder unten war. Mein Zimmer, von Harleys durch eine Verbindungstür getrennt, befand sich in einem Teil des Hauses, der einen steilen Abhang überragte. Ein Blick aus dem Fenster sagte mir, daß es in dieser Richtung kein Entkommen gab.

Wir aßen früh zu Abend in einem von Glaswänden umschlossenen Eßzimmer mit Blick aufs Meer. Bedient wurden wir von einer alten Italienerin. Fleischige Oliven, eingelegt in Öl und Knoblauch, zergingen mir auf der Zunge, und zu überbackenem Fisch gab es aromatische mediterrane Soßen. Dazu tranken wir herben Rotwein aus der Gegend, der aus einem irdenen Krug eingeschenkt wurde. Alles war perfekt, wie aus einem Artikel der Sonntagsbeilage, der so tat, als wären diese Köstlichkeiten für jeden mit entsprechendem kulturellem Niveau selbstverständlich. Jahrelang hatte ich davon geträumt, mir einen Urlaub in Italien leisten zu können. Jetzt war ich hier, in stilvoller Umgebung, und wünschte mir nichts mehr auf der Welt, als wieder in Harriets Wohnung in Guildford zu sein. Gutes Essen und eine schöne Aussicht waren ein armseliger Ersatz für Freiheit.

Nach dem Essen rauchte David eine Zigarre auf dem Balkon, und wir sahen zu, wie der Glaskasten langsam durch die Olivenhaine zur Straße hinab verschwand. Er beförderte die alte

Frau, die uns das Essen serviert hatte, und eine Reihe mürrischer junger Männer.

»Die Haushälterin, der Koch, der Gärtner, der Hausmeister ...«, zählte David sie auf. »Kehren alle für die Nacht nach Hause zurück.«

»Was ist mit Giorgio?« fragte Harley.

»Ach, der bleibt meistens hier«, erwiderte David.

Das Stottern eines Automotors durchdrang die Stille. »Heute allerdings nicht«, fügte er mit einem Lächeln hinzu. »Soviel ich verstanden habe, hat er eine Verabredung mit einer jungen Dame in Santa Margherita.«

»Kann man denn mit dem Auto hier rauffahren?« wollte Harley wissen. »Ich dachte, der Aufzug sei der einzige Weg.«

David lachte. »Giorgio ist der einzige, der verrückt genug ist, den Zufahrtsweg zu nehmen. Hast du gesehen, wie steil der ist? Eines Tages wird er ins Gras beißen, wenn er besoffen durch die Haarnadelkurven fährt. Es ist mir ein Rätsel, wieso er sein Auto nicht wie alle anderen unten in der Parkbucht läßt.«

Als es Zeit zum Schlafengehen wurde, begleitete Harley mich zu meinem Zimmer. »Du bist bestimmt erschöpft nach der Reise, Liebling«, sagte er, gab mir einen Kuß auf die Wange. »Ich laß dich jetzt allein, damit du zur Ruhe kommst.«

Er verschwand durch die Verbindungstür, machte sie leise hinter sich zu. Nach ein paar Minuten hörte ich, wie sich der Schlüssel im Schloß drehte. Leise schlich ich zur Zimmertür, aber auch die war verschlossen. Ich war eine Gefangene.

An diesem Abend war ich zu müde, um mir darüber Gedanken zu machen. Mir blieb genug Zeit, Fluchtpläne zu schmieden, wenn ich mein Territorium erst gründlich erforscht hatte. So genoß ich den Luxus, mein Bett mit niemandem teilen zu müssen, schlüpfte unter die Decke und war sehr bald eingeschlafen.

Kapitel 17

Am nächsten Morgen zogen sich Harley und David nach dem Frühstück ins Arbeitszimmer zurück, um den Drehplan zu besprechen.

»Kann ich raus?« fragte ich hoffnungsvoll, streckte meinen Kopf durch die Tür. »Ein bißchen frische Luft schnappen?«

»Fühl dich ganz frei«, meinte David mit wohlwollendem Lächeln. »Keine Sorge«, fügte er mit leiser Stimme zu Harley gewandt hinzu. »Sie kommt nicht weit. Das Grundstück ist von einem Sicherheitszaun umgeben.«

Während ich im hellen Sonnenschein um das Haus spazierte, sah ich, daß es in der Tat kaum Fluchtmöglichkeiten gab. Entlang des Hauses waren zum Meer hin auf mehreren Ebenen kleine Terrassen angelegt und mit kurzen Treppen verbunden. Darunter ging es steil bergab; eine fast senkrechte Felswand bis hinunter zur Straße. Auf dieser Seite kam man nur mit der Seilbahn nach unten, und ich wußte, daß das Tor verschlossen sein würde.

Ich folgte einem schmalen Pfad um das Haus und kam auf einen kiesbestreuten Hof, der auf drei Seiten umschlossen war. Kräuter wuchsen in Terrakottatöpfen, und aus einer offenen Tür drang Kaffeeduft. Vorsichtig lugte ich hinein, sah die alte Frau vom gestrigen Abend über einen Hackklotz gebeugt. Sie murmelte Unverständliches auf italienisch, während sie mit einem großen Messer einen gewaltigen Fleischbrocken filetierte.

Rasch zog ich mich wieder in den Hof zurück. An der offenen Seite führte ein schmaler Schotterweg durch ein Gebüsch und außer Sichtweite. Auf dem Weg waren Reifenspuren zu sehen.

Nachdem ich mich vergewisserte hatte, daß mich niemand beobachtete, ging ich den Weg entlang. An einer Biegung führte er abwärts, schlängelte sich durch einen steilen Einschnitt in der Felswand. David hatte von den Gefahren dieses Weges gesprochen, aber er sah nicht halb so gefährlich aus wie die Straßen, auf denen wir am Tag zuvor gefahren waren. Wollte er mich nur entmutigen? Ich folgte dem Einschnitt; langsam gewöhnten sich meine Augen an das Dämmerlicht. Nach etwa zehn Minuten kam ich blinzelnd wieder in die Sonne. Vor mir erstreckte sich das Meer bis zum Horizont, und der Weg machte eine scharfe Biegung in einer Haarnadelkurve auf dem Felsvorsprung. Kein Geländer sicherte die Stelle. Als ich vorsichtig über den Rand spähte, sah ich die Küstenstraße direkt unter mir, dicht an die Felswand geschmiegt. Darunter fiel das Gelände wieder steil ab, und ganz unten schlugen die Wellen gegen zerklüftete, dunkle Felsen. Mich überkam ein Schwindelgefühl. Rasch trat ich vom Rand zurück. Dieser Fluchtweg gefiel mir ganz und gar nicht.

Ein Stück weiter unten fand ich einen schmalen Pfad, der bergauf führte. Nach einer kurzen Kletterpartie kam ich an einen Aussichtspunkt, von dem aus ich meine Umgebung in Augenschein nehmen konnte.

Ich befand mich auf einem höhergelegenen Grat zwischen Haus und Weg. Das Haus lag etwas unterhalb auf der rechten Seite, und ich sah Harley und David auf einer Terrasse, ins Gespräch vertieft. Links führte der Weg weiter nach unten zu einem großen, sehr stabil aussehenden Tor. Ich konnte den hohen Maschendrahtzaun erkennen, der vom Tor ab den ganzen Bergrücken einzäunte, genau wie David gesagt hatte. Ebensogut hätte ich in einem Gefangenenlager sein können. Dieser Armenier, wer immer er war, schien mir ein bißchen paranoid, was seine Sicherheit betraf.

Motorengeräusch unterbrach die Stille. Unten öffnete sich das Tor. Ein zerbeultes Auto kam in Sicht, fuhr mit beängstigendem Tempo bergauf. Das Tor schloß sich hinter ihm, offenbar per Fernbedienung. Ich ging über den schmalen Pfad zurück und erreichte den Weg im selben Moment, als das Auto an mir vorbeischoß, der Fahrer mit wildem Blick hinter das Steuer geklemmt. Offenbar kam Giorgio zu spät zur Arbeit.

Als ich den Hof betrat, parkte das Auto schräg vor der Küchentür. Kies war von der Bremsspur zur Seite gespritzt, und aus dem Kühler stieg ein Dampfwölkchen auf. Vorsichtig näherte ich mich dem Wagen, schaute durch die verschmierten Fenster hinein und sah den Schlüssel im Zündschloß stecken.

»Komm ja nicht auf dumme Gedanken«, sagte eine Stimme. Schuldbewußt zuckte ich zusammen. David stand an der Küchentür.

»Du würdest nicht weit kommen.« Er grinste hämisch. »Das Tor ist aus solidem Stahl, hält sogar einem Panzer stand. Du würdest wahrscheinlich im Meer landen.«

Später fuhren wir nach Portofino, um uns den Drehort anzusehen. Giorgio, der inzwischen wesentlich adretter aussah, fuhr uns in gemächlichem Tempo mit dem Leihwagen.

»Du wirst Portofino lieben, Cindy«, sagte Harley begeistert. »Ein süßer kleiner Ort, wirklich hübsch und unverdorben. Er gefällt mir besser als jeder andere Ort auf der Welt.«

Hinter einer Kurve trafen wir auf eine Autoschlange, und Giorgio konnte nur noch im Schneckentempo fahren. Vor uns blitzten Blinklichter auf.

»Was ist da passiert?« fragte ich.

»Alles in Ordnung«, erwiderte Harley. »Das ist nur das Leitsystem. Portofino ist bei den Touristen sehr beliebt, aber diese

Straße ist eine Sackgasse. Ohne die Kontrolle würden die Autos einfach in den Ort fahren, und es gäbe ein Verkehrschaos. Alles würde sich auf dieser Straße stauen, und niemand käme mehr raus.«

Wir kamen an einem Schild mit Leuchtbuchstaben vorbei. *Willkommen in Portofino*, stand in mehreren Sprachen darauf. *Wartezeit vor Einfahrt in den Ort: 10 Minuten.* Die Zahl blinkte immer wieder auf, verschwand dann und wurde durch eine Null ersetzt. Die Autos schoben sich vorwärts. Wir erreichten den Marktplatz und wurden von einem uniformierten Beamten zu einer Rampe gewinkt, die in eine Tiefgarage führte.

Unverdorben? Bisher paßte der Ort genau zu den Beschreibungen von Disneyland. Nach langem Hin und Her wegen des Parkscheins überließen wir Giorgio sich selbst und betraten den Ort. Eine schmale, von Andenkenläden gesäumt Straße führte zum Hafen, wo die Restaurants ihre Tische bis weit auf den kopfsteingepflasterten Platz geschoben hatten und teure Yachten den Kai verstopften. Alles wimmelte vor Menschen, die sich anrempelten, weil sie für Fotos posierten, und mit offenem Mund die Speisekarten der Restaurants studierten.

Ich mußte zugeben, daß der Ort recht hübsch war, aber sobald wir den Hafen umrundet hatten, was ungefähr fünf Minuten dauerte, erkannte ich seine Grenzen. Disneyland hatte seinen Besuchern zumindest mehr Aktivitäten zu bieten; hier gab es so gut wie nichts zu tun.

Wir aßen in einem Restaurant am Marktplatz zu Mittag, wo das Essen so schmeckte wie in englischen Raststätten, außer daß die Portionen viel kleiner waren. Ein öliger Kellner stufte uns gleich als Leute mit mehr Geld als Verstand ein und belästigte uns während des ganzen Essens mit Angeboten für »Spezialitäten des Hauses« und überteuerte Bootsfahrten. Ich bestellte *pasta al pomodoro* und bekam genau das – einen Teller voll matschiger Spaghetti und einen Klacks kalter Dosentomaten obendrauf.

Nach dem Mittagessen gingen wir zur Kirche, die fotogen auf einem Hügel über uns thronte und folgten einer langen Reihe von Rucksacktouristen und Familien mit quengelnden Kleinkindern. Ständig mußten wir an den Rand des schmalen Pfades treten, um Leute aus der Gegenrichtung vorbeizulassen, und mir wurde klar, daß auch dieser Weg offenbar eine Sackgasse war. Wie lange noch, bis sie auch hier oben Verkehrsampeln aufstellten?

Vor der Kirche hörte ich nichts außer dem Klicken und Surren der Kameras.

»Sieh dir die Aussicht an«, sagte Harley. »Ist sie nicht einzigartig?«

Widerwillig betrachtete ich die Szenerie. Die hübschen, pastellfarbenen Häuser schmiegten sich an den Sockel der Felswand, ein farbenprächtiger Hintergrund für das Gewimmel im Hafen. Ja, sie war einzigartig – zu einzigartig. Sie sah aus wie von einem Superteam von Filmausstattern zusammengestellt.

Wir gingen weiter den schmalen Pfad entlang, folgten Schildern, die uns einen Leuchtturm versprachen. Hier waren weniger Menschen, weil es steiler bergan ging als auf dem ersten Stück. Ich klammerte mich an das dürftige Geländer und stellte mir vor, wie ich Harley und David über die Felskante stieß, sie unerwartet in ein nasses Grab schickte. Als könnte er meine Gedanken lesen, packte mich David fest am Arm. »Netter Spaziergang«, murmelte er. »Alles wäre so viel besser, wenn wir Freunde wären …«

Harley blieb abrupt stehen, klopfte seine Taschen ab. »Meine Verdauungstabletten! Ich habe sie im Auto gelassen!« Er drehte sich um, drückte die Hand gegen den Brustkorb. »Ich spüre, daß ich Sodbrennen kriege. Dieses Essen …«

Nach kurzer Beratung mit David verschwand er im Eiltempo den Pfad hinunter.

»Nur noch du und ich, Baby«, sagte David, nahm mich bei der Hand. »Komm, wir gehen zurück und sehen uns die Kirche genauer an.«

Als wir die Kirche erreichten, öffnete David ein kleines Tor in einer Mauer und führte mich hinein. Dahinter lag ein Friedhof. Hier war kein Mensch.

Um ein Gespräch mit David zu vermeiden, entwickelte ich plötzlich großes Interesse an italienischen Beerdigungsriten. Viele Grabsteine waren mit Fotos der Verstorbenen geschmückt, und ich fand es ein bißchen unheimlich, von verblichenen Bildern toter Leute umgeben zu sein. Auf manchen Grabsteinen waren zwei Fotos, ein Ehemann und seine Frau. Bei näherem Hinsehen entdeckte ich, daß die Frauen meist viel älter geworden waren als ihre Männer, auf Film festgehalten in ihrer Witwenschaft, nachdem ihre Männer längst tot und vergessen waren. Mit Schaudern dachte ich an mein wirkliches Alter und stellte mir Harriets Foto neben dem von Harley vor. Was würden die Leute denken, wenn sie uns zusammen sahen?

»Ein Penny für deine Gedanken.« Ich zuckte zusammen, als David an meiner Seite auftauchte, den Arm um meine Taille legte.

»Laß mich in Ruhe«, sagte ich gereizt, schlug ihm auf die Hand.

»Ach, nun komm schon. Hör auf, so zickig zu sein. Du weißt ebensogut wie ich, daß es zwischen uns knistert.« Sein Griff wurde fester, er zog mich enger an sich. »Ich weiß, daß du momentan nicht gut mit Harley zurechtkommst, also warum versuchst du es nicht mal mit einem anderen Familienmitglied?«

»Laß mich los, du Perverser! Das sag ich Harley ...« Ich

wehrte mich, aber er drückte mich an einen Grabstein. Ich spürte, wie eine andere Art Familienmitglied in seiner Hose anschwoll, während sich seine Hand unter meinen Rock schob.

»Komm schon«, japste er. »Du weißt, daß du es willst. Wir haben eine Menge gemeinsam, du und ich. Wir würden ein tolles Team abgeben. Denk doch, was wir alles zusammen machen können. Harley würde nie darauf kommen.«

Ich sah mich nach einer Waffe um, konnte aber nichts entdecken. Seine Beine drückten gegen meine, ließen mir keine Möglichkeit, die Chuck-Woodcock-Technik anzuwenden.

Er begann, sich rhythmisch an mir zu reiben, atmete schwer. »Oh, Cindy«, stöhnte er. »Du hast so einen tollen Körper …«

»Hör auf, David«, flüsterte ich ihm ins Ohr. »Oder ich erzähle der Finanzbehörde von deinem Deal mit *Lapinette*. Und deinem Konto auf den Cayman-Inseln.«

Er zuckte zurück, sah mich erschrocken an. »Was soll das heißen?« zischte er. »Ich dachte, du hättest begriffen, daß das alles völlig legal ist?«

»Laß mich in Ruhe, David«, sagte ich. »Sonst mach ich es wirklich. Und ich sage es auch Harley. Mal sehen, was er von seinem kleinen Lieblingsbruder hält, wenn er erfährt, daß du Firmengelder beiseite gebracht hast.«

»Du kleines Biest«, murmelte er. »Du kannst mir nichts anhängen. Niemand würde dir glauben.«

»Bei den Beweisen, die ich habe?«

Wütend funkelte er mich an. »Welche Beweise?«

Er konnte nicht mit Sicherheit wissen, daß ich keine besaß. Wenn mich George nicht am Computer gestört hätte, besäße ich jetzt einen Ausdruck der E-Mail. »Du wirst schon sehen«, sagte ich leise.

»Das ist doch alles Scheiße.«

»Und wenn schon. Bist du bereit, das Risiko einzugehen? Solange du die Pfoten von mir läßt, braucht niemand etwas davon zu erfahren.«

»Dafür wirst du mir büßen«, knurrte er mit zusammengebissenen Zähnen.

»Komm, Schwager«, sagte ich mit freundlicher Stimme. »Glaubst du nicht, wir sollten nach Harley sehen?«

An diesem Abend ging David nach dem Dinner aus. Ich stand mit Harley an der Tür und sah zu, wie er mit der Seilbahn nach unten verschwand.

»Wohin geht er?« fragte ich.

»Keine Ahnung.« Harley rieb sich den Bauch mit schmerzhaft verzogenem Gesicht. »David hat auch so seine Geheimnisse.« Er rülpste leise und sah mich verlegen an. »Mir ist schon seit dem Mittagessen nicht gut«, flüsterte er entschuldigend. »Ich glaube, ähm, ich sollte schnellstens eine Toilette finden.«

»Geschieht dir recht. Was mußt du auch all die Austern schlürfen«, murmelte ich, als er in Richtung Klo verschwand. Sobald er weg war, überprüfte ich, wie weit die Seilbahn schon gekommen war. Der Glaskasten war nicht mehr zu sehen, aber die Maschinerie surrte immer noch leise. Etwa vier Minuten dauerte die Fahrt, und ich schätzte, daß David inzwischen bei der steilsten Stelle angekommen sein mußte.

Ich musterte die Kontrolltafel, sah aber zu meiner Enttäuschung, daß sie keine Stopptaste hatte. Wie befriedigend wäre es gewesen, David ein oder zwei Stunden an der fast senkrecht abfallenden Felswand hängen zu lassen. Ich drückte die »Aufwärts« und »Abwärts« Tasten in verschiedener Reihenfolge, aber sie schienen keinen Einfluß auf die Maschinerie zu haben. Ein paar Minuten später ging der Kameramonitor über der Kontrolltafel mit einem Klicken an, zeigte, daß die Seilbahn sicher unten angekommen war. Davids schattenhafte Gestalt tauchte auf und ging zum Tor hinüber.

Konzentriert schaute ich auf den Monitor, hoffte, die Zahlen zu erkennen, die er in die Schalttafel an der Wand eintippte, aber das Bild war nicht scharf genug. Außerdem schaute er gleich darauf über die Schulter in die Kamera und stellte sich so, daß ich nichts mehr sehen konnte.

»Du miese Ratte«, murmelte ich leise. Er mußte gewußt haben, daß ich ihn beobachtete.

Merkwürdig gurgelnde Geräusche kamen aus der Toilette.

»Harley?« Ich klopfte an die Tür. »Alles in Ordnung?«

»Bist du das, Cindy?« flüsterte er verlegen. »Könntest du mir vielleicht, ähm, eine neue Rolle, ähm ...«

»Klopapier?« fragte ich laut.

»Pst!« zischte er, hatte offenbar vergessen, daß wir allein im Haus waren. Giorgio war schon früher gegangen und noch nicht zurückgekehrt. »Ja, bitte«, meinte Harley dann mit kleiner Stimme. »Ich hätte diese Austern nicht essen sollen. Die waren bestimmt schlecht.«

»Warte hier«, beruhigte ich ihn. »Bin gleich zurück.«

Ich ging zur Rückseite des Hauses. Vor der Küche lag ein kleiner Vorraum. Dort fand ich eine Abstellkammer mit Regalen, in denen alles mögliche gelagert war. An der Decke baumelten Parmaschinken. Ein süßlicher, muffiger Geruch hing in der Luft.

Ich hielt inne, schaute zurück in den Vorraum. Gegenüber war noch eine Tür, durch die ich Giorgio hatte gehen sehen. Sie war nur angelehnt. Da mir klar war, daß ich kaum wieder die Chance haben würde, allein im Haus zu sein, schob ich die Tür auf und sah hinein.

Der Raum war klein, mit einem Stuhl, einem Schreibtisch

und einer beeindruckenden Reihe von Knöpfen, Schaltern und Monitoren, offenbar die Schaltzentrale für die Sicherheitseinrichtungen des Hauses. Das war *die* Gelegenheit für mich herauszufinden, wie das Tor geöffnet wurde.

Vorsichtig betrat ich den Raum, kam mir vor wie eine Figur aus einem James-Bond-Film. In den Filmen wußten die Helden immer genau, in welcher Reihenfolge die Knöpfe gedrückt werden mußten – die praktischerweise meist auch noch mit grellfarbigen Warnzeichen versehen waren –, um den Schurken mit Hilfe seiner eigenen Technologie in die Luft zu sprengen. Ich hatte nicht die geringste Ahnung, wofür die Knöpfe da waren, also drückte ich einfach wahllos mal hier, mal da.

Nichts geschah. Nach einer Weile bemerkte ich am Rand der Schalttafel ein Tastenfeld mit Zahlen. Auf dem kleinen Display darüber stand »Benutzerkennzahl eingeben«.

Wütend starrte ich darauf. Ohne die Kennzahl konnte ich das blöde Ding nicht mal anschalten. In der Hoffnung, daß jemand die Zahlen aufgeschrieben hatte, begann ich den Schreibtisch zu durchsuchen.

Die oberste Schublade enthielt das übliche Durcheinander, das sich selbst in den bestgeführten Haushalten in solchen Schubladen ansammelt – Kulis ohne Kappen, Gummibänder, halb abgebrannte Kerzen, diverse Batterien und ein kaputter Tesaroller. Ein paar Papierfetzen mit Unleserlichem in italienisch, aber nichts erinnerte auch nur entfernt an eine Kennzahl.

Die nächste Schublade war voller Zeitschriften, eine abgegriffene Sammlung von Pornoheften, halbherzig versteckt unter einer verblichenen Ausgabe der örtlichen Tageszeitung. Damit vertrieb sich Giorgio also die Zeit, wenn er die Nächte im Haus verbrachte.

Die unterste Schublade klemmte und schien seit längerer Zeit nicht mehr geöffnet worden zu sein. Drinnen fand ich weitere, staubbedeckte Pornohefte. Darunter lag etwas Weiches in einer Plastiktüte. Neugierig machte ich sie auf. Eine Art blonde Perücke kam zum Vorschein, in der Farbe meinen Haaren sehr ähnlich. Ich wollte sie herausholen, um sie genauer zu betrachten, ließ aber mit einem entsetzten Aufschrei los. Sie hing an etwas Schlaffem, etwas, das die Struktur und Farbe menschlicher Haut hatte.

Nach einem Augenblick der Panik, in dem mir Bilder zerstückelter, im Haus verteilter Leichenteile durch den Kopf schossen, brachte ich den Mut auf, mir das Ding noch mal anzusehen. Es war eine lebensgroße, aufblasbare Puppe mit sehr realistisch aussehenden Haaren. Ich zog sie aus der Tüte, breitete sie auf dem Boden aus. Die traurige Karikatur eines Frauenkörpers, dessen Proportionen die männliche Ansicht darüber widerspiegelte, wie eine Frau auszusehen hatte. Das Haar war nicht das einzig Realistische an ihr, aber mir war nicht danach, die anderen Teile genauer zu untersuchen; schließlich wußte ich nicht, wofür die Puppe zuletzt gebraucht worden war.

Mir kam eine Idee. Ich stopfte die Puppe wieder in die Plastiktüte und nahm sie mit in mein Zimmer. Die Einzelheiten waren mir noch nicht klar, aber ich ahnte, daß die Puppe eine nützliche Rolle bei meiner Flucht spielen konnte. Nachdem ich sie sorgfältig hinten in meinem Kleiderschrank versteckt hatte, setzte ich mich aufs Bett und dachte nach.

Erst als ich von unten eine klägliche Stimme hörte, fiel mir ein, daß Harley immer noch auf sein Klopapier wartete.

Am nächsten Morgen hatte sich Harley wieder erholt. Er verkündete, daß wir erneut mit David nach Portofino fahren würden, um die Vorbereitungen für den ersten Drehtag zu beobachten.

»Ich habe schreckliche Kopfschmerzen«, sagte ich, blieb zögernd im Türrahmen stehen. »Kann ich nicht hierbleiben und mich ausruhen?«

»Aber du muß mitkommen«, beharrte Harley, sah auf die Uhr und fuhr sich durch die Haare. »Für heute habe ich etwas Besonderes vorbereitet. Eine Überraschung.«

»Was für eine Überraschung?« fragte ich mißtrauisch. Ich war nicht in der Stimmung für Überraschungen irgendwelcher Art, außer sie bestanden aus einem Flugticket zurück nach England und der Freiheit, es zu benutzen.

»Du wirst schon sehen.« Er lächelte breit. »Glaub mir, das wird dich aufmuntern, dich wieder auf die Beine bringen.«

David kam, begleitet von Giorgio, und hielt uns die Tür zur Seilbahn auf. »Steig ein, du dumme Kuh«, zischte er mir ins Ohr.

Nervös sah ich zu Giorgio, der mich finster anblickte und leise etwas auf italienisch zu David sagte. Hatte er bemerkt, daß seine Aufblaspuppe verschwunden war?

Ich versuchte, Davids Antwort mitzubekommen, aber Harley stieß mich an und beugte sich zu meinem Ohr.

»Ich weiß, wovon die beiden reden«, flüsterte er mit einem Kichern. »Ich glaube, Giorgio hat David für gestern abend eine Verabredung besorgt, du weißt schon, ein Mädchen. Jetzt fragt er ihn, wie es gelaufen ist.«

David beendete sein Gespräch mit einem lauten Lachen und einer obszönen Geste.

»Sieht aus, als wäre er erfolgreich gewesen«, murmelte ich, voller Mitleid mit dem armen Wesen, das das Schicksal erleiden mußte, dem ich auf dem Friedhof so knapp entkommen war.

Harley machte ein mißbilligendes Geräusch. »Ich wünschte, David würde endlich zur Ruhe kommen«, flüsterte er mir zu. »Eine Ehefrau finden und aufhören herumzuspielen.«

Ich antwortete nicht, war damit beschäftigt, die Fahrtzeit der Seilbahn auf meiner Armbanduhr zu stoppen. Sie dauerte genau vier Minuten, was bedeutete, daß mindestens acht Minuten vergehen würden, bis die Seilbahn wieder am Haus angelangt war. In acht Minuten konnte viel passieren. Jetzt brauchte ich nur noch das Kennwort für die Schalttafel in Giorgios Raum.

In Portofino ging es geschäftig zu. Ein großer Teil des Hafengeländes war abgesperrt und voll mit Bussen und Lastern, aus denen Berge von Filmausrüstung ausgeladen wurden. Touristen drängten sich an der Absperrung, machten eifrig Fotos von einem Mann mit einem Megafon, der sie in mehreren Sprachen anflehte zurückzutreten.

Nachdem wir uns einen Weg durch die Menge gebahnt hatten, wurden David und Harley von mehreren Leuten belagert, die sie in verschiedene Richtungen zerren wollten. David begann, wichtigtuerisch von einer Gruppe zur anderen zu stolzieren, und blaffte Befehle in ein Handy. Harley blieb unentschlossen zurück und hielt meine Hand.

»Macht es dir was aus, ein paar Minuten allein zu bleiben?« fragte er besorgt. »Ich muß mit dem Produzenten reden.« Er brachte mich zu einem abgesperrten Gelände mit Tischen und Stühlen und eilte dann zu David hinüber.

Mir war es nur recht, allein gelassen zu werden, obwohl ich andererseits auch ein bißchen beleidigt war, daß man sich nicht mehr um mich kümmerte. Schließlich war ich der Star dieses Werbespots. Alle schienen viel mehr an David und Harley interessiert zu sein als an mir. Ich spielte mit dem Gedanken zu fliehen, beschloß dann, lieber ihr Mißtrauen zu beschwichtigen, ihnen weiszumachen, ich hätte die Hoffnung auf ein Entkommen aufgegeben. Also blieb ich sitzen, beobachtete die Aktivitäten am Hafen und wartete darauf, daß etwas geschah.

Eine Menge Leute liefen mit Klemmbrettern herum,

scheuchten gelangweilt aussehende Techniker von einer Seite des Sets zur anderen. Kameras wurden aufgebaut, dann wieder abgebaut und woanders erneut aufgebaut. Die eigentliche Arbeit wurde jeweils von zwei Leuten gemacht, ein halbes Dutzend andere standen herum und schauten zu. Gedreht wurde offenbar noch nicht.

Ein Taxi fuhr bis nahe an die Absperrung heran, was zu einiger Aufregung bei den Zuschauern führte. Ich sah auf, bemerkte, daß Harley mit aufgeregtem Lächeln auf mich zugerannt kam.

»Erinnerst du dich, daß ich dir eine Überraschung versprochen habe?« rief er ausgelassen. »Hier ist sie. Komm mit!« Er packte mich an der Hand, zog mich zum Taxi. »Ich dachte mir, du würdest dich hier bestimmt langweilen, so ganz alleine«, erklärte er atemlos. »David und ich haben so viel mit den Vorbereitungen für die Dreharbeiten zu tun. Ich dachte, du brauchst Gesellschaft.«

Die Tür des Taxis öffnete sich. »Überraschung!« kreischte eine vertraute Stimme, und Trish stieg aus, behängt mit diversen Taschen aus dem Duty-free-Shop. Sie stakste auf mich zu, schwankte auf ihren Stöckelabsätzen unsicher über das Kopfsteinpflaster.

»Hallöchen, Cin«, kreischte sie, streckte die Arme aus, als sei ich ihr lang vermißter Liebhaber. »Ich wette, damit hast du nicht gerechnet!«

»Hi, Trish«, sagte ich schwach, erwiderte ihre Umarmung. Sie roch nach Gin.

»Wow«, hauchte sie, betrachtete strahlend ihre Umgebung. »Ein Drehort! Ist jemand Berühmtes hier? Außer dir, meine ich.«

Ich brachte sie zu dem Tisch, an dem ich gesessen hatte, und erklärte ihr, daß hier nur ein Werbespot gedreht wurde, aber sie hörte nicht zu. Die Hand über den Augen, studierte sie die Menge. »Wer ist der Kerl da drüben mit dem Handy?« Sie zeigte mit dem Finger auf ihn. »Sieht aus wie Richard Gere.«

Sie meinte David. »Das ist Harleys Bruder«, sagte ich leise. »Dem würde ich aus dem Weg gehen, wenn ich du wäre. Er ist nicht sehr nett.«

»Ach, komm schon, Cindy«, nörgelte sie. »Sei nicht so habgierig. Du kannst nicht zwei so blendend aussehende Kerle ganz für dich allein haben. Das ist nicht fair.«

»Sag nicht, ich hätte dich nicht gewarnt«, murmelte ich.

»Warum hast du so die Schnauze voll von ihnen?« fragte sie gereizt. »Dauernd mußt du rumjammern – das ist dein Problem, Cin. Also, eins sag ich dir: Ich will kein böses Wort über deinen Harley hören. Nicht nach all dem, was er für mich getan hat.« Ihr Blick wurde träumerisch.

»Was meinst du damit?«

Sie seufzte. »Das kam wie vom Himmel, Cin. Eine kostenlose Reise erster Klasse plus Taschengeld. Als hätte ich bei einer dieser Fernseh-Spielshows gewonnen.«

»Äh, Trish?« fragte ich. »Wie lange bleibst du eigentlich?«

»Das versuch ich dir ja gerade zu sagen, Cin«, meinte sie fröhlich. »Dein Harley ist wirklich ein anständiger Kerl. Er sagt, ich kann so lange bleiben, wie ich will.«

Harley war cleverer, als ich gedacht hatte. Trish erwies sich als sehr effektive Gefängniswärterin. Sie folgte mir pausenlos plappernd überall hin, und ich konnte kaum noch klar denken, ganz zu schweigen davon, Fluchtpläne zu schmieden. Der Tag wurde zu einem endlosen Alptraum.

Sie zerrte mich durch alle Andenkenläden von Portofino, gab beträchtliche Mengen ihres »Taschengeldes« für scheußliche Nippessachen aus. In regelmäßigen Abständen schlenderten wir zum Drehort zurück, weil sie sehen wollte, wer dazugekommen war. Trish blieb der festen Überzeugung, daß Richard

Gere auftauchen würde, und nichts konnte sie vom Gegenteil überzeugen.

Als wir die Andenkenläden durch hatten, stürzte sie sich gierig auf die Restaurants. Nachdem wir beide ein paar Drinks intus hatten, versuchte ich mit ihr zu reden.

»Der Schein trügt, Trish«, sagte ich ernst. »Ich will Harley verlassen, aber er läßt es nicht zu. Er hält mich hier wie eine Gefangene.«

»Eine Gefangene?« Der Löffel mit tropfendem Tiramisu schwebte auf halber Höhe. Mit aufgerissenen Augen starrte sie mich an.

»Willst du mir nicht helfen, Trish?« flehte ich. »Bei meiner Flucht?«

»Bist du verrückt?« fragte sie schließlich ungläubig. »Warum willst du abhauen?« Sie wedelte mit dem Löffel, bespritzte die Leute am Nebentisch mit Sahne. »Du hast alles, was du dir nur wünschen kannst, und Harley ist ein phantastischer Kerl …« Sie schüttelte langsam den Kopf. »Du weißt nicht, was gut für dich ist, Cin – das ist dein Problem.«

»Aber ich bin nicht glücklich«, sagte ich hoffnungslos.

»Jetzt hör mir mal zu, Cin.« Trish wurde energisch. »In solchen Momenten brauchst du eine Freundin, die für dich da ist, eine Freundin, die weiß, was gut für dich ist. Von jetzt an werde ich ein Auge auf dich haben, dafür sorgen, daß du keine Dummheiten machst, die du später bereuen wirst. Du brauchst jemanden, der dich vor dir selbst schützt.«

»Aber …«

»Ich weiß.« Sie schluckte schmatzend. »Du findest mich wahrscheinlich gemein, aber am Ende wirst du mir dankbar sein. Und jetzt will ich nichts mehr von diesem Blödsinn hören. Ich habe Ferien, erinnerst du dich? Ich will meinen Spaß haben.«

Abends erschien Trish in einem pailettenbesetzten Kleid zum Dinner. Sie trank große Mengen Wein und flirtete heftig mit David, der sie während der gesamten Mahlzeit mit angewidertem Blick betrachtete. Gleich nach dem Dessert entschuldigte er sich und verschwand mit der Seilbahn.

»Der kommt wieder«, flüsterte mir Trish laut ins Ohr. »Ich kenn diese Typen, die tun so, als seien sie furchtbar cool, können es aber kaum erwarten, dich flachzulegen. Ich hab's ihm doch angesehen.«

»Sei vorsichtig«, warnte ich sie leise. »Das könnte unangenehmer werden, als du erwartest.«

»Also, was machen wir jetzt?« fragte Harley jovial. »Sieht so aus, als hätte ich den Jackpot gewonnen!« Er grinste. »Zwei hinreißende Ladys, ganz für mich alleine.«

Es lief darauf hinaus, daß wir nebeneinander auf dem Sofa saßen und Videos guckten. Die Auswahl war groß, aber Harley fand ein Kassette mit *Pretty Woman* und bestand darauf, sich den Film noch einmal anzusehen.

»Die Geschichte ist so romantisch«, seufzte Trish verträumt, als der Film vorbei war. »Ich wünschte, mir würde auch so etwas passieren.«

»Tja, man weiß nie«, meinte Harley, wischte sich ein Träne aus dem Auge. »Vielleicht geschieht das ja eines Tages.«

»Wenn Richard Gere bei euren Dreharbeiten auftaucht …«, murmelte sie nachdenklich, »wird er mich bestimmt bemerken, besonders, wenn ich mein neues pinkfarbenes Kleid anhabe.«

Harley sah auf die Uhr, runzelte die Stirn. »Es ist schon spät, Liebling«, sagte er bedeutungsvoll. »Sollten wir nicht ins Bett gehen?«

Trish wühlte eifrig in den Kassetten. »Ich kann keine Richard-Gere-Filme mehr finden«, sagte sie. »Aber da ist einer mit

Julia Roberts.« Sie nahm die Kassette aus der Hülle, betrachtete sie von beiden Seiten, als könnte ein forschender Blick ihr den Inhalt des Films enthüllen.

»Cindy?« Harley stand auf, sah liebevoll auf mich herunter. Ich merkte, daß er immer noch unter dem Einfluß von *Pretty Woman* stand. Nach einer leidenschaftlichen Aussöhnung war mir heute abend weiß Gott nicht zu Mute, und auch an keinem anderen Abend.

»Ich, äh, komme später nach«, sagte ich unschuldig. »Trish will sich noch einen Film anschauen.«

Sein Gesicht umwölkte sich. Er wandte sich an Trish. »Kann ich kurz mit dir sprechen?«

Sie flüsterten, dann stand Trish auf und folgte ihm aus dem Zimmer. Ein paar Minuten später kam sie mit einer Flasche Strega zurück.

»Sieh mal, was ich in der Küche gefunden hab«, sagte sie triumphierend, entkorkte die Flasche und füllte unsere Weingläser bis zum Rand. Sie schob das Video in den Apparat und ließ sich aufs Sofa plumpsen. »Nur du und ich, Cindy Baby«, meinte sie. »Genau wie in alten Zeiten, was?« Sie nahm einen großen Schluck von der knallgelben Flüssigkeit.

»Was hat Harley zu dir gesagt?« fragte ich.

»Igitt!« prustete sie, starrte in ihr Glas. »Das Zeug schmeckt ja eklig.«

»Was hat er gesagt, Trish? Als ihr draußen wart?«

Sie wischte sich den Mund mit dem Handrücken ab, nahm einen weiteren vorsichtigen Schluck. »Ach, nichts weiter«, erwiderte sie ausweichend. »Nur, daß ich dich nachts einschließen soll.« Trish fummelte mit den Knöpfen der Fernbedienung rum, und der Bildschirm erwachte flackernd zum Leben.

»Was meinst du damit, mich einschließen? Bezahlt er dich dafür, daß du mich bewachst? Damit ich nicht abhaue?«

»Ach, Cin«, stöhnte sie. »Fang nicht wieder davon an. Ich dachte, wir wollten uns den Film ansehen.«

Ich entriß ihr die Fernbedienung und stellte den Fernseher ab.

»Wirst du mich tatsächlich in meinem Zimmer einschließen?« fragte ich bitter. »Ich dachte, du wärst meine Freundin.«

Sie drehte sich zu mir, blinzelte unsicher, kämpfte mit der Logik dieser Bemerkung. »Natürlich bin ich deine Freundin, Cin«, sagte sie schließlich. »Das ist nur zu deinem Besten. Ich bin hier, damit du wieder auf den Damm kommst.«

»Was soll das heißen? Mir fehlt nichts.«

»Ach, Cin, ich sollte ja nicht darüber reden, aber Harley hat mir das alles erklärt. Daß du krank bist, meine ich. Und daß du deswegen so verrückte Sachen machst und Dinge sagst, die du nicht meinst.« Traurig schüttelte sie den Kopf. »Wenn du mich fragst, Cin, das liegt an dem Unfall. Bevor du Harley kennengelernst hast, meine ich.«

Sie goß sich ein weiteres Glas Strega ein. »Man hört ja oft von solchen Sachen, weißt du. Leute kommen aus dem Krankenhaus, nachdem sie einen Schlag auf den Kopf gekriegt haben, sehen aus, als wären sie fit wie ein Turnschuh, und glauben, alles wäre in Ordnung. Und dann, eines Tages – peng! Sie laufen mit einer Uzi bei McDonald's Amok und pusten dreißig Leute um. Oder sie fallen auf der Straße tot um, einfach so.«

Ich starrte sie sprachlos an.

»Komm schon, Kopf hoch, Cin«, seufzte sie. »Du siehst wirklich aus, als hätte dir jemand in die Suppe gespuckt. Wenn du aufhören würdest, dich so zu benehmen, könnten wir uns in Portofino einen netten Abend machen, statt hier rumzusitzen.« Sie sah auf die Uhr. »Glaubst du, David kommt bald nach Hause?«

Ich gab auf, schaltete das Video wieder an, ließ die Trailer durchlaufen, bis der Film begann, der den Titel *Der Feind in meinem Bett* trug. Ironischerweise ging es darin um eine Frau, die versucht, ihrem Ehemann zu entkommen.

»Ich versteh nicht, was das soll«, maulte Trish nach ein paar Minuten. »Warum haut sie nicht einfach ab?«

»Vielleicht läßt er sie nicht«, meinte ich, fasziniert von der Ähnlichkeit mit meiner eigenen Situation.

»Oh, sieh mal«, quiekte sie. »Er verprügelt sie!« Sie warf mir einen neugierigen Blick zu. »Hat Harley das jemals mit dir gemacht?«

Ich schüttelte den Kopf, wünschte, sie würde den Mund halten.

»Ich weiß nicht, warum sie sich das gefallen läßt«, schnaubte sie. »Wenn ich sie wäre, würde ich dem sofort die Polizei auf den Hals hetzen. Schau dir doch nur das große Haus an. Wenn sie sich scheiden läßt, kriegt sie die Hälfte davon.«

Die Frau plante offenbar ein kompliziertes Täuschungsmanöver, um vor ihrem Ehemann zu fliehen, und ich wartete mit angehaltenem Atem darauf, wie sie das bewerkstelligen würde.

»Was hat die dumme Ziege denn jetzt vor?« fragte Trish genervt. »Das ist ja wohl der dämlichste Film, den ich je gesehen habe.« Sie griff nach der Fernbedienung, schaltete auf einen italienischen Popsender um.

»Heh!« schrie ich entrüstet. »Ich will den Film sehen!«

Trish ignorierte mich, goß sich mehr Strega ein. »Das Zeug schmeckt gar nicht so übel, wenn man sich mal dran gewöhnt hat«, nuschelte sie, klopfte mit dem Fuß den Rhythmus der Musik mit. »Zu blöd, daß wir hierbleiben müssen. Ich bin gerade in der Stimmung, ordentlich einen draufzumachen.«

»In deinem Zustand würdest du bestimmt nicht weit kommen«, murmelte ich.

»Was hastu gesacht?« Trish blinzelte mich aus verschwiemelten Augen böse an. »Ich bin nich betrunken.«

Geduldig hörte ich mir eine halbe Stunde lang ihr Geschwätz an, untermalt mit Popmusik. Ihre Bemerkungen wurden immer unverständlicher. Nach einer Weile wurde sie ungewohnt still. Sie war eingeschlafen.

Es gelang mir, ihr die Fernbedienung aus den klebrigen Fingern zu zerren und mir den Rest des Films anzuschauen. Danach nahm ich die Kassette aus dem Videogerät und steckte sie in meine Handtasche. Mir war eine Idee gekommen, und ich wollte nicht, daß auch andere im Haus den Film ansahen.

Als ich das Zimmer verließ, bewegte sich Trish. »Heh, Cin«, nuschelte sie. »Wo willstu hin? Die Nacht is noch jung, oder? Wann machen wir endlich einen drauf?« Sie tastete nach der Stregaflasche, setzte sie an die Lippen.

»Gute Nacht, Trish«, murmelte ich leise.

Sie plumpste aufs Sofa zurück und antwortete nicht. Als ich ging, begann sie laut zu schnarchen. Ein Rinnsal grellgelber Flüssigkeit lief ihr aus dem Mundwinkel.

Kapitel 18

Ich lag lange wach und dachte nach. Dann schlief ich zufrieden ein. Am nächsten Morgen stand ich früh auf, ging hinunter ins Wohnzimmer, wollte sehen, was aus Trish geworden war.

Sie bot keinen schönen Anblick, lag mehr oder weniger so da, wie ich sie verlassen hatte, und stank nach schalem Alkohol. Ihr Make-up war verschmiert, und ihr Kleid sah aus, als hätte sie es ausziehen wollen, aber mittendrin aufgegeben. Sie öffnete die Augen, sah mich verschlafen an, setzte sich dann mit einem Ruck auf.

»Wo ist David?« fragte sie, schaute erschrocken an sich hinunter und zog das Kleid über die Schenkel.

»David?« wiederholte ich verwirrt. »Warum willst du wissen, wo er ist?«

»Oh, Cin«, flüsterte sie, packte meinen Arm. »Du rätst nie, was gestern passiert ist, nachdem du ins Bett gegangen bist. David kam mitten in der Nacht zurück und ...«

Mir dämmerte allmählich, was sich abgespielt hatte. »O nein, Trish«, sagte ich traurig. »Sag nicht, daß du ...«

»Das Problem ist nur, Cin«, meinte sie besorgt, »daß ich mich an kaum etwas erinnern kann. Ich weiß nicht, ob ... heh, wart mal eben.« Sie wühlte auf dem Sofa herum.

»Was suchst du?«

»Irgendwo muß es sein«, murmelte sie, griff unter ihr Kleid und fummelte rum. »Warte, da ist was ... ich hab's!«

Angewidert wich ich zurück, als sie ein kleines, schlaffes Etwas hochhielt. Ein benutztes Kondom.

»Tja, was sagst du dazu, Cin?« Sie schenkte mir ein triumphierendes Lächeln. »Sieht aus, als hätt's geklappt! Heh, Cin«, flüsterte sie aufgeregt. »Glaubst du, er macht mir einen Heiratsantrag? Du weißt schon, genau wie bei dir und Harley?«

Meine Antwort schien mir ins Gesicht geschrieben zu stehen. »Schon gut«, murmelte sie mißmutig. »War ja nur ein Gedanke. Du brauchst mich nicht so anzusehen.«

Ich brauchte dringend frische Luft, ging auf die Terrasse und stieß prompt auf David.

»Du Schwein«, zischte ich leise. »Wie konntest du nur?«

Er betrachtete mich mit einem unverschämten Grinsen. »Na ja, ich mußte die Luft anhalten, um nicht von den Alkoholschwaden ohnmächtig zu werden. Weißt du, daß sie eine ganze Flasche Strega getrunken hat?«

»Du Dreckskerl. Fällst über eine Frau her, die betrunken ist.«

»Die Schlampe hat es so gewollt«, sagte er gehässig. »Sie hat gekriegt, was sie verdient hat. Und du kriegst dasselbe, wenn du nicht aufpaßt.«

»Nur über meine Leiche«, fauchte ich haßerfüllt. »Wenn du mich auch nur anfaßt, dann ...«

»Was macht ihr denn hier?« Harley trat auf die Terrasse, blinzelte ins Sonnenlicht. »Ein wunderschöner Morgen, nicht?« Er rieb sich die Hände. »Können wir los? Heute machen wir die Hintergrundaufnahmen.«

Trish war ganz wild darauf, zum Drehort zu kommen, verfärbte sich aber grünlich, als sie an die frische Luft kam. »O Gott«, flüsterte sie, sank auf einen Stuhl auf der Terrasse. »Mir geht's nicht gut.« Sie warf David einen mitleidheischenden Blick zu, worauf er sich sofort umdrehte und wegging.

»Laß nur, Trish«, sagte ich. »Ich bleibe bei dir. Du wirst dich bald wieder besser fühlen, und dann könnten wir einkaufen gehen oder so.« Ich sah Harley fragend an. »Bist du damit einverstanden, Liebling? Ich brauche was Neues anzuziehen. Du könntest Giorgio mit dem Wagen zurückschicken, damit er uns nachmittags nach Santa Margherita fährt.«

»Tja, ich weiß nicht«, meinte er zweifelnd. »Werdet ihr denn alleine zurechtkommen?«

»Keine Sorge, Liebling«, flötete ich. »Laß mich dir beweisen, daß du mir trauen kannst. Ich verspreche, daß ich nicht weglaufe.«

Trish stöhnte leise neben mir, während Harley auf und ab ging, sich durchs Haar fuhr und zu einer Entscheidung zu kommen versuchte.

»Also gut, Cindy«, sagte er schließlich. »Ich sollte dir wohl vertrauen. Du brauchst sowieso ein neues Kleid für die Party morgen abend. Das hatte ich ganz vergessen, dir zu sagen.«

»Party?« fragte Trish und war plötzlich wieder munter. »Wer kommt denn alles?«

»Oh, nur ein paar Filmleute.« Harley lächelte nachsichtig. »Eine kleine Dinnerparty, keine große Sache.« Er sah mich liebevoll an. »Ich dachte, ein bißchen Gesellschaft würde dir guttun, Liebling. Dich aufmuntern.«

»Heh, Cin.« Trish zerrte an meinem Ärmel. Harley und David schwebten bereits mit der Seilbahn nach unten. »Glaubst du, daß Richard Gere auch kommt?«

Ich schickte Trish hinein, ihren Kater ausschlafen, und verbrachte den Morgen damit, Haus und Gelände zu erforschen und die Einzelheiten des Planes zu überprüfen.

Alle Ideen, die ich bisher erwogen hatte, bargen ein Problem, das nichts mit der Flucht selber zu tun hatte, sondern mit dem, was ich danach machen würde. Harley war ein reicher und mächtiger Mann, der ohne zu zögern beträchtliche Summen für meine Verfolgung ausgeben würde. Früher oder später würde er mich bestimmt finden.

Jetzt hatte ich eine Lösung gefunden. Harley würde nicht nach mir suchen, wenn er glaubte, ich sei tot.

In dem Film, den ich am Abend zuvor angeschaut hatte, war Julia Roberts ihrem sadistischen Ehemann entkommen, weil sie ihren Tod vortäuschte. Sie hatte dazu – ziemlich ungeschickt, wie ich fand – einen Bootsunfall benutzt, bei dem das Risiko bestand, tatsächlich zu ertrinken. Mir war das zu gefährlich, schließlich konnte Cindy nicht schwimmen, und es zu lernen würde zu lange dauern. Ich hatte eine viel bessere Idee. Ein paar Einzelheiten mußten noch geklärt werden, aber insgesamt konnte der Plan nicht schiefgehen.

Giorgio kam gegen Mittag und fuhr uns nach Santa Margherita. Ich setzte Trish in einer teuren Boutique ab, gab ihr meine Kreditkarte zur uneingeschränkten Verfügung und ging los, ein paar wichtige Einkäufe machen.

Die meisten Sachen auf meiner Liste waren leicht zu finden: dunkle Jeans und ein Pullover, eine leichte Reisetasche mit Schulterriemen, ein Paar flache Schnürschuhe und eine Wollmütze, die ich über die Ohren ziehen konnte. Der letzte Gegenstand, ein Seil, war schwerer zu bekommen, weil ich nichts Entsprechendes in meinem Sprachführer fand. Ich nahm Zuflucht zu Gesten und Mimik, worauf mir von verwirrten Ladenbesitzern Paketschnüre, Stopfgarn, Rollen mit Angelschnur und sogar eine Toilettenspülkette angeboten wurden. Schließlich fand ich einen Bootsausstatter, der ein wenig Englisch sprach und mir das verkaufte, was ich brauchte.

In der Boutique fand ich Trish in einem Kleid vor, in dem sie wie Scarlett O'Hara aussah.

»Glaubst du, das ist zu auffällig für tagsüber?« fragte sie, während sie sich im Spiegel bewunderte. »Wenn wir nachher zum Drehort fahren, könnte ich es anlassen und mir mein anderes Kleid einpacken lassen.«

»Wir fahren heute nicht zum Drehort«, sagte ich. »Wenn ich du wäre, würde ich es für morgen abend aufheben.«

»Ach, Cin ...«

»Zieh es aus«, sagte ich und schob sie in die Umkleidekabine. »Oder ich ändere meine Meinung wegen der Kreditkarte.«

Sobald sie aus dem Weg war, probierte ich hastig ein paar Kleider an, wählte eins aus und ging zur Verkäuferin, den Sprachführer in der Hand.

»Äh, *due di questi, per favore*.«

»*Due*?« wiederholte die Verkäuferin erstaunt.

»*Due*«, bestätigte ich.

Sie zuckte die Schultern, ging ins Lager und kam mit einem zweiten, identischen Kleid zurück. Langsam begann sie, beide in Seidenpapier zu wickeln, sah mich immer wieder an, hielt mich offenbar für verrückt. Ungeduldig trommelte ich mit den Fingern auf dem Ladentisch, wollte, daß sie fertig war, bevor Trish zurückkam.

»Was hast du dir gekauft, Cin?« Trish erschien, als die Verkäuferin die Pakete in eine Tragetasche schob. »Wieso kriegst du zwei, wenn ich nur eines nehmen darf?«

»Das zweite ist eine Überraschung«, sagte ich, unterschrieb den Kreditkartenbeleg. Das hatte Harley eine ordentliche Stange Geld gekostet. »Du wirst schon sehen.«

Der restliche Tag verging nur langsam. Ich mußte ein paar kleine Vorbereitungen für die nächste Nacht treffen, dann konnte ich nur noch abwarten. Als Harley zurückkam und zu seiner

Freude sah, daß ich nicht weggelaufen war, beschloß er, uns zur Belohnung zum Essen auszuführen.

»Ich wußte doch, daß dir ein Tapentenwechsel guttun würde, Liebling«, sagte er glücklich, als der Kellner unsere drei Gläser mit billigem Schaumwein füllte, den er Harley als kalorienarmen Champagner angedreht hatte. »Wir kriegen unsere Probleme allmählich in den Griff, nicht wahr?«

Ich nickte, rang mir ein Lächeln ab. Trish sah mich von der anderen Seite des Tisches finster an, wo sie, angetan mit ihrem Scarlett-O'Hara-Kleid, in majestätischer Einsamkeit saß. Sie schmollte, seit David in letzter Minute Ausflüchte gemacht hatte und mit Giorgio davongefahren war.

»Auf euch«, sagte Harley und hob sein Glas. Er zwinkerte Trish zu. »Auf die beiden ganz besonderen Frauen in meinem Leben.«

Genieß es, so lange du kannst, dachte ich, nahm einen großen Schluck von dem sauren Schaumwein. Morgen abend wirst du merken, daß du nur noch eine hast.

Als er später an die Verbindungstür klopfte, hatte ich ihn schon erwartet.

»Herein«, sagte ich müde, knipste das Licht an.

Er spähte ins Zimmer, trat zögernd ein, trug seinen blaßblauen Morgenmantel.

»Cindy«, flüsterte er, näherte sich dem Bett. »Ich dachte ... wo es jetzt zwischen uns wieder ...« Er zögerte. »Liebst du mich noch, Darling?«

Ich konnte nicht mit ihm schlafen, weil ich wußte, was ich am nächsten Tag tun würde. Also hielt ich mir den Bauch und stöhnte leise. »Der Fisch, den wir gegessen haben ... ich glaube, der war nicht frisch ...« Ich wälzte mich auf die Seite. »Mir ist nicht gut.«

»Oh, Liebling.« Er eilte zu mir, nahm meine Hand. »Soll ich einen Arzt rufen?«

Ich schüttelte den Kopf. »Nein, nein, morgen geht es mir bestimmt wieder besser.« Ich würgte laut.

»Soll ich dir eine Schüssel holen?« fragte er, zuckte erschrocken zurück.

»Laß nur. Ich geh ins Badezimmer, wenn es sein muß.« Mit schwachem Lächeln fügte ich hinzu: »Du hast mich immer davor gewarnt, in fremden Restaurants zu essen, nicht wahr?«

»Wie gedankenlos von mir«, murmelte Harley schuldbewußt. »Ich hätte es besser wissen müssen.«

»Mach dir keine Sorgen, Liebling. Morgen abend bin ich wieder ganz die alte. Nach der Party. Da werde ich dir zeigen, wie sehr ich dich liebe.«

Schließlich wurde ich ihn los, aber es dauerte lange, bis ich einschlafen konnte. Zweifel begannen an mir zu nagen. Tat ich das Richtige? Was würde passieren, wenn etwas schiefging? Und wenn mir die Flucht tatsächlich gelang, was dann?

Auf der ganzen Welt gab es Paare, die unglücklich verheiratet waren. War das die rauhe Wirklichkeit? Menschen wie Trish würden ihren rechten Arm dafür geben, an meiner Stelle zu sein. Warum konnte ich es nicht einfach akzeptieren und Harleys gesellschaftliche und finanzielle Vorzüge genießen? War es arrogant, daß ich etwas Besseres wollte?

All die romantischen Geschichten, die ich gelesen hatte, fanden ein Happy-End in der Ehe. Wenn ich ehrlich war, hing ich immer noch an der Vorstellung, daß es irgendwo einen Mann gab, der der richtige für mich war. Als Harriet hatte ich meine Chance mit Andrew verpaßt. Wo konnte ich einen Mann finden, der diese Rolle in Cindys Leben einnahm?

Und wenn es ihn gar nicht gab? Konnte ich auch als Single glücklich werden? Vielen ganz gewöhnlichen Menschen war das gelungen, sagte ich mir streng. Aber ich war kein gewöhnlicher Mensch, fiel mir ein. Ich hatte meine Seele an den Teufel verkauft. Meine Fluchtpläne hatten mich so beschäftigt, daß ich Mephisto vollkommen vergessen hatte, der jetzt vermutlich meine Gedanken belauschte und sich schadenfroh die Hände rieb. Wenn ich glücklich werden wollte, mußte ich mich nicht nur von Harley befreien, sondern auch Mephisto besiegen.

Je näher die Party rückte, desto nervöser wurde ich. Ich rechnete insgeheim damit, daß Mephisto aus dem Nichts auftauchen und meine Pläne stören würde.

Schon sehr früh machte ich mich fertig, zog eines der beiden Kleider an, die ich am Vortag gekauft hatte. Dann schminkte ich mich sorgfältig, hatte irgendwann nichts mehr zu tun und ging zu Trish.

»Du bist so zappelig heute abend, Cin«, bemerkte sie, als ich ihr in das Scarlett-Kleid half. »Hast du mir etwa doch verschwiegen, daß jemand Berühmtes zur Party kommt?«

Als erste trafen der englische Produzent des *Lapinique*-Werbespots und seine Frau ein. Bill Bellman hatte ein Gesicht wie ein Frettchen mit Zweitagebart und einen Akzent wie Michael Caine.

»Nette Bude hast du hier, Harl«, sagte er, schaute sich um und rieb sich die Hände, als er aus der Seilbahn trat. Er wandte sich mit einem anerkennenden Lächeln an mich. »Also lernen wir endlich die berühmte Cindy Brightman kennen«, sagte er, schüttelte meine Hand, hielt sie länger als nötig. »Das Gesicht von *Lapinique*. Sie sehen genauso hinreißend aus wie auf dem Foto, meine Liebe.«

»Sind wir da, Bill?« Seine Frau war ängstlich an der Gondeltür stehengeblieben. »Von dem Ding krieg ich Zustände. Kann auch nichts passieren, wenn ich aussteige?«

»Komm schon, Beryl, du dumme Kuh«, lacht Bill, ließ widerstrebend meine Hand los und nahm sich ein Glas Champagner von dem Tablett, das Giorgio ihm hinhielt. Er zwinkerte David zu. »Du solltest sie an den Skilifts in Gstaad sehen.«

Harley eilte ihr zu Hilfe, während David Bill erzählte, wen er alles in St. Moritz kannte.

»Ich werd verrückt«, japste Beryl, befühlte ihr kunstvoll aufgestecktes Haar und wankte an Harleys Arm herein. »Man kommt sich ja vor wie in einem James-Bond-Film.«

»Geschüttelt, nicht gerührt, was?« meinte Bill mit lautem Lachen. Trish kicherte nervös.

»Wissen Sie, ich habe Höhenangst«, sagte Beryl, klappte mit ihren beringten Fingern die Puderdose auf und betrachtete besorgt ihr Spiegelbild. Sie sah auf, nahm Trish wahr. »Oje«, meinte sie kläglich. »Da hab ich doch schon wieder alles falsch verstanden. Warum hat uns niemand gesagt, daß es ein Kostümfest ist?«

Ein Surren kündigte weitere Gäste an. David führte ein gedämpftes Gespräch durch die Sprechanlage und drückte auf den Knopf, der die Gondel wieder nach unten schickte.

»Das muß Richard sein«, sagte Bill, reichte Beryl einen Drink und nahm sich selbst den zweiten. »Ich glaube, ich habe ihn auf der Herfahrt überholt.«

»Hast du das gehört?« flüsterte Trish, stieß mich an. »Wer weiß, vielleicht ist *er* das.«

Richard entpuppte sich als keiner, kahl werdender Mann mit dunkler Brille und Lederjacke.

»Hallo, ihr Süßen«, zwitscherte er, küßte alle auf die Wange. »Was für ein Empfang! Eure Jahrmarktsgondel da draußen ist ja toll. Ich kam mir vor wie ...«

»James Bond«, sagten Harley, Bill und Trish gleichzeitig.

»Na ja, eigentlich«, kicherte er, näherte sich trippelnd dem Getränketablett, »wollte ich sagen wie Pussy Galore.«

»O Gott«, seufzte Bill und verdrehte die Augen. »Geht das

wieder los.« Er stieß Giorgio in die Seite. »Bleib heute abend besser mit dem Rücken zur Wand, Giorgio«, sagte er mit wissendem Zwinkern. »Comprendez? Er hat's mit euch dunkelhäutigen Typen.«

»Richard ist der Art Director«, flüsterte mir Harley ins Ohr. »Er ist sehr talentiert, ein großer Gewinn für den Werbespot. Über seine kleinen Marotten muß man einfach hinwegsehen.«

Dazu gehörte offenbar, sich den Leuten, mit denen er zusammenarbeiten würde, nicht vorzustellen. Er betrachtete mich mit mildem Desinteresse, wandte sich wieder Giorgio zu und flüsterte auf italienisch mit ihm.

Der nächste Gast war ein korpulenter Geschäftsmann in den Fünfzigern, begleitet von einer hochgewachsenen, tumb aussehenden Blondine, die nicht älter als sechzehn sein konnte. Er schüttelte Bill, David und Harley die Hand und verschwand mit ihnen in einer Ecke, murmelte etwas von Emissionen und Optionen. Beryl begann eine geflüsterte Unterhaltung mit Trish, ignorierte die Blonde, die sich hilflos umsah.

»Hallo«, sagte ich. Sie tat mir leid. »Ich bin Cindy.«

»Oh, wirklich?« quietschte sie aufgeregt. »Das Gesicht von *Lapinique*! Wilbur sagte, ich würde Sie heute kennenlernen!« Sie warf mir ein mitfühlendes Lächeln zu. »Ich hoffe, Sie langweilen sich hier oben nicht zu sehr, wo Sie doch die ganze Zeit eingesperrt sind.«

Plötzlich wurde es still. Alle schauten in unsere Richtung.

»Hab ich was Falsches gesagt?« fragte sie unschuldig, sah zu Wilbur, der verlegen wirkte. »Du hast doch gesagt, alle wüßten Bescheid, Schatz«, quengelte sie laut. »Daß ihre Ehe am Arsch ist und sie mit seinem Geld abhauen will.«

»Hier, eine kleine Erfrischung.« Ich drückte ihr ein Glas Champagner in die eine und einen Teller mit Canapés in die andere Hand. »Diese sind besonders köstlich«, fügte ich hinzu, nahm eine Handvoll und stopfte sie ihr in den offenen Mund. »Finden Sie nicht auch?«

»Mmmff«, machte sie, kleckerte sich Champagner auf ihr weißes Kleid.

»Oje«, sagte ich. »Das sollten Sie gleich auswaschen. Kommen Sie.« Ich führte sie aus dem Raum und zeigte ihr den Weg zu dem entferntesten Badezimmer. »Sie brauchen sich nicht zu beeilen«, zischte ich ihr ins Ohr. »Wir werden uns bemühen, auch ohne Ihre Konversationskünste zurechtzukommen.«

Als sich die Gondeltür öffnete, um die letzten Gäste hereinzulassen, blieb mir vor Überraschung die Luft weg.

»Cindy, meine Liebe.« Eleanor löste sich von Arnies Arm und stürzte auf mich zu. »Du siehst umwerfend aus! Ich habe Harley ja gesagt, daß ein Klimawechsel genau das richtige für dich ist.«

»Was machst du denn hier?« fragte ich schwach.

»Wir sind natürlich auf Arnies Yacht«, sagte sie. »Haben heute morgen in Portofino angelegt.«

Ich starrte ihr ins Gesicht. Es sah merkwürdig aus. Was hatte sie damit gemacht?

»Ich komme gerade aus einer speziellen Schönheitsklinik in Frankreich«, meinte sie, als sie meinen Gesichtsausdruck sah. »Die wenden dort diese erstaunliche neue chemische Peeling-Methode an, die ganze faltige Haut wird abgeschält, damit sich darunter eine neue Schicht bilden kann.« Sie beugte sich vor. »Ich spüre den Unterschied bereits. Siehst du's?«

Ich musterte sie genauer. Ihre Gesichtshaut war schuppig und wund. Unter ihrem Make-up waren große, fleckige Partien zu erkennen. Sie sah schrecklich aus. War sie wirklich bereit, derart für ihr Aussehen zu leiden?

»Äh, ja«, meinte ich zögernd. »Man sieht es bereits.«

»Am Anfang wird es sich noch etwas mehr schälen«, sagte

sie, betastete vorsichtig ihre Wange. »Aber der Langzeiteffekt soll erstaunlich sein. Bald sehe ich zehn Jahre jünger aus.«

Bill brüllte vor Lachen über etwas, das Harley gesagt hatte. »Das ist stark, Harl«, prustete er, griff nach einem weiteren Drink. »Ja, leck mich doch!«

Richard unterbrach sein Geflüster mit Giorgio. »Hab ich das richtig verstanden?« quiekte er. »War das eine Einladung, Billy Boy?«

Eleanor runzelte die Stirn. »Sag mal, meine Liebe«, flüsterte sie mir zu. »Wer sind denn all diese gräßlichen Menschen?«

»Heh, Cin.« Trish erschien mit langem Gesicht neben mir. »Sind das alle? Kommt sonst keiner mehr?«

Eleanor betrachtete sie geringschätzig, rauschte davon, um Harley und David zu begrüßen. Trish starrte ihr finster nach. »Was macht die alte Hexe hier?« fragte sie streitlustig. »Und warum hast du niemand für mich eingeladen? Ich denk nicht dran, mich neben den Schwulen zu setzen.«

»Laß gut sein, Trish«, besänftigte ich sie. »Vielleicht schaffen wir es ja das nächste Mal, Richard Gere einzuladen.«

Schließlich hatten sich alle Gäste im Eßzimmer versammelt. Trish zögerte bei der Platzwahl, wog offenbar ihre Chancen bei allen Männern ab.

Wilbur setzte sich neben David, brabbelte immer noch von Finanzen, und die großmäulige Blondine, die gerade erst den Weg aus dem Badezimmer gefunden hatte, nahm neben ihm Platz. Sofort besetzte Arnie, mit einem Funkeln in den Augen, den Stuhl neben ihr. Richard wanderte ans andere Ende des Raumes, wo Giorgio die Hors d'œuvres anrichtete, und Eleanor hatte auf der anderen Seite des Tisches Bill und Beryl neben sich.

Trish blieb nichts anderes übrig, als den Platz neben Richard zu nehmen. Sie wollte sich gerade setzen, als Giorgio mit einem entrüsteten Kreischen auffuhr und aus dem Raum floh.

»Ich habe ihn ja gewarnt«, lachte Bill schadenfroh, stieß Eleanor in die Rippen.

»Wie bitte?« meinte sie frostig. Er beugte sich vor, flüsterte ihr etwas ins Ohr.

»Arnie!« befahl sie und stand auf. »Wechsle bitte den Platz mit mir. Hier blendet mich das Licht.«

Arnie überließ seinen Stuhl Eleanor, worauf sich Trish mit einem Ausdruck der Verzweiflung auf Eleanors leeren Platz plumpsen ließ. Arnie blieb verdattert stehen. Alle sprangen auf, boten ihre Stühle an, tauschten Plätze, und es dauerte mehrere Minuten, bis wieder Ruhe eingekehrt war.

»Gut, fangen wir an«, sagte Harley, winkte den widerstrebenden Giorgio zurück ins Eßzimmer.

»Tut mir leid.« Ich stand auf. »Ich muß auf die Toilette.«

Alles stöhnte. »Oh, fangt ruhig schon ohne mich an«, bat ich. »Ich bin gleich wieder da.«

Ich schloß die Tür hinter mir, lief leise durch die Halle zum Vordereingang und schlüpfte hinaus auf den Felsabsatz, wo die offene Gondel wartete. Draußen war es dunkel, die Lampen, die den Felseinschnitt beleuchteten, hatten sich eingeschaltet und glühten sanft am Berghang unter mir. Rasch vergewisserte ich mich, daß ich vom Eßzimmer aus nicht gesehen werden konnte, lief die kleine Treppe hinunter, die zur Terrasse führte, und griff ins Gebüsch. Die Sachen, die ich dort versteckt hatte, waren noch da, unberührt.

Ich zog die Reisetasche aus dem Gebüsch, schlich mich ums Haus zum Hof. Dampf quoll aus der offenen Küchentür, begleitet von Töpfeklappern und unverständlichem Gekreische. Im Vorübergehen warf ich einen Blick hinein, sah die alte Haushälterin über den gefliesten Küchenboden hasten, von einem Fuß auf den anderen hüpfen, wie bei einem primitiven Stammestanz. In der einen Hand hielt sie einen Topfdeckel, in der anderen ein Nudelholz, das sie über dem Kopf schwang. Seltsame, pfeifende Geräusche kamen aus einem riesigen Topf, der auf dem Herd blubberte.

Giorgios Auto stand an seinem üblichen Platz, die Tür unverschlossen. Ich vergewisserte mich, daß der Schlüssel steckte, warf meine Tasche auf den Rücksitz und kehrte zur Vorderseite des Hauses zurück.

Der zweite Gegenstand, den ich im Gebüsch versteckt hatte, war nicht sehr schwer, aber groß und unhandlich. Ich manövrierte ihn vorsichtig die Stufen hinauf und plazierte ihn in der Gondel. Nach ein paar Positionskorrekturen trat ich zurück und bewunderte lächelnd mein Werk. Auf dem Weg nach unten würde es durch die Glaswand der Gondel deutlich zu erkennen sein. Alles war fertig. Ich atmete tief durch und ging zurück ins Eßzimmer.

Lautes Lachen schlug mir entgegen, als ich die Tür öffnete. Ich errötete, dachte, es gelte mir, merkte dann, daß Bill einen Witz erzählte.

»Na, und dann«, fuhr er prustend vor Heiterkeit fort, »dann sagte der Pakistani zu dem Iren: ›Jetzt schau dir an, wie der Affe versucht, den Korken wieder reinzudrücken!‹«

»Uiii!« quiekte Richard. »Das wär der richtige Affe für mich!«

»Da war aber die Kacke am Dampfen!« Wilbur brüllte vor Lachen.

»Ich kenne einen Typ, der ist mal in 'ne Sickergrube gefallen …«, setzte Trish an.

»Warum würde jemand einem Schwein einen Korken in den Hintern schieben wollen?« fragte die tumbe Blondine.

»Aus demselben Grund, warum man ihn dir in den Mund schiebt«, meinte Eleanor eisig. »Damit die Scheiße drin bleibt.«

Unbemerkt kehrte ich an meinen Platz zurück und schwieg.

Als Giorgio den Hauptgang holte, hielt ich den Atem an, hoffte, er würde nicht zur Gondel schauen. Sobald er wieder im Eßzimmer war, würde ich loslegen.

Bei seiner Rückkehr begriff ich, wieso die Haushälterin so rumgetanzt war. Als Hauptgang gab es Hummer, und dem dampfenden Haufen auf der Platte nach zu urteilen, bekamen wir jeder einen ganzen. Giorgio ging um den Tisch herum, servierte die Viecher mit sichtbarem Unwillen.

»Paß auf die Zangen auf«, kicherte Richard, als Giorgio sich hastig an seinem Platz vorbeidrückte. »Sie zwicken.«

»Mir wäre ein bißchen Schwanz lieber«, gluckste Bill, schielte lüstern zu der tumben Blonden hinüber.

»Sieh zu, daß dir nicht die Augen rausfallen!« blafft Beryl, trat unter dem Tisch zu.

»Aua!« heulte Trish, die zwischen ihnen saß. »Das hast du absichtlich gemacht, du Biest!«

Ich hatte vorgehabt, eine Szene zu machen, bevor ich aus dem Zimmer rannte und meinen Plan in die Tat umsetzte, sah aber, daß ich bei dem entstandenen Aufruhr kaum eine Chance dazu haben würde.

»Laß mich in Ruhe!« schrie Beryl, als Trish sich mit erhobener Gabel auf sie stürzen wollte.

»Setz dich hin, du dumme Kuh!« zische Eleanor. »Merkst du denn nicht, daß du dich vollkommen zum Narren machst?«

»Aber, aber, Mädels«, besänftigte Harley vom Kopf der Tafel. »Beruhigt euch.«

»Ich hab nichts Böses getan, Liebling«, sagte Richard und tätschelte Arnies Knie.

»Nimm deine Pfoten von mir, du schwule Sau!« kreischte Arnie.

»Den knöpf ich mir vor«, knurrte Wilbur, rollte die Hemdsärmel hoch.

»Nein, tu das nicht!« jammerte die tumbe Blonde, klammerte sich an seinen Arm. »Denk an dein Herz ...«

Jetzt gab es kein Zurück mehr.

»Haltet endlich die Klappe!« brüllte ich, stand auf. Stille breitete sich plötzlich über den Raum, alle sahen mich an. Ich zitterte. Es war soweit.

»Mir reicht's!« schrie ich hysterisch. »Ich passe nicht in diesen verdammten Alptraum! Ich gehe!«

»Aber, Liebling ...« Harley starrte mich entsetzt an. »Du kannst doch nicht ...«

»Ich kann sehr wohl«, sagte ich, packte meinen Hummer und schleuderte ihn quer durchs Zimmer Richtung Harley. »Leb wohl, Harley!«

Der Hummer verfehlte sein Ziel, landete mit einem dumpfen Krachen mitten auf dem Tisch. Köpfe drehten sich, verfolgten meinen Lauf zur Tür, die wütenden Gesichter mit fetter Soße bespritzt.

Ich verließ den Raum, knallte die Tür hinter mir zu, rannte zur Gondel. Schnell drückte ich auf den Abwärts-Knopf, schlüpfte aus meinen Schuhen und rannte weiter zur Küche. Hinter mir erwachte die Maschinerie surrend zum Leben, während der Glaskasten seine Reise zur Straße hinunter antrat.

Im Vorraum blieb ich kurz stehen, hörte fernes Stimmengewirr, als die Eßzimmertür aufging und die Leute herauszuströmen begannen.

»Sie fährt mit der Gondel runter!« rief eine Stimme. »Ich sehe sie!«

»Keine Bange«, sagte eine andere, die wie Davids klang. »Sie kommt nicht weit. Ich hol sie wieder hoch, bevor sie Zeit zum Aussteigen hat.«

Die alte Frau war am Küchentisch zusammengesackt, offenbar erschöpft von ihrem Kampf mit den Hummern, und blickte nicht auf, als ich auf Strümpfen vorbeischlich. Leise schloß ich die Tür, tappte über den Kies zu Giorgios Auto. Meine Hände zitterten, während ich an den unvertrauten Armaturen herumfummelte, aber beim zweiten Versuch sprang der Wagen an. Das Steuerrad fest umklammert, fuhr ich leise vom Hof und den Weg zum Felseinschnitt entlang. Mir blieben genau acht Minuten, bevor sie hinter mir herkamen. Acht Minuten, bevor die Gondel wieder oben ankommen, sich die Türen öffnen und den Blick auf Giorgios aufblasbare Gummipuppe in meinem Kleid freigeben würde.

Kapitel 19

Als ich aus dem Felseinschnitt herauskam, lag die Straße im hellen Mondlicht. Die letzten hundert Meter bis zur Haarnadelkurve fuhr ich nur noch im Kriechtempo, den Fuß über der Bremse. Bei dem, was als nächstes kam, konnte ich mir keinen Fehler erlauben.

In Filmen sah das immer so leicht aus. Man hielt einfach an einem passenden Steilhang, löste beim Rausspringen die Handbremse und trat zurück, um das Ergebnis zu bewundern. Das Rausspringen war es, was mir am meisten Sorgen machte. Bilder von zuschlagenden Autotüren, am Türgriff hängendem Stoff, um Fußgelenke gewickelten Sitzgurten und hilflosen, in den Abgrund gerissenen Körpern schossen mir durch den Kopf. Natürliche Gerechtigkeit für diejenigen, die aus arglistigen Plänen Profit schlagen wollen.

Ich glaubte nicht an diese Art Gerechtigkeit; man brauchte nur Leute wie David anzuschauen, um zu sehen, wie wirkungslos sie war. Meine Pläne waren auch nicht besonders arglistig, aber ich wollte kein Risiko eingehen. Nachdem ich die Tasche an den Straßenrand gelegt hatte, stellte ich mich neben das Auto, die Füße sicher auf dem Boden, hielt mein Kleid fest, griff hinein und löste die Handbremse.

Rasch sprang ich zurück, stieß gegen ein paar Felsen und wartete auf den Aufprall.

Nichts geschah. Das Auto stand bewegungslos dort, wo ich es verlassen hatte, mit leise summendem Motor. Ich ging hinter den Wagen, schob, so fest ich konnte, aber er rührte sich nicht. Mit einem Blick nach unten vergewisserte ich mich, daß es nicht am Gefälle lag, also konnte nur die Handbremse klemmen. Ich ging um das Auto zur offenen Fahrertür und wollte gerade wieder hineingreifen, als ein metallisches Quietschen mich bremste. Der Kies unter den Rädern begann leise zu knirschen, und das Auto bewegte sich langsam vorwärts.

Mich überkam Mitleid mit Giorgio, als das Auto auf den Abgrund zurollte, Geschwindigkeit aufnahm und verschwand. Er mochte zwar unabsichtlich an der Verschwörung gegen mich beteiligt sein, aber diese willkürliche Zerstörung seines Eigentums hatte er nicht verdient.

Der laute Aufprall und die Explosionen, die folgten, vertrieben diese Gedanken. Ich lief nach vorn, lugte über den Felsvorsprung. Helle Flammen waren weit unten zu sehen, und ich war froh, daß das Auto nicht auf der Küstenstraße, sondern auf den Felsen darunter gelandet war. Die Wellen waren schon am Werk, löschten Wrackteile und trugen sie aufs Meer hinaus.

Vom Haus waren Stimmen zu hören. Rasch griff ich nach meiner Tasche, folgte dem Weg hinab zum Tor. Kurz bevor ich es erreichte, bog ich ins Gebüsch ab und kletterte zu einer kleinen Höhle hinauf, die ich am Tag zuvor entdeckt hatte. Dort hatte ich einen guten Aussichtspunkt und konnte von der Straße aus nicht gesehen werden.

Ich öffnete die Tasche und zog mein Partykleid aus, ersetzte es durch die praktische Kleidung, die ich in Santa Margherita gekauft hatte. Das Seil, das ich so mühsam erworben hatte, war nicht mehr in der Tasche. Ich hatte es am Morgen rausgenommen und am vorgesehenen Platz deponiert. Durch die Büsche konnte ich es gerade noch erkennen; nicht weit vom Tor entfernt, baumelte es oben am Sicherheitszaun.

Die fernen Stimmen wurden lauter, und bald hörte ich rennende Schritte an der Straßenbiegung.

Harley kam als erster in Sichtweite, dicht gefolgt von David.

»Ich verstehe das nicht«, jammerte Harley. »Wo kommt diese Aufblaspuppe her? Wo ist meine Cindy?«

»Sie war nicht in der Gondel, du Idiot«, zischte David. »Das war nur ein Trick, um uns hinzuhalten, während sie über den Zufahrtsweg geflohen ist. Beeil dich. Sie muß irgendwo unten beim Tor sein!«

Giorgio kam hinter ihnen um die Kurve gesprintet, rief: *»A lardo! Mi hanno rubato!«*

Die drei rannten weiter zum Tor. Erst dann kam der Rest der Party langsam um die Biegung getappt. Nur Wilbur und die tumbe Blonde fehlten, und ich war fast beleidigt, daß sie sich nicht die Mühe gemacht hatten mitzusuchen. So viele Dinnerpartys, auf denen die Gastgeberin einfach verschwand, konnte es doch nicht geben, und ich wollte so viele Zeugen wie möglich für meinen kurzen Moment im Rampenlicht.

»Heh, Cin!« quäkte Trishs Stimme. »Hör auf mit dem Scheiß. Das Essen wird kalt.«

Eleanor hastete hinter ihr her. »Nicht so laut!« zischte sie. »Die Leute könnten dich hören!«

»Welche Leute?« fragte Trish laut. »Ich sehe niemanden.«

»Freunde von uns ankern in der Bucht. Wirklich, ich weiß nicht, was sich das Mädchen dabei denkt, sich so zu benehmen! Wie peinlich!«

»Huhu! Georgiepoo! Wo versteckst du dich?« Richard tänzelte unsicher hinter ihnen her, schwenkte eine Flasche Wein über den Kopf. »Was für ein tolles Abenteuer!«

»Hör auf zu jammern, Beryl«, grummelte Bill, lehnte sich an einen Felsen und schüttelte Steinchen aus seinem Schuh. »Wart's ab, das ist eins von diesen Partyspielen, genau wie ich dir gesagt habe.«

»Aber ich habe Höhenangst, Bill«, maulte sie. »Schau bloß mal da runter. Hast du gesehen, wie tief es da ist?«

Harley, David und Giorgio hatten das Tor erreicht.

»Cindy!« brüllte Harley, umklammerte die Gitterstäbe. »Wo bist du?«

»Tja, rausgekommen kann sie nicht sein«, blaffte David. »Das Tor ist immer noch zu.«

»Warte mal, was ist das da?« fragte Harley mit schwacher Stimme, zeigte auf etwas.

»Sieht aus wie ein Seil«, murmelte David, kletterte den Hang hoch. Ich verkroch mich noch tiefer in mein Versteck.

»*Mia machina!*« kreischte Giorgio, stand mitten auf dem Weg und schaute sich mit wildem Blick um.

»Damit kann sie nicht rübergeklettert sein«, sagte David lachend, zog das Seil vom Zaun herunter. »Schau her, es ist nicht mal richtig verknotet.«

»Was sagt er?« fragte Harley, deutete auf Giorgio.

»Ich hab sie schon immer für ziemlich dumm gehalten.« David rutschte auf die Straße zurück, das Seil in der Hand.

»*Mia machina!*« wiederholte Giorgio beharrlich.

»Ja, stimmt«, sagte David. »Wo ist Giorgios Auto?«

»Guter Gott!« schrie Bill, lugte über den Felsrand an der Haarnadelkurve. »Kommt her und seht euch das an!«

Während Giorgio den Weg hinaufsprintete, durchdrang fernes Sirenengeheul die Nacht. Auf der anderen Seite der Bucht tauchten flackernde blaue Lichter auf, die sich entlang der Küstenstraße auf uns zu bewegten. »Was ist da?« rief Harley, fing an zu rennen.

»*Mia machina!*« heulte Giorgio.

»Ach du Scheiße!« kreischte Trish. »Das ist Cindy! Sie hat sich umgebracht!«

Harley rannte mit einem Entsetzensschrei weiter, und einen Moment lang sah es so aus, als würde er sich dem Autowrack hinterherstürzen. »Cindy!« brüllte er. »Cindy! Komm zurück!«

»Ganz ruhig, Harl«, murmelte Bill, packte ihn an der Schulter, als er dem Abgrund gefährlich nahe kam.

»Vielleicht ist sie noch am Leben!« japste Harley, wollte sich aus Bills Griff befreien. »Ich muß zu ihr.«

»Darauf würde ich mir keine Hoffnung machen, Kumpel«, sagte Bill mit einem Blick nach unten. »Sie müßte schon aus Gummi sein, um so einen Sturz zu überleben.«

»Was ist los?« David trat aus dem Schatten. »Wer hat die Polizei gerufen?«

»Sie ist tot!« schluchzte Harley, brach neben dem Weg zusammen. »Meine Cindy ist tot!«

Seine Worte erfüllten mich mit Erleichterung. Endlich hatte ich mich von Cindys Identität befreit, und die Frau, die vor Monaten bei dem anderen Autounfall ihr Schicksal ereilt hatte, konnte jetzt angemessen betrauert werden. Harley würde sie gebührend verabschieden, ohne zu wissen, daß die Frau, die er zu lieben gemeint hatte, schon lange tot war. Ich empfand kein Mitleid mit ihm, schließlich war es seine eigene Schuld. Wenn Harley auf dem Pasadena Freeway nicht auf sie draufgefahren wäre, dann wäre die wahre Cindy heute noch am Leben.

»Ich verstehe das nicht.« Bill sah den Weg hinauf und hinunter. »Wenn das Tor verschlossen ist, wie ihr sagt, warum ist sie dann hier runtergefahren? Sie wäre doch niemals rausgekommen.«

»Sie muß geplant haben, das Auto stehenzulassen und über den Zaun zu klettern.« Nachdenklich drehte David das Seil zwischen den Fingern. »Dämliche Kuh. Ich weiß nicht, woher das hier kommt, aber es ist kein Kletterseil. Sie kann die Sache nicht richtig durchdacht haben. Selbst wenn sie es über den Zaun geschafft hätte, was dann? Wir hätten sie doch in kürzester Zeit eingeholt.«

»Warum um alles in der Welt wollte sie denn überhaupt weglaufen?« fragte Richard, wedelte mit einem halb gegessenen Hummer, den er in eine Serviette gewickelt hatte. »Ihr müßt was ziemlich Übles mit ihr angestellt haben, daß sie so verzweifelt war …«

»Kümmere dich um deinen eigenen Kram«, fuhr David ihn an.

»Ja, halt die Klappe, du alte Schwuchtel«, sagte Trish. »Das ist meine Freundin, über die du da redest.« Nachdenklich hielt sie inne. »*War* meine Freundin«, fügte sie mit zitternder Stimme hinzu.

Harley stand regungslos am Straßenrand, hielt sich verzweifelt den Kopf. »Ich weiß, was du durchmachst, Harley«, jammerte Trish, zupfte an seinem Ärmel. »Gerade ging es ihr wieder besser, und dann mußte das passieren.« Sie brach in Tränen aus. »Das ist nicht fair! Ich habe wirklich gut auf sie aufgepaßt, wie ich es dir versprochen hatte, und jetzt werde ich wieder nach Hause geschickt!«

»Arnie und ich haben die Lage besprochen.« Eleanor trat aus dem Schatten der anderen Straßenseite. »Natürlich ist es eine entsetzliche Tragödie, aber niemand ist damit geholfen, wenn wir hier rumstehen und uns eine Lungenentzündung holen. Ich schlage vor, wir gehen ins Haus zurück und warten auf die Polizei.«

»Wir müssen wirklich bald zur Yacht zurück«, fügte Arnie nervös hinzu. »Ich erwarte heute nacht ein dringendes Fax aus den Staaten.«

»Oh, oh.« Bill stieß David an. »Sieht so aus, als wären die Bullen schon da.« Alle drehten sich um, sahen hinunter zum Tor, wo ein blinkendes Blaulicht aufgetaucht war.

David ging zu Giorgio, der traurig auf das Wrack hinunterstarrte, und sprach leise mit ihm auf italienisch. »Kommt«, sagte er zu den anderen. »Giorgio geht runter und erklärt ihnen die Sache. Wir müssen sowieso ins Haus zurück, um das Tor zu öffnen. Dann können wir auch gleich dort oben auf sie warten.«

Harley zu überreden, seine Totenwache am Straßenrand zu beenden, dauerte einige Zeit, aber schließlich taumelte er los, gestützt von Trish und Eleanor. David ging voraus, gefolgt von Arnie und Beryl; Richard und Bill bildeten den Schluß und tranken den Wein, den Richard mitgebracht hatte.

»Da kommt man schon ins Nachdenken, was?« zwitscherte Richard. »Wie wenig es braucht, um die Lebenskerze auszulöschen und so.«

»Sprich für dich selbst, Junge«, sagte Bill, griff nach der Flasche. »Himmel!« rief er, beschleunigte den Schritt. »Wir sollten uns lieber beeilen und die Gummipuppe wegräumen, bevor die Polizei kommt, sonst halten die uns noch alle für Perverse.«

Nachdem sie um die Biegung verschwunden waren, kroch ich aus meinem Versteck und lief leise zum Tor. Verborgen im Schatten neben dem Weg, hörte ich, wie Giorgio durch die Gitterstäbe mit der Polizei verhandelte.

Kurz darauf setzte sich die Maschinerie quietschend in Gang, und das Tor glitt auf. Der Polizeiwagen fuhr hindurch, hielt an, ließ Giorgio einsteigen und fuhr dann langsam den Berg hinauf. Das Tor glitt wieder zu. Ich wartete bis zum letzten Moment, rannte den Weg hinunter und schlüpfte durch den immer schmaler werdenden Spalt. Ich war frei.

Ein Stück die Küstenstraße hinunter ging es geschäftig zu. Blinklichter erleuchteten die Dunkelheit, und ein Krankenwagen wartete hoffnungsvoll, während die Polizisten die Straße oberhalb des Autowracks absuchten. Niemand bemerkte die einsame Gestalt, die sich umdrehte und am Straßenrand entlang in Richtung Santa Margherita schlich.

Bis zur Stadt waren es weniger als drei Kilometer, und ich hatte mir ausgerechnet, daß ich zu Fuß etwa eine Stunde brauchen würde. Die Zeit verging nur langsam, während ich weitertrottete, mich jedesmal in den Schatten der Felswand drückte, wenn ein Auto vorbeifuhr. Ich ließ meine Gedanken schweifen, dachte über die Ereignisse der letzten paar Monate nach, konnte kaum glauben, was alles passiert war. Als ich mich einer Kurve näherte, kam plötzlich ein Lastwagen mit voll aufgeblendeten Scheinwerfern in Höchstgeschwindigkeit auf mich zu. Ich sprang zur Seite, verlor das Gleichgewicht, stolperte und landete in einem kleinen Graben neben der Straße. Erstarrt vor Furcht blieb ich hocken. Der Lastwagen donnerte ein paar Zentimeter entfernt vorbei, und erst als ich wieder aufstehen wollte, spürte ich einen stechenden Schmerz im Fußgelenk.

Ich konnte zwar stehen, aber das Laufen tat entsetzlich weh. Langsam humpelte ich die Straße entlang, vergaß alles bis auf mein unmittelbares Problem, konzentrierte mich darauf, den Schmerz zu verdrängen. Wenn ich Santa Margherita nicht erreichte, bevor der letzte Zug nach Mailand abfuhr, würde ich über Nacht dort festsitzen.

Die nächsten Stunden wurden zur Qual. Mehrmals sah ich die Lichter der Stadt in der Ferne blinken, nur um nach der nächsten Biegung festzustellen, daß ich kaum näher gekommen war. Jedesmal sah ich auf die Uhr, und die Zeiger waren weiter vorgerückt, als ich gedacht hatte. Zwanzig Minuten vor Abfahrt des Zuges hatte ich den Stadtrand von Santa Margherita immer noch nicht erreicht und mußte mir eingestehen, daß ich es nicht schaffen würde.

Als ich endlich ankam, merkte ich, daß ich zu erschöpft war und nicht weiterkommen würde. Der Fahrplan hatte sich kaum entziffern lassen, als ich am Tag zuvor am Bahnhof gewesen war, und ich wußte nicht, ob noch weitere Nachtzüge fuhren. Mein schmerzender Knöchel überzeugte mich davon, daß ein kleines Hotel eine gute Idee war. In meiner Reisetasche hatte ich Geld, das ich gestern von der Bank geholt hatte, also konnte ich bar bezahlen und mich unter einem falschen Namen eintragen.

Am Ende der Uferstraße betrat ich ein anonym aussehendes Hotel, wo ein junges Mädchen am Empfang saß und sich die Fingernägel lackierte.

»*Dica*?« murmelte sie ungnädig.

»Una camera singola?« brachte ich zögernd hervor. »Per una notta?«

»Il passaporto, per favore«, erwiderte sie mürrisch, blies auf ihre Nägel. Sie trug ein kurzärmeliges Kleid und hatte einen häßlichen Bluterguß am Oberarm.

»Passaporto?« fragte ich zweifelnd. Ich hatte zwei Pässe in der Tasche, Cindys und Harriets, wollte aber keinen vorzeigen, wenn es sich vermeiden ließ.

»Ah, domani«, meinte sie gereizt, wühlte in einer Schublade.

»Domani?«

»Morgen«, fauchte sie, schob mir ein Anmeldeformular hin. »La sua firma qua.« Mit einem genervten Seufzen drückte sie mir einen Stift in die Hand. »Hier unterschreiben.«

Ich zögerte einen Moment, schrieb dann »Annette Baker« in fast unleserlicher Schrift.

»Quant'è?« fragte ich, hielt ihr ein Bündel Geldscheine hin. Sie zählte sie nachdenklich lächelnd, zog einen kleinen Schein heraus und gab ihn mir zurück.

»Terzo piano«, murmelte sie, warf einen Schlüssel auf den Tresen.

Nach mehreren Versuchen setzte sich der altmodische Aufzug endlich in Bewegung, schien mir aber dann eifrig seine Vielseitigkeit demonstrieren zu wollen. Ich fuhr in den vierten

Stock, in den Keller und durfte mich sogar noch mal an der Schönheit der Eingangshalle erfreuen, bevor ich ihn dazu bringen konnte, mich im dritten Stock rauszulassen.

Das Zimmer war einfach, enthielt aber alles, was ich brauchte, inklusive Bad. Ich ließ mir ein heißes Bad ein, massierte meinen geschwollenen Knöchel und hoffte, daß kein dauerhafter Schaden entstanden war. Später wickelte ich mich in ein warmes Handtuch, knipste das Licht aus, setzte mich ans Fenster und sah aufs Meer hinaus.

An der Küste blitzten in der Ferne immer wieder die Lichter eines Hubschraubers auf, der über der Szene von Cindys Abgang aus dieser Welt kreiste. Ich zählte die Schläge der Kirchturmuhr: neun, zehn, elf. Schaudernd dachte ich an ein Marlowe-Zitat, das ich von Andrew gehört hatte:

Die Sterne wandern noch – die Uhr tickt – und die Glock
wird schlagen, der Teufel kommen, Faust verdammt sein.

Unten auf der Promenade spielte sich das ab, was ich für eine typische spätabendliche Szene in einem italienischen Badeort hielt. Paare schlenderten Arm in Arm über breite Bürgersteige, während junge Leute grüppchenweise an Tischen vor den wenigen Bars saßen, die noch geöffnet hatten. Alles wirkte so sicher, so normal. Hierher würde Mephisto mir doch wohl kaum folgen.

Ich beobachtete immer noch das Treiben vor einer nahegelegenen Bar, als ein Auto vor dem Hotel hielt. Die Beifahrertür öffnete sich, und ich starrte entsetzt auf die vertraute Gestalt, die ausstieg. David. Erschrocken trat ich vom Fenster zurück. Was machte er in Santa Margherita?

Als ich den Mut fand, wieder hinauszuschauen, sah ich das Mädchen vom Empfang neben ihm stehen. Sie legte ihm den

Arm um die Taille, drückte sich für einen Kuß an ihn, machte sich mit kindlichem Lachen los, beugte sich durch das offene Fenster und redete mit dem Fahrer.

Mir wurde schwindlig. Wieso hatte ich von allen Hotels in diesem gottverlassenen Nest ausgerechnet das genommen, in dem Davids mysteriöse Freundin arbeitete? Und wie, fragte ich mich ärgerlich, konnte er sich so aufführen, in derselben Nacht davonschleichen und sein Liebchen besuchen, in der seine Schwägerin bei einem tragischen Unfall ums Leben gekommen war?

Das Auto fuhr los, ließ David und das Mädchen zurück. Arm in Arm spazierten sie langsam die Promenade entlang. Ich sah ihnen nach, überlegte fieberhaft, was ich als nächstes tun sollte. Würden sie zurückkommen, oder verbrachten sie die Nacht anderswo? Würde er ihr von den Ereignissen des Abends erzählen, und wenn ja, würde das Mädchen sie mit der Ankunft einer einzelnen Frau zu verdächtig später Stunde in Zusammenhang bringen?

Ich zögerte, wußte nicht, was ich tun sollte, da blieben die beiden Gestalten stehen, schienen sich zu streiten, kamen zum Hotel zurück. Das Mädchen streckte den Arm aus, wollte David aufhalten, aber er schüttelte sie ab, rannte los.

Verwirrt trat ich vom Fenster weg. Ich mußte etwas unternehmen, mußte fliehen, bevor er mich fand, aber wohin? Und ich mußte schnell sein.

Mir blieb keine Zeit, mich richtig anzuziehen, also schlüpfte ich in meine Unterwäsche und zog den Mantel darüber, den ich in meiner Reisetasche hatte. Rasch stopfte ich die restlichen Sachen in die Tasche, verließ das Zimmer, schloß die Tür hinter mir und humpelte den Flur hinunter. Konnte ich es riskieren, den Fahrstuhl zu nehmen? Zögernd legte ich den Finger auf den Knopf, änderte meine Meinung und entschied mich für die Treppe.

Am Fuße der schlecht beleuchteten Treppe lugte ich in die Halle. Sie schien leer zu sein, aber bevor ich mich hinauswagen konnte, öffnete sich die Eingangstür, und David stürmte herein, gefolgt von dem Mädchen.

»In welchem Zimmer ist sie, hast du gesagt?« blaffte er. »*Che camera*?«

Das Mädchen murmelte etwas auf italienisch, verschwand hinter dem Empfang und holte einen Schlüssel. Sie ging mit ihm zum Fahrstuhl, der mit viel Quietschen und Knarren kam, schien aber nicht mit einsteigen zu wollen.

»Steig ein, du dämliche Kuh«, murmelte David, trat zur Seite, um sie vorzulassen. Die Fahrstuhltür schloß sich mit einem Knall, die Maschinerie setzte sich quietschend wieder in Bewegung.

Das war meine einzige Chance. Humpelnd hastete ich zur Eingangstür, drückte auf den Türgriff. Er bewegte sich nicht, war mit einer Art Sicherheitsvorrichtung versehen, einer Reihe komplizierter Riegel. Als ich mich vorbeugte, sie genauer untersuchte, hörte ich hinter mir ein Krachen.

»Was ist denn los mit dem verdammten Ding?« sagte Davids wütende Stimme. Die Fahrstuhltür ging auf. »Wir müssen ...« Er verstummte, und ich spürte seinen bohrenden Blick im Rücken. Hilflos, starr vor Furcht, drehte ich mich um, während er aus dem Fahrstuhl trat und langsam auf mich zukam.

»Sieh an, sieh an«, sagte er leise. »Wenn das nicht meine kleine Schwägerin ist, auferstanden von den Toten.«

»David«, flüsterte ich. »Laß mich gehen, bitte.«

»Ich wußte doch, daß da was nicht stimmt«, fuhr er fort. »Die kleine Scharade, die du uns vorgespielt hast, war ein bißchen zu perfekt.«

»Bitte«, wiederholte ich. »Ich will nichts von dir. Ich will nur frei sein.«

»Frei?« Er lachte bitter. »Daran hättest du denken sollen, bevor du so übereilt geheiratet hast. Aber du warst wohl zu sehr damit beschäftigt, vom großen Geld zu träumen, das du in deine dreckigen kleinen Pfoten kriegen wolltest.«

»Du weißt, daß das nicht stimmt«, sagte ich wütend, fummelte hinter meinem Rücken an der Tür.

»Und die Sache mit der Erpressung stimmt auch nicht, nehme ich an.« Er kam näher. »Glaubst du wirklich, ich lasse dich gehen, damit du all meine Geheimnisse ausplaudern kannst?«

»Ich habe kein Interesse an deinen schmutzigen Geheimnissen«, murmelte ich mürrisch. Ein Riegel klickte, die Tür begann sich zu bewegen.

»Nimm die Hände da weg!« knurrte er, packte mich grob am Arm, zerrte mich von der Tür weg. »Heute nacht gehst du nirgendwo mehr hin!«

»Laß mich in Ruhe, du Dreckskerl!« schrie ich, wehrte mich gegen ihn.

»Halt die Klappe!« Er schlug mich ins Gesicht. Grelle Farben schwammen vor meinen Augen. Ein dumpfes Pochen breitete sich von meinem Kopf über meinen Körper aus, verband sich mit dem Schmerz in meinem Knöchel, und das bißchen Kraft, das mir noch geblieben war, schien aus mir herauszusickern. Zu schwach, um mich noch zu wehren, sank ich wimmernd zu Boden.

Das Mädchen schrie. David wirbelte zu ihr herum, brabbelte Unverständliches auf italienisch. Ich machte mich schlaff, täuschte Bewußtlosigkeit vor, wollte eine weitere Konfrontation vermeiden. Innerlich brannte ich vor Wut und Demütigung. Wieso war ich nur so dämlich gewesen, hatte mich jetzt noch einfangen lassen, so kurz vor der endgültigen Freiheit? Wenn ich eine Figur aus einem Film gewesen wäre, hätte ich

Pläne für alle Eventualitäten gemacht. Ich hätte in diesem Moment nach dem kleinen Revolver gegriffen, den ich immer bei mir trug.

»Netter Versuch, David«, hätte ich gesagt, während er sich umgedreht und entsetzt in die erhobene Mündung geblickt hätte. »Aber du hast eine Kleinigkeit übersehen.« Ein sanfter Druck auf den Abzug, und er wäre in Zeitlupe durch die Halle zurückgeschleudert worden, die Hände an den Brustkorb gepreßt. An der gegenüberliegenden Wand wäre er zu Boden geglitten, hätte ungläubig auf das Blut gestarrt, das unter seinen Fingern hervorsickerte. Alle meine Probleme wären gelöst gewesen.

Oder nicht? Mir war ganz und gar nicht danach, wegen Mordes angeklagt zu werden, vor allem nicht in einem fremden Land. Vielleicht war es doch ganz gut, daß sich in meiner Tasche nichts anderes befand als ein halbleeres Päckchen Pfefferminzbonbons und ein zerknülltes Papiertaschentuch.

Nach einer hitzigen Auseinandersetzung auf italienisch, die über meinem zusammengesackten Körper stattgefunden hatte, zogen mich David und das Mädchen durch die Halle. Sie manövrierten mich in den Fahrstuhl, der, als wolle er seine vorherigen Schnitzer wiedergutmachen, uns in atemberaubender Geschwindigkeit in den dritten Stock brachte und mit lautem Geklingel seine Ankunft feierte.

In meinem Zimmer warf mich David grob auf einen Stuhl. Er zerrte das Laken vom Bett und riß es in Streifen, was zu lauten Protesten des Mädchens führte.

»Hau ab, du dumme Ziege«, murmelte er, packte sie am Handgelenk und schob sie aus dem Zimmer. Er schloß die Tür, wandte sich wieder mir zu, drehte die Stoffstreifen zu einem improvisierten Strick zusammen.

»Bitte, David«, flehte ich leise. »Gib mir noch eine Chance. Laß mich gehen, ich tue alles, was du willst.« Ich knöpfte meinen Mantel auf, ließ ihn von den Schultern gleiten. Er sollte sehen, daß ich darunter nur meine Unterwäsche trug.

»Wir können uns bestimmt einigen«, flüsterte ich heiser, versuchte eine verführerische Pose.

»Netter Versuch, Cindy«, sagte David, lachte verächtlich. »Aber ich fürchte, du hast da eine Kleinigkeit übersehen.«

»Was denn?«

»Wenn ich dich laufen lasse, denkt jeder, du bist tot, du dummes Stück.« Er näherte sich dem Stuhl, packte mich am Handgelenk. »Dann nützt du mir nichts mehr. Ich könnte dich nicht mal für den Werbespot einsetzen. Was habe ich zu gewinnen?«

»Aber ...« Ich wollte meine Hand wegziehen, doch er hielt sie mit eisernem Griff und beäugte mich kalt.

»Du glaubst doch nicht, daß ich auf dem Friedhof nur hinter deinem blöden kleinen Körper her war, oder? Schlampen wie dich krieg ich, soviel ich will. Ich hatte etwas Gewinnbringenderes im Sinn, eine geschäftliche Vereinbarung.« Er schüttelte den Kopf. »Aber dafür ist es jetzt zu spät. Ich weiß, daß man dir nicht trauen kann.«

Als er mir die Hände fesselte, wehrte ich mich nur noch schwach. »Aber du hast gesagt ...«

»Na ja«, meinte er mit einem Schulterzucken. »Wär ein netter Bonus gewesen – zu wissen, daß die Frau meines lieben Bruders, seine kostbare kleine Cindy, nicht besser ist als jede billige Nutte.« Er hielt inne, konzentrierte sich darauf, meine Fußgelenke an die Stuhlbeine zu fesseln. »Aber das ist nichts im Vergleich zu dem Vergnügen«, fuhr er fort, »daß mir sein Gesichtsausdruck bereiten wird, wenn ich ihn hierher bringe.«

Ich wollte protestieren, doch er stopfte mir ein Stück des zerrissenen Lakens in den Mund, und ich konnte nur noch wütend stöhnen.

»Eine kleine Stimme sagt mir«, murmelte er, band den Knebel hinter meinem Kopf fest, »daß mein lieber Bruder Harley in Zukunft nicht mehr so nachsichtig mit dir sein wird. Nicht, wenn er rausfindet, wie du ihn reingelegt hast.«

An der Tür blieb er kurz stehen. »Ich komme zurück«, sagte er grinsend. »Versuch nicht wieder wegzulaufen.«

Sowie er weg war, wollte ich mich losmachen. Wenn der Knebel nicht gewesen wäre, hätte ich vielleicht mit den Zähnen meine Handgelenke befreien können, aber er hatte ihn so fest gebunden, daß mir bei der kleinsten Bewegung der Mund weh tat. Ich sah mich nach scharfen Kanten an den Möbelstücken um, kam aber mit dem Stuhl auch ruckelnd kaum vorwärts. Nachdem ich fast umgekippt war, gab ich auf und begriff allmählich die Hoffnungslosigkeit meiner Lage.

Er hätte mir wenigstens erlauben können, meinen Mantel wieder anzuziehen, dachte ich kläglich, zitterte in meiner Unterwäsche. Ich begann zu weinen, aber auch das war keine Erleichterung. Meine Nase verstopfte, und ich bekam schwer Luft. Ich zwang mich, ruhig zu werden und klar zu denken. Es mußte einen Ausweg aus dieser Situation geben, eine Fluchtmöglichkeit, die ich übersehen hatte.

Dann schlug die Kirchturmuhr die halbe Stunde, und meine Gedanken wandten sich widerstrebend meiner letzten Hoffnung zu. Mephisto.

Er hatte gesagt, er würde auf meinen Ruf warten, doch mit welcher Ungeduld, war mir nicht klar gewesen. Sein Name hatte sich in meinen Gedanken kaum geformt, als die Luft vor mir waberte und er erschien, mit den Füßen aufstampfte und sich die Hände rieb, als müsse er nach einer Zeit der Untätigkeit seinen Kreislauf wieder in Gang bringen.

»Ich hab mich schon gefragt, wie lange du brauchen würdest«, knurrte er gereizt. »Findest du es amüsant, mich in der Luft hängen zu lassen, bis du dich entscheidest, ob du dich an mich erinnern willst oder nicht?«

Ich blinzelte und sah ihn überrascht an. Er trug seltsame schwarze Lederkleidung, verziert mit Nieten, Reißverschlüssen und Ketten, die ihn wie eine Mischung aus Motorradkurier und Modeopfer der Punk-Ära aussehen ließ.

»Mmmff!« machte ich. *Nimm mir das Ding aus dem Mund.*

Er beugte sich vor, knotete langsam den Knebel auf, streichelte dabei meinen Nacken. Ich spuckte das verdrehte Stoffstück aus, zuckte bei dem Schmerz in meinem Kiefer zusammen.

»Bitte binde mich los«, krächzte ich, hielt ihm meine gefesselten Hände hin.

»Nicht so schnell«, sagte er. »Warum sollte ich dir helfen? Was hast du je für mich getan?«

»Bitte«, flehte ich. »Ich tue alles, was ...« Meine Stimme verlor sich.

»Was hast du gesagt? Ich hab es nicht ganz verstanden.«

»... alles, was du willst«, beendete ich den Satz verdrossen, wütend darüber, daß ich mich so weit hatte bringen lassen.

»Das wird aber auch Zeit«, fauchte er. »Hast du eine Ahnung, wieviel Ärger du mir gemacht hast?«

Kläglich schüttelte ich den Kopf, überlegte, wie lange es dauern würde, bis David mit Harley zurückkam und meine Chancen für immer dahin waren. Wie sollte ich mit den Konsequenzen meiner Tat leben?

»Du hast gedacht, du wärst wirklich clever, was?« meinte Mephisto bitter. »All diese klugscheißerischen Pläne. Dabei hast du wohl nicht bedacht, daß du mir die Karriere versaust und einen schrecklichen Schlamassel anrichtest!«

Er begann, auf und ab zu gehen. »Ich dachte, ich hätte dich, als du den dämlichen Kerl wegen seines Geldes geheiratet hast«, murmelte er. »Ich dachte, du wolltest diesen dekadenten Lebensstil, wärst bereit, zu bestechen und zu betrügen, dich in Korruption suhlen, wie alle anderen lächerlichen Sterblichen, die sich plötzlich einbilden, was Besseres zu sein. Aber nein, du doch nicht.«

Er drehte sich um, zeigte mit dem behandschuhten Finger auf mich. »Du mußtest die Dinge in Frage stellen. Typisch Frau! Wieso bildest du dir ein, daß die Gesetze der menschlichen Natur nicht für dich gelten?«

»Aber ich …«

»Unterbrich mich nicht«, blaffte er. »Du mußtest alles verderben, nicht wahr? Du mußtest gute Taten tun und ganz sentimental werden wegen deines alten Freundes. Du mußtest idealistische Vorstellungen vom Glück kriegen.« In seinen Augen flackerten Abscheu und Ekel auf. »Ich dachte, die Gefangenschaft hier würde dich zur Vernunft bringen, aber ganz im Gegenteil. Dann lieferst du dieses dusselige Bravourstück, und ich lande voll in der Scheiße!«

»Was hat das denn mir dir zu tun?«

»Alle sehen zu. Meine Vorgesetzten. Du bist die beliebteste Seifenoper der Hölle, falls du das vergessen haben solltest. Die sind alle so hingerissen von deinen Mätzchen, daß keiner in der letzten Woche auch nur einen Handschlag getan hat. Wir haben einen Rückstand an unbegangenen Sünden, dagegen wirkt jedes Ministerium effizient.«

Aus einer seiner Reißverschlußtaschen zog er eine metallene Taschenflasche und schraubte sie auf. »Ich muß dabeisitzen und zuhören, wie sie über Fair play quatschen und was du für eine gute Show abziehst.« Verbittert nahm er einen Schluck aus der Flasche. »Beschissene Lebensweisheiten über Freundlichkeit, die stärker ist als alle menschliche Schwäche. Dann soll ich mich geschlagen geben und dich laufen lassen.« Er schnaubte verächtlich. »Früher wäre so was nie passiert – da hätte es Feuer und Schwefel geheißen und ab in die Hölle, ohne viel zu fragen. Diese Wischiwaschi-Liberalen sind zum Kotzen!«

»Heißt das, du *könntest* mich gehen lassen, wenn du wolltest?« fragte ich hoffnungsvoll.

»Halt den Mund!« knurrte er. »Du hast längst noch nicht alles gehört. Du hast da unten solchen Wirbel ausgelöst, daß irgend so ein Schreiberling aus der Personalabteilung aus zweitausendjährigem Tiefschlaf aufgewacht ist und mir mit Bürokratismus kam. Irgendein Blödsinn über *ultra viries* – daß ich mit diesem Pakt meine Kompetenz überschritten hätte. Sie haben sogar ein uraltes Gesetz ausgegraben, nach dem man mit Frauen keinen faustischen Pakt abschließen darf.« Er schniefte. »Davon hat mir keiner was gesagt. Und jetzt wollen sie mir meine Macht nehmen und mich zum normalen Dienst einsetzen.«

Er betrachtete mich mit selbstgerechter Entrüstung. »Ich will verdammt sein, wenn ich den Rest der Ewigkeit alten Damen unter Busse helfen und Katzen auf Bäume jagen muß! Ich bin Mephisto ...«

»... Erzregent, Befehlsherr aller Geister«, warf ich ein und konnte ein Lächeln nicht unterdrücken.

»Lach nicht, du blöde Kuh«, sagte er plötzlich ernst. »Ist dir nicht klar, was das für uns beide bedeutet?« Wieder nahm er einen großen Schluck aus der Taschenflasche, hielt sie dann mir hin. »Du wirst das hier brauchen, wenn ich es dir erzähle.«

»Dafür mußt du mich erst losbinden«, sagte ich, streckte ihm meine gefesselte Hände hin.

Er stellte die Flasche auf den Tisch, fummelte an den Knoten rum. »Scheiße«, murmelte er, schaute auf meine Uhr. »Uns bleibt nicht mehr viel Zeit.«

»Zeit wofür?«

Er seufzte. »Du kapierst es einfach nicht, oder? Wenn sie mir meine Macht nehmen, ist der ganze Zauber zu Ende. Wir werden beide wieder so alt, wie wir vorher waren.« Er ruckte an dem Knoten, befreite meine Handgelenke, drückte mir die Flasche in die Hand. »Was bedeutet, daß du wieder Harriet sein wirst.«

Ich japste, nahm einen tiefen Schluck aus der Flasche, die mit Whisky gefüllt war, und starrte ihn an. »Aber ...«

»Dachte ich mir doch, daß dich das aufweckt«, sagte er grimmig.

»Aber ...« Tränen traten mir in die Augen. Nach all meinen Mühen, nach allem was ich durchgemacht hatte, um Harley zu entkommen, würde ich wieder genau dort landen, wo ich angefangen hatte. Das schien wirklich nicht fair.

»Kannst du gar nichts dagegen tun?« fragte ich schließlich.

»Uns bleibt nur eines«, sagte er, genoß den Moment. »Aber wir waren uns schon einig, diesmal mußt du aktiv werden. Du bist wohl kaum in der Lage abzulehnen.«

Mir drehte sich der Kopf. »Was muß ich tun?«

»Errätst du das nicht?« Er sah über meine Schulter. »Ich hab bis Mitternacht Zeit, um zu beweisen, daß dieser faustische Pakt keine Verschwendung von Ressourcen war. Ich muß ein für allemal demonstrieren, daß du wirklich korrupt bist.«

Ich drehte mich um, sah auf die Wanduhr hinter mir und fiel dabei fast vom Stuhl, da meine Füße immer noch festgebunden waren. Uns blieben nur noch ein paar Minuten.

Ein Reißverschluß wurde aufgezogen. Als ich mich wieder umdrehte, griff Mephisto mit zitternden Fingern in seine Hose. Sein Gesicht war gerötet, an seinem Hals pochte eine Ader.

»Für was anderes haben wir keine Zeit«, grunzte er, fummelte an seiner Unterhose herum. Ein Penis von riesigem Ausmaß schob sich heraus wie ein Zeppelin aus seinem Hangar.

»Nein!« schrie ich.

»Du hast keine Wahl«, sagte er, kam drohend auf mich zu. »Harley wird jeden Moment hier sein. Ohne mich kommst du nie von ihm weg.«

»Warte!« protestierte ich, wollte ihn wegstoßen. Angenommen ich tat, was er wollte, wie konnte ich Mephisto trauen, daß er mir bei der Flucht vor Harley helfen würde? War die Alternative so schrecklich, wie sie zu sein schien?

»Um Himmels willen, Harriet«, japste er, fiel vor mir auf die Knie. »Laß mich jetzt nicht im Stich. Bitte …«

Die Zeiger der Uhr schoben sich langsam vorwärts.

Steht still, ihr immerdrehenden Himmelssphären,
daß Zeit selbst schwinde, Mitternacht nie komm'!

Faust hatte keine Chance gehabt, war von Anfang an verdammt. Aber ich begriff plötzlich, daß ich Harley ein für allemal entfliehen konnte – wenn ich den Mut hatte, diesen Weg zu gehen. Konnte ich Jugend und Schönheit für die Freiheit aufgeben? Konnte ich wieder als Harriet leben, nachdem ich Ruhm und Reichtum gekostet hatte?

Mir blieb keine Zeit mehr zum Überlegen. Zitternd traf ich meine Entscheidung.

»Ich tue es nicht«, sagte ich leise.

»Was?« Er blickte ungläubig auf. »Aber du kannst nicht …«

»O ja, ich kann!« Ich verschränkte die Arme und sah ihn trotzig an. »Du kannst mich nicht zwingen. Vergewaltigung zählt nicht, oder?«

Mir war, als hörte ich die Sekunden verstreichen.

»Du Biest!« Er stürzte sich auf mich, aber im selben Augenblick begann die Uhr zu schlagen. Knistern erfüllte die Luft, Funken tanzten vor meinen Augen. Mephisto wurde zu einer

Art Standbild. Wir starrten einander an, während die Uhr schlug, zählten langsam die letzten Augenblicke des Tages mit ... zehn, elf, zwölf. Mitternacht.

Mit einem erstickten Schrei fiel er zu Boden. Schwefeldampf stieg mir in die Nase, und ich blickte entsetzt und ungläubig auf die Szene zu meinen Füßen. Sein Körper zuckte, wurde von mysteriösen Krämpfen geschüttelt. Das Fleisch schien sich auf seinen Knochen zu bewegen, als würden sich Hunderte verborgener Insekten unter seine Haut winden. Sein Kopf rollte zur Seite, und ich schrie unwillkürlich auf, als ich in das runzelige Gesicht eines alten Mannes sah.

Ein Speichelfaden rann ihm aus dem zahnlosen Mund.

»O Scheiße«, wimmerte er schwach. »Nun sieh dir an, was du jetzt wieder angestellt hast ...«

Ich spürte ein merkwürdiges Jucken, sah an mir herunter und erkannte das volle Ausmaß dessen, was gerade geschehen war. Mephisto hatte die Wahrheit gesagt, der ganze Zauber war vorbei. Er hatte wieder sein natürliches Alter und ich auch.

Als ich meinen vertrauten, wabbeligen Körper wiedersah, entfuhr mir ein erleichtertes Wimmern. Der Alptraum war zu Ende. Ich war wieder Harriet.

Bevor ich Zeit hatte, mich an diese plötzliche Rückwandlung zu gewöhnen, rappelte ein Schlüssel im Schloß und die Tür wurde aufgestoßen. Harley und David platzten ins Zimmer.

»Da ist sie.« David deutete in meine Richtung. »Glaubst du mir jetzt?« Er drehte sich zu mir, starrte mich fassungslos und mit offenem Mund an.

»Mein Gott!« kreischte Harley, sah sich entsetzt um. »Das ist ja ein Bordell!« Wütend wandte er sich an David. »Hältst du das etwa für komisch?«

»Verzeihung«, murmelte David, verzog sich nach draußen. »Ich muß das falsche Zimmer erwischt haben.«

Draußen auf dem Flur hörte ich sie streiten. Dann ging die Tür wieder auf. »Entschuldigung«, sagte David. »Tut mir leid, Sie stören zu müssen.« Er sah sich langsam im Zimmer um, richtete mißtrauisch den Blick auf mich, schüttelte den Kopf. »Das verstehe ich nicht. Jemand hat mich reingelegt.«

»Alles nur Einbildung, nehme ich an«, quiekte Harley hysterisch, knallte die Tür wieder zu. »Hast du eine Ahnung, wie traumatisch diese Nacht für mich war? Meine Frau liegt tot unten auf den Felsen, und dein einziger Trost für mich ist eine Lügengeschichte, daß sie noch am Leben ist! Du bist doch nicht richtig im Kopf, du kleiner Scheißer!«

»Nenn mich nicht so«, knurrte David.

»Ich nenne dich, wie ich will! Viel zu lange habe ich mich von dir bevormunden lassen! Ich hab die Schnauze voll! Es wird Zeit, daß sich einiges ändert …« Ihre Stimmen verloren sich auf dem Flur.

Ich wartete, bis sie gegangen waren, machte mich dann daran, meine Füße loszubinden. Ich schüttelte die schlaffen Stoffstreifen ab, stand auf und ging nervös zum Spiegel.

Ich wurde nicht enttäuscht. »Hallo, Harriet«, murmelte ich, betrachtete liebevoll die Züge, die ich so gut kannte. »Schau nicht so besorgt. Diesmal werde ich dich besser behandeln, das verspreche ich dir.«

Mühsam zwängte ich mich in meine zu engen Sachen, betrachtete dabei meinen Körper. Verwundert registrierte ich, mit welcher Genauigkeit er sich wieder zusammengefügt hatte, jeder Makel, jede Falte und Narbe war noch genau dort, wo ich sie in Erinnerung hatte. Warum hatte ich dieses unvollkommene Gebilde aus Fleisch und Knochen, das meinem Geist fünfzig Jahre lang so treu gedient hatte, so abgelehnt? Mein Körper hatte mich nie in Stich gelassen. Warum hatte ich ihn unbedingt gegen ein neueres Modell eintauschen wollen?

Als ich das Zimmer durchquerte, um meine Tasche zu holen, merkte ich erfreut, daß mein Fußgelenk nicht mehr schmerzte. Ich fühlte mich gesünder als in den letzten paar Monaten.

An der Tür blieb ich stehen. Mephisto lag immer noch am Boden, mit offenem Reißverschluß, die verschrumpelten Überbleibsel seines stolzen Zeppelins ruhten schlaff an seiner Leiste. Er stöhnte leise, als ich ihn am Arm schüttelte, sehen wollte, ob er noch lebte.

»Komm, Opa«, sagte ich, zog ihn hoch und reichte ihm seine Taschenflasche. »Zieh dich an. Wir müssen hier verschwinden, bevor jemand dumme Fragen stellt. Sieht nicht so aus, als könntest du noch durch Wände gehen. Soll ich dir zum Fahrstuhl helfen?«

Kapitel 20

Ich ging mit Mephisto zu einer Bar an der Promenade und bestellte uns zwei doppelte Grappa.

»Laß mich nicht alleine«, krächzte er, umklammerte das Glas mit seinen runzeligen Fingern. Er hatte kaum die Kraft, es an den Mund zu heben. »Ich kann nicht …«, seine Stimme verlor sich in einem heiseren Flüstern.

»Was kannst du nicht?« Als ich mich vorbeugte, um ihn besser verstehen zu können, bemerkte ich den Verwesungsgeruch seines Atems.

»… nicht mal italienisch«, keuchte er, berührte ängstlich die welke Haut, die jetzt um seinen dürren Hals Falten schlug. Von Minute zu Minute schien er älter zu werden, verfiel geradezu vor meinen Augen.

»Daran hättest du vorher denken sollen.« Ich hob mein Glas. »Prost«, sagte ich, goß den feurigen Inhalt mit einem Schluck hinunter.

»Aber, Harriet …«

»Ich muß los.« Ich stand auf, legte eine Handvoll Münzen auf den Tisch. »Das sollte reichen für die Grappas. Von jetzt an mußt du leider allein zurechtkommen.«

Er fuchtelte mit den Armen, versuchte sich hochzustemmen und mich aufzuhalten, aber die Anstrengung war zu viel für ihn. Nach Luft ringend, sank er auf den Stuhl zurück.

»Warte …«, krächzte er, Wut blitzte in seinen blutunterlaufenen Augen.

»Mach's gut, Opa«, meinte ich grinsend. »Und komm ja nicht auf dumme Gedanken.«

Auf dem Weg zum nächsten Taxistand an der Promenade bemerkte ich dankbar, daß mich die Männer nicht mehr anstarrten. Niemand beachtete mich. Ich war einfach eine ganz gewöhnliche Frau mittleren Alters, anonym und sicher.

Nachdem ich einen Taxifahrer gefunden hatte, der etwas Englisch sprach, machte ich mit ihm einen Fahrpreis bis zum Flugplatz in Genua aus. Danach blieb mir gerade noch genug von Harleys Geld für einen Flug nach Hause. Als Cindy hätte ich das nicht tun können. Wenn ich ihren Paß benutzt hätte, wäre das Risiko, daß mich David oder Harley aufspürten, zu groß gewesen. Ursprünglich hatte ich mit dem Zug quer durch Europa fahren wollen und gehofft, daß mir bis zum Kanal eingefallen wäre, wie ich ohne Paß nach England kommen könnte. Doch jetzt war ich wieder Harriet und konnte tun und lassen, was ich wollte.

Die Nacht auf dem Flugplatz würde unbequem sein, aber ich wollte nicht zurück in das Hotel. Ich konnte es kaum erwarten, endlich wegzukommen, und hatte vor, am Morgen den ersten Flug nach London zu nehmen.

Als das Taxi die Promenade hinunterfuhr, erhaschte ich einen letzten Blick auf Mephistos zusammengesackte Gestalt. Er saß noch genau so vor der Bar, wie ich ihn verlassen hatte. Ich reckte den Hals, konnte aber nicht sehen, ob er noch lebte oder schon tot war.

Am Mittag des folgenden Tages war ich wieder in Guildford. An der Gepäckaufbewahrung holte ich meine andere Tasche ab, mit den Kleidern, die nun weder zu meinem Alter noch zu meiner Figur paßten, und trat hinaus auf die High Street. Das Sonnenlicht spiegelte sich im Kopfsteinpflaster, verbreitete großzügige Wärme über die vertraute Szenerie und hob die Stimmung der Passanten. Trotz meiner Müdigkeit war ich voller Optimismus. Jetzt würde mir niemand mehr nachjagen. Meine Verwandlung hatte mir die Freiheit zurückgegeben, eine Freiheit, die ich mit Cindys Körper nie hätte finden können. Mein Leben gehörte wieder mir. Ich hatte eine zweite Chance bekommen.

Meine Wohnung war genau so, wie ich sie verlassen hatte, nur auf der Fußmatte häuften sich die Briefe. Wütende Briefe, in denen mir mit dem sofortigen Abschalten von Strom, Gas und Telefon gedroht wurde und der Vermieter seine Miete forderte. Ich stopfte sie hinter einen Bücherstapel und ging ins Bett. Die Briefe konnten warten, bis ich die wichtigeren Dinge meines Lebens geklärt hatte. Schließlich war ich nicht den Klauen des Teufels entkommen, um jetzt wegen der Gaswerke in Panik zu geraten.

Ich verschlief den Nachmittag und den größten Teil der Nacht. Am nächsten Morgen nahm ich ein langes Bad, reinigte mich symbolisch von den Erlebnissen der letzten paar Monate. Dann tappte ich nackt durch die Wohnung, genoß aufs neue die Freude, allein zu sein und mich vor niemandem für meine Handlungen verantworten zu müssen.

Als ich bereit war, der Welt wieder gegenüberzutreten, ging ich Sally besuchen.

»Harriet!« rief sie, umarmte mich. »Du bist zurück! Ich dachte, du wärst für immer verschwunden.«

»Das dachte ich auch«, murmelte ich, drückte sie an mich.

»Du siehst wunderbar aus! Deine Ferien müssen dir unendlich gutgetan haben. Du siehst zehn Jahre jünger aus!«

Das war eine Übertreibung, doch mein Spiegel hatte mir gesagt, daß ich wirklich besser aussah. Gesünder, wacher, lebendiger.

»Hier hat sich einiges verändert, seit du weggefahren bist«, sagte Sally und führte mich ins Haus. Sie erzählte mir von Duncans erzwungenem Auszug, hatte aber dem, was ich bereits wußte, wenig hinzuzufügen. Welche Erleichterung, diesmal auf ihr Geständnis eingehen, all das sagen zu können, was ich als Cindy nicht sagen konnte.

»Du brauchst mich nicht zu trösten«, unterbrach sie mich lachend. »Am Anfang war es ganz schön hart, das muß ich zugeben, aber jetzt bin ich über das Schlimmste hinweg und glücklicher als je zuvor.«

»Warum hast du mir nie was davon erzählt?« fragte ich. »Ich habe immer geglaubt, du seist glücklich mit Duncan. Ihr wart für mich das ideale Paar.«

»Na ja, du weißt ja, wie das ist«, meinte sie ausweichend. »Niemand gibt gerne zu, in was für einem Schlamassel er steckt.«

»Du hast keine Ahnung, wie neidisch ich war.«

»Aber, Harriet.« Sally riß die Augen auf. »*Ich* war diejenige, die neidisch auf *dich* war. Du warst frei und unabhängig, während ich in einer miesen Ehe festsaß, mich an einen Scheißer wie Duncan klammerte, weil ich zuviel Angst davor hatte, alleine zu sein ...« Sie hielt inne, sah mich an.

»Sprich weiter.«

»Tja, wenn du nicht gewesen wärst, Harriet, hätte ich wahrscheinlich nie den Mut dazu gefunden. Ich wollte mehr wie du sein, wollte ein Leben führen, in dem nicht ständig jemand anderes die Probleme für mich löst.« Sie seufzte. »Sieht so aus, als hätte ich das alles falsch verstanden. Bist du wirklich so unglücklich?«

Ich lächelte. »Jetzt nicht mehr. Ich habe ein paar Sachen begriffen, während ich fort war.«

»Oh, das habe ich dir ja noch gar nicht erzählt«, rief sie. »Diese Amerikanerin, die du auf Barbados kennengelernt hast, Mrs. Brightwater oder so ähnlich, die hat mich besucht und mir mehr oder weniger einen Auftrag versprochen, nur weil du mich ihr empfohlen hast. Bisher ist noch nichts daraus geworden, aber man weiß ja nie. Das war wirklich sehr lieb von dir, Harriet. Was hast du ihr nur erzählt, daß sie so beeindruckt war?«

»Ach, nichts als die Wahrheit«, meinte ich schuldbewußt, weil ich vergessen hatte, etwas in der Sache zu unternehmen. »Du hättest dasselbe für mich getan.«

»Weiß Andrew, daß du zurück bist?« fragte sie plötzlich, sah mich bedeutungsvoll an. »Er wird sich bestimmt freuen.«

»Noch nicht. Aber keine Bange, ich gehe bald zu ihm.« Mein Blick war ebenso bedeutungsvoll. »Ich will ihn überraschen.«

Bevor ich Andrew besuchte, mußte ich in die Bücherei gehen, mich den Erinnerungen stellen, die dort auf mich warteten. Am nächsten Morgen schlenderte ich durch die Stadt auf das vertraute Gebäude an der North Street zu. Am Ausleihschalter ertönte eine Freudenschrei, als ich zögernd die Halle betrat.

»Harriet!« Cynthia Hoskins winkte begeistert, drückte einem jüngeren Angestellten den Datumsstempel in die Hand, öffnete die Klappe am Tresen und eilte auf mich zu. »Wo warst du? Wir haben uns alle gefragt, was aus dir geworden ist!«

»Ich wußte nicht, daß mit einer Kündigung die Pflicht verbunden ist, über seine weiteren Aktivitäten zu berichten«, murmelte ich trocken.

»Oh, Harriet.« Cynthia errötete. »Das alles war ein schrecklicher Fehler. Wir haben dich wirklich vermißt, weißt du. Alle wußten, daß Miss Heißes Höschen für den Job nichts taugt, was dann natürlich auch gestimmt hat ...«

»Miss Heißes Höschen?«

Cynthia kicherte. »Annette Baker, erinnerst du dich? Wie die beim Gehen mit dem Po gewackelt hat. Deswegen haben wir sie so genannt. Na ja, und nachdem der Skandal in den Zeitungen breitgetreten wurde …«

»Skandal?«

»Das mußt du doch gelesen haben. Die ganze Titelseite des *Adviser* war voll damit.« Sie japste auf und legte die Hand vor den Mund. »Du meinst, du weißt nichts davon?«

»Wovon?« fragte ich, versuchte, meine Ungeduld zu verbergen. »Ich war weg, vergiß das nicht. Man bekommt den *Surrey Adviser* nicht an den Zeitungsständen in L.A.«

»L.A.?« wiederholte sie mit großen Augen. »Du warst in Los Angeles? Oh, Harriet, du mußt mir alles erzählen …«

»Was ist passiert?« drängte ich. Eines hatte sich während meiner Abwesenheit nicht geändert, Cynthia war immer noch unfähig, zur Sache zu kommen.

»Die Abteilung ›Leben und Lernen‹ ist aufgelöst worden«, sagte sie, nahm mich am Arm und führte mich die Treppe hinauf. »Ich zeig's dir.« Sie hielt inne. »Du hast sie ja vorher gar nicht gesehen, da wird dir der Unterschied wohl nicht auffallen. Alles steht wieder genauso wie früher.«

Wir gingen in die Haupthalle, und ich sah, daß es stimmte. Die Bücherregale standen wieder an ihrem angestammten Platz, und die einzigen Überreste von Annette Bakers Lieblingsprojekt waren schlaff aussehende Topfpflanzen, die am Ende der Regale standen und nur darauf warteten, von unvorsichtigen Besuchern umgeworfen zu werden.

»Wir hatten nicht das Herz, sie wegzuschmeißen«, meinte Cynthia entschuldigend. »Der neue Direktor mag Grünpflanzen.«

Neuer Direktor? Schließlich gelang es mir, ihr die Geschichte aus der Nase zu ziehen. Ich hatte mich in Annette tatsächlich nicht getäuscht; sie und der Direktor waren auf dem Sofa der Abteilung »Leben und Lernen« von der Frau des Direktors erwischt worden, die wegen seiner unregelmäßigen Arbeitszeiten mißtrauisch geworden war. Die Lokalzeitung hatte Wind davon bekommen, was einen Aufschrei aller achtbaren Bürger von Guildford ausgelöst hatte. Man forderte eine sofortige Untersuchung der Führung der Bücherei. Als die Computerdateien überprüft wurden, stellte sich heraus, daß sie in einem chaotischen Zustand waren.

»Sie hat mit ihrem neuen Projekt alles durcheinandergebracht«, sagte Cynthia verächtlich. »Die Hälfte des Hauptkatalogs war verschwunden. Der Fehler ist immer noch nicht ganz behoben. Wir mußten zum alten manuellen System zurückkehren.« Sie schnaubte. »Wenn du mich fragst, hätten wir das besser gleich beibehalten. Ich verlasse mich allemal lieber auf die guten alten Karteikarten als auf all das neumodische Zeug.«

Mein Gewissen plagte mich. Mir war nicht klar gewesen, daß ich so viel gelöscht hatte.

»Jetzt haben wir ein heilloses Durcheinander«, fuhr sie fort. »Wir sind unterbesetzt, bis ein Ersatz für sie gefunden wird, und der neue Direktor hat so viel mit dem Computerschlamassel zu tun, daß er die Dienstpläne nicht hinkriegt, und wir wissen nicht, wo uns der Kopf steht.«

»Ein Ersatz?« fragte ich. »Du meinst, sie ist weg?«

»Auf der Stelle gefeuert«, erwiderte Cynthia mit zufriedenem Lächeln. »Und vermissen wird sie hier bestimmt keiner.«

»Aber ich dachte …« Ich wollte sagen, daß doch alle sie gemocht hatten, aber mir wurde allmählich klar, daß Harriets frühere Wahrnehmung ihrer Umgebung mehr als ein bißchen konfus gewesen war. Wenn ich mich nicht so sehr in Bitterkeit und Selbstmitleid gesuhlt hätte, dann hätte ich vielleicht auch mehr Freunde gehabt.

»Oh, Harriet«, rief Cynthia. »Mir fällt gerade ein … der neue Job!« Sie quiekte aufgeregt. »Du bist immer so gut mit dem

Computer zurechtgekommen und weißt, wie das System funktioniert und so. Du wärst genau die Richtige dafür!«

»Wie kommst du darauf, daß die mich wieder einstellen würden?« fragte ich. Natürlich brauchte ich einen Job, aber damit hatte ich nicht gerechnet.

»Der neue Direktor ist wirklich nett«, sagte sie eifrig, nahm mich am Arm. »Komm, wir gehen zu ihm. Fragen kostet ja nichts.«

Als ich eine Stunde später die Bücherei von Guildford verließ, sah es so aus, als seien meine Tage als Arbeitslose gezählt. Die Zustimmung des Büchereikomitees vorausgesetzt, was eine reine Formalität war, wie mir der Direktor versicherte, würde ich bald an meinen alten Arbeitsplatz zurückkehren. Diesmal allerdings nicht als gewöhnliche Bibliothekarin. Ich sollte den Titel »Informationssystem-Manager« erhalten, eine neue Position, die, wie ich zu meiner Freude erfuhr, auch wesentlich besser bezahlt wurde.

Ich rief Andrew an, wollte sichergehen, daß er zu Hause war, hängte aber ein, sobald er abnahm. Ich wollte keine Zeit damit verschwenden, wie früher auf eine Einladung zu warten.

»Großer Gott, Harriet!« rief er, öffnete die Tür, nachdem ich mehrmals geklopft hatte. »Ich dachte, du seist für immer fort!«

Er starrte mich lange an, und meine Selbstsicherheit begann sich zu verflüchtigen. Hatte ich ihn bei etwas gestört? War er allein?

»Ich kann später wiederkommen …«, setzte ich an.

»Himmel, nein«, sagte er rasch. »Komm rein, komm rein.« Er trat zur Seite, ließ mich ein. »Ich war nur … na ja, überrascht, dich zu sehen. Wo um alles in der Welt bist du gewesen?«

»Oh, ich war unterwegs«, murmelte ich. »Los Angeles, Barbados und so weiter.«

»Barbados?« wiederholte er verblüfft. »Meine Güte, wie abenteuerlich.« Er grinste. »Das muß ja ein ganz schöner Kontrast zu dem langweiligen alten Guildford gewesen sein.«

»Allerdings«, versicherte ich ihm lächelnd.

»Die Reise scheint dir sehr gutgetan zu haben«, fügte er schüchtern hinzu. »Ich hab dich zuerst kaum erkannt. Du siehst zehn Jahre jünger aus.«

Ich sah mich in dem vertrauten Wohnzimmer um. Beim letzten Mal hatte ich es mit Cindys Augen gesehen, aber jetzt war ich wieder Harriet. Andrews platonische Freundin Harriet. Würden wir uns wieder auf getoastete Crumpets und Gespräche über Literatur beschränken? Oder war ich jetzt ein anderer Mensch? Jemand, der Dinge ändern konnte?

Der Rost im Kamin war leer. Die Toastgabel lag einsam auf der Kaminplatte, ein Instrument gesellschaftlicher Rituale weniger, mit dem Andrew mich ablenken konnte, ein Hindernis weniger für ein wirkliches Gespräch.

»Möchtest du Tee und Kekse?« fragte er ein bißchen beklommen, fummelte an seinem Bart, der geschnitten werden mußte.

Ich schaute zu den Papieren, die sich auf seinem Schreibtisch häuften. »Störe ich?«

»Oh, Himmel, nein«, erwiderte er mit unsicherem Lachen. »Das kann warten.«

Während er das Geschirr für den Tee auf ein Tablett stellte, beobachtete ich ihn, einen etwas ungepflegten Mann mittleren Alters, umgeben von seinen Büchern und seiner häuslichen Unordnung. Kaum der richtige Hintergrund für romantische Gefühle, aber ich empfand tiefe Zuneigung für diesen weltfremden Menschen, der ein Designerlabel nicht erkennen würde, wenn man es ihm direkt unter die Nase hielt. Die Bücher auf Andrews Regalen waren abgegriffen und voller Eselsohren und für ihren

Besitzer viel wertvoller als die teuren, ledergebundenen Bände in Harleys Bücherschränken.

Den größten Teil der Rückreise hatte ich über Andrew nachgedacht, hatte mir unser Wiedersehen vorgestellt, voller Hoffnungen und Ängste, entstanden aus dem neuen Wissen, daß ich als Cindy gewonnen hatte. Ich hatte Gespräche durchgespielt und verschiedene Versionen des Happy-Ends, von dem ich so lange geträumt hatte. Jetzt, konfrontiert mit dem konkreten Andrew, der nervös mit der Teekanne hantierte, brachte ich kein Wort heraus. Würde er etwas sagen? Und wenn ich ihn nun mißverstanden hatte? Oder wenn er während meiner Abwesenheit eine andere gefunden hatte? Wenn ich zu spät kam?

Ich merkte, wie ich in das vertraute Muster der Zweifel zurückfiel. Die Toastgabel sah mich an, verspottete mich mit der Erinnerungen daran, wie passiv ich früher gewesen war. Wenn ich jetzt nichts sagte, war ich nicht besser als die alte Harriet. Ich würde nichts verändern.

»Andrew.« Er sah auf, fummelte mit dem gestrickten Teewärmer herum, den er gerade über die Teekanne ziehen wollte.

Ich griff nach seiner Hand, die warm und trocken war, und führte ihn vom Tisch weg. »Laß den Tee«, sagte ich. »Das hier ist wichtiger.«

Sanft legte ich ihm die Arme um die Taille, zog ihn an mich und küßte ihn auf den Mund.

Im ersten Augenblick zauderte er, und ich dachte schon, ich hätte mir alles eingebildet, hätte einen Wust an Erklärungen und Entschuldigungen heraufbeschworen und unsere Freundschaft für immer zerstört. Dann erwiderte er meinen Kuß, schlang die Arme um mich und flüsterte meinen Namen in mein Ohr.

Das Teegeschirr klirrte, als wir gegen den Tisch stießen, und ich streckte die Hand aus, fing die Teetasse auf, die vom Tablett fiel.

»Vergiß den Tee.« Andrew nahm mir die Tasse aus der Hand und schmiß sie in den Papierkorb. »All die Jahre habe ich Tee für dich gemacht, Harriet, statt das zu tun, was ich wirklich wollte.«

Wir liebten uns auf dem Sofa vor dem leeren Kamin mit erstaunlich wenig Verlegenheit. Ich kam gar nicht auf den Gedanken, mir zu überlegen, ob er die Socken anbehalten hatte.

»Ich liebe dich, Harriet«, flüsterte er.

»Ich liebe dich auch«, erwiderte ich. Dieses Gefühl war echt, hatte nichts mit Mephisto und seinen Tricks zu tun, nichts mit der Scharade meiner Ehe mit Harley. Endlich war ich glücklich. Ich wurde aus den richtigen Gründen geliebt, von jemandem, der wirklich wußte, wie ich war, der mein Inneres kannte.

Danach erlaubte ich ihm, frischen Tee aufzugießen. »Willst du mich heiraten?« fragte er, drückte mir eine Tasse in die Hand.

»Nein«, erwiderte ich fest.

»Aber ...« Er sah gekränkt aus.

»Wie wär's, wenn wir es erst mal so probieren?« fragte ich. »Sehen, wie das funktioniert? Ich habe nicht so lange gewartet, nur um in Zukunft deine dreckigen Socken zu waschen.«

Vielleicht bildete ich mir das ein, aber ich meinte, Erleichterung über sein Gesicht huschen zu sehen.

»Wir brauchen beide Raum für uns«, fuhr ich fort. »Ich habe unterwegs einiges gelernt.«

Er lächelte. »Na ja, es wäre wohl eine zu plötzliche Veränderung für uns beide. Wollen wir statt dessen heute abend zusammen essen gehen?«

Wir aßen zusammen, aber diesmal war es anders. Die körperliche Intimität schien die Reserviertheit überwunden zu haben, die immer zwischen uns gestanden hatte, und ich erfuhr an diesem Abend mehr über Andrew als in all den Jahren unserer Freundschaft. Ich merkte, daß ich mich nach einem romantischen Klischee gesehnt hatte – dem etwas schlampigen, gutaussehenden Professor, der auf alles eine Antwort hat. Irgendwie hatte ich geglaubt, daß Intimität mit Andrew mir Zugang zu dem eingebildeten Born der Weisheit verleihen würde, aus dem er trank, und ich dadurch auf magische Weise die Stärke bekäme, zuversichtlich durch das Leben zu segeln, ohne von anderen abhängig zu sein. Als ich den wirklichen Andrew entdeckte, den Menschen, der genau wie ich einsam und ängstlich war, begriff ich, daß wir letztlich gar nicht so verschieden waren. Andrew konnte nicht alle Probleme des Lebens lösen, aber ihn um mich zu haben, würde es einfacher machen, sie zu ertragen.

Während der nächsten paar Monate hatte ich kaum Zeit, mir um irgend etwas Sorgen zu machen. Das Büchereikomitee bestätigte meine Anstellung, und ich stürzte mich in die aufreibende Routine eines neuen Jobs. Konfrontiert mit der gewaltigen Aufgabe, das Computersystem in Ordnung zu bringen, genoß ich meine Arbeit zum ersten Mal richtig. Nachdem ich bewiesen hatte, daß ich mit dem Ding umgehen konnte, wurde ich mit neuem Respekt behandelt – ein himmelweiter Unterschied zu meiner vorherigen Stellung.

Mit Erleichterung stellte ich fest, daß ich das Computerproblem nicht allein verursacht hatte. Was ich gelöscht hatte, war nur geringfügig im Vergleich zu dem, was Annette Baker unternommen hatte, um es zu vertuschen. Ich mußte viele Überstunden machen und in meiner Freizeit Handbücher lesen, um mir anzueignen, was mir keiner beigebracht hatte, aber ich fand es leichter als vermutet.

»Erstaunlich, wie schnell Sie sich eingearbeitet haben«, sagte der neue Direktor, lugte verblüfft über meine Schulter auf die Programmbefehle auf dem Bildschirm. »Ich hab selbst herumprobiert, aber ich muß gestehen, daß mir das alles ein ziemliches Rätsel ist.«

Ich sah zu ihm auf, einem jungen Mann in den Dreißigern, dessen Leidenschaft Botanik und Archäologie waren. »Ich weiß nicht, wie Sie das machen«, fuhr er fort. »Unsere älteren Angestellten sträuben sich meist, wenn es um neue Technologien geht. Oder neue Arbeitsmethoden, alles, was sie nicht kennen. Man kann einem alten Hund keine neuen Kunststücke beibringen, heißt es.«

»Das meinen Sie«, murmelte ich. »Ich würde die Leute nicht so schnell abschreiben, wenn ich Sie wäre. Sie wären überrascht, wie sehr die sich ändern können, wenn sie wirklich wollen. Alles eine Frage der Einstellung.«

Ich hatte leicht reden, aber in gewisser Weise hatte er recht. Erst meine Begegnung mit dem Teufel hatte mich aufgeweckt. Wie viele Frauen in meinem Alter schleppten sich trübselig dahin, ohne meine Erfahrung gemacht zu haben.

Ich hatte Glück gehabt, hatte einen Einblick in das Leben jener Privilegierten bekommen, die dem gängigen weiblichen Schönheitsideal entsprachen. Ich wußte, was andere nur hofften, aber nicht zu glauben wagten. Jugend und Schönheit machen nicht automatisch glücklich.

Mephisto hatte mir noch etwas Gutes getan – das erfuhr ich aber erst bei meinem nächsten Arztbesuch. Voller Sorge, ob meine zweifache Verwandlung meinem Körper Schäden zugefügt hatte, ließ ich mich gründlich untersuchen. Zu meiner Erleichterung erfuhr ich, daß alles in bester Ordnung war, und wurde nur wie üblich ermahnt, meinen Alkoholkonsum einzuschränken.

»Für Ihr Alter sind Sie in ausgezeichneter Verfassung«, meinte meine Ärztin, die um die fünfzig war. »Keinerlei Probleme.« Sie schaute auf ihren Computerbildschirm, studierte nachdenklich meine Krankengeschichte. »Sie haben mehr Glück als die meisten«, fügte sie hinzu. »Kein Problem mit den Wechseljahren. Sieht so aus, als hätten Sie die in Rekordzeit hinter sich gebracht.«

»Die Wechseljahre?« Ich sah sie verblüfft an. »Aber ich habe ...«

»Ich wünschte, ich könnte mit Ihnen tauschen«, murmelte sie wehmütig. »Wenn Sie wüßten, wie das ist – Hitzewallungen, Kopfschmerzen, das Gefühl, eine Zeitbombe kurz vor der Explosion zu sein ...« Sie schüttelte den Kopf, lächelte mich an. »Darum brauchen Sie sich keine Sorgen mehr zu machen. Sie haben das alles hinter sich. Jetzt können Sie Ihr Leben genießen.«

Eines Tages rief mich Sally ganz aufgeregt an.

»Erinnerst du dich an die Amerikanerin?« fragte sie. »Die du auf Barbardos getroffen hattest und die mich besucht hat?«

Ich murmelte zustimmend, überlegte nervös, ob mich meine Vergangenheit plötzlich doch noch eingeholt hatte.

»Na ja, zuerst hab ich da keinen Zusammenhang gesehen, weil ich den Namen falsch verstanden hatte. Die Frau hieß Brightman, nicht Brightwater. Sie war ein berühmtes Model, das vor ein paar Monaten umgekommen ist. Du weißt doch – das Gesicht von *Lapinique*? Du mußt gewußt haben, wer sie war, Harriet, aber du hast nie was gesagt.«

»Ich, äh ...« stotterte ich. »Das hab ich einfach vergessen.«

»Ach, Harriet, du bist hoffnungslos.« Sally lachte liebevoll. »Ihr Mann war Harley Brightman. Der Besitzer von *Lapinique*.

Hast du nie die Zeitungsberichte gelesen? Wie er sich in sie verliebt hat, als sie noch Kellnerin in einem Café war? Wie er sie geheiratet und ein berühmtes Model aus ihr gemacht hat? Klang alles ein bißchen wie ...«

»*Pretty Woman*?« unterbrach ich sie lächelnd. Ich hatte nicht gewußt, daß Sally meine Karriere so genau verfolgt hatte.

»Woher wußtest du, daß ich das sagen wollte?« fragte sie mißtrauisch. »Hast du die Artikel vielleicht doch gelesen?« Sie kicherte. »Ich weiß, du gibst dich gerne intellektuell, aber bestimmt liest du die Klatschspalten genau wie alle anderen, wenn du meinst, daß niemand zuschaut.«

»Tja, kann sein, daß mir da was aufgefallen ist«, murmelte ich. »Warum erzählst du mir das alles?«

»Er hat mich angerufen!« sagte sie aufgeregt. »Harley Brightman! Hat mir einen Auftrag gegeben – die komplette Renovierung seines Hauses in Beverly Hills! Offenbar ist es da drüben der letzte Schrei, englische Innenarchitekten zu beauftragen, und er hat meine Visitenkarten unter den Sachen seiner Frau gefunden.«

Ein bißchen plagte mich mein Gewissen bei dem Gedanken, daß Harley ganz allein in seinem Palast lebte. War die Einrichtung jetzt eine unerträglich traurige Erinnerung an seine tote Frau geworden?

»Er läßt mich nächste Woche einfliegen, damit ich mir alles ansehen kann. Ich bin so aufgeregt, Harriet! Nach all der Zeit, die ich damit verbracht habe, auf eigene Füße zu kommen, scheint es plötzlich aufwärts zu gehen.«

»Ich freu mich so für dich, Sally«, sagte ich und meinte es ehrlich.

»Offenbar hat er keine Zeit verschwendet«, fuhr sie lachend fort. »Er hat gerade wieder geheiratet. Seine neue Frau scheint ziemlich genaue Vorstellungen zu haben, wie das Haus aussehen soll. Alles in rotem Samt und vergoldet und so weiter.« Sie tat, als müßte sie würgen: »Warum müssen diese Reichen immer einen so scheußlichen Geschmack haben.«

Wieder geheiratet? Wen denn? Nach einem Augenblick verdutzten Schweigens ging mir auf, daß es da eine offensichtliche Kandidatin gab.

»Äh, Sally«, fragte ich. »Diese neue Frau – weißt du zufällig, wie sie heißt?«

»Warum willst du das wissen?« Sie seufzte. »Warte. Ich schau mal, ob ich es mir notiert habe.«

Ich hörte Papier rascheln. »Patricia«, sagte sie schließlich. »Mrs. Patricia Brightman. Klingt wie eine dieser typischen reichen Ziegen, die mit einem Silberlöffel im Mund geboren wurden.«

Patricia? Ich lachte laut los. Trish hatte weiß Gott keine Zeit verschwendet, sich den Mann zu schnappen.

»Was ist denn daran so komisch?« Sallys Stimme kam blechern aus dem Hörer; ich konnte nicht aufhören, vor mich hinzukichern. »Harriet? Ist alles in Ordnung?«

Am nächsten Morgen verbrachte ich in der Bücherei eine lohnende Stunde damit, mich dank unserer neu installierten Internetverbindung durch verschiedene Zeitungsarchive zu wühlen. Bisher hatte mich ein gewisser Aberglaube davon abgehalten, aber jetzt wußte ich, daß ich mir gefahrlos ansehen konnte, wie die Welt auf Cindy Brightmans Tod reagiert hatte.

GESICHT VON LAPINIQUE IN DEN TOD GESTÜRZT, lautete eine Schlagzeile. *TRAGISCHES ENDE EINER MÄRCHENEHE*, hieß es in einer anderen. *ECHTE PRETTY WOMAN TÖDLICH VERUNGLÜCKT*.

Die Beschreibungen des Unfalls waren eindeutig. Cindy hatte die Kontrolle über das Auto verloren und war von einer gefährlichen Küstenstraße abgestürzt. Von einem Verbrechen war nicht die Rede, auch die Szene bei der Dinnerparty mit der aufblasbaren Puppe wurde nicht erwähnt; von einer Frau, die Cindy ähnlich sah und am gleichen Abend in Santa Margherita gesehen worden war, fand sich kein Wort. Jemand hatte sich viel Mühe gegeben, alles zu vertuschen.

Ich fand noch einige Artikel aus der Woche nach dem Unfall:

SUCHE NACH DER LEICHE BISHER ERFOLGLOS. GEBURT EINER LEGENDE: DIE TRAGISCHE GESCHICHTE DES GESICHTS VON LAPINIQUE. TRAUERNDE STRÖMEN ZUM ITALIENISCHEN UNFALLORT.

Ich überflog einen schlecht recherchierten Artikel, laut dem Cindy in einem Wohnwagen aufgewachsen und von ihrer Kindheitsfreundin Patricia auf den Straßen von L.A. aufgelesen und gerettet worden war. Dazu ein Foto von Frauen mittleren Alters, die in Zellophan gehüllte Blumensträuße vor dem Tor der italienischen Villa in den Bergen ablegten.

»Sie hat uns so viel bedeutet«, sagte eine. »Wir spürten, wie ihre innere Schönheit auf ganz gewöhnliche Menschen ausstrahlte. Wir mußten einfach herkommen und ihrer gedenken.«

Mehrere Wochen später hieß es dann:

VERWITWETER BRIGHTMAN HEIRATET ERNEUT. IST DIES DAS NEUE GESICHT VON LAPINIQUE?

Ein verschwommenes Foto zeigte Trish, die aussah wie nach einer heftigen Strega-Nacht. Der öffentliche Aufschrei über diese übereilte Verbindung war mehrere Spalten lang. Trish, so las ich, hatte sich mit einer Hochzeit in aller Stille und Flitterwochen zu Hause abfinden müssen, aus Respekt vor Harleys verstorbener Frau. Ich lächelte, dachte an ihre Sammlung von Brautmagazinen und Hochzeitsplanern. Sie war bestimmt nicht glücklich darüber gewesen.

Der letzte Artikel, den ich unter dem Namen Brightman fand, hatte nichts mit Trish oder der Hochzeit zu tun. Er stand auf den Wirtschaftsseiten einer Internet-Nachrichtenagentur.

DAVID BRIGHTMAN WEGEN UNTERSCHLAGUNG UND STEUERHINTERZIEHUNG ANGEKLAGT.

In dem Artikel war zu lesen, daß die Finanzbehörde Nachforschungen über seine Geschäfte mit *Lapinette* angestellt hatte. Die Beweise dafür, so hieß es, seien der Presse von dem verärgerten ehemaligen Angestellten George Wilkins zugespielt worden, der jetzt als Pensionär in Surrey, England lebte.

Also hatte sich auch George gegen die Brightmans gewendet; offenbar hatten er und ich mehr gemeinsam, als man meine sollte. Wieviel er wohl für diese Story bekommen hatte? Genug, um sein altes Leben wieder aufzunehmen? Ich lächelte. Wer weiß, vielleicht begegne ich ihm ja eines Tages in Kempton Park.

Sally schien keine Skrupel zu haben, Harleys Auftrag anzunehmen.

»Ist mir egal, ob es so aussieht, als würde ich mich verkaufen«, sagte sie. »Ich weiß, daß es mich nicht an die Spitze internationaler Innenarchitektur bringt, aber das Geld kann ich gut gebrauchen.«

Als sie mich nach einer »Telekonferenz« mit Mrs. Patricia Brightman besuchte, drückte sie sich weniger zurückhaltend aus. »Ich werde jeden Penny, den ich kriege, schwer verdient haben«, murmelte sie. »Hast du eine Ahnung, wie schrecklich die Frau ist?«

Ich brummelte unverbindlich.

»Sie will überall goldene Zierleisten und Rüschen haben, sogar an der verdammten Klobrille.« Sally machte ein Gesicht, das sie für die schlimmsten Geschmacksverirrungen aufhob. »Pinkfarbene Satinherzen für das Schlafzimmer«, flüsterte sie. »Ist das zu glauben?«

Lächelnd reichte ich ihr eine Tasse Kaffee. Offenbar hatte das blaßblaue *Lapinique*-Logo endgültig ausgespielt.

»Trotzdem freue ich mich auf L.A.«, meinte sie grinsend. »Duncan ist grün vor Neid, sagen wenigstens die Kinder. Offenbar will er seit Jahren dorthin und kann es sich jetzt wegen der Unterhaltszahlungen nicht mehr leisten.« Nachdenklich rührte sie ihren Kaffee um. »Du warst doch in L.A., Harriet? Du mußt mir sagen, was ich mir ansehen soll. Ich will die Reise wirklich genießen.«

Ich zögerte. Bisher hatte ich es vermieden, über meine »Weltreise« zu reden, wollte mich nicht in Widersprüche verwickeln.

Sie warf mir einen neugierigen Blick zu. »Sag mal, Harriet, als du in Kalifornien warst, bist du da zufällig in einer dieser Verjüngungskliniken gewesen? Von denen man in den Zeitschriften liest? Ich frage nur, weil du wirklich zehn Jahre jünger aussiehst.«

»Na ja, nicht direkt«, murmelte ich ausweichend. »Ich glaube, ich brauchte einfach nur Urlaub.«

»Wenn mir die Reise nur halb so gut tut wie dir«, meinte sie lachend, »wäre es mir beinah wert, meine Architekturprinzipien dem Teufel zu verkaufen.«

»Dessen wäre ich mir nicht so sicher«, sagte ich rasch, erschrocken, daß Sally genauso korrumpierbar war wie ich.

Sie sah mich spöttisch an. »Von dir hätte ich am wenigsten erwartet, daß du mir mit Moral kommst, Harriet. Übrigens, wann heiratet ihr denn nun, Andrew und du?«

»Darauf würde ich nicht warten«, riet ich ihr.

»Ach, komm schon, Harriet. Warum nicht? Ich wußte von Anfang an, daß ihr füreinander bestimmt seid.«

»Ich glaube nicht, daß ich für die Ehe geschaffen bin«, sagte ich. »Außerdem sind die Statistiken nicht gerade ermutigend, oder?«

»Du darfst nicht nach dem gehen, was mir passiert ist.« Sie zuckte die Schultern. »Ich hab nichts gegen die Ehe, solange der Mann kein solches Schwein ist wie Duncan. Ich habe einfach den falschen erwischt.«

»Ich glaube, es kann nicht schaden, wenn man ein wenig Abstand in einer Beziehung hält«, sagte ich langsam. »Wie nahe kann man einem anderen Menschen denn wirklich kommen? Hast du Duncan deine innersten Geheimnisse erzählt?«

»Hätte ich das nur nicht getan«, meinte sie reumütig. »Er hat mir seine nie erzählt. Ich hätte ihn längst verlassen, wenn ich gewußt hätte, wie er wirklich ist.«

Als Sally gegangen war, seufzte ich erleichtert. Jedesmal, wenn ich sie sah, spürte ich das brennende Bedürfnis, ihr meine Geheimnisse zu offenbaren, zu erzählen, was mit mir passiert war. Bisher hatte ich jedoch stets der Versuchung widerstehen können.

Wem konnte ich es erzählen? Andrew nicht, der würde mir sowieso nicht glauben. Außerdem hatte er selber Geheimnisse, ließ sich trotz subtilster Bemühungen meinerseits nicht dazu bewegen, die Nacht mit Cindy zu erwähnen.

Andrew hatte keine Ahnung, daß er mit einem berühmten Model ins Bett gegangen war. Von *Lapinique* hatte er nie gehört. Ich hatte mir die Ausgabe einer Frauenzeitschrift besorgt, in der die Anzeige mit dem Gesicht von *Lapinique* erschienen war, und sie als Andenken behalten. Eines Tages konnte ich nicht widerstehen, schlug sie auf und legte sie so, daß Andrew Cindys Bild sah, während ich so tat, als würde ich lesen.

Ich beobachtete ihn verstohlen, sah, wie sein Blick immer

wieder zu dem Foto zurückwanderte. »Was ist?« fragte ich. »Wolltest du meine Zeitschrift lesen?«

»Nein, nein«, murmelte er, zuckte zurück. »Ich habe nur ein Bild gesehen, das mich an jemanden erinnert.«

Ich blätterte die Seite um, betrachtete aufmerksam Cindys Gesicht. »Eine deiner Studentinnen?« fragte ich unschuldig. »Vielleicht eine ehemalige Freundin?«

Zum nächsten Weihnachtsfest schenkte mir Andrew eine Flasche Parfüm von *Lapinique*. Das war das schönste Geschenk, was ich je bekommen hatte.

Weder ihm noch irgend jemand anderem erzählte ich je die Wahrheit. Ich hielt es für klüger zu schweigen. Im Gegensatz zu Mephisto hatte ich meinen Teil der Vereinbarung nicht gebrochen, aber ich hatte immer noch gelegentlich Alpträume, in denen er zurückkehrte und meine Seele forderte.

In meinem alten Leben war ich zu sehr damit beschäftigt gewesen, mich elend zu fühlen, um mir Sorgen über den Tod zu machen, aber jetzt dachte ich oft daran. Es lag wohl daran, daß ich glücklich war und etwas zu verlieren hatte.

Goethes Faust war in dem Moment zum Himmel emporgerissen worden, als er zugab, daß er glücklich war, aber das, erinnerte ich mich, war nicht Teil seines Paktes mit Mephistopheles gewesen:

Werd ich zum Augenblicke sagen
Verweile doch, du bist so schön!
Dann magst du mich in Fesseln schlagen,
Dann will ich gern zugrunde gehen!

Wie gut, daß ich keine so voreiligen Versprechen abgegeben hatte. Jetzt, wo ich endlich das Leben zu schätzen gelernt hatte, wollte ich es genießen, so lange es ging.

Hatte ich Mephisto tatsächlich überlistet, oder hatte er immer noch ein Anrecht auf meine Seele? Wahrscheinlich würde ich nie herausfinden, wie alt ich wirklich war, ob ich zusätzliche Jahre gewonnen oder verloren hatte. Wer wußte schon, wie lang sein Leben sein würde?

Sinnlos, meine Zeit mit Sorgen über den Tod zu verschwenden, solange ich mein Leben genießen konnte. Ich beschloß, der Vergangenheit den Rücken zuzukehren, goß mir einen doppelten Whisky ein und trank auf mein neues Leben.

Amanda Lees

EIN FAST PERFEKTER DREIER

Als Alex Nick trifft, ist sie hin und weg. Aber Nick lebt bei Simon, ihrem besten Freund. Ihrem besten schwulem Freund, um genau zu sein. Und eigentlich ist Alex ja auch mit Richard verlobt. Nick ist heimlich in Alex verliebt, Simon ist heimlich in Nick verliebt, und Richard liebt ganz offensichtlich nur sich selbst. Also alles in allem die besten Voraussetzungen dafür, dass es zumindest eines nicht wird: langweilig ...

»Prickelnd, witzig und ganz und gar bösartig.«
The Times

Nr. 92 137

Peter Jinks

ÜBER ROTEN DÄCHERN

Sein Name ist Hallam. Hallam Foe. Und er hat ein ungewöhnliches Hobby. Von seinem Baumhaus aus beobachtet er seine Umgebung: Die Verführungskünste seines Freundes Carl, seinen ausgesprochen gutmütigen Vater und seine in gleichem Maße unentspannte Stiefmutter. Bis er entdeckt wird und es Riesenärger gibt. Hallam zieht nach Edinburgh in die Altstadt, deren Dächer noch aufregendere Ausblicke bieten. Zum Beispiel auf Kate, in die er sich unsterblich verliebt. Aber nur wer sich auf die Niederungen des Lebens einlässt, kann irgendwann mit der Traumfrau abheben.

Nr. 92145

BLT
Mit der Welt auf Buchfühlung